CHRISTINA BRADLEY

Thirty

30 TAGE,
30 DATES,
UM DEN EINEN ZU FINDEN

Roman

Aus dem Englischen
von Sybille Uplegger

Ullstein

Besuchen Sie uns im Internet:
www.ullstein-buchverlage.de

MIX
Papier
FSC® C083411

Deutsche Erstausgabe bei Forever
Forever ist ein Verlag
der Ullstein Buchverlage GmbH, Berlin
1. Auflage Juni 2020

Titel der englischen Originalausgabe:
Thirty (Christina Bradley 2018)
Titel der englischen Neuausgabe:
Which Way to Happiness? (Headline Review 2020)
Umschlaggestaltung: zero-media.net, München
Titelabbildung: © FinePic®, München
Gesetzt aus der Quadraat Pro powered by pepyrus.com
Druck und Bindearbeiten: CPI books GmbH, Leck
ISBN 978-3-548-06260-0

Eins

HEILIGE SCHEISSE!

Was habe ich getan?

Während die anderen Bewohner Londons brav an ihren Schreibtischen sitzen und ihrer täglichen Arbeit nachgehen, hocke ich inmitten einer unüberschaubaren Anzahl nach Katzenurin stinkender Räucherstäbchen und warte auf eine Hellseherin. Ja, genau ... auf eine HELLSEHERIN! Eine Hellseherin namens Mary Rose, die mir gleich aus der Hand lesen und mir meine Zukunft voraussagen wird.

Vor einer Stunde habe ich meinem Boss gesagt, dass er sich ins Knie ficken soll.

Meine Mutter wäre schockiert. »Bella Edwards, für so eine Ausdrucksweise gibt es keine Entschuldigung«, höre ich sie sagen. »Das ist das Benehmen eines vulgären Flittchens.« Und sie hätte vollkommen recht. Ich *bin* ein vulgäres Flittchen.

»Fick dich ins Knie.« O mein Gott, es ist so grauenhaft. Noch nie in meinem ganzen Leben habe ich jemandem gesagt, er soll sich ins Knie ficken. Noch nie. »Verzieh dich!« ist so ziemlich das Schlimmste, was mir über die Lippen kommt. Wenn ich richtig geladen bin, reicht es eventuell auch für ein »Du kannst mich mal!«, aber das passiert erstens nur sehr selten und ist zweitens ungleich harmloser als das, was ich mir heute geleistet habe. Mit meinem »Fick dich ins Knie« habe ich eindeutig neue Maßstäbe gesetzt.

Nun sitze ich also hier, nach außen hin ruhig, aber innerlich am Rande der Hysterie, und warte auf eine Hellseherin. Es ist still im Raum bis auf die Geräusche, die der alte CD-Player in der Ecke von sich gibt und bei denen es sich allem Anschein nach um Walgesänge handelt. Draußen heulen die Sirenen, was ich merkwürdigerweise viel angenehmer und beruhigender finde als den Walgesang. Abgesehen von diesen kleinen akustischen Störfaktoren bin ich mit meinen Gedanken allein – mit meinen sehr verworrenen, unzusammenhängenden, teilweise alkoholisierten und verhältnismäßig sinnfreien Gedanken. Der hervorstechendste unter ihnen ist: *Ich muss meinen verdammten Verstand verloren haben!*

Nicht genug damit, dass ich soeben eine Beförderung ausgeschlagen, meinen Job hingeschmissen und etwas durchlebt habe, was man nur als vollständigen emotionalen Zusammenbruch bezeichnen kann. Jetzt sitze ich auch noch in diesem Kämmerlein, das mir als »spirituelles Refugium« angepriesen wurde, in Wahrheit aber eher wie eine Crackhöhle aussieht. Und um dem Ganzen die Krone aufzusetzen, bin ich drauf und dran, Rat bei einer Betrügerin zu suchen, die nichts weiter will, als armen, verzweifelten Toren – ein Teil der Menschheit, dem ich mich seit einer Stunde zugehörig fühle – das Geld aus der Tasche zu ziehen.

Dies hier ist ganz offiziell der Tiefpunkt meines Tages. Und dass ich mich überhaupt in dieser fragwürdigen Situation befinde, daran ist – wieder mal – die Verführungskraft der Werbung schuld.

Wissen Sie nicht weiter? Sehnen Sie sich nach spiritueller Führung? (Wurde Ihnen gerade eine Beförderung angeboten, und Sie haben darauf reagiert, indem Sie Ihrem Chef sagten, er solle sich ins Knie ficken?) Dann benö-

tigen Sie womöglich die Hilfe von Hellseherin Mary Rose – 28 £ je 30 min – KEINE KARTENZAHLUNG!

Der Qualm der Räucherstäbchen kratzt mir im Hals. Wahrscheinlich sollen sie den Geruch von illegalem Sex und Crack-Kokain verdecken. Ich frage mich, ob man von Räucherstäbchen high werden kann. Wahrscheinlich nicht, sonst wäre die Hälfte aller Asiaten permanent zugedröhnt.

Aber vielleicht sind sie das ja. Vielleicht sollte ich nach Asien auswandern. Vielleicht sollte ich mich in einen Aschram zurückziehen und versuchen, mich selbst zu finden, so wie Elizabeth Gilbert in *Eat, Pray, Love*. Warum nicht? Ich könnte allerdings auch etwas anderes, nicht ganz so Extremes machen: Ich könnte versuchen, meinen Job zurückzubekommen. Aber ist das überhaupt realistisch? Lässt sich aus dem Wrack meiner Karriere – meines Lebens! – noch irgendetwas retten?

Es besteht zumindest die Möglichkeit, dass die Situation weniger schlimm ist, als von mir angenommen. Vielleicht findet Larry Hill – das ist mein Boss beziehungsweise mein Ex-Boss -, dass ich ihm gegenüber einfach nur sehr selbstbewusst aufgetreten bin. Er fordert doch andauernd, dass ich selbstbewusster auftreten, zu meinen Entscheidungen stehen und meiner Intuition vertrauen soll. Ich könnte ihm sagen, dass ich mir lediglich seinen Rat zu Herzen genommen habe. Dass er stolz auf sich sein und den Vorfall als ein Kompliment an seine Mentor-Fähigkeiten betrachten soll. Vielleicht hat er den Vorfall morgen schon wieder vergessen, wenn ich auf angemessene Weise um Gnade winsle. Vielleicht kann ich hocherhobenen Hauptes an meinen Arbeitsplatz zurückkehren. Okay, höchstwahrscheinlich müsste ich eine Erklärung für mein bizarres Verhalten liefern – aber das würde ich schon irgendwie hinkriegen. Ich könnte Larry sogar fragen, ob das Angebot mit der Beförderung noch steht, sobald ein bisschen

Gras über die Sache gewachsen ist. Ich bin bereit zu tun, was immer nötig ist. Ich darf meinen Job nicht verlieren, denn wenn ich meinen Job verliere, verliere ich alles – dann verliere ich *mich selbst*.

Ich bin nur noch Sekunden davon entfernt, aufzustehen und das Weite zu suchen, als ich plötzlich eine Bewegung wahrnehme. Der Vorhang zum Nebenraum, bei dem es sich mutmaßlich um das Schlafzimmer oder vielleicht auch eine Küche handelt, in jedem Fall aber um ein Privatgemach, wird mit einer dramatischen Geste zur Seite geschlagen, und dahinter erscheint ... Mary Rose, die Hellseherin.

Ach du lieber Himmel!

Sie sieht zum Fürchten aus – ganz und gar nicht wie die gütige Erdmutter, die ich mir erhofft habe. Wir beäugen einander eine Zeit lang und versuchen zu ergründen, mit was für einem Gegenüber wir es hier zu tun haben. Schwer zu sagen, wer von uns beiden beunruhigter aussieht. Dann setzt sich Hellseherin Mary Rose in Bewegung und kommt mit watschelnden Schritten auf mich zu. Sie klingt wie ein Müllauto, so laut klimpert und scheppert der Schmuck, mit dem ihre Gliedmaßen behängt sind. Klobige Goldarmbänder zieren ihre dicken Handgelenke. Eins von ihnen, das sie sich bis zum schlaffen Oberarm hochgeschoben hat, entpuppt sich bei näherem Hinsehen als Schlange, die ihren Bizeps in einem dermaßen tödlichen Würgegriff umschlingt, dass die Haut darunter bereits violett angelaufen ist und an den Seiten die Speckfalten hervorquellen. Das ist ein zutiefst verstörender Anblick. Ihre Finger sind mit riesigen Ringen geschmückt. Die Nägel hat sie sich in einem fluoreszierenden Pinkton lackiert, allerdings ist der Lack in Teilen bereits abgeblättert, und darunter kommen gelbliche Flecken zum Vorschein. Der ebenfalls fluoreszierende Lidschatten, an dem sie nicht gespart hat, reicht ihr bis hinauf zu den gemalten Augenbrauen, und die großzügig aufgetragene Foundation lässt ihren Teint in einem warmen Orangeton erstrahlen. Sie sieht aus wie eine Dragqueen. Kurzum: Sie ist eine furchteinflößende Erscheinung, trotzdem kann ich nicht anders, als sie auf Anhieb zu mögen, was vermutlich viel über meinen gegenwärtigen Geisteszustand aussagt.

»Ich hab Rücken, Liiiebchen«, brummt sie in einem gut abgehangenen Cockney-Dialekt und schaut auf mich herunter, während ich unbehaglich am Boden hocke. »Da unten halt ich's nich mal fünf Minuten aus.«

Sie hat die Stimme eines Menschen, der pro Tag drei Schachteln Zigaretten raucht und immer kurz vor dem nächsten Hustenanfall steht. Nachdem sie mir mitgeteilt hat, dass der Batikteppich eigentlich nur eine Requisite ist, die für »stimmungsvolles Ambiente« sorgen soll, und wir dringend ein paar Stühle brauchen, rapple ich mich hastig auf.

Nun, da sie ihren dramatischen Auftritt hinter sich hat, zieht sie den Vorhang zum Nebenzimmer achtlos zur Seite und zerstört damit jede Illusion, die bis zu diesem Augenblick eventuell noch bestanden hat. Der Raum dahinter ist tatsächlich eine Küche. Hellseherin Mary Rose verschwindet darin und taucht wenige Augenblicke später wieder auf, zwei Barhocker hinter sich herschleifend, die sie einander gegenüber auf den Teppich stellt. Ungeschickt erklimmt sie einen davon und bedeutet mir mit einer Handbewegung, auf dem anderen Platz zu nehmen.

»So …« ist alles, was sie hervorbringt, ehe sie von einem Hustenanfall geschüttelt wird. Nachdem ich zwei schauderhafte Minuten lang zugehört habe, wie sie sich die Lunge aus dem Hals hustet, stößt sie ein letztes Röcheln aus, das so laut ist, dass ich fast von meinem Hocker kippe, und fährt zu sprechen fort. »Sie sehen so aus, als hätten Sie 'nen richtigen Scheißtag hinter sich. Was sagen Sie zu 'nem Gläschen Wodka, Liiiebchen?«

Auf gar keinen Fall – *das* sage ich dazu. Ich zahle dieser Frau achtundzwanzig Pfund für ihren professionellen Rat, und sie will sich mit mir besaufen?

»Sehr gern.«

Mary Rose klettert von ihrem Hocker und verschwindet abermals in der Küche. Nach kurzer Zeit kehrt sie mit zwei vollen Gläsern und einer Wodkaflasche zurück, deren bloßer Anblick mich mit Freude und Dankbarkeit erfüllt. Sie drückt mir eins der Gläser in die Hand und stößt schwungvoll mit mir an, was dazu führt, dass ein Teil des Wodkas über den Glasrand auf meinen Handrücken schwappt. Doch Hellseherin Mary Rose bekommt davon nichts mit, sie ist zu sehr damit beschäftigt, einen Toast auszubringen.

»Auf die Gesundheit. Und darauf, dass man an 'nem Dienstagnachmittag Wodka trinken kann, wenn man Lust drauf hat. Prost, Liiiebchen«, lallt sie.

»Prost«, erwidere ich, kippe den Wodka auf ex und kneife die Augen zusammen, als ich das Brennen in meiner Kehle spüre.

»So, junge Dame, was führt Sie denn zu mir?«

Also erzähle ich ihr alles. Ich breite die ganze traurige Geschichte meines bisherigen Tages vor ihr aus. Hellseherin Mary Rose hängt wie gebannt an meinen Lippen. Irgendwann ist meine Schilderung in der Gegenwart angelangt – sprich, bei der Tatsache, dass ich gerade einer Hellseherin gegenübersitze und verzweifelt darauf hoffe, dass sie mir sagt, dass alles gut wird. Doch sie tut nichts dergleichen. Sie sagt gar nichts, sondern schüttelt lediglich stumm den Kopf und hebt ihr Wodkaglas an die Lippen, nur um festzustellen, dass es leer ist. Erst nach mehreren Minuten des Schweigens ergreift sie das Wort.

»Liiiebchen«, murmelt sie und blickt mir geradewegs in die

Augen. »Glauben Sie nich', dass Sie da vielleicht 'n kleines bisschen überreagiert haben?«

Was für ein dummes Weib! Mir wurde eine Beförderung in Aussicht gestellt, und ich habe meinem Boss gesagt, er soll sich ins Knie ficken. Ja – man könnte durchaus sagen, dass ich überreagiert habe. Ist das alles, was diese Frau an Weisheiten zu bieten hat? In dem Fall will ich mein Geld zurück. Ich bin seit Neuestem arbeitslos und weigere mich, jemanden dafür zu bezahlen, dass er mir etwas sagt, was ich längst weiß.

»Durchaus möglich, ja«, antworte ich höflich.

»Na, dann geben Sie mir mal Ihr Händchen, und wir schauen uns an, was die Zukunft für Sie bereithält, Sie bekloptes Ding.«

Sie packt meine Hand und hält sie sich ganz dicht vor die Augen, scheint jedoch nicht zu finden, wonach sie sucht – was auch immer das sein mag. Wahrscheinlich ist sie entweder zu blind, zu besoffen, oder sie hat schlichtweg keine Ahnung von ihrem Job. Vermutlich alles zusammen. Im Versuch, das Problem einer Lösung zuzuführen, hebt sie meine Hand ins Licht, was allerdings nicht viel bringt, da wir uns in einem fensterlosen Raum befinden, in dem es so gut wie kein Licht *gibt*. Sie ringt eine Weile mit diesem Umstand, dann langt sie in die Tasche ihres Kaftans und kramt darin herum. Schließlich holt sie eine Mini-Taschenlampe hervor – ein Werbegeschenk, das man umsonst dazu bekommt, wenn man für mehr als zwanzig Pfund bei Wollworths einkauft. Mir kommen immer mehr Zweifel an den professionellen Standards dieser Frau. Hellseherin Mary Rose leuchtet mit der Taschenlampe meine Handfläche ab, als wollte sie mir einen Splitter ziehen. Anfangs sind ihre Bewegungen noch langsam, doch dann wird sie zunehmend hektischer, bis sie auf einmal abrupt innehält. Der schwache Lichtstrahl der Lampe verharrt – erstaunlich ruhig, wenn man bedenkt, wie stark ihre Hände zittern – über einer ganz bestimmten Stelle meiner Handfläche. Hellseherin Mary Rose senkt den Kopf, bis ihre Nase mich fast berührt.

Unangenehm! Ich spüre ihren warmen, muffigen Atem auf der Haut und will instinktiv meine Hand zurückziehen, was sie mit einem scharfen Klaps auf meine Finger ahndet. Danach halte ich still.

»Ooooh«, macht sie, als würde sie diese Scharade tatsächlich ernst nehmen. »Ich sehe 'ne ganze Menge Alkohol in Ihrer Zukunft, Liiiebchen.«

Das dient nicht gerade dazu, mein angeschlagenes Vertrauen in die hellseherischen Fähigkeiten dieser Frau zu stärken. Es ist fünfzehn Uhr an einem Wochentag, und wir haben beide gerade ein Glas Wodka pur getrunken. Die Behauptung, dass Alkohol in meinem Leben eine Rolle spielt, erscheint mir da relativ naheliegend.

»Und weiter?«, sage ich ungehalten.

Also fährt sie fort. »O ja, jetzt seh ich's ganz deutlich. Der Alkohol wird eine große Rolle spielen in Ihrer Zukunft, Mädchen. Lassen Sie sich das von mir gesagt sein.«

Da ich allmählich die Geduld verliere, beschließe ich, nicht länger zu warten, sondern ihr kurzerhand die alles entscheidende Frage zu stellen. »Sehen Sie auch ...«

Doch aus irgendeinem Grund schaffe ich es nicht. Ich bringe die Worte nicht über die Lippen. Obwohl ich nichts von dem glaube, was diese Frau mir bisher erzählt hat, erscheint mir die eine Frage, die mir wirklich unter den Nägeln brennt und auf die ich unbedingt eine Antwort brauche, zu gefährlich. Zu folgenschwer. Schließlich geht es um die Wurzel meines zukünftigen Glücks. Davon hängt eine ganze Menge ab.

Ich versuche es noch einmal. Diesmal stoße ich die Worte in einem atemlosen Wispern hervor.

»Sehen Sie auch ...«

Mary Rose neigt sich mir entgegen und starrt mich an, als könne sie mir mit ihrem Blick die Worte aus dem Mund ziehen.

»Sehen Sie ...«

»Immer raus damit, Schätzchen ...«, ermuntert sie mich.

»Sehen Sie denn auch einen Mann?«, platze ich heraus. »Ich meine ... steht in meiner Handfläche zufällig auch geschrieben, dass ich bald jemanden kennenlerne?«, füge ich betont beiläufig hinzu und versuche mir nicht anmerken zu lassen, wie gern ich als Antwort auf diese Frage ein »Ja« hören möchte. »Also ... Irgendwann in der Zukunft schon, oder?«, stammle ich sinnlos weiter. »Ich treffe doch meine große Liebe, nicht wahr? Ich finde irgendwann den Richtigen, den Einen?«

Das ist sie. Die Frage, um die sich in letzter Zeit alles zu drehen scheint. Ich kneife ganz fest die Augen zusammen und warte auf die Antwort.

Das Schweigen will kein Ende nehmen. Nur diese beknackten Wale singen im Hintergrund, die einfach nicht die Klappe halten.

Und dann, endlich ...

»Nein«, sagt Mary Rose brüsk. »Tun Sie nich'.«

Was?!

»Tue ich nicht?«, wiederhole ich mit vor Entsetzen erstickter Stimme.

Das ist definitiv nicht die Antwort, mit der ich gerechnet habe. Klar, ich jammere andauernd, dass ich nie einen Mann finde, aber eher aus allgemeinem Selbstmitleid heraus à la »Ich armes Ding, wann habe ich endlich mal Glück?« Das macht jeder Single – aber keiner glaubt wirklich daran. *Ich* habe jedenfalls definitiv nicht daran geglaubt, dass ich dazu verdammt bin, bis in alle Ewigkeit allein zu bleiben. Das kann das Schicksal doch gar nicht wollen, oder? Das ist doch bestimmt nur eine Frage der Zeit?

»Na ja, jedenfalls nich' auf gewöhnlichem Weg.«

»Was?«, presse ich hervor.

»Ich seh nich', dass Sie auf gewöhnlichem Weg 'nen Mann kennenlernen. Davon is hier nichts zu lesen. Vielleicht trinken Sie noch 'n Schlückchen, während ich's Ihnen näher erläutere.«

Meine Augen werden so groß wie Untertassen. Automatisch strecke ich ihr mein Glas hin.

»Was genau soll das denn bedeuten? Sehen Sie jetzt was oder nicht?« Meine Stimme überschlägt sich fast. Hellseherin Mary Rose schenkt mir etwas ungelenk mit einer Hand nach, während sie mit der anderen weiterhin meine Hand festhält. Irgendwie fühlt sich ihr Griff auf einmal anders an. Als müsse sie mir eine sehr schlechte Nachricht überbringen.

»Also, Liiiebchen ...«

Jetzt spuck's doch einfach aus, du alte Hexe!

»Eines Tages ...«, beginnt sie. Du meine Güte, was soll denn diese künstliche Dramatik? Das hier ist keine Folge aus einer Daily Soap, sondern mein Leben! Meine Zukunft!

»Ja?«, fauche ich. Lange halte ich das nicht mehr aus.

»Nun ... eines Tages werden Sie den falschen Weg einschlagen.«

»Den falschen Weg einschlagen?«, wiederhole ich in heller Aufregung. »Was soll das heißen?«

»Wenn Sie mal für 'n Sekündchen die Klappe halten könnten, Liiiebchen, dann würd ich's Ihnen ja erklären.«

Augenblicklich bin ich still.

»Dieser Weg, Schätzchen, der wird dunkel sein. Sehr dunkel wird er sein und sehr gefährlich.« Die Worte »dunkel« und »gefährlich« vibrieren unheilschwanger in der Luft. »Sie werden Angst haben, Verzweiflung wird Sie überkommen, und Sie werden sich sehr, sehr einsam fühlen.«

»Ängstlich, verzweifelt, einsam«, wiederhole ich leise.

Sie nickt, zufrieden, dass ich die wesentlichen Punkte verstanden habe.

»Auf einem dunklen, gefährlichen Weg?«

»So isses, Schätzchen«, bekräftigt Mary Rose feierlich. »Und – Liiiebchen …«

»Ja?«

»Sie werden in höchster Gefahr schweben.«

»In höchster Gefahr?«, hauche ich wie ein kleines Kind, dem man eine Gruselgeschichte erzählt. Denn zu einer solchen entwickelt sich meine Weissagung gerade.

»Richtig«, sagt die Hellseherin und erhebt unheilvoll die Stimme. »'ne große, finstere Gefahr wird auf Sie lauern. Und Sie werden keinen Ausweg wissen.«

»Keinen Ausweg?«

»Sie werden so verzweifelt nach Rettung suchen, dass Sie einfach die Hand ausstrecken.«

»Ach ja?«

»Ja, meine Süße, so isses. Sie suchen verzweifelt nach Rettung, und dann …«

»Ja?«, sage ich flehentlich und beuge mich mit offenem Mund nach vorn. Mein Blick klebt förmlich an ihrem Gesicht.

»Und dann, Liiiebchen …«

»Ja?«, flüstere ich abermals.

»Dann werden Sie errettet werden!«

»Jesus Christus sei Dank.« Erleichtert atme ich auf. Mir war gar nicht bewusst, dass ich die ganze Zeit die Luft angehalten habe.

»Interessant, dass Sie das sagen, denn genau der isses, der Sie retten wird«, teilt mir die Hellseherin mit.

»Ich verstehe nicht ganz.«

»Der Christ, Liiiebchen«, sagt sie und deutet energisch in Richtung Zimmerdecke.

»Ich verstehe immer noch nicht, was Sie sagen!«, fahre ich sie an. Meine Nerven liegen blank.

»DER CHRIST!«, brüllt sie aus voller Kehle. »Der gute Christ isses, der Ihren armen Arsch retten wird!«

Dann senkt sie die Stimme abrupt zu einem verschwörerischen Flüstern, beugt sich mir entgegen und blickt mir tief in die Augen. Ich spüre ihren Atem im Gesicht, und ich würde mich am liebsten übergeben.

»Der Christ wird Sie retten. Durch ihn werden Sie zum Glauben finden.«

Zufrieden mit ihrer geleisteten Arbeit, richtet sie sich wieder auf und langt in die Tasche ihres Kaftans.

»Wann denn?«, frage ich ganz kleinlaut und furchtsam, als würde ich mich erkundigen, wie lange ich noch zu leben habe.

»Wenn Sie dreißig sind«, antwortet sie und zündet sich eine bereits zur Hälfte aufgerauchte Zigarette an, die sie offenbar in der Kaftantasche gefunden hat.

Mir gefriert das Blut in den Adern.

»Aber ich werde schon in dreiunddreißig Tagen dreißig!«, sage ich wie in Trance und mit bebender Stimme. Das weiß ich deshalb so genau, weil ich mitzähle. Mein persönlicher Countdown zum Weltuntergang.

»Tja, der Christ wartet schon auf Sie, Liiiebchen.«

»Das ist alles? Mehr sehen Sie nicht?«, frage ich in stiller Verzweiflung.

»Nee. Nur das – und 'ne ganze Menge Alkohol!«

»Das sagten Sie bereits.«

»Ich wollt's nur noch mal betonen, Süße.«

Hellseherin Mary Rose schaut mich an, als erwarte sie von

mir, dass ich mich über diese Aschenputtel-Geschichte freue. Stattdessen sieht sie nur blankes Entsetzen in meinem Gesicht. Sexuelle Enthaltsamkeit, Alkoholismus und religiöse Einkehr – so sieht also meine Zukunft aus. Und das Einzige, was mir angesichts dieser schmerzhaften Enthüllungen einfällt, ist ...

»Kann ich bitte noch einen Wodka haben?«

Wie es scheint, bin ich schon jetzt auf dem besten Wege, ihre Prophezeiung zu erfüllen.

Als ich zur Tür hinausstürze, hängt die Wintersonne tief am Himmel. Nachdem ich die letzte halbe Stunde in einem düsteren Loch verbracht habe, blendet mich das helle Tageslicht. Schlotternd, verwirrt und völlig desorientiert, stehe ich auf der belebten Straße und suche Halt an der Wand des Gebäudes, aus dem ich soeben ins Freie gestolpert bin. Ich muss mich erst mal wieder an die Welt hier draußen gewöhnen – eine Welt, die auf einmal ganz anders aussieht. So müssen sich die Kids aus *Die Chroniken von Narnia* gefühlt haben, als sie nach bestandenen Abenteuern wieder aus dem Kleiderschrank kletterten und feststellten, dass zwar alles noch genauso war, wie sie es zurückgelassen hatten, aber trotzdem nichts mehr so sein würde wie zuvor. Meine Wirklichkeit ist eine andere geworden, und im Moment will ich nur noch eins: vor dieser neuen Wirklichkeit fliehen, und zwar so weit weg, wie es nur irgend geht.

Ich setze mich in Bewegung. Ein Ziel habe ich nicht, ich laufe einfach los. Tief ein- und ausatmend, gehe ich immer schneller und schneller in der Hoffnung, dass mein Kopf irgendwann nicht mehr Schritt halten kann. Dass die Gedanken an meinen Job, den ich gekündigt habe, an die beängstigenden und trostlosen Weissagungen der Hellseherin, an mein künftiges Schicksal, an meine Zukunft und an mich selbst den Anschluss verlieren und hinter mir zurückbleiben. Ich setze alles daran, sie auszumanövrieren, und mit der entsprechenden Kondition hätte ich es vielleicht sogar geschafft. In Wahrheit jedoch manövriere ich lediglich ein paar gemächlich dahinschlendernde Fußgänger sowie einen älteren Herrn im Elektrorollstuhl aus. Meine Gedanken hingegen bleiben mir beharrlich auf den Fersen. Sie verlieren nie den Sichtkontakt zu mir.

Irgendwann gebe ich es auf und komme niedergeschlagen am Fuß des Primrose Hill zum Stehen. Im winterlich feuchten Gras sinke ich zusammen und sauge gierig die kalte Luft ein. Ich konzentriere mich ganz auf meine Atmung. Das ist eine Übung, die meine Mum mir empfohlen hat, um »den Geist zur Ruhe kommen zu lassen«. Sie macht sie immer zu Anfang ihrer Kunstworkshops – damit sich die Teilnehmer »neutralisieren«. Tja, ich muss auch dringend neutralisiert werden. Wenn ich diesen hartnäckigen, verstörenden Gedanken schon nicht davonlaufen kann, dann gelingt es mir vielleicht, sie aus meinem Körper zu verbannen und durch Leere zu ersetzen. Genau. Ich werde sie einfach dem Nichts anheimgeben. Einen nach dem anderen. Verzweiflung ausatmen. Leere einatmen.

Und noch einmal.

Es dauert ein Weilchen, bis es funktioniert. Offen gestanden, dauert es ein sehr, sehr langes Weilchen. Ich habe eine ganze Menge Neutralisationsarbeit zu leisten. Doch nachdem ich oft genug ein- und ausgeatmet habe, geschieht ein kleines Wunder. In meinen Gedanken findet eine Veränderung statt. Eine sanfte Woge der Ruhe umspült mich. Es ist eine labile Ruhe, zaghaft und unsicher, wie weit sie es bringen wird, ehe die düsteren Gedanken, die sich momentan schlafend stellen, wieder aufwachen und sie vertreiben. Die Reste von Wahnsinn in mir sind wie der Türhüter meines Bewusstseins, der allen freundlich gesinnten Besuchern konsequent den Zutritt verwehrt.

Jetzt nur keine falsche Bewegung machen!

Ich atme Leere ein – ich atme den Wahnsinn aus – Wiederholen.

Der Nebel in meinem Kopf löst sich auf, und etwas wie Klarheit stellt sich ein. Auf einmal höre ich eine laute, feste Stimme, die zu mir spricht.

»Verdammt noch mal, Delia, jetzt mach endlich!«

Ich kenne diese Stimme nicht. Sie muss sehr tief aus meinem Innern kommen. Sie klingt seltsam männlich und sehr aggressiv und überhaupt ganz anders, als ich mir meine innere Stimme vorgestellt habe. Und wer zum Geier ist Delia? Dann höre ich die Stimme erneut. Diesmal schallt sie durch den gesamten Park, und mir wird klar, dass es sich unmöglich um meine innere Stimme handeln kann. Vielmehr gehört sie zu einem großen, stämmigen Mann, der ein paar Meter entfernt auf dem Rasen steht. Er trägt eine Lederjacke, unter deren hochgeschobenen Ärmeln zahlreiche Tattoos zu sehen sind. Ich kann sogar die fünf Buchstaben lesen, die er sich auf seine Fingerknöchel hat tätowieren lassen. D.E.L.I.A. Die Buchstaben sind deshalb so deutlich lesbar, weil er die Hand zur Faust geballt hat. In der Faust hält er eine Kette, und am Ende dieser Kette befindet sich Delia – eine Bulldogge.

Delia zerrt widerspenstig an der Kette. Offenbar möchte sie das Rasenstück, auf dem sie sich momentan vergnügt, nur ungern verlassen. Der Mann jedoch hat andere Pläne. Er zieht heftiger an der Leine. Delia gräbt die Pfoten ins nasse Gras und stemmt sich dagegen, bis ihr feistes Gesicht nur noch aus Falten besteht und selbst ihre Augen davon verschluckt werden, sodass sie nichts mehr sehen kann: Ihre eigene Stirn versperrt ihr die Sicht. Ein letzter energischer Ruck an der Kette, und der Kampf ist entschieden. Wenn Delia nicht stranguliert werden will, bleibt ihr keine andere Wahl, als sich dem Willen ihres Herrchens zu beugen. Sie gibt ein missmutiges Grunzen von sich, dann gibt sie den Widerstand auf und lässt sich davonschleifen.

Arme Delia, denke ich. Dem eigenen Schicksal so hilflos ausgeliefert zu sein. Sie wird in eine Richtung gezogen, in die sie nicht will, und doch kann sie nichts anderes tun, als sich zu fügen.

Verdammte Hacke ... ICH BIN DELIA!

Jetzt sehe ich es ganz klar. Ich sehe die Kette um meinen Hals, deren anderes Ende Larry Hill fest in seiner Faust hält. Nur dass Larry Hill nicht mehr wie Larry Hill aussieht, sondern wie Jesus Christus. Und auf seinen Fingerknöcheln ist nicht der Name D.E.L.I.A. tätowiert, sondern B.E.L.L.A. Larry und Jesus Christus zerren an meiner Leine. Es ist wie ein Tauziehen, beide wollen über mein Schicksal bestimmen. An dieser Stelle komme ich ein wenig ins Trudeln, weil mich die Doppelpersönlichkeit von Larry Hill/Jesus Christus durcheinanderbringt. Zieht Jesus Christus mich in Richtung der Zukunft, die mir die Hellseherin prophezeit hat? Oder hat Larry Hill mir vergeben und zieht mich zurück in Richtung Gegenwart, damit ich so weitermachen kann wie bisher?

»Aha!«, rufe ich laut, weil nun endlich alles einen Sinn ergibt. Ich befinde mich an einem Scheideweg. Es zieht mich in zwei verschiedene Richtungen: einerseits in eine Zukunft, in der ich nichts zu melden habe, andererseits in eine Gegenwart, mit der ich nichts mehr anfangen kann. Diese Erkenntnis ist so bahnbrechend, dass mir der Mund offen steht. Denn erst in diesem Augenblick wird mir überhaupt bewusst, dass ich meine Gegenwart nicht mehr will – jedenfalls nicht die, in der ich heute Morgen aufgewacht bin. Und eine Gegenwart, in der ich auf eine Zukunft mit Jesus hinsteuere, will ich auch nicht. Ist es am Ende diese Gegenwart, die mich daran hindert, die Zukunft nach meinen Wünschen zu gestalten?

Ich glaube, die viele Atmerei hat sich positiv auf meine emotionale Intelligenz ausgewirkt. Oder die Hellseherin hat mir heimlich Drogen verabreicht.

»Delia!« Einen Sekundenbruchteil lang denke ich, dass es schon wieder meine innere Stimme ist – aber dann sehe ich sie. Ich sehe mich selbst, wie ich den Primrose Hill hinaufrenne. Delia hat ihr Heil in der Flucht gesucht. Sie hat ihre Ketten gesprengt. Sie wählt ein anderes Schicksal. Sie macht ihre eigenen Regeln.

»Du schaffst es, Delia!«, rufe ich.

Das muss ein Zeichen sein. Auch ich muss mich befreien, muss meinem selbst gewählten Schicksal entgegenlaufen. Wenn Delia es kann, dann kann ich es schon lange. Ich werde weder versuchen, meinen Job zurückzubekommen, noch werde ich das Schicksal akzeptieren, das die Hellseherin für mich vorgezeichnet hat. Genau wie Delia werde ich in die entgegengesetzte Richtung rennen. Im Moment habe ich noch keine Ahnung, welche Richtung das sein könnte – alles, was ich weiß, ist, dass ich noch dreiunddreißig Tage Zeit habe. Dreiunddreißig Tage, ehe mein Geburtstag mein Schicksal ewigen Singledaseins besiegelt. Ich muss es tun. Ich muss losrennen, denn schon bevor die Hellseherin mir mein mögliches Schicksal vor Augen geführt hat, war mir eins sonnenklar: Meine Gegenwart ist mit Sicherheit nicht die Zukunft, die ich mir früher für mich ausgemalt habe. Der Hundehaufen, den ich im nächsten Moment direkt neben mir entdecke, scheint dasselbe zu suggerieren.

Auf dem Rückweg zur U-Bahn-Station Camden überschlagen sich meine Gedanken. Ich habe keine Ahnung, was ich jetzt tun soll. Ich brauche ein weiteres Zeichen. Einen allerletzten Fingerzeig vom Universum, der mich in die richtige Richtung weist, denn allein bin ich aufgeschmissen. Ich will gerade den U-Bahnhof betreten, als mein Handy klingelt. Ich fische es aus den Tiefen meiner Tasche, sehe den Namen auf dem Display und weiß, dass ich rangehen muss, obwohl sich alles in mir dagegen sträubt.

»Hi, Dad«, flöte ich in gespielter Munterkeit, um die hässliche Realität meines Tages nicht durchklingen zu lassen.

»Bella, Gott sei Dank«, dringt seine vertraute Stimme, halb besorgt, halb erleichtert, durch die Leitung. »Geht es dir gut?«

»Ja, alles okay«, antworte ich zögerlich.

»Gott sei Dank«, sagt er noch einmal. Fast spüre ich, wie er aufatmet und sein gesamter Körper sich entspannt. »Ich habe mir solche Sorgen um dich gemacht, meine Kleine.«

Er weiß es!

Keine Ahnung, was oder woher, aber er weiß es. Ich weiß, dass er es weiß.

»Wieso denn das?«, frage ich unschuldig.

»Bella, möchtest du mir vielleicht was sagen?« Er klingt wie jemand, der mit Geiselnehmern verhandelt. Er will mich dazu bringen, meine Wahrheit unversehrt freizulassen.

»Nein«, sage ich und tue so, als würde ich mir den Kopf darüber zerbrechen, was er wohl meinen könnte. »Nicht, dass ich wüsste.«

Gott, ich bin wirklich gut. Wenn ich ihn nicht selbst erlebt hätte, könnte ich fast glauben, dass heute ein ganz normaler Tag war.

Die Laune meines Vaters schlägt um.

»Seltsam«, sagt er, auf einmal ungehalten. Er weiß genau, dass ich ihm etwas verheimliche.

»Ja?« Prompt werde ich unsicher und verliere den Mut.

»Ja, Bella Edwards. Ich hatte nämlich gerade eben ein Telefonat mit der Personalabteilung deiner Agentur.«

O nein – das ist gar nicht gut.

»Dort hielt man es für notwendig, deine nächsten Angehörigen – zum Leidwesen aller Beteiligten bin das immer noch ich – darüber in Kenntnis zu setzen, dass du heute offenbar einen Nervenzusammenbruch hattest.«

Gott, das ist wirklich übel.

»Niemand kann sich erklären, was ihn ausgelöst hat. ›Bizarr und zutiefst beunruhigend‹ waren die Worte, die die Personalerin des Öfteren verwendet hat.«

Es ist noch schlimmer als übel. Es ist ein absoluter Albtraum!

»Sie wollten mich darüber informieren, dass du aus dem Gebäude geflohen bist und sie keine Ahnung haben, wo du dich zurzeit aufhältst. Sie machen sich große Sorgen um deine Sicherheit und möglicherweise auch um die Sicherheit anderer. Bella, Schätzchen, was um alles in der Welt ist los mit dir?«

Ich verfluche die Personalabteilung! Und ich verfluche den Umstand, dass ich eine erwachsene Frau bin und mein nächster Angehöriger immer noch mein Vater ist. Das muss sich dringend ändern. Ich werde auf sämtlichen Formularen meinen durchgeknallten Nachbarn mit der Schildkröte als Notfallkontakt eintragen. Den würde so eine Geschichte bestimmt nicht aus der Ruhe bringen.

»Bella?«, hakt mein Vater nach. Er lässt einfach nicht locker.

»Ich weiß nicht, was ich sagen soll, Dad.«

»Tja, das ist schade, Bella. Deine Personalabteilung hatte nämlich eine ganze Menge zu sagen.«

Bitte, mach, dass es aufhört.

»Sie meinten, du hättest deinen Chef verbal angegriffen.« Er klingt tief enttäuscht. »Du hast *deinen Boss verbal angegriffen*. Bella, stimmt das?«

Nein. Ich würde nicht sagen, dass das stimmt. Diese bösartige Personalerin hat total übertrieben. Okay, ich habe meinen Boss beschimpft und dabei das F-Wort benutzt, aber das ist doch nicht dasselbe wie ein verbaler Angriff.

»Sprich mit mir, Bella. Ich dachte, du liebst deinen Job – du lebst für ihn. Sag mir, was um alles in der Welt da heute vorgefallen ist.«

Wie soll ich das tun, wenn ich doch selbst keine Ahnung habe?

»Bella, hast du deinem Boss wirklich gesagt, er soll sich ins Knie ficken?«

»Dad!«

Mein Dad schweigt und wartet auf eine Antwort. Er denkt, es kommt noch etwas. Da irrt er sich. Mehr als »Dad!« habe ich anscheinend nicht auf Lager. Weil er mich zwingen will, das Thema zu vertiefen, ich momentan dazu aber nicht in der Lage bin, sage ich das Einzige, was mir in den Kopf kommt und darüber hinaus zu hundert Prozent der Wahrheit entspricht.

»Ich muss jetzt los.«

»Wohin denn, Bella?« Ich wette, seiner Ansicht nach gibt es nur einen Ort, wo ich jetzt hinmuss, nämlich zu ihm nach Hause, damit wir einen familiären Krisengipfel abhalten können. Das will ich auf gar keinen Fall. Aber *was* ich will, das weiß ich nach wie vor nicht. Schweigend blicke ich in den Himmel und flehe das Universum an, mir doch endlich einen Wink zu geben.

Am anderen Ende der Leitung herrscht Schweigen, während ich versuche, mir eine Antwort zurechtzulegen. Irgendeine. Doch mir fällt keine ein.

Dad wartet geduldig ab.

Immer noch Stille, abgesehen vom Getümmel des Camden

Street Market um mich herum. Standbesitzer, die ihr Obst und Gemüse verkaufen, bilden einen tröstlichen Geräuschteppich, der mir das quälende Schweigen ein wenig erträglicher macht.

Und dann passiert es. Das Universum erhört mein Flehen. Es spricht zu mir, und ich vernehme seinen Ruf laut und deutlich.

»New York«, sage ich. »Ich fliege nach New York, Dad, deshalb muss ich jetzt wirklich los.«

Als ich wenig später den U-Bahnhof betrete, wird der Lärm des Marktes leiser. Das Letzte, was ich höre, ehe ich unter der Erde verschwinde, ist dieselbe Stimme wie kurz zuvor – die Stimme des Universums.

»Große Äpfel, wir haben herrlich große, saftige Äpfel für Sie, meine Damen und Herren!«

Große Äpfel – *The Big Apple*.

Wenn man nur verzweifelt genug nach einem Zeichen sucht, dann findet man vielleicht auch eins.

Zwei

»Guten Morgen, die Dame. Dürfte ich bitte Ihre Bordkarte sehen?«

Jetzt gibt es kein Zurück mehr.

Die gut gelaunte Flugbegleiterin nimmt mit einem freundlichen Lächeln den Stapel Unterlagen entgegen, den ich ihr reiche. Nachdem sie geduldig alles durchgesehen hat, findet sie meine Bordkarte und deutet mit einer vagen Handbewegung in Richtung des Sitzes 34A, der in der Kabinenmitte auf der linken Seite liegt – direkt über der Tragfläche. Na, großartig.

Sie gibt mir meinen Papierstapel zurück.

»Ich wünsche Ihnen einen angenehmen Flug«, sagt sie vergnügt. Damit leitet sie das Ende unseres höflichen Austauschs ein und gibt mir zu verstehen, dass ich bitte schön weitergehen und mich zu meinem Platz begeben soll.

Ich bezweifle, dass ihr Wunsch in Erfüllung gehen wird. Ich hasse fliegen. Ganz ehrlich. Praktisch jeder Aspekt des Fliegens macht mir Angst und beschwört morbide Todesfantasien in mir herauf. Deshalb habe ich mir vor dem Boarding auch ein Sektfrühstück gegönnt, um meine Nerven zu stärken. Und weil mein Wille zur Ausschweifung keine Grenzen kennt, habe ich nach den drei Gläsern Sekt auch noch zwei Bloody Marys getankt – wobei ich ergänzen möchte, dass es sich bei dem Sekt nur um die Hausmarke handelte und ein Glas im Frühstück inbegriffen war, deshalb zählt es eigentlich nicht. Wieso versuche ich überhaupt, meinen morgendlichen Alkoholkonsum zu rechtfertigen? Er diente ausschließlich der Selbstmedikation gegen meine chronische Flugangst. Manche schlucken Valium, ich schlucke großzügige Mengen Wodka mit Tomatensaft. Und wenn schon. Außerdem war mir nach Feiern zumute. Ich stehe nämlich am Beginn eines großen Abenteuers! Glaube ich jedenfalls.

Wahrscheinlich ist das auch der Grund, weshalb es mich nicht im Geringsten juckt, dass ich ungewöhnlich lange brauche, um zu meinem Platz vorzudringen, weil ich erst einmal darauf warten muss, dass die anderen Passagiere ihre Siebensachen in den Gepäckfächern verstauen. Eine an sich simple Tätigkeit, die zunächst auch relativ gelassen in Angriff genommen wird, jedoch schnell in ungezügelte Aggression umschlagen kann. Gestandene Männer, die sich vergeblich bemühen, die Habseligkeiten einer ganzen Familie im Fach von der Größe eines Schuhkartons unterzubringen. Erwachsene, die in ihrem wütenden Kampf mit dem Handgepäck zu rotgesichtigen Ninjas mutieren. Ich finde das drollig. Vielleicht ist das ein untrügliches Zeichen dafür, wie betrunken ich bin.

Während ich darauf warte, dass der Weg frei wird, lasse ich den Blick durch die Kabine schweifen und nehme meine Mitreisenden in Augenschein. Ich frage mich, woher sie wohl kommen und weshalb sie über den Großen Teich fliegen. Ob es hier noch jemanden gibt wie mich, der auf dem Weg nach New York ist, weil ihm von einer Hellseherin eine unerwartete Zukunft geweissagt wurde und er gehört hat, wie ein Obsthändler seine dicken Äpfel anpreist?

Wohl eher nicht.

Der Stau vor mir löst sich auf, und ich erreiche endlich meinen

Sitzplatz. Wie befürchtet, befindet er sich genau über der Tragfläche und dem riesigen Triebwerk, auf dessen Brummen ich nun während des gesamten Flugs ängstlich lauschen werde. Ich schiebe die Sonnenblende herunter und versuche es mir bequem zu machen, doch vergeblich. Meine gute Laune ist verpufft und hat nervöser Unruhe Platz gemacht. So langsam dämmert mir, dass ich für die nächsten acht Stunden und zwanzig Minuten in diesem Flieger, auf diesem Platz festsitzen werde. Meine Handflächen werden schweißfeucht, in meinem Magen beginnt es zu grummeln, und ich bekomme kaum noch Luft. Meine Kehle ist so eng, dass ich Angst habe, sie könnte jeden Moment komplett dichtmachen. Je länger ich darüber nachdenke, desto schlimmer wird es natürlich, bis ich irgendwann das Gefühl habe zu ersticken. Ein selbst herbeigeführter Erstickungstod droht plötzlich.

Gott, ich hasse fliegen.

Ich beschließe, mich praktischen Dingen zu widmen. Der Sitz neben mir ist noch frei, diesen Umstand nutze ich, um mich häuslich einzurichten. Ich krame in meiner Tasche und fördere verschiedene Utensilien zutage: eine große Flasche Wasser, eine Schlafmaske, Ohropax, eine Zeitschrift, Kopfhörer sowie diverse Snacks, die ich vor mir in die Sitztasche stopfe, bis diese fast aus allen Nähten platzt.

Ich finde auch meine Flugstrümpfe und ziehe sie mir etwas ungeschickt über. Zum Glück lenken mich diese Tätigkeiten kurzzeitig von meiner Panik ab und verhindern, dass meine Luftröhre endgültig den Betrieb einstellt. Sobald sämtliche Arbeiten erledigt sind, zücke ich mein Handy, um es in den Flugmodus zu schalten. Gegen einen unvorhergesehenen Triebwerksbrand bin ich vielleicht machtlos, aber dass mein Mobilfunksignal die Instrumente der Maschine stört und sie zum Absturz bringt, werde ich zu verhindern wissen. Ich stelle fest, dass ich drei ungelesene Nachrichten habe. Zwei sind von meiner Mum:

Bella, Schatz, ich habe eben mit deinem Vater gesprochen, wir machen uns große Sorgen um dich. Sobald du gelandet bist, möchten wir eine Familienkonferenz abhalten. Ich maile dir später noch die Kontaktdaten. Hab dich lieb. Mom x.

PS: Ich hoffe, das hat nichts mit unserer Ankündigung zu tun, Schätzchen. Wir haben wirklich nicht damit gerechnet, dass sie für dich überraschend kommt. Hab dich lieb. Mom x.

Ich beschließe, meine Mutter vorerst zu ignorieren, und wende mich stattdessen Nachricht Nummer drei zu. Die ist von Malcolm. Malcolm ist mein neuer Untermieter. Er schreibt lediglich:

Danke noch mal, Bella. Viel Spaß in den Staaten. M.

Ich habe – abgesehen von Ruhe, Erholung und Spaß mit einer alten New Yorker Freundin, die zufälligerweise auch meine beste Ratgeberin in Männerfragen ist – zwar noch keine konkreten Vorstellungen in Bezug auf meinen USA-Aufenthalt, aber in London bleiben wollte ich auf keinen Fall. Und da ich, wie sich vor Kurzem herausstellte, Ende des Monats ohnehin nach Kalifornien muss, habe ich beschlossen, die Gelegenheit beim Schopf zu packen und die Zeit bis dahin in New York zu verbringen. Ich werde mir eine kleine Auszeit gönnen und in aller Ruhe darüber nachdenken, was ich mit meinem Leben anfangen will. Das ist doch ein exzellenter Plan, selbst wenn er nicht bis ins letzte Detail ausgearbeitet ist.

Deshalb habe ich es auch gewagt, meine Wohnung für die Zeit meiner Abwesenheit unterzuvermieten. Ich habe die Fühler in meinem weitverzweigten sozialen Netzwerk ausgestreckt und auf diese Weise zwei potenzielle Kandidaten gefunden. Einer davon war Malcolm. Malcolm ist ein entfernter Bekannter eines entfernten Bekannten – eines Typen, dem ich mal vor ein paar Jahren in einer Kneipe begegnet bin und danach auf Facebook eine Freundschaftsanfrage gesendet habe, nur um ihn wenig später wieder zu vergessen. Er hat auf meine Suchanzeige geantwortet und für mich den Kontakt zu Malcolm hergestellt.

Dieses sehr, sehr dünne Band der Freundschaft war alles, was ich über Malcolm wusste. Unter normalen Umständen hätte mir das natürlich nicht ausgereicht, um ihm meine Wohnung zu überlassen, doch in Anbetracht der wenig vertrauenerweckenden Informationen, die mir über die zweite Kandidatin vorlagen, war Malcolm mein klarer Favorit.

Bei Kandidatin Nummer zwei handelte es sich nämlich um eine junge Frau aus unserer Personalabteilung, die für ihre Schamlosigkeit bekannt war und immer nur Ärger machte – wahrscheinlich war es dieselbe, die meinen Vater angerufen hat.

Es erübrigt sich zu sagen, dass Malcolm den Zuschlag bekam.

Ich hatte ihn kurz eingeladen, damit er sich die Wohnung anschauen konnte, und natürlich, um mir ein Bild von ihm zu machen. Als er kam, hatte er sehr viele Plastiktüten dabei. Zuerst dachte ich, er hätte gerade seinen Wocheneinkauf erledigt und wäre auf dem Nachhauseweg, doch dann stellte sich heraus, dass er gar kein Zuhause mehr *hatte*. Malcom war im Wesentlichen obdachlos, und die Plastiktüten enthielten keine Einkäufe, sondern die Gesamtheit seiner irdischen Besitztümer. Er erzählte mir, dass er gerade zwischen zwei provisorischen Behausungen hin- und herpendelte: Mal schlief er im Wohnwagen eines Freundes, der irgendwo in Wandsworth in einer Seitenstraße geparkt war, dann wieder in der Kantine seiner Firma, die zugleich als Pausenraum für die Mitarbeiter diente. In dieser misslichen Lage befand er sich, weil seine Frau ihn eine Woche zuvor mit einer Kollegin im Bett erwischt und hochkant aus der gemeinsamen Wohnung geworfen hatte.

Malcolm war ganz unten. Da dies ein Zustand ist, den ich seit Neuestem gut nachempfinden kann – und vor allem weil er auf keinen Fall noch eine Nacht im Wohnwagen verbringen wollte und mir deshalb anbot, das Doppelte der von mir verlangten Miete zu zahlen –, fackelte ich nicht lange, sondern sagte ihm zu. Allerdings schärfte ich ihm ein, dass ich bei meiner Rückkehr keine verlotterte Liebeshöhle vorfinden wolle und seine Affäre in meinen vier Wänden nicht willkommen sei. Aus meiner Wohnung eine verlotterte Liebeshöhle zu machen ist nämlich ganz allein meine Aufgabe, auch wenn ich darin bisher kläglich versagt habe. Malcolm akzeptierte diese Bedingung widerwillig, und da er bereits seine Sachen dabeihatte, zog er auf der Stelle ein.

»Gern geschehen, M«, schreibe ich rasch zurück. *»Bitte vergiss nicht, dich um die Schilddrüse des Nachbarn zu kümmern.«* Dann stelle ich mein Handy in den Flugmodus, ehe ich es wieder in meiner Tasche verschwinden lasse.

SCHILDKRÖTE!

Scheiße, ich wollte doch schreiben, er soll sich um die SCHILDKRÖTE kümmern!

Gott, wie ich das Fliegen hasse.

Ich will mein Telefon gerade wieder einschalten, um meinen Fehler zu korrigieren, als ich sehe, dass die Flugbegleiter bereits ihre Kontrollrunde machen. Keine Zeit mehr. Ich greife nach dem Sicherheitsgurt, um mich anzuschnallen, muss jedoch erschrocken feststellen, dass er kaputt ist. Er lässt sich nicht schließen.

Das hat mir gerade noch gefehlt. Was, wenn die Maschine in ein Luftloch gerät? Dann werde ich als die einzige Person an Bord mit einem defekten »Sicherheits«gurt wie eine hilflose Stoffpuppe gegen die Kabinendecke geschleudert, breche mir an den Belüftungsdüsen das Genick und sterbe. Nicht gerade ein gelungener Start in mein großes Abenteuer. Wann kommen die denn endlich mit den Snacks und Getränken vorbei? Ich brauche dringend meine Medizin.

In heller Panik blicke ich um mich und will gerade einen Flugbegleiter herbeirufen, damit er mir mit meinem Gurt behilflich ist, als unverhofft etwas Wunderbares geschieht. Ein großer, sagenhaft attraktiver Mann steuert auf meine Sitzreihe zu. Handelt es sich etwa um Passagier 34B? Ist das möglich? Kann das Leben es wirklich so gut mit mir meinen? Mein Herzschlag setzt kurz aus, als der Mann ganz in der Nähe stehen bleibt. Ängstlich schaue ich zwischen dem freien Sitzplatz neben mir und dem Schritt des Mannes hin und her – Letzteres selbstverständlich nur, weil sich besagter Schritt genau auf Höhe meiner Augen befindet.

Dann geht der Mann weiter und macht all meine Hoffnung zunichte.

Mist.

War ja klar. Wann hat man im echten Leben schon mal das Glück, auf einem acht Stunden und zwanzig Minuten dauernden Flug neben dem schönsten Kerl im gesamten Flieger, womöglich sogar im gesamten internationalen Luftraum zu sitzen? Richtig: nie. Mit neu erwachtem Zorn zerre ich an meinem Gurt. Kann mein Leben nicht hin und wieder wenigstens ein bisschen so sein wie im Film?

»Hallo«, erklingt plötzlich eine tiefe Reibeisenstimme irgendwo über meinem Kopf. Es ist, als würde Gott zu mir sprechen.

Jesus, Maria und Josef – der sagenhaft attraktive Mann. Er ist zurückgekehrt!

Was soll ich jetzt tun? Er muss an seinem Platz vorbeigelaufen sein. Das wirft kein gutes Licht auf seine Intelligenz, schließlich sind die Sitzreihen fortlaufend nummeriert. Aber weil er so schön ist, bin ich bereit, Gnade vor Recht ergehen zu lassen, und gebe mich der wundervollen Fantasie hin, tatsächlich die nächsten acht Stunden und zwanzig Minuten neben diesem göttlichen Geschöpf verbringen zu dürfen.

Der extrem gut aussehende Mann, den ich auf Ende dreißig schätze, lächelt auf mich herunter und entblößt dabei seine geraden, strahlend weißen Zähne. Sie werden umrahmt von den tollsten Lippen, die ich je gesehen habe und die ich auf der Stelle küssen möchte. *Um Gottes willen, beruhig dich, Bella!* Ein perfekter dunkler Dreitagebart akzentuiert die Kontur seines markanten, in seiner Vollkommenheit wie gemeißelten Kiefers. Seine Haare sind ebenfalls dunkel und ein wenig zerstrubbelt, als wäre er gerade aufgestanden. Wenn man sie sieht, möchte man sofort mit den Händen hineingreifen. Doch es gelingt mir, dem Drang zu widerstehen. Seine Augen sind von einem dunklen Grünbraun und mit dichten schwarzen Wimpern umkränzt, als hätte jemand mit einem Filzstift eine Linie darum gemalt. Er sieht aus wie ein urbaner Holzfäller – falls es so etwas überhaupt gibt. Er trägt ein Karohemd mit hochgekrempelten Ärmeln, darunter ein weißes T-Shirt und eine Jeans mit dunkelbraunem Gürtel. Das sieht lässig und unfassbar sexy aus.

Ich möchte lächeln und ihm Hallo sagen, doch stattdessen glotze ich ihn nur dämlich an. Als er sich streckt, um seine Tasche ins Gepäckfach zu hieven, rutscht ihm das T-Shirt aus der Hose, und darunter kommt ein exquisiter Bauch zum Vorschein. Ein einladender kleiner Streifen dunkler Haare führt nach unten bis zum

Reißverschluss seiner Hose und verschwindet dort unter dem Bund.

Ach du heilige Scheiße!

Ich kriege den Mund gar nicht mehr zu.

Ich will den Blick von ihm abwenden, aber meine Augen haben sich an ihm festgesaugt. Ich glaube, mir läuft sogar ein bisschen Sabber aus dem Mundwinkel. Gleich darauf lässt sich der wunderschöne Holzfäller neben mir nieder. Mein Gott, es geschieht wirklich – er sitzt neben mir. Ich versuche mich am Riemen zu reißen, doch irgendwie ist es dafür längst zu spät. Er sinkt gegen die Rückenlehne und fährt sich mit beiden Händen durchs Haar, während er gleichzeitig einen kleinen Seufzer ausstößt, den mein Gehirn augenblicklich mit Sex assoziiert, der aber vermutlich eher etwas mit seiner Erleichterung zu tun hat, weil er beinahe seinen Flieger verpasst hätte. Er lächelt mich an, wie um zu sagen: *Puh, das war knapp*. Dann streckt er mir beiläufig die Hand zum Gruß hin.

»Ich bin Michael John«, sagt er. Sein muskulöser, sonnengebräunter Unterarm schwebt zwischen uns in der Luft. Er wartet darauf, dass ich seine Hand schüttle. Er spricht mit amerikanischem Akzent – was Sinn macht, denn kein Engländer würde auf die Idee kommen, sich im Flugzeug seinem Sitznachbarn vorzustellen. Mit so etwas handelt man sich nur Ärger ein. Statt seine erwartungsvoll ausgestreckte Hand zu ergreifen, sitze ich einfach nur da. Ich bin mit Stummheit geschlagen. Mit Stummheit *und* Bewegungslosigkeit!

Eine unangenehm lange Zeit verstreicht, ehe ich die Sprache wiederfinde.

»Hallo, ich bin ... ah ... Bell«, stammle ich, ehe mir bewusst wird, dass ich das Kunststück fertiggebracht habe, die Silben meines eigenen Namens zu vertauschen.

»-a«, ergänze ich lahm. »Ich meine, ich bin nicht A-bell, so wie Kain und Abel. Sondern Bell-a.«

Er sieht mich neugierig an.

»Ich war nur kurz verwirrt, wo das a hinkommt. Kann ja mal passieren.«

Sicher, wenn man eine fünfjährige Legasthenikerin ist. Gott, mein Selbsthass in diesem Moment ist beinahe so groß wie mein Hass aufs Fliegen und auf meinen Namen. Im Stillen bete ich für das eben noch gefürchtete Luftloch, damit ich mir wirklich den Hals breche und von meinem Elend erlöst werde. In Anbetracht der Tatsache, dass wir noch nicht einmal abgehoben haben, sind die Erfolgsaussichten allerdings eher schlecht.

»Ich fange noch mal von vorne an. Ich bin Bella«, sage ich und schüttle ihm die Hand. Im Vergleich zu seinem amerikanischen Akzent klinge ich zutiefst britisch.

»Hübscher Name.«

Wirklich? Herrje, was antworte ich denn jetzt darauf? Ich muss mich zwingen, nicht wie ein Schulmädchen zu grinsen.

»Danke«, erwidere ich sittsam.

Wir tauschen ein Lächeln. Seins ist freundlich und so strahlend, dass ich fast davon geblendet werde; meins ist unbeholfen und verlegen.

»Sie haben aber einen ziemlich kräftigen Händedruck, A-Bell.«

Ach du Scheiße, ich halte immer noch seine Hand fest!

»Danke«, sage ich, genauso sittsam wie eben.

Keine Ahnung, warum ich das als eine passende Reaktion erachte. Meine Wangen glühen, wahrscheinlich sind sie feuerrot. Aus einem spontanen Impuls heraus beschließe ich, die Aufmerksamkeit von mir und meinem peinlichen Benehmen auf Michael John zu lenken, indem ich ihm eine Frage stelle.

»So, Michael John.« Meine Stimme klingt wie die einer übermotivierten Gruppenleiterin bei den Pfadfinderinnen. »Was führt Sie nach New York?«

»Na ja, also, ich …« Er zögert, als versuche er sich eine Antwort zu überlegen, die dem Enthusiasmus meiner Frage gerecht wird. »Ich wohne dort.«

Das nenne ich mal einen Antiklimax.

»Cool«, sage ich, weil mir nichts Besseres einfällt. Damit scheint unser Gespräch vorerst beendet zu sein. Sagen wir es mal so: Ich habe mich schon angeregter unterhalten.

»MJ.«

»Wie bitte?«

»Sie können mich ruhig MJ nennen.« Offenbar sieht er mir an, dass ich keinen Schimmer habe, wovon er redet, denn er führt aus: »Statt Michael John können Sie auch MJ zu mir sagen – ist ein bisschen einfacher.«

Dies ist ein sehr gutes Omen, welches ich folgendermaßen interpretiere: Erstens hat Michael John alias MJ vor, sich während des Flugs noch eingehender mit mir zu unterhalten, sonst würde er wohl kaum finden, dass wir Abkürzungen für unsere Namen brauchen. Zweitens ist ein erwachsener Mann, der sich freiwillig MJ nennt, deutlich weniger furchteinflößend, als er mir noch vor drei Minuten erschien.

A-Bell ist wieder im Spiel!

»Okay, dann also MJ«, sage ich voller Selbstvertrauen. Schließlich habe *ich* wenigstens einen Namen, der »hübsch« ist.

Auf diesen kurzen Austausch von Höflichkeiten folgen zwei wunderschöne Minuten – womöglich die besten Minuten meines Lebens –, in denen wir gemeinsam nach der anderen Hälfte von MJs Sicherheitsgurt suchen. Dabei entspinnt sich eine nicht ganz ernst gemeinte Diskussion über die Frage, ob die fehlende Gurthälfte nun eigentlich seine oder meine ist. Im Zuge dessen klärt sich auch, weshalb ich beim Schließen meines Gurts vorhin so große Probleme hatte. Nachdem das Rätsel gelöst ist, sonnen wir uns eine Zeit lang in unserem gemeinsamen Erfolg, und ehe wir es uns versehen, sind MJ und ich auf dem besten Weg, Freunde zu werden. Möglicherweise sogar Seelenverwandte.

Nachdem die anfängliche Aufregung um unsere Namen und die Sicherheitsgurte abgeflaut ist, verfallen wir in ein entspanntes Schweigen. Ich habe gerade das Gefühl, dass mein Vertrauen ins Fliegen wiederhergestellt ist, da passiert etwas Schreckliches. Der Kapitän macht eine Durchsage. Es komme aufgrund eines nicht näher identifizierten technischen Defekts zu Verzögerungen. Ein nicht näher identifizierter Defekt ist der schlimmste aller Defekte, da ein Defekt, der nicht einmal identifiziert wurde, logischerweise auch nicht behoben werden kann. Ein unruhiges Murmeln erhebt sich in der Kabine, doch im Großen und Ganzen scheinen alle unbesorgt. Einzige Ausnahme ist die Passagierin von Sitz Nummer 34A, die sich am Rand einer Panikattacke bewegt.

»Alles in Ordnung, Bella?«, erkundigt MJ sich freundlich.

»Ich … es … ich … hasse … fliegen«, presse ich erstickt hervor, weil mir die Angst schon wieder die Kehle zuschnürt. MJ lacht auf eine nette, aber zugleich etwas herablassende Art, ehe er mir erklärt, dass Flugzeuge das sicherste Verkehrsmittel der Welt seien und die Wahrscheinlichkeit, beim Überqueren einer Straße von einem Auto erfasst zu werden, ungleich höher sei als die, bei einem Flugzeugabsturz ums Leben zu kommen. Das ist die klassische Antwort, die man einem unter Flugangst leidenden Mitreisenden zur Beruhigung verabreicht. Leider zeigt sie bei mir nur selten Wirkung. Ich versuche zwar den Eindruck zu erwecken, als empfände ich seine Worte als tröstend, aber die Realität sieht anders aus. Die Angst hat mich fest im Griff.

»Bella, sind Sie sicher, dass es Ihnen gut geht? Sie sehen etwas …« Er zögert kurz, ehe er vorsichtig hinzufügt: »… erhitzt aus.«

Das ist sehr höflich von ihm. Ich sehe nicht bloß »etwas erhitzt« aus. Ich schwitze wie ein Schwein.

»Bisschen stickig hier drin, was?«, sage ich, um Beiläufigkeit bemüht, während ich mir gleichzeitig die schweißnasse Strickjacke vom Leib schäle und hastig die obersten Knöpfe meiner Bluse öffne. Auch ich habe höflich untertrieben. Bisschen stickig, von wegen! Es ist heiß wie in den Tropen. Ich wende mich dem Fenster zu und schiebe die Sonnenblende hoch, aber das hat lediglich zur Folge, dass ich wieder das Triebwerk sehe. Außerdem wird mir brutal vor Augen geführt, dass es sich gar nicht um ein echtes Fenster handelt, sondern um eine dicke Scheibe aus Plexiglas, die sich nicht öffnen lässt. Ich sitze in der Falle. Wir *alle* sitzen in der Falle. Meine Luftröhre hat sich mittlerweile bis auf den Durchmesser eines Strohhalms zusammengezogen, und ich ringe verzweifelt nach Atem. Irgendwie bekomme ich nicht genug Sauerstoff. Nicht einmal der Gedanke, neben diesem wunderschönen Mann zu sitzen, kann meinen Stresspegel senken, der mit beinahe unkontrollierbarer Geschwindigkeit in die Höhe schnellt.

MJ reagiert prompt. Er greift nach oben und stellt die beiden Belüftungsdüsen über unseren Köpfen so ein, dass sie in meine Richtung blasen. Eine ritterliche, wenngleich ultimativ nutzlose Geste. Dann holt er eine Kotztüte aus der Sitztasche und weist mich an, sie mir vor den Mund zu halten und langsam und tief hineinzuatmen. Behutsam beugt er meinen Oberkörper ein Stück nach vorn, was meine Lungen zusammendrückt – ein etwas kontraintuitives Vorgehen, wie mir scheint. Dann beginnt er in sanften Kreisbewegungen meinen schweißnassen Rücken zu streicheln. Ich erhebe keine Einwände.

»Ganz ruhig. Immer schön ein und aus. So ist es gut«, redet er beruhigend auf mich ein, als wäre ich eine Kuh, die kalbt.

Es ist, als würden wir uns schon ein Leben lang kennen, nicht erst seit fünf Minuten.

Sobald ich das Gefühl habe, dass die unmittelbare Gefahr gebannt ist, lasse ich die Kotztüte kurz sinken. »Unterhalten wir uns«, bitte ich ihn.

»Okay …«, erwidert er unsicher. »Worüber sollen wir uns denn unterhalten?«

»Egal. Bitte«, flehe ich, während ich zwischendurch weiter in die Kotztüte atme. »Erzählen Sie mir was von sich. Irgendwas Interessantes. Ganz egal, was, ich brauche bloß Ablenkung.«

»Tja, also … meine Schwester ist cracksüchtig.«

»Was?« Ich lasse die Tüte sinken, richte mich wieder in meinem Sitz auf und starre ihn entgeistert an. Wie kommt er denn jetzt auf so etwas?

»Ja. Sie nimmt richtig harte Sachen. Sie ist total am Ende.« Er schweigt und hängt eine Zeit lang seinen Gedanken nach, die sich vermutlich um seine arme Schwester und deren unaufhaltsamen Abstieg in die Drogenhölle drehen.

»Na ja«, meint er dann abrupt. »Keine Ahnung, ob das interessant ist oder einfach nur schrecklich. Auf die Schnelle ist mir nichts anderes eingefallen.«

Ich fühle mich ganz unbehaglich. So hatte ich mir das irgendwie nicht vorgestellt. MJ schämt sich offenbar dafür, mir zu viel verraten zu haben, und da kann ich ihm nur recht geben. Ich dachte, er erzählt mir vielleicht, dass er zwölf Zehen hat oder früher mit Bon Jovis Cousin in eine Klasse gegangen ist. Ich konnte ja nicht ahnen, dass er mir seine dunkelsten Familiengeheimnisse anvertraut. Das scheint mir ein zutiefst amerikanisches Verhalten zu sein.

»Deswegen war ich auch in London. Ich wollte sie überreden, nach Hause zurückzukommen.«

O nein, es geht weiter.

»Das ist ja schrecklich, MJ.«

»Ja, oder?« Wir beide schütteln angesichts dieser tragischen Geschichte betroffen die Köpfe.

»Ursprünglich ist sie nach London gegangen, um dort ein Jahr zu studieren. Du weißt ja, wie das ist – man gerät an die falschen Freunde, und auf einmal ist man drogenabhängig.«

Offen gestanden, bin ich mir nicht sicher, ob ich weiß, wie das ist. Für mich wären »falsche Freunde« solche, die mich dazu überreden, an einem Dienstagabend tanzen zu gehen und am Mittwochmorgen die Vorlesung zu schwänzen – nicht solche, die mich in die Drogensucht treiben. Das kommt mir etwas zu extrem vor. MJs Schwester muss ein leicht zu beeinflussender Mensch sein.

»Das tut mir sehr leid«, entschuldige ich mich stellvertretend für meine Heimatstadt. Ich fühle mich persönlich für den Absturz dieses jungen Mädchens mitverantwortlich. »Du hattest wohl keinen Erfolg, was?«, fahre ich leise fort, um ihn von seinen traurigen Gedanken abzulenken, in die er versunken zu sein scheint.

»Ihr ist nicht mehr zu helfen«, sagt er unverblümt. »Ich habe sie ihrem Schicksal überlassen.«

»Oh!«, entfährt es mir vor Schreck. Das ist aber nicht besonders brüderlich. Er hat die letzten fünf Minuten lang aus purer Herzensgüte den verschwitzten Rücken einer Fremden gestreichelt, da kommt mir so ein Verhalten ungewohnt hartherzig vor.

»Meine Damen und Herren, hier spricht Ihr Kapitän. Leider wissen wir immer noch nicht, worin unser technisches Problem besteht, aber wir riskieren es einfach. Was soll schon passieren? Kabinenbesatzung, bitte zum Start bereit machen.«

Vielleicht ist das nicht der exakte Wortlaut dessen, was der

Kapitän sagt, aber die Kernaussage stimmt. Sofort meldet sich meine Panik zurück, die MJ bis zu diesem Moment gekonnt in Schach gehalten hat. Ich hebe die Kotztüte an den Mund. Abermals bricht mir der Schweiß aus. Während wir zur Startbahn rollen, ist mein gesamter Körper angespannt, als würde ich von den Beschleunigungskräften in den Sitz gedrückt. Ich umklammere die Armlehnen derart fest, dass meine Knöchel weiß hervortreten. Was auch MJ nicht entgeht.

»Ich habe erfahren, dass sie nicht nur Crack raucht, sondern auch noch auf den Strich geht.«

Gütiger Himmel. »Ernsthaft?« Das ist die abartigste Geschichte, die ich jemals gehört habe.

»Dabei war sie früher so ein gutes Mädchen.«

Er fährt mit seiner bedrückenden, aber zugleich unglaublich packenden Geschichte fort. Ich bin so gefesselt, dass ich glatt den Start verpasse, und ehe ich weiß, wie mir geschieht, sind wir bis auf fünftausend Meter gestiegen. Dass wir in der Luft sind, merke ich erst, als wir in Turbulenzen geraten. Diese sind so stark, dass ich das Gefühl habe, als hätte eine riesige Hand unsere Maschine aus der Luft gepflückt und würde sie wie eine Rassel hin und her schütteln. Allerdings scheine ich die einzige Person zu sein, die ein Problem damit hat. Und es kommt noch schlimmer. Als Nächstes durchfliegen wir ein Luftloch, sodass sich das Flugzeug einen Moment lang im freien Fall befindet. Das Herz schlägt mir bis zum Hals. Schlagzeilen über Flugzeugunglücke schießen mir durch den Kopf. Ich stoße einen sehr langen, sehr lauten und sehr spitzen Schrei aus. Meine Finger krallen sich in das Klapptischchen vor mir. Inwiefern es mir bei der Bewältigung dieser Situation helfen soll, ist unklar. Will ich es etwa als Mini-Fallschirm verwenden, wenn ich in den Tod stürze? Doch im nächsten Moment kommt eine große Hand aus dem Nichts und legt sich auf meine. Die Hand gehört MJ. Sanft, aber bestimmt löst er meine Finger von der Tischkante, umschließt sie mit seinen und legt unsere ineinander verschränkten Hände in seinen Schoß. Ich drehe mich zu ihm herum und blicke in seine ruhigen Augen. Er zwinkert mir zu. »Nur ein paar kleine Turbulenzen, Bells«, sagt er aufmunternd. »Das wird schon wieder.«

Dann drückt er ganz leicht meine Hand.

Er steht auf mich! Eindeutig!

Als wir zehntausend Meter erreicht haben, bin ich endlich ruhig.

Bei elftausend Metern stelle ich mir vor, dass MJ mein frisch angetrauter Ehemann ist und wir uns gerade auf dem Weg in die Flitterwochen befinden.

Aber bei dreizehntausend Metern – mittlerweile sind eine Stunde und zehn Minuten vergangen – ist uns die ganze Sache ziemlich peinlich. Wir halten nämlich immer noch Händchen.

Eine vertrackte Situation. Keiner von uns beiden weiß, was wir jetzt machen sollen. Die Verlegenheit hat uns in eine Art Schockstarre versetzt. Wir sitzen da und starren auf unsere Klapptischchen. Bereits bei zehntausendfünfhundert Metern ist unsere Unterhaltung ins Stocken geraten, und jetzt fragen wir uns beide, wie es so weit kommen konnte. Ob wir jemals unsere Hände wiederkriegen werden. Ich gebe MJ die Schuld daran. Er hat angefangen. Sobald die Gefahr eines Absturzes gebannt war, hätte er meine Hand loslassen müssen. Das wäre der passende Moment gewesen. Er hätte mir freundlich den Handrücken tätscheln, »Jetzt ist alles wieder gut« sagen und mir meine Hand zurückgeben sollen. Inzwischen ist die Lage so verfahren, dass es keinen einfachen Ausweg mehr gibt. Natürlich könnte ich meine Hand wegziehen, aber ich möchte nicht undankbar erscheinen. MJ war so unglaublich nett zu mir. Und warum er mich nicht loslässt, ist sonnenklar: weil er bis über beide Ohren in mich verknallt ist. Oder vielleicht fürchtet er auch um sein Leben, weil ihm klar geworden ist, dass er aus reiner Mitmenschlichkeit einer Wahnsinnigen geholfen hat, die seine Hand nun als ihren Besitz betrachtet und nicht mehr hergeben will. Also sitzen wir da – Opfer einer fürsorglich gemeinten Geste, die vollkommen außer Kontrolle geraten ist.

»Nüsse?«, fragt Colin, unser schwuler Flugbegleiter. Gott sei Dank. Das ist die Gelegenheit! Hastig lassen MJ und ich einander los, um uns stattdessen an Colins Nüssen zu vergreifen.

Kurz vor dem Landeanflug auf New York ist längst Normalität eingekehrt. Händchenhalten, In-die-Kotztüte-Atmen und cracksüchtige Schwestern sind vergessen. Wir haben uns die ganze Zeit blendend unterhalten und sind nicht mal dazu gekommen, das In-Board-Entertainment einzuschalten. MJ ist nicht nur unglaublich nett, sondern auch humorvoll, charmant und intelligent. Als wir New York City erreichen, bin ich relativ sicher, in ihm den idealen Partner fürs Leben gefunden zu haben. Außerdem bin ich zu der Ansicht gelangt, dass die Hellseherin mit ihren abstrusen Vorhersagen in Bezug auf mein fortdauerndes Singledasein komplett danebenlag. Höchstwahrscheinlich ist sie eine Betrügerin.

Der Kapitän meldet sich aus dem Cockpit und teilt uns mit, dass wir in etwa vierzig Minuten am Flughafen JFK landen werden. MJ und ich tauschen einen wehmütigen Blick. Bald heißt es Abschied nehmen. Die Kabinenbesatzung macht ihren letzten Rundgang, bei dem sie alles für die Landung vorbereitet und kleine Tütchen mit Love Hearts an die Passagiere austeilt. Nette Geste, Virgin Atlantic. Colin ist ein bisschen nervös, als er uns unsere Tütchen reicht. MJ und ich bedanken uns besonders höflich bei ihm. Wir haben das Gefühl, unser plumpes Verhalten bei den Nüssen ausbügeln zu müssen.

Weil MJ Amerikaner ist, weiß er natürlich nicht, was Love Hearts sind. Er ist nicht mit ihnen aufgewachsen und verspürt bei ihrem Anblick keinen Anflug süßer Nostalgie. Love Hearts sind, wie der Name bereits andeutet, kleine Traubenzuckerherzchen mit aufgedruckten Liebesbotschaften. Neugierig öffnet MJ sein Tütchen, fischt das erste Herzchen heraus und betrachtet es eingehend. Dann lächelt er sein sexy Lächeln, schließt die Faust um das Herz, streckt sie mir hin und fordert mich auf, hineinzuschauen. Es ist ein bisschen wie Weihnachten. Ich öffne seine Finger, und ein Love Heart kommt zum Vorschein, auf dem steht:

Du bist die Eine.

Ha ... Ich wusste, dass er auf mich steht!

Ich erröte.

Jetzt bin ich an der Reihe. Gespannt öffne ich meine eigene Tüte, hole ein Herzchen heraus und lege es, ohne nachzuschauen, was darauf steht, mit der Schrift nach unten neben MJs Herz in seine Handfläche. Dann gebe ich ihm mit einer Geste zu verstehen, dass er es umdrehen soll, damit er meine Erwiderung auf seine Botschaft lesen kann. Er tut es.

Ich ergebe mich dir.

Wir lächeln, halb verblüfft, halb belustigt über unsere freimütigen Love Hearts, die unsere Freundschaft von einem Moment zum nächsten auf eine ganz neue Ebene katapultiert haben. Dann macht sich eine gewisse Verunsicherung breit. Die Luft zwischen uns füllt sich mit knisternder Erwartung. MJ sieht mich an, wie um zu fragen: *Und was jetzt?*

Weil ich keine Antwort darauf weiß und mich die Situation überfordert, küsse ich ihn nicht – was ich garantiert getan hätte, wenn dies nicht das wahre Leben, sondern ein Film wäre –, sondern tue das Undenkbare: Ich esse die Herzchen auf.

Ich pflücke sie aus seiner Handfläche, stecke sie mir in den Mund und zerkaue sie. Unromantischer geht es wirklich nicht mehr.

MJ schaut mich verdattert an. Ich grinse debil. Danach ist das erwartungsvolle Knistern erloschen.

Wenig später ist Flug 714 gelandet. Weil ich mit meinem Handgepäck beschäftigt bin, bekomme ich nicht mit, wie MJ seine Telefonnummer aufschreibt. Das merke ich erst, als er mir einen kleinen Zettel zusteckt.

»Ruf mich an, wenn du, während du in der Stadt bist, Lust auf ein Treffen hast«, sagt er, ehe er mir einen Kuss auf die Wange gibt, bei dem mir das Herz stehen bleibt. »Es war mir ein Vergnügen, A-Bell. Ungewöhnlich … aber definitiv ein Vergnügen.«

Dann kehrt MJ, das Schlitzohr, mir den Rücken zu und lässt mich schwindlig vor Seligkeit zurück. Ich will etwas sagen, aber seine Abschiedsworte waren ziemlich perfekt, und ich weiß nicht genau, ob es noch etwas hinzuzufügen gibt.

»Ich hoffe, das mit deiner Schwester renkt sich wieder ein!«, rufe ich ihm nach.

Verdammt.

Kaum sind mir diese dummen Worte entschlüpft, weiß ich, dass es besser gewesen wäre, mich auf ein schlichtes »Wiedersehen!« zu beschränken – oder noch besser: einfach die Klappe zu halten. Durch meine unsensible Bemerkung habe ich einen wunderschönen Abschiedsmoment kaputt gemacht.

»Ich habe gar keine Schwester!«, ruft MJ zurück und grinst diebisch. Er zwinkert mir noch einmal zu, dann ist er verschwunden.

Ja, hat man denn …? Welcher Mensch erfindet Geschichten über eine cracksüchtige, sich prostituierende Schwester? Ich bin hin und weg. Schmunzelnd raffe ich meine Sachen zusammen und mache mich auf den Weg zum vorderen Kabinenausgang. Dort stehen die sichtlich erschöpften Flugbegleiter Spalier.

»Genießen Sie Ihren Aufenthalt in New York City«, sagt Colin mit falscher Fröhlichkeit.

»Danke, Col«, gebe ich kess zurück. »Genau das habe ich vor.«

Drei

Es lag an den Haaren. Deshalb ist sie mir damals gleich aufgefallen. Sie hatte voluminöse, fantastische, bis zur absoluten Perfektion geföhnte Haare. Ich weiß noch, wie ich dachte: *Total übertrieben – das Mädel muss ja extra für den Anlass beim Frisör gewesen sein.* »Der Anlass« war unser erster Tag an der University of San Francisco.

Ich hatte beschlossen, in Kalifornien zu studieren, um näher bei meiner Mum sein zu können, die nach der Scheidung von meinem Dad in die San Francisco Bay Area gezogen war. Sie hatte den Rest der Familie in London zurückgelassen, um Hippie zu werden und einen Künstler-Retreat zu leiten. Damals hatte sie gesagt, sie wolle endlich »ihr eigenes Leben leben« – so als wären ihr Ehemann und ihre beiden jugendlichen Töchter für sie ein Störfaktor statt etwas, woran sie aktiven Anteil gehabt hatte. Die Gefühle, die aus dieser Entscheidung sprachen, waren alles andere als mütterlich. Vermutlich war es das Selbstsüchtigste, was sie jemals getan hatte, doch zu ihrem großen Glück hatte sie einen Mann geheiratet (und sitzenlassen), der es als seine einzige Pflicht betrachtete, seine Familie glücklich zu machen – in welcher Form auch immer.

»Theresa, Liebling, wenn es das ist, was du wirklich willst, dann unterstützen wir dich natürlich.« Mehr sagte Dad, soweit ich mich erinnern kann, nicht zu dem Thema. Er gab ihr seinen Segen und unseren gleich mit, und zwar mit einer Selbstverständlichkeit, als hätte sie verkündet, sie wolle zum Supermarkt fahren und sei leider nicht rechtzeitig zurück, um für uns das Abendessen zu kochen. Dass sie unser Leben, so wie wir es kannten, in tausend Stücke gesprengt hatte, schien ihn gar nicht zu stören. Er krempelte einfach die Ärmel hoch und tat, was getan werden musste. Ohne Gejammer, ohne ihr irgendetwas nachzutragen, ging er einfach zum Tagesgeschäft über.

An jenem ersten Tag an der Uni stand ich also da, bepackt mit einem Haufen Kartons und Seminarordnern, und dachte bei mir: *Dieses Mädchen kann unmöglich jeden Tag so tolle Haare haben.* Damit wollte ich mir in erster Linie meinen aus zwei Strähnen bestehenden, viel zu langen Pony und den zauseligen Dutt schönreden, mit dem ich mir die Haare am Oberkopf zusammengezurrt hatte. Doch wie sich wenig später herausstellte, *hatte* sie jeden Tag so tolle Haare. Damals und heute immer noch.

Sie fiel mir zwar gleich am ersten Tag auf, doch zu einem Kennenlernen kam es erst einige Zeit später. Wir waren beide Erstsemester und in derselben Fakultät eingeschrieben. Esthers Hauptfach war Kommunikationswissenschaft, meins Journalismus. Wir besuchten dieselben Einführungs-, Orientierungs- und Willkommensveranstaltungen. Und es gab auch noch eine andere Gemeinsamkeit: In jenen ersten Tagen hatten wir beide das Gefühl, krasse Außenseiterinnen zu sein. Kalifornien war ein ungewohntes Pflaster für uns, und wir fanden uns nur schwer zurecht. Für Esther als eingefleischte New Yorkerin und für mich als Londonerin war San Francisco ein echter Kulturschock. Wir kamen aus harten, kalten, aggressiven Metropolen, und in San Francisco war alles weich und warm – eine Stadt ohne Ecken und Kanten. Dasselbe galt für die Bewohner. Esther und ich hingegen strotzen nur so vor Ecken und Kanten – ein zutiefst unkalifornischer Daseinszustand, wie wir schnell feststellten. Unserer vertrauten Umgebung beraubt, drifteten wir während der ersten Wochen haltlos umher, fühlten uns verloren und deplatziert. Bis wir uns kennenlernten.

Bis wir Freundinnen wurden, dauerte es allerdings noch eine Weile. Es war ein Abend einige Wochen nach Semesterbeginn, und ich hatte mich mit einem Kommilitonen in einer Bar verabredet. Ich freute mich nicht unbedingt auf das Date, hatte aber beschlossen, dass es eine gute Möglichkeit wäre, mich in meinem neuen Umfeld zu integrieren. Ich stand inmitten einer dicht gedrängten Schar von Gästen, die alle zur Theke wollten, um einen Softdrink zu bestellen – keiner von uns war alt genug für Alkohol oder erfahren genug, um zu wissen, wie man dieses Problem umging. Während ich also dastand und wartete, rempelte mich ein Typ immer wieder »versehentlich« an – wahrscheinlich in einem übermütigen, ziemlich unbeholfenen Flirtversuch. Er war ein typisch amerikanischer Collegeboy und sagte mir mit meinem britischen Feinsinn so gar nicht zu. Doch dass ich ihm demonstrativ die kalte Schulter zeigte, schien mich in seinen Augen nur noch interessanter zu machen, und so fuhr er mit seinen kindischen Annäherungsversuchen unbeirrt fort. Irgendwann wickelte er sich sogar eine meiner langen Ponysträhnen um den Finger. Im ersten Moment war ich ziemlich irritiert. Aber da ich mir vorgenommen hatte, aufgeschlossen zu sein und meinen Horizont zu erweitern, ließ ich ihn gewähren, auch wenn ich insgeheim die ganze Zeit darüber nachdachte, wie ich mich der Situation entziehen konnte.

Ich hätte mir die Mühe sparen können, denn genau in diesem Moment trat Esther auf den Plan. Sie tauchte scheinbar aus dem Nichts auf, sah dem Collegeboy in die Augen und sagte im unverschämtesten Tonfall, den ich jemals gehört hatte …

»Finger weg, Bitch. Die gehört zu mir.«

Es war großartig.

Dann nahm sie meine Hand und zog mich zum Ausgang, als wäre ich eine Dame, deren Ehre sie beschützen musste. Zur selben Zeit betrat mein Date die Bar.

»Bella!«, rief er und versuchte durch hektisches Winken meine Aufmerksamkeit zu erregen.

Was ihm auch gelang. Und Esthers Aufmerksamkeit erregte er gleich mit. Sie musterte den armen Kerl mit seinem fahlen, verpickelten Gesicht einmal flüchtig von oben bis unten. »Oh«, sagte sie angewidert. »So weit kommt's noch.«

Dann zog sie mich zur Tür hinaus und hinein in ihr Leben. Seitdem ist sie meine beste Freundin.

»Wohin, die Dame?«, fragt mich der Taxifahrer in einem unüberhörbaren New Yorker Akzent, den ich sofort als exotisch empfinde.

»Zu *Joe's*, bitte!«, antworte ich höflich, aber hoffentlich laut genug, um mir durch die transparente Plastiktrennwand zwischen Vorder- von Rücksitzen Gehör zu verschaffen. »Das *Joe's* mit e. Nicht das ohne«, füge ich noch hinzu, wobei ich den Buchstaben e besonders deutlich ausspreche. Ich brülle fast, so als wäre der Fahrer taub, weil ich keine Ahnung habe, ob er mich verstehen kann. Seine Mimik lässt jedenfalls keinerlei Schlüsse darauf zu.

»Ich wurde vorgewarnt, dass es eine etwas spezielle Bar ist«, sage ich im Bemühen, eine persönliche Verbindung zu dem Mann aufzubauen. Bevor ich auch nur Gelegenheit habe, ihm die vollständige Adresse zu nennen, tritt er das Gaspedal durch, sodass ich nach hinten in den Sitz geschleudert werde, und wir rasen vom Flughafengelände.

Er scheint zu wissen, wo er hinmuss.

Auf seine drei Wörter vom Anfang folgen zwanzig Minuten dröhnenden Schweigens, in denen ich zu dem Schluss komme, dass es keinen Sinn hat, eine Verbindung zu ihm aufbauen zu wollen. Der Funke zwischen uns wird nicht überspringen. Wenn ich ein Streichholz bin, ist er ein nasser Zweig. Wahrscheinlich gibt es einen guten Grund für die Plastiktrennwand, und der hat nichts mit Sicherheitsfragen zu tun, sondern nur damit, dass mein Fahrer ein alter Miesepeter ist.

Doch letzten Endes spielt das alles keine Rolle, denn als ich zehn Minuten später einen ersten Blick auf die New Yorker Skyline werfe, die sich in ihrer ganzen Pracht vor meinen Augen ausbreitet, bin ich ohnehin sprachlos vor Staunen. London kommt mir auf einmal sehr weit weg vor. Während ich den grandiosen Anblick auf mich wirken lasse, wird mir bewusst, dass ich so glücklich bin wie schon lange nicht mehr.

Das *Joe's* entpuppt sich als schmierige Absteige – so schmierig, dass mir der Verdacht kommt, mein sozial gehemmter Fahrer könnte seine Ortskenntnisse überschätzt und mich doch zur falschen Adresse gefahren haben. Die Bar macht einen sehr zwielichtigen Eindruck. Eigentlich ist es nicht mal eine Bar, sondern bloß eine Tür! Eine Tür in einer sehr ungepflegten Straße. An der Backsteinfassade ist ein primitives pinkfarbenes Neonschild angebracht, das in unregelmäßigen Abständen aufleuchtet. Es bestätigt meine schlimmsten Befürchtungen. *Joe's*, lautet der Schriftzug – mit e! Zu meinem Leidwesen bin ich also doch am richtigen Ort.

»Ist das hier der Hintereingang, wissen Sie das zufällig?«, frage ich den Taxifahrer hoffnungsvoll.

»Nein.«

Gott, dieser Mann verliert wirklich kein Wort zu viel.

Ich lasse den Blick durch die Gegend schweifen. Sie wirkt

menschenleer, was nicht unbedingt zum Aussteigen einlädt. Ich atme einmal tief durch und strecke zaghaft die Hand nach dem Türgriff aus, doch genau in dem Moment öffnet sich der Eingang zur Bar. Verschwommenes Licht ergießt sich aus den düsteren, schäbigen Tiefen und sammelt sich in einer runden Lache auf dem Gehsteig. Sie sieht aus wie ein Glorienschein. Und in diesen Glorienschein tritt – ein Pärchen. Die beiden bleiben direkt im Lichtkreis stehen. Es sieht sehr atmosphärisch und bewegend aus.

»Fick dich!«, schreit die Frau den Mann voller Zorn an.

Auf einmal kommt mir der Glorienschein fehl am Platz vor.

Ich verharre regungslos auf der Rückbank des Taxis. Das, was ich gerade empfinde, muss Todesangst sein. Es ist stockfinster draußen, und die Straße macht einen sehr unheimlichen Eindruck. Wahrscheinlich ist sie der beliebteste Tummelplatz für Verbrecher in ganz New York City, und als wäre das noch nicht genug, stehen hier jetzt auch noch zwei Verrückte, die kurz davor sind, sich gegenseitig umzubringen. Warum bestellt mich Esther ausgerechnet an meinem ersten Abend in New York in so eine Bar? Warum bestellt sie mich *überhaupt* in so eine Bar?

Der Mann reagiert auf das »Fick dich!«, indem er wutentbrannt mit der Faust gegen die Hauswand schlägt; dies scheint eine wohlüberlegte Handlung zu sein, ansonsten hätte er vermutlich auf den Kopf der Frau gezielt. Ich bleibe im Wagen sitzen.

»Ich warte noch ganz kurz«, teile ich dem Taxifahrer mit.

Der erwidert natürlich nichts, sondern zuckt lediglich mit seinen herabhängenden Schultern und deutet auf das laufende Taxameter.

»Betrachten wir es als Investition in meine Zukunft«, murmle ich geistesabwesend. Meine Aufmerksamkeit gilt nach wie vor dem Pärchen draußen auf dem Gehsteig.

Es ist so finster, dass ich die Gesichter der beiden Streithähne nicht erkennen kann, was mich ein wenig ärgert. Dummerweise lässt sich auch nicht heraushören, worum es bei ihrer Auseinandersetzung geht. In jedem Fall sind sie tierisch wütend aufeinander, wobei die Frau vermutlich noch wütender ist als der Mann. Aber ihr Outfit ist der Hammer. Sie sieht absolut atemberaubend aus: schwarze kniehohe Stiefel mit schwindelerregend hohen Absätzen, Skinny Jeans, die sich um ihre schlanke Figur schmiegen, und darüber ein üppiger Pelzmantel. Der Mann drischt noch einmal mit der Faust gegen die Wand. Die Frau ringt die Hände. Es ist alles höchst melodramatisch. Vermutlich sollte ich aufhören, die beiden heimlich zu beobachten, aber ich kann es einfach nicht. Aus der Sicherheit meines Taxis heraus verfolge ich gebannt das Geschehen. Ich lasse mein Fenster ein ganz kleines Stück herunter, damit ich sie besser verstehen kann. Schließlich könnte es sein, dass ich später als Zeugin aussagen muss.

»Fick dich!«, schreit die Frau erneut, noch zorniger als beim ersten Mal.

»Nein«, entgegnet er angriffslustig. »Fick du dich doch!«

Die Qualität ihrer Argumente lässt etwas zu wünschen übrig, was es mir unmöglich macht, für eine Seite Partei zu ergreifen. Dann versetzt die Frau dem Mann plötzlich mit beiden Händen einen Stoß vor die Brust. Es sieht aus, als wolle sie eine Herzmassage einleiten. Sie legt ihre ganze Kraft und Wut in den Stoß, der den Mann rückwärts gegen die Wand prallen lässt.

Au weia. Jetzt ist er aber richtig sauer.

Ich lasse die Scheibe noch ein Stückchen weiter herunter. Ich schnappe lediglich einzelne Fetzen der nachfolgenden Diskussion auf, aber seine Redeanteile sind deutlich größer als ihre. Irgendwann sagt er etwas, das bei ihr einen Nerv zu treffen scheint – oder sogar reißen lässt, denn sie ballt die Faust und zielt damit auf sein Gesicht. Keine Ahnung, ob er ausgezeichnete Reflexe oder viel Erfahrung mit Prügeleien hat, aber er packt ihr in Fell gehülltes Handgelenk mitten im Flug und hält es fest. Es sieht so aus, als hätte er einen Biber oder ein anderes Pelztier am Wickel. Erstaunt blicken die beiden auf den in der Luft schwebenden Arm der Frau, als könnten sie nicht glauben, dass er ihn tatsächlich gefangen hat.

Ich bin wie hypnotisiert.

Auf einmal sieht die Frau so aus, als wäre sie drauf und dran, ihn zu küssen. Vielleicht will sie ihn auch anspucken. Jedenfalls geht sie mit ihrem Gesicht ganz nah an seins heran. Gott, bin ich aufgeregt!

»Du bist so ein Arschloch, weißt du das? Ein richtiges Arschloch.«

Diesmal höre ich sie ganz deutlich. Was komisch ist, denn ihre Stimme ist kaum lauter als ein Flüstern. Möglicherweise liegt es daran, dass ich das Fenster inzwischen vollständig heruntergelassen habe und mit dem halben Oberkörper auf der Straße hänge.

Die Frau wirbelt auf ihren unfassbar hohen Absätzen herum. Sie dreht sich genau in meine Richtung!

Mein Instinkt rät mir, mich zu ducken und dem Fahrer zu befehlen, er soll Gas geben – das wollte ich immer schon mal sagen. Doch das Schicksal hat ein Einsehen mit mir. Die Frau vollendet ihre Drehung nicht. Stattdessen wirft sie dem Mann einen provozierenden Schulterblick zu und feuert ihren finalen Schuss ab.

»Und übrigens: Es ist vorbei!«

Aus irgendeinem Grund erwarte ich, dass sie noch ein »Bitch« hinterherschiebt, aber das tut sie nicht. Sie kehrt ihm lediglich mit Schwung den Rücken zu, sodass ihre perfekt geföhnten Haare tanzen, und zum ersten Mal sehe ich ihr Gesicht.

Diese verrückte, atemberaubende, unverschämte Frau ist niemand anderes als meine beste Freundin Esther.

Vier

»Ich lasse Sie erst mal in Ruhe schauen«, sagt die Kellnerin und legt zwei Speisekarten neben die kostenlosen Grissini. Grissini, auf die ich mich gleich stürzen werde, so wie nur jemand mit einem ungeheuren Kater es kann.

Ich bitte sie um ein Glas Wasser. Ich muss das Wort »Wasser« insgesamt dreimal wiederholen, einmal sogar mit amerikanischem Akzent, um mich verständlich zu machen. Die Kellnerin, die unglaublich hübsch ist und ungefähr die Größe oben genannter Grissini hat, unterhält sich mehrere Minuten lang mit mir darüber, wie toll sie mein Englisch findet, dann bietet sie mir vier verschiedene Wassersorten zur Auswahl an.

»Leitungswasser ist völlig okay.«

»Leitungswasser?!« Sie macht ein entsetztes Gesicht.

Angesichts der Mengen, die ich zwecks Ausgleich meines Flüssigkeitshaushalts zu trinken gedenke, halte ich Leitungswasser für die einzig vernünftige Wahl.

»Ja, bitte«, sage ich. »Leitungswasser.«

Die hübsche kleine Kellnerin sieht mich enttäuscht an, so als wäre der europäische Glamour, der mir aufgrund meines britischen Akzents anhaftete, auf einmal verflogen. Dann trottet sie in Richtung Wasserhahn davon.

Zwanzig Minuten vergehen, während ich auf Esther warte. Esther mit ihrer ewigen Unpünktlichkeit ist verantwortlich dafür, dass ich in meiner Ungeduld sämtliche Grissini weggeknabbert, mehrere Gläser Wasser getrunken und mir, in Ermangelung einer sinnvollen Beschäftigung, ein großes Glas Rotwein bestellt und bereits das eine oder andere Mal daran genippt habe. Außerdem ist sie schuld daran, dass ich mich überhaupt in diesem Zustand befinde, wenngleich auch ich einen gewissen Anteil daran habe. Da wir uns mehr als anderthalb Jahre nicht gesehen haben, war der gestrige Abend entsprechend feuchtfröhlich. An Einzelheiten kann ich mich kaum noch erinnern. Als ich es heute Morgen endlich aus dem Bett geschafft hatte, war Esther längst zur Arbeit gegangen. An der Kühlschranktür klebte ein Post-it-Zettel mit der Adresse des Restaurants, in dem ich jetzt gerade sitze, und einer Uhrzeit, die seit mittlerweile fünfundzwanzig Minuten verstrichen ist. Esther hatte ihre kleine Nachricht mit »der Tod persönlich« unterzeichnet, was nahelegte, dass sie sich ähnlich beschissen fühlte wie ich.

»Da bist du ja!«

Ich hebe den Kopf. Endlich ist sie da. Sie zieht sich den Mantel aus, trinkt einen großen Schluck aus meinem frisch nachgefüllten Wasserglas, gefolgt von einem noch größeren Schluck von meinem Wein, befreit ihre lange Mähne aus dem Schal und setzt sich zu mir an den Tisch. All das geschieht in unter zehn Sekunden und in einer einzigen, meisterhaft choreografierten Bewegung.

»Keine Ahnung, wie es dir geht, Babe«, verkündet sie laut. »Aber ich fühle mich zum Kotzen.«

Das irritiert mich ein wenig. Sie *fühlt* sich vielleicht zum Kotzen, aber sie sieht ganz und gar nicht danach aus. Sie sieht aus wie aus dem Ei gepellt – typisch Esther. Mir gelingt so was nie.

»Sorry, dass ich so spät dran bin, Schatz, aber gerade als ich gehen wollte, gab es wieder irgendeine blöde Krise, um die musste ich mich erst kümmern.«

»Alles in Ordnung?«, frage ich teilnahmsvoll.

Esther ist eine der Inhaberinnen einer kleinen PR-Agentur in Manhattan. Sie ist sehr karrierebewusst und hängt sich voll rein, was die Firma angeht, trotzdem spricht sie fast nie über ihre Arbeit.

»Ja, ja«, wiegelt sie ab. »Momentan herrscht einfach Flaute, das macht alle nervös. Wie auch immer ... bla, bla, bla.« Sie macht eine wegwerfende Handbewegung, die signalisiert, dass sie keine Lust hat, weiter darüber zu sprechen.

»So ...«, sagt sie und lenkt das Gespräch rasch auf ein Thema, das sie weit mehr interessiert. »Machen wir dort weiter, wo wir gestern aufgehört haben.«

Da ich praktisch keine Erinnerung mehr an die letzte Nacht habe, weiß ich logischerweise nicht, was sie damit meint.

»Oder mit letztem Wochenende, als du deine beste Freundin bei ihrem eigenen Junggesellinnenabschied versetzt hast«, hilft Esther mir auf die Sprünge.

Ich erstarre. Fuck. Was habe ich ihr alles erzählt? Um Zeit zu schinden, frage ich sie, wer der Mann war, mit dem sie sich gestern gestritten hat, und was sie überhaupt in dieser schmierigen Bar wollte. Doch genau wie schon am Abend zuvor hat sie auch heute keinerlei Bedürfnis, das Thema zu vertiefen. Sie beharrt darauf, dass diese Unterhaltung warten könne, und kommt so schnell wie möglich wieder auf besagten Junggesellinnenabschied zu sprechen.

»Du hast behauptet, du wärst krank«, bohrt Esther nach. »Das hast du mir gestern jedenfalls erzählt.«

Ich starre sie voller Entsetzen an. Sie weiß Bescheid!

»Du hast mir nur nicht gesagt, warum«, schiebt sie hinterher.

»Ich hatte eine Lebensmittelvergiftung«, lüge ich.

»Nein, Bella. Das hast du ihr gegenüber behauptet, aber das ist nicht die Wahrheit, stimmt's?«

Sie hat recht, es ist nicht die Wahrheit. Das Problem ist, dass ich gar nicht mehr weiß, was die Wahrheit ist. Ich bin an besagtem Morgen einfach aufgewacht und wusste, dass ich es nicht über mich bringen würde, zu diesem Junggesellinnenabschied zu gehen. Das war schrecklich von mir, keine Frage. Aber ich habe einfach nur gedacht: *Nicht noch einer*. Ich konnte nicht mehr.

»Dabei warst du ihre Trauzeugin, oder?«

Ich schüttle mich und nicke beschämt. Eine Trauzeugin, der man nicht trauen kann. Mir wird schlecht, wenn ich nur daran denke.

»Und wie kam es eigentlich zu dieser kleinen Übernachtungsparty?«

Grundgütiger – wie viel habe ich ihr gestern Abend anvertraut?

»Übernachtungsparty?«, frage ich unschuldig, als hätte ich nicht die geringste Ahnung, worauf sie sich bezieht.

»In der Bar, Bella – du bist in einer Bar eingepennt, du alte Schnapsnase.«

Sie sieht mich so lange scharf an, bis ich gezwungen bin, den Blick abzuwenden. In dem Moment wird mir bewusst, dass ich dieses Mal nicht weglaufen kann – so gern ich es auch täte. Ich weiß schlichtweg nicht mehr, wohin.

»Also gut« sage ich schicksalsergeben. »Ich wollte meine schrecklichen Schuldgefühle ertränken, deshalb bin ich mit ein paar Kollegen nach der Arbeit ins *Rose & Crown* gegangen. Dummerweise habe ich es ein bisschen übertrieben und … am Ende mit unserem neunzehnjährigen Praktikanten geknutscht. Dann bin ich auf einer Bank eingeschlafen, und offenbar habe ich da den Großteil der Nacht verbracht, bis mich Stunden später die Reinigungskraft geweckt hat.«

»Was zum ... mit einem Neunzehnjährigen? B!«, ruft Esther dazwischen. »Davon hast du gestern Abend aber nichts gesagt.«

Wahrscheinlich war ich der Ansicht, dass es reichte, ihr zu erzählen, wie ich im Suff in einer Bar eingeschlafen und am nächsten Morgen von einem Putzmann geweckt worden war, der mich mit seinem Besenstiel anstupste, als wäre ich ein Kadaver. Die Knutscherei mit einem kaum volljährigen Praktikanten kam mir da vermutlich wie ein überflüssiges Detail vor.

»Und das war der Abend, bevor du deinen Job geschmissen hast?«

Ich nicke.

»Aber das war nicht der *Grund*, weshalb du deinen Job geschmissen hast, oder?«

»Nein, natürlich nicht«, verteidige ich mich.

»Warum hast du es dann getan? Das ist der Punkt, den ich nicht verstehe.«

Klar versteht sie das nicht. Wie sollte sie auch? Ich verstehe es ja selbst nicht.

»Ich habe es dir doch erklärt – mein Chef hat mir eine Beförderung angeboten.«

»Und da hast du ihm natürlich gesagt, er soll sich ins Knie ficken – ist ja vollkommen logisch.«

»Es war nicht die Beförderung, mit der ich gerechnet hatte«, versuche ich mich zu rechtfertigen.

Mir wird klar, dass ich Esther auch den ganzen Rest erzählen muss. Ich muss ihr erklären, was passiert ist.

Drei Tage zuvor

Es war ein ganz normaler Dienstagmittag – bis das Handy neben mir auf dem Schreibtisch zu vibrieren begann. Dies war das erste in einer Reihe von Ereignissen, die mich schließlich in die Arme der Hellseherin treiben sollten. Sobald ich abnahm, wurde das Rad des Schicksals in Gang gesetzt wie in einer antiken griechischen Tragödie.

»Hey, Babe«, wisperte ich ins Telefon, weil ich gesehen hatte, dass es meine Freundin Louisa war. »Kann ich dich vielleicht später zurückrufen? Meine Mittagspause ist erst in zwanzig Minuten.«

»Nein, kannst du nicht«, entgegnete Louisa unverblümt. Louisa ist eine sehr liebe, aber auch sehr herrische Freundin. »Es dauert nicht lange. Ich muss nur wissen, was du für deinen Geburtstag geplant hast.«

»Meinen Geburtstag?«, wiederholte ich. Das war die dringende Angelegenheit, wegen der sie mich auf der Arbeit anrief?

»Ja, Bella, deinen Geburtstag«, bekräftigte sie leicht ungehalten. »Pete plant nämlich ein Überraschungswochenende in Paris für uns ...«

Pete ist Louisas sehr netter Verlobter.

»Aber du kennst ihn ja – Überraschungen sind nicht so sein Ding. Der Trottel hat sich natürlich verplappert, er hat mir das Datum und die Stadt verraten – nicht gerade die hellste Kerze auf dem Leuchter, aber ich liebe ihn so, wie er ist.«

Ihr sehr netter, aber beunruhigend dummer Verlobter.

»Wie auch immer, jetzt habe ich Sorge, das Datum könnte sich mit deiner Geburtstagsfeier überschneiden. Das wäre natürlich katastrophal, deshalb dachte ich mir, ich peile vorher mal die Lage«, fuhr sie unbeirrt fort.

Sofort musste ich daran denken, dass ich nächsten Monat dreißig wurde. Dreißig! Wie konnte das überhaupt sein?

»Bella!«, riss Louisa mich aus meinen Gedanken und lenkte meine Aufmerksamkeit zurück auf ihr Anliegen.

»Hm?«

»Was hast du für deinen Geburtstag geplant, und welchen Tag soll ich mir freihalten?«

»Keinen«, sagte ich mit Nachdruck. Inzwischen hatte ich das Flüstern aufgegeben. »Ich habe noch gar keine Pläne gemacht, weil bis dahin noch mehrere Wochen Zeit sind.« Ich versuchte, gelassen zu klingen, als hätte ich nicht das geringste Problem mit der Vorstellung, bald mein drittes Lebensjahrzehnt zu vollenden – was allerdings in keiner Weise meiner wahren Einstellung entsprach.

»Jetzt werd doch nicht albern, Bella. So einen Unsinn habe ich ja noch nie gehört.« Louisa klang regelrecht empört. »Es ist ein runder Geburtstag. Noch dazu dein dreißigster.« Für meinen Geschmack betonte sie die Zahl »dreißig« ein wenig zu stark. »Bella, du musst was planen und dann so schnell wie möglich die Reservierungen vornehmen. Ich kann nicht fassen, dass du das so auf die leichte Schulter nimmst.«

»Ich mache schon noch Pläne, Lou, aber wie ich gerade sagte: Mein Geburtstag ist noch Ewigkeiten hin.«

»Nein, Bells, eben nicht. Er ist schon nächsten Monat«, widersprach sie. »Die Leute haben viel zu tun, das weißt du doch. Wenn du willst, dass jemand mit dir feiert, musst du sofort mit der Organisation anfangen, damit wir den Termin eintakten können. Du kannst nicht von uns erwarten, dass wir unser ganzes Leben umschmeißen, nur um deine spontane, schlecht geplante

Geburtstagsparty noch irgendwo dazwischenzuquetschen. Das ist schlichtweg nicht fair, Bella.«

»Mir war nicht bewusst, dass ich das von irgendjemandem verlangt habe«, gab ich zurück. Anfangs war ich verwirrt gewesen, dann hatte ich mich schuldig gefühlt, aber jetzt wurde ich langsam wütend. Louisa hatte die Unterhaltung komplett an sich gerissen, das Thema auf meinen Geburtstag gelenkt, und als Krönung wollte sie mir auch noch ein schlechtes Gewissen machen.

»O mein Gott!«, rief sie theatralisch, als sei ihr soeben ein schrecklicher Gedanke gekommen. »Bella, stell dir nur mal vor, zu deiner Feier kommt niemand. Es ist doch schon schlimm genug, dreißig zu werden. Nicht auszudenken, dass dann keiner deiner Freunde da ist, um dir beizustehen.«

Ha. »Mir beistehen?« Ich versuchte, die Situation durch ein Lachen herunterzuspielen, obwohl mir in Wahrheit der Schweiß ausbrach. »Ich habe mir nicht das Bein gebrochen, Lou, ich werde einfach nur ein Jahr älter. Ich brauche niemanden, der mir beisteht. Ich habe schon neunundzwanzig Geburtstage erfolgreich hinter mich gebracht, da wird mich der dreißigste auch nicht aus der Bahn werfen.«

»Ach, Babe, sei doch nicht so naiv. Dreißig ist was völlig anderes«, widersprach sie energisch. »Du verabschiedest dich von deinen sorgenfreien Zwanzigern und trittst in eine neue Phase deines Lebens, ja gar des Erwachsenwerdens ein.«

Ich scherze nicht. Sie benutzte allen Ernstes den Ausdruck »ja gar«.

»Ab jetzt wird es ernst, Bella. Wir werden erwachsen, ob wir wollen oder nicht«, warnte sie mich in dramatischem Tonfall. »Und wenn jemand dabei jede erdenkliche Unterstützung brauchen kann, dann doch wohl du. Das weißt du doch selbst.«

Ich wollte, dass Louisa aufhörte, mir zu sagen, was ich wusste und was nicht. Das brachte mich wirklich in Rage.

»Was soll das heißen, Louisa?«

»Dass du noch nicht alle deine Schäfchen ins Trockene gebracht hast. Du *hast* nicht mal genügend Schäfchen, deshalb könnte es für dich schwierig werden, in diese neue Phase einzutreten – wenn du verstehst, was ich meine.«

Louisa sagte »neue Phase«, als wäre sie eine esoterische Heilerin. Auf einmal hatte ich den Wunsch, ihr meine Faust ins Gesicht zu rammen.

»Sicher, wir tun so, als wäre das alles keine große Sache. Aber du rennst ins Unglück, wenn du dir nicht rechtzeitig Gedanken machst«, schloss sie ihre Gardinenpredigt.

Das Gespräch hatte mich sehr aufgewühlt. Am Ende brannte mir die Kehle. Irgendetwas saß mir im Hals fest und blockierte die Luftzufuhr. Ich würgte es hinunter, doch das führte nur dazu, dass es sich in meiner Brust einnistete. Verzweifelt auf der Suche nach Ablenkung, warf ich einen Blick in meine Inbox. Dabei fiel mir ein ganzer Schwung neuer E-Mails auf, die alle nach meiner Aufmerksamkeit schrien. Die perfekte Ausrede, um das Telefonat zu beenden. Außerdem wusste ich, dass Louisa Unsinn redete. *Sie* hatte vielleicht einen Zusammenbruch erlitten, als sie dreißig geworden war, aber zum Glück waren wir nicht alle so überspannt wie sie. Ich hatte überhaupt kein Problem mit meinem Alter. Okay, ich war Single – und wenn schon. Das bedeutete noch lange nicht, dass mir irgendwelche Schäfchen fehlten. Und ja, meine Freundinnen waren inzwischen alle verlobt oder verheiratet, hatten Babys und wollten keinen Spaß mehr haben, was mein Sozialleben ruiniert und meine Chancen, ohne Hilfe des Internets einen Mann kennenzulernen, deutlich verringert hatte – aber darum ging es im Endeffekt doch gar nicht. Nichts davon hatte irgendeine Relevanz für mein Leben. Ich war problemlos in der Lage, mit dieser »neuen Phase« klarzukommen. Ich begrüßte sie sogar. Statt mich also wegen meines bevorstehenden Geburtstags verrückt machen zu lassen und mir die Frage zu stellen, welche Unterstützungsnetzwerke ich für dieses lebensverändernde Ereignis und meinen Eintritt ins »Erwachsenwerden« mobilisieren konnte, beschloss ich, meine Mails zu lesen.

»Bella, wenn ich nur ganz kurz Neil Diamond zitieren dürfte ...«

Nein, das darfst du nicht, du Irre.

Zu spät ...

»Girl ...« Louisa machte eine dramatische Pause, sodass ich genügend Zeit hatte, um zu überlegen, in welches Auge ich mir meinen frisch angespitzten Bleistift stechen sollte. »You'll be a woman soon!«

Na, bitte. Gesprochen wie eine echte Vollidiotin. Irgendwann während dieses bizarren, vollkommen überflüssigen Gesprächs hatte ich angefangen, Louisa zu hassen. *Bald wirst du zur Frau* – ich habe immer noch keine Ahnung, was das eigentlich heißen soll. Ich *bin* eine Frau, und zwar schon seit geraumer Zeit. Ich werde dreißig, nicht dreizehn.

»Ich habe dich gewarnt, Bella. Mach Pläne! Okay, ich muss jetzt los. Hab dich lieb.«

Dann legte sie auf.

»Ich *bin* eine Frau, du gehässige Kuh!«, schrie ich ins Telefon, ehe ich es quer über meinen Schreibtisch warf, nur knapp meine Kollegen verfehlte und leider auch die Aufmerksamkeit eines Großteils der vierten Etage auf mich zog.

Peinlich berührte Blicke und nervöses Gekicher waren die Folge.

»Ich *bin* eine Frau«, murmelte ich kleinlaut und mied den

Blickkontakt zu meinen Kollegen, eher ich mich wieder meiner Erlösung versprechenden Inbox zuwandte.

»Die Dame, wie mir dünkt, gelobt zu viel«, flötete Elliot hinter seinem Computermonitor.

Elliot war ein Mann, den man nur als totalen Nerd bezeichnen konnte. Und er war alles andere als ein begnadeter Komiker. Seine Reaktion kam ungefähr fünf Minuten zu spät und war daher nicht mal ansatzweise witzig.

»Und mir dünkt, bist ein Trottel, Elliot, also halt gefälligst den Rand«, fauchte ich aggressiv.

Elliot sah so aus, als würde er gleich anfangen zu heulen.

Ich hätte auch am liebsten geheult.

Blöde Louisa.

Weil mir nicht mehr der Sinn nach Arbeit stand, las ich als Erstes eine private Mail, die einen sehr vielversprechenden Eindruck machte.

Betreff: Foto benötigt
Absender: Hot Harry

Ich öffnete die Mail.

Bella, großartige Neuigkeiten!
Hugo hat total Bock auf das Blind Date, über das wir uns neulich unterhalten haben. Schick ihm schnell ein Bild von dir. Möge das Werben beginnen.
Harry ;-)

Ich brauchte auf der Stelle ein Foto. Nur so ist zu erklären, weshalb ich eine solche Dummheit beging. Ich weiß immer noch nicht genau, was mich geritten hat – vermutlich waren das die Auswirkungen meiner Panik nach dem Telefonat mit Louisa. Ich schickte ihm einfach ein Selfie aus meinem Bilderordner … nicht bearbeitet und ohne Filter! Meine kurze Nachricht dazu lautete:

> Foto anbei. Weiter so mit der guten Arbeit, Cupido.
> Bella x

Dann wandte ich mich erneut der Inbox zu und begann meine Mails der Reihe nach abzuarbeiten. Dabei machte ich den Fehler, zuerst die Mail *An alle Freundinnen – bereit machen zur Junggesellinnenparty* anzuklicken, statt die mit dem Betreff *Arbeitszeiterfassungsbögen einreichen – Letzte Ermahnung!!*

Schon wieder ein Junggesellinnenabschied. Prompt musste ich an Lauras Junggesellinnenabschied und mein unaussprechliches Verhalten vor einigen Tagen denken. Dieser Gedankensprung löste eine heftige Woge der Übelkeit in mir aus. Oder rührte die Übelkeit daher, dass schon wieder eine Frau aus meinem Bekanntenkreis den Bund der Ehe eingehen wollte? *An alle Freundinnen* – nein, danke. Sofort begann ich, mir Ausreden einfallen zu lassen, weshalb ich leider nicht kommen könne, während ich mich gleichzeitig zum Weiterlesen zwang. Die überschäumende E-Mail listete diverse Aktivitäten für den Junggesellinnenabschied auf, einschließlich eines Flugs nach Prag, eines Strippers, einer Flusskreuzfahrt, eines Parfümworkshops, einer Spa-Behandlung und eines Sektfrühstücks. Das Herz rutschte mir bis in die Kniekehlen. Dagegen kam mir das Ausfüllen meines Arbeitszeiterfassungsbogens wie die reinste Wonne vor. Ach, was sage ich – selbst die Arbeitszeiterfassungsbögen *nicht* auszufüllen, eine Ermahnung aus der Personalabteilung zu erhalten und zum vierten Mal zur Teilnahme am Kurs für neue Mitarbeiter verdonnert zu werden, obwohl ich schon lange keine neue Mitarbeiterin mehr war, wäre besser gewesen!

Da war er schon wieder, dieser Kloß in meinem Innern. Zwischenzeitlich war es ihm gelungen, sich aus meinem Brustkorb zu befreien und wieder auf den Weg in Richtung Kehle zu machen. Erste Tränen brannten mir in den Augen.

Wahrscheinlich wäre es das Klügste, mit einer Antwort zu warten, bis es mir wieder etwas besser ging. Also versah ich die Mail mit einer roten Markierung, damit ich nicht vergaß, dass dringender Handlungsbedarf bestand. Zu dem Zeitpunkt konnte ich noch nicht ahnen, *wie* dringend.

Ich brauchte unbedingt frische Luft und vielleicht auch einen Happen zu essen – irgendwas, um diesen Kloß in meinem Hals wegzubekommen. Ich hatte bereits angefangen, meine Sachen zusammenzupacken, als ich den vertrauten Klang klirrender Gläser und Flaschen auf dem Gang vernahm.

Eine Welle der Aufregung schwappte durchs Großraumbüro. Alle wussten, was dieses Klirren zu bedeuten hatte: Das Wacklige Wägelchen war im Anmarsch! Es war ein Ritual mit Alkohol – Sekt, Wein und Bier –, das für besondere Anlässe und für Freitagnachmittage reserviert war.

Im nächsten Moment kam das Wacklige Wägelchen um die Ecke gebogen. Es war noch wackliger als sonst, da es ziemlich ungeschickt von einer jungen blonden Frau geschoben wurde, die ein zu Tode verängstigtes Gesicht machte. Als hätte sie meine Gedanken gelesen, lenkte sie das Wägelchen prompt gegen eine Wand. Das laute Geschepper wurde mit lebhaftem Applaus begrüßt. Die anfängliche Erregung war rasch zu einer Woge der Begeisterung angeschwollen.

Da es Dienstag und nicht Freitag war, musste ein besonderer Anlass vorliegen, allerdings hatte ich keine Ahnung, was für einer.

Dann tauchte Larry Hill, mein Boss und Schnulzenkönig der Werbebranche, aus seinem Büro auf. Er schnappte sich eine Sektflasche vom Wägelchen sowie etwas, das wie ein riesiges Tranchiermesser aussah. Vermutlich befand sich irgendwo die passende Torte dazu. So stellte er sich vor uns hin und machte sich bereit, eine Ansprache zu halten. Oder ein heiliges Opferritual zu vollziehen.

»Jungs und Mädels, ich habe etwas zu verkünden.« Seine rauchige Stimme erfüllte den Raum. »Also, nehmt euch ein Glas, ihr kleinen Verrückten, und spitzt die Ohren.«

Alle lachten und gehorchten artig. Eine erwartungsvolle Stille breitete sich aus.

»Es gibt fantastische Neuigkeiten«, fuhr Larry enthusiastisch fort, ehe ihm bewusst wurde, dass seine Aussage missverständlich war. »Jedenfalls für die betreffende Person. Für uns sind es sehr, sehr traurige Neuigkeiten«, setzte er in feierlichem Ernst hinzu.

Die gesamte vierte Etage wartete mit angehaltenem Atem.

»Unsere gute, begabte, wunderschöne Tessa hat mir soeben eröffnet, dass sie die Agentur am nächsten Freitag verlassen wird.«

Erstauntes Keuchen und andere Laute der Verblüffung schwappten durch den Raum. Wir waren wie ein Studiopublikum, das auf den kleinsten Wink des Moderators hin brav »Oohh« und »Ahh« machte.

»Komm her, Tess, du kleines Luder. Warum sagst du nicht allen, warum du uns verlässt?«

Tessa löste sich aus dem Publikum und stellte sich neben unseren Chef auf die imaginäre Bühne, die er um sich herum erschaffen hatte, wodurch der Blondine mit dem Wägelchen automatisch die Rolle der glamourösen Assistentin zufiel. Sie machte immer noch einen ziemlich verängstigten Eindruck. Tessa hingegen sah so aus, als würde sie jeden Moment vor Aufregung platzen. Ich ärgerte mich, dass es mir nicht gelungen war, rechtzeitig aus dem Büro zu fliehen, und ich nun dieser albernen Posse beiwohnen musste.

»Tja, liebes Team«, begann Tessa fröhlich. »Mein wunderbarer Ehemann Rich ...« Wir wartete auf das, was unweigerlich kommen würde ... »Leiter der Abteilung Neue Geschäftsfelder bei BBH ...«

Tessa war unfähig, den Namen ihres Mannes zu erwähnen, ohne dabei auch seinen Jobtitel zu nennen. Sie war seine fleischgewordene Visitenkarte. Ich atmete tief durch und verbot mir meine gehässigen Gedanken.

»Also, er hat kürzlich den Posten als ...« Sie machte eine Pause und peitschte die Spannung des Studiopublikums in ungeahnte Höhen. »Leiter der *internationalen* Neuen Geschäftsfelder in ihrem Büro in Sydney angenommen!«, quietschte sie. »Wir ziehen nach Australien!«

Sie sprang auf und ab wie ein verrückt gewordener Pudel.

Alle im Büro wurden innerlich grün vor Neid, auch wenn sie ihre Gefühle hinter einem breiten Lächeln verbargen. »Absolut verdient«, hörte ich einige murmeln. »So weit kann man es eben durch harte Arbeit bringen.« *Sie hat doch gar nichts gemacht!*, wollte ich schreien. *Sie hatte nur das Glück, einen überehrgeizigen Mann zu heiraten*. Ich selbst konnte mir kein Lächeln abringen.

»Und was willst du in Australien machen, Tessa?«, hörte ich jemanden begeistert rufen.

»Nichts«, antwortete sie überglücklich. »Wahrscheinlich fangen wir mit der Familienplanung an.«

Tessas Glück wurde mit tosendem Applaus begrüßt. Ich verspürte einen unangenehmen Stich in der Magengegend.

»Mehr Sekt!«, rief Larry Hill. Dann schnappte sich Hannah vom Pedigree-Hundefutter-Account plötzlich das Tranchiermesser, schlug damit geräuschvoll gegen eine der Sektflaschen und erklomm einen Stuhl, um zu verkünden, dass sie sooo gerne auf Tessas wundervolle Neuigkeiten anstoßen würde, dies aber nicht dürfe, weil sie schwanger sei!

Hannah war zwei Jahre jünger als ich und erst seit einem Monat verlobt.

Neuerlicher Applaus.

»*Noch* mehr Sekt!«, rief Larry Hill, der verkappte Alkoholiker. »Aber nicht für Hannah«, fügte er aufgeräumt hinzu und tätschelte ihr den Bauch, was ich ziemlich übergriffig fand.

Meine Kollegen flippten schier aus vor Begeisterung, und die vierte Etage drohte im Chaos zu versinken. Der feierliche Anlass war dabei lediglich ein Vorwand. Alle wussten, wenn sie sich nur ausgelassen genug zeigten, würde Larry Hill sie am Nachmittag zu einer »Teambuilding-Sitzung« oder einem »Kreativ-Workshop« ins *Rose & Crown* beordern. Ja, genau: *das Rose & Crown*, in das ich aufgrund meines unfreiwilligen Nickerchens nie wieder einen Fuß setzen konnte.

Der Kloß in meinem Hals war größer denn je. Ich bekam kaum noch Luft. Tränen schossen mir in die Augen – Tränen, die jeden Moment überlaufen und meine heißen, rotfleckigen Wangen hinunterrollen würden. Was stimmte eigentlich nicht mit mir? Was auch immer es war, ich durfte auf keinen Fall heulen. Ich sah mich im Büro um und verspürte eine Mischung aus Panik und Untergangsstimmung. Meine Augen brannten. Gleich würden sich die Schleusentore öffnen. O Gott. *Nein, nein, nein*, dachte ich immer wieder, aber natürlich nützte das herzlich wenig. Dicke, fette, salzige Tränen kullerten mir über das Gesicht.

Ich wusste nur eins: Ich musste so schnell wie möglich in Deckung gehen.

Ohne einen Plan oder auch nur einen klaren Gedanken zu fassen, schnappte ich mir wahllos einen Gegenstand von meinem Schreibtisch – zufälligerweise war es ein Locher – und warf ihn zu Boden. Dann ließ ich mich auf alle viere nieder und kroch unter den Schreibtisch, um den »heruntergefallenen« Locher aufzuheben.

Ich verlor allmählich den Verstand. Das musste es sein. Dort unten zwischen lauter Kabeln, Buchsen und Staubmäusen hörte ich das laute Krakeelen der anderen. Ich musste wieder einen klaren Kopf bekommen, und zwar schnell. Ich konnte nicht Ewigkeiten lang unter meinem Schreibtisch hocken und nach meinem Locher suchen. Überhaupt: Ein Locher war mit Abstand das Dämlichste, was ich hatte fallen lassen können. Wäre meine Panik nicht so groß gewesen, hätte ich mich vermutlich für einen etwas kleineren Gegenstand entschieden, den man leichter übersehen konnte und folglich länger suchen musste. Eine Kontaktlinse zum Beispiel. Ich trug zwar keine Kontaktlinsen, aber das wäre ideal gewesen. Kontaktlinsen waren winzig und quasi unsichtbar, und ich hätte deutlich mehr Zeit in meinem sicheren Versteck verbringen können. Außerdem hätte mich das Fehlen der Linse noch zusätzlich beim Suchen behindert. Aber nein, ich hatte ja unbedingt einen verdammten Locher nehmen müssen – den größten Gegenstand auf meinem Schreibtisch abgesehen von meinem Computerbildschirm.

»Bella?«

Mist.

»Was um alles in der Welt machst du unter dem Schreibtisch? Denk doch an deinen guten Ruf.«

Es war Larry Hill. Seine Schlangenleder-Slipper und perversen

Andeutungen hätte ich überall wiedererkannt. Flüchtig spielte ich mit dem Gedanken, ihn zu ignorieren und so zu tun, als säße ich gar nicht unter dem Schreibtisch, aber er hätte sich bloß zu bücken brauchen, dann hätte er mich dort unten kauern sehen wie einen kleinen Buddha. Nein, ich musste mich der Situation stellen wie eine Erwachsene. Also rappelte ich mich auf und kroch etwas ungelenk ins Freie. Ich sah ziemlich ramponiert aus, versuchte aber, mich wie eine kühne Forscherin zu geben, die einer uralten Höhle entsteigt. Das Licht war so grell, dass ich die Augen zusammenkneifen musste. Larry stand vor mir und sah mich mit einer Mischung aus Argwohn, Neugierde und Lüsternheit an.

Er spähte unter den Schreibtisch, unter dem ich gerade hervorgekrochen war. Vielleicht vermutete er dort einen weiteren Mitarbeiter – höchstwahrscheinlich den neunzehnjährigen Praktikanten. Scheinbar enttäuscht, dass ich allein gewesen war, schaute er mich mit großen Augen an – ein Blick, der nach einer Erklärung verlangte.

»Ich habe meinen …« *Verstand verloren*, hätte ich ihm um ein Haar gestanden. Im letzten Moment entschied ich mich jedoch für eine andere Geschichte.

»… meine Kontaktlinse verloren«, stieß ich hervor. Es funktionierte: Er sah mich verdutzt an.

»Deshalb sind meine Augen auch ein bisschen rot«, sagte ich und kam mir vor wie ein Verbrecherkönig mit dem perfekten Alibi.

»Oh«, sagte Larry Hill. »Ich wusste gar nicht, dass du Kontaktlinsen trägst, Bella.«

Warum solltest du auch? Du bist mein Chef, nicht mein Optiker, du Schwachkopf.

Einen Moment lang starrte er mich auf sehr eigentümliche Art und Weise an. Wahrscheinlich stellte er sich gerade vor, wie ich mit Brille aussah. Die Vorstellung schien ihm zu gefallen, denn auf seinem Gesicht breitete sich ein zufriedenes Lächeln aus.

»Bella, auf ein Wort in meinem Büro, wenn es dir nichts ausmacht«, sagte er, wieder ganz geschäftsmäßig, und tauchte aus seiner Brillen-Fantasie auf.

»Jetzt?«, fragte ich.

»Ja, jetzt, Bella. Es sei denn, du hast was Wichtigeres vor?«

Vielleicht sollte ich noch mal unter meinem Schreibtisch nach dem Rechten sehen.

»Wir müssen uns unterhalten«, sagte er förmlich. »Gehen wir.«

»Natürlich. Alles klar«, sagte ich. »Könntest du mir nur eine Sekunde Zeit geben, damit ich meine« – *seelische Balance* – »Linse wiederfinden kann!«, stammelte ich wie eine Wahnsinnige. »Dann komme ich sofort.«

Er nickte. Das schien ihm ein legitimer Grund für eine Verzögerung zu sein. Er hob sein Sektglas, als wolle er meinem linken Auge zuprosten, warf einen letzten Blick unter den Schreibtisch, schüttelte den Kopf, als hätte er immer noch nicht ganz begriffen, was ich darunter getrieben hatte, und gesellte sich zurück zu der Feier. Ich hatte ein paar Minuten Gnadenfrist bekommen, um mich zu sammeln.

In dem Moment entdeckte ich eine neue E-Mail von Hot Harry in meiner Inbox.

B,

wie sich rausstellt, hält Hugo doch nichts davon, verkuppelt zu werden, er findet das irgendwie gekünstelt. Tut mir leid, altes Mädchen. Vielleicht musst du dich doch weiter an Ollie halten ... du Luder!

Harry

Natürlich ist so was gekünstelt, Hugo, du Vollidiot! Es ist ein arrangiertes Date! Das ist es, was einem entgegenschlägt, wenn man jemandem ein unbearbeitetes Foto schickt: eiskalte Ablehnung. Warum muss das alles so verdammt kompliziert sein? Und wieso hat er mich als »alt« bezeichnet?

»Bella, meine Liebe!«, dröhnte Larry Hills Stimme wie ein betrunkenes Nebelhorn quer durch den Raum. »Wenn du dann so weit bist.«

Rasch ging ich zu Larry, der bereits mit Riesenschritten in Richtung seines Büros davoneilte. Er öffnete die Tür und bedeutete mir voranzugehen, der geile alte Sack.

»Also, Bella.« Er verlor keine Zeit. »Da Tessa ja jetzt den nächsten Schritt in ihrem Leben wagt, wird es dich freuen zu hören, dass ich dich befördern möchte.«

»Du beförderst mich?«, wiederholte ich erstaunt, was seltsam war, da ich schon sehr lange auf diese Beförderung wartete. Ich hatte lediglich nicht damit gerechnet, dass es heute passieren würde. Und schon gar nicht so.

»Ja, Bella, genau das habe ich vor.«

»Zu was denn?« Das klang vielleicht dumm, aber im Grunde lag es an Larry Hill. Der ging die Sache wirklich alles andere als geschickt an. Im ersten Moment hatte ich sogar geglaubt, er wolle mir Tessas Stelle anbieten, was natürlich nicht sein konnte, weil wir in derselben Gehaltsklasse waren und lediglich unterschiedliche Accounts betreuten. Ihre Kunden waren zwar ein bisschen prestigeträchtiger als meine, aber trotzdem: Mir Tessas Stelle zu geben machte überhaupt keinen Sinn. Und es wäre definitiv keine Beförderung. Eine Beförderung wäre es, wenn Larry mich zum Account Director für meine eigenen Accounts machen würde. Und genau darauf hatte ich gehofft.

»Du liebe Zeit, Bella«, herrschte er mich an. Seine Geduld mit mir schien erschöpft. »Tessa hat soeben ihre Kündigung eingereicht, was denkst du wohl?«

Ich zuckte mit den Schultern, weil ich nicht wusste, wie ich darauf antworten sollte.

Er sah mich erwartungsvoll an.

»Bella, ich möchte dir die Position als Senior Account Manager anbieten. Damit verbunden wäre eine Gehalterhöhung von fünftausend Pfund pro Jahr«, verkündete er. »Was sagst du dazu?«

Ich war sprachlos.

»Jetzt sag doch was, um Himmels willen.«

»Ich bin sprachlos«, sagte ich.

Ich war sprachlos, weil es in unserer Agentur die Position des Senior Account Managers gar nicht gab. Der nächste Karriereschritt wäre für mich Account Director gewesen. Larry Hill hatte bloß das Wort »Senior« an meine gegenwärtige Position drangeklebt, damit es sich nach einer Beförderung anhörte, obwohl er mir in Wahrheit exakt denselben Job anbot, den ich bereits hatte. Ich hatte mir den Arsch aufgerissen für diese Beförderung. Ich hatte viele Opfer für die Agentur gebracht. Ich hatte alles aufgegeben, sogar das Schreiben.

»Was ist mit Sam?«, entfuhr es mir. Sam arbeitete bereits in Tessas Team. Es hätte viel mehr Sinn gemacht, ihr den Job zu geben. Dann wäre es wenigstens eine echte Beförderung gewesen, selbst wenn das bedeutete, dass ich leer ausging.

»Tja, an Sam habe ich natürlich als Erstes gedacht«, sagte Larry Hill mit erfrischender Ehrlichkeit. »Aber es gibt Gerüchte, dass sie versucht, schwanger zu werden, und beides geht nun mal nicht. Ich brauche jemanden, von dem ich weiß, dass er bleibt. So großartig Sam auch sein mag und so wunderbar sie die neue Stelle ausfüllen würde ... Wir können das Risiko schlichtweg nicht eingehen.«

»Ich bin mir ziemlich sicher, dass das juristisch nicht ganz sauber ist«, murmelte ich halblaut, während ich versuchte, das zu verdauen, was er mir anbot: weniger als nichts.

»Das mag sein, Bella, aber offen gestanden, geht mir das am Arsch vorbei.«

Bei diesen Worten zuckte ich zusammen.

»Ich brauche jemanden, auf den ich mich hundertprozentig verlassen kann, der mit Hingabe dabei ist, der für diese Agentur brennt und der das Beste aus dieser Chance macht. Nicht jemanden, der bei nächster Gelegenheit heiratet und aufs Land zieht, um Nachwuchs zu produzieren und Cupcakes zu backen … Dieser Job, Bella, ist wie gemacht für dich. Du bist perfekt dafür. Was sagst du?«

Er sah mich an, als hätte er mir soeben die Welt zu Füßen gelegt.

Ich war wie vor den Kopf geschlagen.

»Bella, alles, was du wissen musst, ist, dass du die Beste für den Job bist – aus einer Vielzahl von Gründen, unter anderem auch weil du so gute Arbeit leistest.«

»Sollte das nicht der Hauptgrund sein?«

»Hör zu, Bella. Du redest doch schon seit Jahren davon, auf der Karriereleiter einen Schritt nach oben machen zu wollen. Seit du hier angefangen hast, wartest du auf eine Gelegenheit wie diese. Genau deshalb arbeitest du auch so hart. Also, lass uns das Ganze nicht allzu sensibel und emotional betrachten. Akzeptiere einfach, dass heute dein Glückstag ist, und dann gehen wir gemeinsam da raus und stellen dich dem Team als neue Senior Account Managerin vor.«

Das Wort »Glückstag« hallte in meinem Kopf wider, während Larry Hill mir ein Glas Sekt in die Hand drückte. In einer routinierten Bewegung hob ich das Glas an den Mund und trank den

Inhalt in einem Zug aus, während Larry sein Glas immer noch erhoben hatte, als erwarte er allen Ernstes, dass ich mit ihm auf sein jämmerliches Angebot anstieß. Noch nie in meinem ganzen Leben war mir weniger nach Feiern zumute gewesen.

Schwindlig vom Sekt, den ich viel zu hastig hinuntergestürzt hatte, konnte ich mich des Eindrucks nicht erwehren, dass Larry Hill und seine Schlangenleder-Slipper mich höhnisch angrinsten. In dem Moment reichte es mir. Ich hatte die Schnauze voll. Ich wollte Larry sagen, dass er sich ins Knie ficken sollte. Ganz ehrlich. Ich war unfassbar wütend auf ihn. Ich war so unfassbar wütend auf *alles*, dass der Wunsch geradezu übermächtig wurde.

Und in dem Moment sah ich sie. Sie hatten einen Ehrenplatz an Larrys Wand, gerahmt und mit mehreren Spots ins rechte Licht gesetzt – eine ständige Erinnerung an die Macht guter Werbung. Drei schlichte Wörter: groß, kühn und direkt vor meinen Augen. Sie waren wie ein Fingerzeig von oben …

Just Do It.

Tu's einfach.

Also tat ich es.

»Fick dich ins Knie, Larry Hill.«

Ich würde sagen, Nike war in Erklärungsnot.

»Wow«, sagt Esther.

»Yep«, sage ich.

»Ich brauche einen Drink«, sagt Esther.

»Yep«, sage ich.

»Entschuldigung!«, ruft sie einer vorbeieilenden Kellnerin zu. »Ich nehme ein Glas von dem Roten. Ein großes, das Gleiche wie meine Freundin. Und auch noch eins für sie. Ach, wissen Sie was? Bringen Sie uns die ganze Flasche.«

Die arme Kellnerin lächelt pflichtbewusst, nickt und ist gezwungen, sich Esthers Bestellung zu merken, da sie beide Hände mit Tellern voll hat und nichts aufschreiben kann.

»Und was hat jetzt diese Hellseherin damit zu tun?«, steigt Esther wieder in unsere Unterhaltung ein.

Daraufhin schildere ich ihr auch die restlichen Ereignisse jenes Dienstagnachmittags, die mich hierher nach New York geführt haben. Nachdem sie alles über die Vollkatastrophe weiß, die sich mein Leben nennt, hat sie eine ganz simple Frage an mich …

»Warum?«

Das ist eine ausgezeichnete, wenngleich nicht unbedingt originelle Frage. Bis zum jetzigen Zeitpunkt ist sie mir nicht einmal in den Sinn gekommen, geschweige denn, dass ich sie mir gestellt hätte. Vielleich habe ich zu viel Angst vor der Antwort.

Schweigen.

»Bist du neidisch, B?«

»Neidisch?«, wiederhole ich und lache über die Absurdität dieser Idee. Das Wort »neidisch« klingt so unschön. Damit will ich nichts zu tun haben. Es ist ein peinliches Wort. Es suggeriert, dass mein Leben in irgendeiner Weise defizitär ist. Natürlich bin ich *nicht* neidisch. Die Tatsache, dass ich viele Stunden meines Tages damit verbracht habe, durch die Social-Media-Feeds anderer Leute zu scrollen und mich darüber aufzuregen, wie toll und erfüllend ihr Leben im Vergleich zu meinem ist, spielt in diesem Zusammenhang keine Rolle. Genauso wenig wie die Tatsache, dass ich als Reaktion darauf alles Mögliche poste, um zu demonstrieren, dass mein eigenes Leben genauso toll und erfüllend ist. Mindestens!

»Das ist doch lächerlich. Auf gar keinen Fall. Worauf sollte ich denn bitte neidisch sein?«

»Keine Ahnung. Vielleicht darauf, dass die anderen etwas haben, was du nicht hast?«

Damit nimmt sie mir den Wind aus den Segeln. Ihre Worte sind wie ein Schlag in die Magengrube.

»Ich bin nicht neidisch«, beharre ich. Inzwischen muss ich nicht mehr nur Esther von der Wahrheit dieser Behauptung überzeugen, sondern auch mich selbst. »Ich nehme das doch kaum wahr.« Ich rede mich um Kopf und Kragen. »Ich meine, ich bin viel zu sehr mit meiner Karriere beschäftigt, als dass ich mich darum kümmern könnte, was andere machen, geschweige denn, dass ich die Zeit hätte, neidisch auf sie zu sein.« Meine Stimme klingt schrill und gepresst, und ich garniere mein schwaches Argument mit einem aufgesetzten Lachen. Esther sieht mich einfach nur an, und ein bedeutungsschweres Schweigen senkt sich über uns.

»Es ist nur ...«

»Ja? Weiter ...«, hakt Esther mit Therapeutinnenstimme nach.

»Es ist nur ...«

Sie nickt ermutigend und hat die Augen weit aufgerissen, als wollte sie mir die Worte aus dem Mund ziehen.

Es scheint zu funktionieren.

»Es ist einfach überall. Man kann ihm gar nicht entkommen, selbst wenn man wollte. Ich habe es ständig vor der Nase.« Ich explodiere förmlich. Die Worte brechen aus mir hervor, als hätten sie lange auf diesen Moment gewartet. Ich erzähle Esther, dass mein Leben inzwischen zu einer niemals enden wollenden Party verkommen ist, auf der ich die Erfolge anderer Leute feiere. Alle um mich herum scheinen völlig mühelos die großen Meilensteine des Lebens zu meistern, während ich von Ängsten und Unzulänglichkeitsgefühlen geplagt werde. Ob online, auf dem Weg zur Arbeit, in der Agentur oder in der Freizeit – es ist überall.

»Was ist überall, B?«

»Das Glück der anderen. Ihre Erfolge, ihr tolles Dasein, ihre großartige, ultraperfekte Lebensplanung ... Ich weiß auch nicht, wie ich es nennen soll, Esther. Ich weiß nur, dass ich das alles nicht habe.«

Ich genehmige mir einen großzügigen Schluck von meinem Wein.

»Und ich werde bald dreißig.«

Meine Gedanken folgen so schnell aufeinander, dass mein Gehirn kaum Schritt halten kann.

»Und ich schwöre bei Gott, wenn ich noch einen dieser *Baby an Bord*-Buttons sehe, die sich die Hälfte aller Pendlerinnen an die Brust steckt, dann drehe ich durch. Alle Frauen, die solche Buttons tragen, machen mir ein schlechtes Gewissen, damit ich meinen Sitzplatz für sie freigebe. Und dann sitzen sie da mit ihren roten Bäckchen und strahlen vor Glück, weil sie nicht nur innerhalb der letzten neun Monate Sex hatten, sondern auch die beruhigende Gewissheit haben, dass ihre Fortpflanzungsorgane ordnungsgemäß funktionieren. Ich hingegen hatte schon mehr als ein Jahr lang keinen Sex mehr und habe zum Frühstück eine mahnende Textnachricht von einem oder mehreren Familienmitgliedern bekommen, die mir raten, meine Eizellen einfrieren zu lassen, bevor es zu spät ist. Insofern: Nein, junge Frau, Sie dürfen meinen Sitzplatz *nicht* haben!«

Esther sieht mich erschrocken an. »Du hattest *seit über einem Jahr* keinen Sex mehr?«

»Darum geht es doch gar nicht, Esther«, fauche ich. Natürlich geht es darum. Es ist praktisch Thema Nummer eins für mich, aber das Geständnis ist mir bloß so rausgerutscht, und ich will nicht weiter darüber reden.

»Ich habe mir auch mal so einen Button angesteckt, weißt du?«, sage ich, um von meinem nicht existierenden Sexleben abzulenken.

»Wie bitte?«

»Nur so als Experiment«, schiebe ich beschwichtigend hinterher.

»Ein Experiment worin? Im Vortäuschen einer Schwangerschaft?«

»Nein«, sage ich und erkläre ihr, dass eine schwangere Freundin ihren Button bei mir zu Hause vergessen hat. Ich hatte ihn in der Tasche, um ihn ihr bei nächster Gelegenheit zurückzugeben, aber dann dachte ich mir eines Tages: Was soll's? Ich probiere es einfach mal aus.

»Nur, dass ich es recht verstehe«, unterbricht mich Esther. »Du hast so getan, als wärst du schwanger, indem du einen *Baby-an-Bord*-Button getragen hast, nur damit du im Bus einen Sitzplatz kriegst?«

Ihr Gesichtsausdruck legt nahe, dass sie das ganz und gar nicht in Ordnung findet.

»Ja. Na und? Ist doch kein großes Ding.«

»B!«, herrscht sie mich an. In ihrem Tonfall schwingt Besorgnis mit. »Hast du deiner schwangeren Freundin den Button zurückgegeben?«

Ich zucke unbestimmt mit den Achseln.

»Du tickst doch nicht mehr richtig!«, sagt sie, als ihr klar wird, dass die Möglichkeit besteht, dass ich besagten Button regelmäßig trage.

»Sie hat sich einen neuen gekauft«, füge ich zu meiner Verteidigung hinzu.

»Ja, weil eine bekloppte, *nicht* schwangere Frau sich ihren ›ausgeliehen‹ hat.«

»Du hast doch keine Ahnung, wie es ist, fünfundzwanzig Minuten lang in der U-Bahn unter einer fremden Achselhöhle stehen zu müssen, weil man keinen Sitzplatz mehr abbekommen hat. Sei nicht so selbstgerecht!«

»Bella – hast du das denn nicht als Warnsignal dafür erkannt, dass du kurz vor einem Zusammenbruch stehst?«

»Es war nur eine Episode«, korrigiere ich sie.

»Süße, eine Episode ist eine halbe Stunde *Game of Thrones*. Fassen wir noch mal zusammen. Du bist in einer Bar eingeschlafen, nachdem du versucht hast, dir deine Schuldgefühle wegzusaufen, weil du deine beste Freundin an ihrem Junggesellinnenabschied im Stich gelassen hattest. Oder musstest du dir deine Schuldgefühle wegsaufen, weil du einen Teenager geküsst hast? Ich weiß es nicht mehr so genau. Du hast deinem Boss gesagt, er soll sich ins Knie ficken, und du hast einen astreinen Job hingeschmissen. Du hast dir von einer durchgeknallten Betrügerin irgendwelchen Unsinn erzählen lassen, dass du bald zu Gott findest. Du bist nach New York geflogen, weil du gehört hast, wie ein Obsthändler seine Äpfel anpreist. Und du hast den Ruf dieses Obsthändlers überhaupt nur vernommen, weil du dich zuvor in einer Bulldogge namens Delia wiedererkannt hast. Du heftest dir Buttons an, auf denen steht, dass du schwanger bist, obwohl du seit mehr als einem Jahr keinen Sex mehr hattest, worüber wir im Übrigen dringend reden müssen. Süße, das ist keine Episode, das ist die ganze Staffel.«

»Aber ich kann nicht mehr, Esther. Ich will mich einfach nur noch hinsetzen«, sage ich, den Tränen nahe.

»Ich weiß, Schatz«, sagte sie und tätschelt mir mitfühlend den Arm. »In dieser Situation waren wir alle schon mal.« Dann hält sie kurz inne und denkt nach. »Na ja, vielleicht nicht in *dieser* Situation. Es könnte durchaus sein, dass du der einzige Mensch bist, der jemals in *dieser* Situation war.« Sie sagt »diese Situation«, als handle es sich dabei um einen sehr unangenehmen Ort, dem keiner, der noch halbwegs im Besitz seiner geistigen Kräfte ist, jemals freiwillig einen Besuch abstatten würde. »Aber zumindest waren wir alle schon mal in der Nachbarschaft. Das wollte ich damit sagen.«

Sie lächelt und schiebt mir mein Weinglas hin.

»Trink aus. Danach geht's dir besser.«

Ich tue wie geheißen, während Esther überlegt, was sie als Nächstes sagen soll.

»Ich habe das Gefühl, dass ich auf der Strecke bleibe, Esther.«

»Red weiter.«

»Alle nehmen ihr Leben in die Hand und gestalten ihre Zukunft, nur ich trete die ganze Zeit auf der Stelle. Ich sehe zu, wie alle anderen mich nach und nach überholen, während ich nicht mal aus den Startblöcken komme. Ich bin immer noch Single. Lebe immer noch so, als wäre ich einundzwanzig. Gehe immer noch jeden Abend aus, obwohl ich viel lieber zu Hause sitzen und *Britain's Got Talent* schauen würde. Aber das geht nicht. Ich muss unter Leute, ich muss versuchen, mein eigenes besonderes Talent zu entdecken – nur, dass ich kein besonderes Talent *habe*. Die letzten sieben Jahre waren für mich wie ein einziges großes Casting. Und ich habe das Gefühl, es wird immer schlimmer. Tinder ist das reinste Dating-Fließband, ein Treffen nach dem anderen, und nie führt es zu irgendwas, nie wird was draus. Wir verstecken uns die ganze Zeit hinter unseren Handys und beurteilen einander anhand von manipulierten Fotos, die den echten Menschen kaum noch ähnlich sehen. Aber anders kommt man ja heutzutage gar nicht mehr an ein Date. Anders wird man gar nicht wahrgenommen. Anders sticht man nicht aus der Masse heraus. Man muss sich photoshoppen, bis man kaum noch wiederzuerkennen ist. Der Druck ist so wahnsinnig groß geworden. Wir sind jederzeit verfügbar, jederzeit austauschbar, einfach links oder rechts wischen, nichts leichter als das. Nur, dass es in Wahrheit *überhaupt* nicht leicht ist. Es ist hart. Es ist echt verdammt hart, Esther. Und deprimierend. Ich will, dass es wieder so ist wie früher, als die Leute noch persönlich miteinander kommuniziert haben und keiner vorher das Profil des anderen lesen musste. Oder noch besser: Ich möchte, dass das Universum mir die ganze Arbeit abnimmt, damit ich nicht länger das Gefühl haben muss, die Suche nach einem Freund ist wie die Suche nach einem neuen Job.«

Esther sagt nichts; sie lässt mich einfach reden und hört zu.

Ich trinke einen großzügigen Schluck Wein. Mir ist kaum aufgefallen, dass die Kellnerin jedes Mal im Vorbeigehen unsere Gläser aufgefüllt hat. Esther trinkt einen ebenso großen Schluck. Ich habe mich warm geredet, und mein Alkoholpegel steigt, also fahre ich fort.

»Esther, ich hocke in einem Zimmer«, sage ich todernst.

»In einem Zimmer?« Sie hat keine Ahnung, worauf ich hinauswill, spielt aber trotzdem mit. »Was für ein Zimmer?«

»Ein gemietetes«, lalle ich.

Sie nickt. Offenbar hat meine Antwort sie zufriedengestellt. Ich spinne die Metapher weiter. »Und von diesem gemieteten Zimmer aus schaue ich meinen Freunden zu, wie sie einer nach dem anderen gehen. Sie hauen einfach ab«, setze ich melodramatisch hinzu.

»Wo gehen sie denn hin?«, fragt Esther im selben Tonfall.

»Na, in andere Zimmer«, verkünde ich. »Sie ziehen in größere Zimmer um – manchmal kaufen sie sich sogar ganze Häuser. Und von meinem Fenster aus sehen diese Zimmer und diese Häuser viel schöner aus als meins. Die anderen haben Freunde und Ehemänner und Babys, sie haben Zimmer mit Möbeln von John Lewis, die richtig erwachsen aussehen. Zimmer, für die sie Hypotheken aufgenommen haben. Zimmer mit Dachterrassen … einige dieser Zimmer haben sogar eigene Gästezimmer.« Ich glaube, ich bin sehr betrunken.

»Und ich? Ich hocke immer noch in meiner kleinen Studentenbude und sehe meinen Freunden bei ihrem Erwachsenenleben zu, und ich will auch so sein wie sie. Ich will auch so ein Erwachsenenzimmer haben, denn ich bin bereit dafür, Esther. Ich bin so was von bereit dafür. Ich will meine Studentenbude hinter mir lassen und nach Clapham Common ziehen, aber das geht nicht, weil das Leben nun mal nicht so funktioniert, und deshalb sitze ich immer noch in diesem bescheuerten Zimmer mit meinem kleinen Einzelbett und meiner rosa Tapete und den One-Direction-Postern an der Wand.«

Darauf genehmigen wir beide uns noch einen Schluck. Dummerweise verfehle ich meinen Mund und gieße mir den Rotwein übers Kinn.

»Klar kann ich mein Zimmer toll einrichten, so wie für eine große Übernachtungsparty. Und warum sollte man überhaupt den Wunsch haben, irgendwo anders zu wohnen? Aber tief in mir drin, da glaube ich ...«

»Ja?«, bohrt Esther nach.

»Ich glaube ...«

»Weiter ...« Sie beugt sich über den Tisch.

»Ich glaube, ich bin neidisch.«

Es ist, als würden die Worte sich auf uns legen wie ein schweres Gewicht, das wir nicht von der Stelle bewegen können. Niedergedrückt von ihrer Last, vermögen wir uns eine Zeit lang nicht zu rühren. Esther sieht erschöpft aus. Ich bin auch erschöpft.

»Du hast einen Knall, weißt du das?«, meint sie irgendwann.

»Ja, ich weiß.«

Wir lassen uns alles, was ich gesagt habe, durch den Kopf gehen. Hin und wieder nicken wir nachdenklich. Wir sehen aus wie zwei Meerkatzen, wie wir so dasitzen und nicken und kein Wort sagen.

»Was willst du denn wirklich, Bella? Im Moment scheinst du ja jede Menge Wünsche zu haben: ein Freund, ein Ehemann, ein Kind, ein Haus, eine Dachterrasse und ein Kundenkonto bei John Lewis. Aber was willst du *wirklich*? Weißt du das überhaupt?«

»Einen Freund. Ich will einen Freund«, gestehe ich. Mir wird bewusst, dass ich es noch nie laut ausgesprochen habe. Wahrscheinlich aus Angst, der Unvollkommenheit meines Lebens Worte zu verleihen und zuzugeben, dass ich nicht etwa freiwillig Single bin, weil mein Fokus ganz auf der Karriere liegt, sondern dass es da diese schmerzhafte Lücke in meinem Leben gibt, die ich unbedingt füllen will. »Ich will den Einen finden, Esther.«

»Ach ja?«

»Ja, das will ich«, antworte ich mit Nachdruck. »Dann wird sich der Rest schon finden, das weiß ich. Wenn ich nur dieses eine Schäfchen ins Trockene bringe, dann folgen die anderen von ganz allein, und alles wird gut.«

»Tja, dann solltest du vielleicht aufhören, dich im Selbstmitleid zu suhlen, und anfangen, nach dem Einen zu suchen.«

»Das habe ich doch probiert! Hast du mir nicht zugehört?«

»Vielleicht musst du deine Herangehensweise ändern. Bisher scheinst du ja nicht besonders viel Erfolg gehabt zu haben.«

Das ist wohl unbestreitbar.

»Und du musst dringend an deiner Einstellung arbeiten, die ist nämlich das Allerletzte. Aber vor allem, Bella ...« Sie macht eine effektheischende Pause, um die Spannung zu steigern.

»Vor allem musst du dich endlich mal zusammenreißen.«

Das ist zwar nicht ganz so tiefsinnig wie erhofft, aber recht hat sie trotzdem.

»Ich erlaube dir, noch ein Weilchen deinem kleinen Zusammenbruch zu frönen – beziehungsweise deiner ›Episode‹ oder wie auch immer du es nennen willst. Ich kann deine Gefühle nachvollziehen. Wirklich. Du wirst bald dreißig und versuchst, den Ist-Zustand deines Lebens mit dem Soll-Zustand in Einklang zu bringen. Aber ich gebe dir nur noch …« Sie überlegt kurz »… eine halbe Stunde. Danach musst du …« Abermals hält sie inne, vermutlich weil sie nach einer besonders eindrücklichen Formulierung sucht. »Danach musst du …«

»Ja?«

Sie zieht das Ganze wirklich unnötig in die Länge. Sie ist stockbesoffen!

»Was denn, Esther?«, rufe ich ungeduldig.

»Danach musst du dich endlich zusammenreißen!«, wiederholt sie und betont das Ende ihrer Aussage mit einem Schluckauf.

Genau das ist es: Ich muss mich zusammenreißen. Es wird allerhöchste Zeit!

Esther nimmt ihr Handy, stellt den Timer auf dreißig Minuten ein und legt es zwischen uns auf den Tisch, sodass wir beide es im Blick haben.

»Abgemacht?«, sagt sie und hebt fragend ihr Glas.

»Abgemacht«, sage ich und stoße mit ihr an.

Mit der anderen Hand starte ich den Timer.

»Ich finde, du solltest heute Abend noch auf ein Date gehen«, sagt sie. Es ist nicht ganz klar, ob es sich um einen Vorschlag oder eine Anweisung handelt.

»Findest du?«

»Ja, nach deinem Monolog, den ich mir gerade anhören musste, finde ich das. Außerdem muss ich gleich zurück ins Büro, um besagte Krise zu bewältigen.«

»Du willst wieder zur Arbeit gehen?«, frage ich erstaunt. Zusammen haben wir fast zwei Flaschen Wein getrunken, und der Nachmittag neigt sich bereits dem Ende zu.

»Du hast gesagt, es soll wieder so sein wie früher. Das ist deine Chance. Geh und verabrede dich mit jemandem.«

»Also gut«, sage ich, während mein Körper eine Woge Adrenalin ausschüttet. »Ich mach's.«

Esther grinst von einem Ohr zum anderen.

»Das lobe ich mir«, sagt sie, ein wenig verblüfft darüber, dass ich die Herausforderung so ohne Weiteres annehme. Wenn ich ehrlich sein soll, bin ich auch verblüfft.

Die nächsten paar Minuten verbringen wir damit, das Treiben in der Bar zu beobachten, bis wir einen potenziellen Kandidaten für ein Date ausgemacht haben. Er ist schätzungsweise Mitte bis Ende dreißig, trägt eine dunkelblaue Hose und ein lachsrosa Hemd. Seine Krawatte hat er abgenommen, der oberste Hemdknopf steht offen. Er sieht leger und freizeitmäßig aus, was mir auf Anhieb gefällt. Dadurch wirkt er gleich viel nahbarer.

Was dann folgt, sind die schrecklichsten viereinhalb Minuten meines Lebens.

Ich stehe auf und schlendere zur Theke. Esther hat gesagt, ich soll eine selbstbewusste Gazelle sein. Dort angekommen, schiebe ich mich zwischen das glatte Mahagoniholz des Bartresens und das glatte Hemd meines potenziellen Dates. Er riecht gut. Ich nehme mir einen kurzen Augenblick, um noch einmal Esthers Instruktionen durchzugehen. *Sag Hallo. Fang irgendein belangloses Gespräch an. Sag ihm, dass du neu bist in der Stadt, und wenn die Gelegenheit günstig ist, fragst du ihn ganz nebenbei, ob er heute Abend Zeit für einen Drink hat.* So langsam bekomme ich Panik. Ohne digitale Hilfe bin ich aufgeschmissen. Ich habe keinerlei Übung in so was. Außerdem stehe ich bereits vor meiner ersten Hürde, denn da ich keinen Drink bestellen möchte, habe ich streng genommen auch nichts an der Theke zu suchen. Das könnte zum Problem werden. Je länger ich hier herumstehe, desto ungemütlicher wird mir. Ich muss handeln. Und zwar schnell.

»Hallo«, säusle ich kokett, während ich mich ein Stückchen näher an das lachsrosa Hemd heranschiebe.

Mist – meine Stimme ist so leise, dass sie vom menschlichen Ohr gar nicht wahrgenommen werden kann.

Okay. Zweiter Versuch. Diesmal lauter.

»Hallo.«

Verdutzt dreht der Mann sich zu mir um. »Reden Sie mit mir?«

Diese Frage trifft mich unvorbereitet. Das ist komisch, wenn man bedenkt, dass ich das Gespräch angefangen habe, aber ich habe die Sache eben nicht gründlich genug durchdacht. Inzwischen beschleicht mich der Verdacht, dass diese Aktion eine ganz beschissene Idee war.

»Reden Sie mit mir?«, wiederholt er.

Und ich sage …

»Nein. Nein, natürlich nicht.«

Ab da geht alles den Bach runter. Er macht ein verwirrtes Gesicht, und das vollkommen zu Recht. Ich stehe allein an der Theke. Wenn ich nicht mit ihm rede, mit wem dann? Mit mir selbst? Nur Verrückte führen Selbstgespräche!

»Mit wem denn dann?«

Er schaut sich um, und obwohl zahlreiche Leute in der Nähe stehen, sind alle in ihre eigenen Unterhaltungen vertieft.

Scheiße. Also: Mit wem rede ich?

Verzweifelt zermartere ich mir das Hirn nach einer Antwort. Dann sehe ich zufällig einen älteren Mann, der soeben die Bar betreten hat. Er ist vermutlich an die sechzig, mit weißen Haaren, die nicht nur seinen Kopf, sondern auch sein komplettes Gesicht bedecken. Inmitten dieses weißen Bewuchses liegen zwei tiefblaue stechende Augen, die suchend umherwandern, als hielte er Ausschau nach jemandem. Perfekt. Das ist meine Chance.

»Hallooooohoo!«, rufe ich, klinge dabei jedoch eher nach neugieriger Nachbarin als nach der exotischen, selbstbewussten Verführerin, die ich gern wäre. »Hier drüben!«

Mein Plan geht auf. Ich habe die Aufmerksamkeit des Fremden erregt. Ich winke und bedeute ihm, zu mir an die Theke zu kommen. Anfangs wirkt er ein wenig verdutzt, doch er scheint wirklich mit jemandem verabredet zu sein, und aus Gründen, die er vermutlich selbst nicht nachvollziehen kann, folgt er meiner Einladung und gesellt sich zu mir.

So langsam verliere ich die Kontrolle über die Situation.

Ich werfe Esther einen Blick zu, der sagen soll: *Das war nicht Teil meines Plans*, woraufhin sie mir einen Blick zuwirft, der sagen soll, dass sie Augen im Kopf hat und das selbst sehen kann.

»Ich habe mit meinem Bekannten gesprochen«, sage ich lässig zum lachsrosa Hemd. Zu diesem Zeitpunkt steht mein bärtiger Freund bereits neben uns. Sein Bart wuchert völlig unkontrolliert! Von Weitem hat die Haarpracht noch extravagant ausgesehen, ein bisschen weihnachtsmannmäßig, aber aus der Nähe wirkt er ziemlich ungepflegt. Außerdem meine ich, vereinzelte Lebensmittelreste in seinem Bart erkennen zu können. Ich schäme mich. Das ist nicht die Art von Begleiter, mit dem mein potenzielles Date mich sehen soll.

»Wer sind Sie denn?«, fragt der Bärtige, als ihm klar wird, dass er keinen blassen Schimmer hat, wessen Weg er da naiverweise gekreuzt hat.

»Aha!«, ruft mein potenzielles Date. »Er ist also gar nicht Ihr Bekannter. Sie kennen ihn überhaupt nicht.« Er klingt richtig gehässig. So langsam habe ich den Eindruck, dass sich unter seinem freundlichen lachsrosa Hemd ein sehr unangenehmer Charakter verbirgt.

»Na los – geben Sie's schon zu«, knurrt er. Der wird ja richtig bösartig.

Ich habe keine Zeit zu antworten, denn der Bärtige klinkt sich ein.

»Sie ist nicht meine Bekannte. Ich habe diese Frau noch nie zuvor gesehen.«

Nun, da er offen zugegeben hat, mich nicht zu kennen, sieht auch er sich in Erklärungsnot. Weshalb ist er dann zu mir an die Bar gekommen?

»Ich dachte, sie ist Vanessa«, gesteht er verlegen.

»Vanessa? Wer zum Geier ist Vanessa?«, sagt mein potenzielles Date, dessen Verwirrung von Sekunde zu Sekunde wächst.

Die Situation droht mir vollends zu entgleiten. Doch ich habe eine halbwegs gute Idee, wie ich die Lage noch retten kann. Ich beschließe, dem Beispiel des alten Mannes zu folgen.

»Ach, wie ulkig«, sage ich lachend. »Und *ich* dachte, Sie sind ...« Zunächst fällt mir kein Name ein, dann kommt mir »Bob« in den Sinn.

»Bob?«, sagt der Bärtige, sichtlich überfordert.

»Wer ist Bob?«, fragt mein potenzielles Date.

»Bob«, sage ich unwirsch, weil ich nun auch noch mein imaginäres Verhältnis zu einem imaginären Bob erläutern muss, »ist ein sehr guter Freund von mir.«

»Keine Ahnung, wieso mich das überhaupt interessieren sollte – aber viel Glück Ihnen beiden«, sagt mein potenzielles Date, obwohl ich mittlerweile den Verdacht hege, dass die Wahrscheinlichkeit eines Dates mit ihm gegen null geht. Er wendet sich wieder seinem ursprünglichen Gesprächspartner zu.

»Also dann, junge Dame, möchten Sie vielleicht was trinken?

Hat ja keinen Sinn, wenn wir beide einsam bleiben; wir könnten einander Gesellschaft leisten, während wir auf Bob und Vanessa warten.« Der Bärtige rückt mir auf die Pelle.

Wie konnte es nur so weit kommen? Ich schiele zu Esther und zucke hilfesuchend mit den Schultern. Sie tut so, als würde sie sich aufhängen, was nicht besonders ermutigend ist.

Höflich weise ich die Avancen des Bärtigen zurück. Er schnaubt beleidigt, trollt sich dann aber – vielleicht um weiter nach Vanessa zu suchen.

Ich denke, jeder hat im Laufe seines Lebens irgendwann mal das Gefühl, dass er im Begriff ist, etwas Dummes zu tun, das er lieber nicht tun sollte, aber aus unerfindlichen Gründen tut er es trotzdem. So ungefähr geht es mir, als ich gleich darauf dem Mann im lachsrosa Hemd von hinten auf die Schulter tippe.

Er dreht sich um. Ich bin es schon wieder. Und weil mir nichts Originelleres einfällt, schließe ich den Kreis mit einem ...

»Hallo.«

»Was wollen Sie?«

Ich spüre, dass er ein wenig gereizt ist, deshalb beschließe ich, keine weitere Zeit zu verlieren, sondern zügig mein Anliegen vorzubringen.

»Ich habe mich gefragt ...«

»Ja?«, sagt er ungehalten.

»Ob Sie vielleicht Lust hätten, mit mir heute Abend was trinken zu gehen?«

Seine Antwort kommt ohne jedes Zögern. Er muss nicht mal eine Sekunde lang nachdenken. »Nein. Auf keinen Fall«, sagt er wie aus der Pistole geschossen.

Peinlicher geht es kaum. Jetzt kann ich nur darauf hoffen, dass einer von uns, vorzugsweise er, plötzlich eine Venenthrombose bekommt, die ihn auf der Stelle tot umfallen lässt.

Tja, Pech gehabt.

»Aber hey«, meint er höhnisch. »Alles Gute mit Bob.«

Sein sarkastischer Tonfall scheint nahezulegen, dass er Bob für erfunden hält. Blöder Sack.

Nach dieser Ansage kehrt er mir abermals den Rücken zu, und da er keinen tödlichen Blutklumpen in den Venen hat, ist dies für mich ein untrügliches Signal, die Segel zu streichen.

Doch ich wäre nicht ich, wenn ich das tun würde.

»Ist es wegen Bob?«, frage ich im Glauben, die Wurzel des Problems ausgemacht zu haben. »Wegen dem müssen Sie sich keine Sorgen machen.«

Ich bin drauf und dran, ihm auseinanderzusetzen, dass Bob in Wahrheit gar nicht existiert und ich ihn mir nur ausgedacht habe, um zu rechtfertigen, dass ich einen Wildfremden zu mir gewunken habe. Doch zum Glück erhasche ich genau in dem Moment einen Blick auf Esther, die inzwischen nicht mehr nur so tut, als würde sie sich aufhängen, sondern sich gleichzeitig die Gurgel mit einem imaginären Messer aufschlitzt. Vielleicht ist es auch eine Machete. Sie säbelt so heftig an ihrer Halsschlagader herum, dass es so aussieht, als wolle sie sich enthaupten, während sie gleichzeitig – nicht besonders diskret – mit den Lippen die Worte *»Abbruch! Scheiße noch mal, Abbruch!«* formt.

»Bob und ich führen eine offene Beziehung«, versichere ich dem lachsrosa Hemd.

Es gibt keinen Bob, du verdammte Irre.

»Schön für Bob. Ich verzichte trotzdem.«

Und mit diesen Worten wendet sich der Mann ab und fährt in seiner Konversation fort. Ich bleibe gedemütigt zurück. Immerhin kaschiert sein lachsrosa Hemd meine glühenden Wangen.

Wie ein geprügelter Hund schlurfe ich zurück an unseren Tisch.

»Also, wenn das das Beste ist, was du draufhast«, meint Esther, »erklärt das so einiges.«

»Ich glaube, wenn du wirklich den Einen treffen willst, brauchst du einen Plan«, verkündet Esther.

Dann erklärt sie mir, dass sie während des unseligen Zwischenfalls an der Theke noch einmal gründlich über meine Situation nachgedacht habe, um sich mental vom Geschehen zu distanzieren. Sie habe versucht, eine Lösung für mein Problem zu finden, und sich in diesem Zusammenhang auch noch mal die Weissagung der Hellseherin durch den Kopf gehen lassen – nicht, dass sie irgendetwas von dem Unsinn glauben würde, aber vielleicht lohne es sich, auf Nummer sicher zu gehen. Wenn Esther mit einer Herausforderung konfrontiert wird – und genau das sind meine derzeitigen Lebensumstände für sie –, tut sie alles, um sicherzustellen, dass das Ergebnis zu ihrer Zufriedenheit ausfällt. Oder in diesem Fall zu meiner Zufriedenheit. Mit anderen Worten: Esther will beweisen, dass die Hellseherin unrecht hatte, und sie will, dass ich endlich den Einen finde, nach dem ich schon so lange auf der Suche bin.

»Wie viele Tage sind es noch, bis du dreißig wirst, Bella?«

Ich rechne nach und stelle fest, dass ich, wenn man heute mitzählt, in exakt dreißig Tagen dreißig werde. Das ist perfekt, findet Esther.

»Dreißig Dates in dreißig Tagen«, verkündet sie mit einem schelmischen Grinsen. »Das hat doch was, oder nicht?« Daraus, meint sie, könne etwas Großes werden. Ihr Plan ist simpel: dreißig Dates zwischen jetzt und meinem dreißigsten Geburtstag.

»Aber damit das klappt, Bella, musst du einiges ändern. Auch dich selbst.«

Neugierig geworden, beuge ich mich über den Tisch.

»Du musst deine Komfortzone verlassen, ein paar Risiken eingehen und dich wirklich auf die Sache einlassen, denn es wird nicht einfach werden, und die Statistiken sprechen gegen dich. Meinst du, du schaffst das, B?«

Ich nicke eifrig. Ich bin dabei. Ich bin so was von dabei. Ich will es! Ja, ich will es wirklich, stelle ich zu meinem großen Erstaunen fest. Da Esther dies spürt, fährt sie fort. Je länger sie redet, desto größer wird ihre Begeisterung, wie ein Schneeball, der einen Abhang hinunterrollt und dabei stetig an Geschwindigkeit und Masse zunimmt.

»Bella, dies ist deine Chance, sämtliche Dating-Regeln, die du so sehr hasst, neu zu definieren.«

Das klingt immer besser.

»Du kannst das Dating völlig neu erfinden, es nach deinen eigenen Wünschen gestalten. Du kannst tun und lassen, was du willst. Treffen, wen du willst. Sein, wer du willst. Wenn du Lust hast, kannst du es bei jedem Date anders machen. Du musst dich nur wirklich dazu bekennen, den Einen zu finden und zu beweisen, dass die Hellseherin falsch lag.«

»Darf ich reisen?«, entfährt es mir aufgeregt.

»Aber klar doch!« Esther ist begeistert von meiner Offenheit. »Wohin denn?«

Das Adrenalin brodelt in meinen Adern, während ich mir all die vielen Möglichkeiten durch den Kopf gehen lasse, die sich mir mit diesem Plan eröffnen. Bis zu diesem Moment war mir gar nicht bewusst, dass ich reisen möchte. Jetzt bin ich in New York, und in San Francisco werde ich erst Ende des Monats erwartet. Warum also nicht?

»Ich möchte einen Roadtrip machen«, verkünde ich im Brustton der Überzeugung, von dem ich gar nicht wusste, dass ich dazu fähig bin.

»Wirklich?«, fragt Esther verblüfft. Ich staune genauso wie sie. Aber ja, das will ich. Das und nichts anderes.

Unter der unausgesprochenen Voraussetzung, dass es keine Tabus gibt und wir über alle Vorschläge zumindest nachdenken, beginnen wir unseren Masterplan zu schmieden.

»Du solltest nach Chicago fliegen«, schlägt Esther vor.

»Ich könnte Laura und Griff besuchen«, füge ich begeistert hinzu.

»Und den Rest der Clique, wenn du schon mal dabei bist. Johan und Chloe wohnen ja nicht allzu weit weg.«

»Stimmt, das könnte ich machen.«

»Du könntest sogar ... du weißt schon wen besuchen.«

»Das wäre vielleicht ein bisschen komisch«, meine ich skeptisch. »Aber ich könnte definitiv bei meiner Schwester und meinem Schwager in Colorado vorbeischauen.«

»Du könntest ein Date in den Rocky Mountains haben.«

»Das wäre der Hammer!«, quietsche ich. So nimmt Dating ganz neue Dimensionen an.

»Du kannst dich quer durch die USA daten, Bella«, sagt Esther stolz. Aus ihrem Mund klingt es wie ein heroischer Akt. Eine Heldenreise.

»Ja.« Mittlerweile bin ich regelrecht berauscht. »Das wird mein großes amerikanisches Dating-Abenteuer.«

Esther und ich sehen es vor uns, das spektakuläre Bild, das wir gemalt haben. Es ist der absolute Wahnsinn.

»O mein Gott! Bella ...«, ruft Esther atemlos, weil ihr gerade etwas eingefallen ist, das unseren Plan noch großartiger machen wird. »Du musst darüber schreiben – über deine Dates, alle dreißig.«

»Was?«

»Du schreibst gar nicht mehr, Bella. Als wir uns kennengelernt haben, hast du praktisch nichts anderes gemacht. Du wolltest immer Autorin werden. Weißt du nicht mehr?«

Sie schweigt eine Weile, ehe sie fortfährt. »Warum nutzt du die Challenge nicht als Gelegenheit, um wieder damit anzufangen? Schreib über deine Dates!«

»Ja, das könnte ich tun ...«, sage ich. Ich bin ihrem Vorschlag nicht ganz abgeneigt. Er hüpft aufgeregt in meinem Kopf herum und fordert mich auf, mit ihm zu spielen. Etwas in meinem Innern flackert und entzündet sich, wie eine Gasflamme an einem Herd, der gerade eingeschaltet wurde. Zunächst fühlt es sich ungewohnt an, dabei kenne ich das Gefühl eigentlich gut. Es ist mir noch von früher vertraut. Esther hat recht: Als wir uns damals kennenlernten, habe ich fast all meine freie Zeit mit Schreiben verbracht. Ich wollte nie etwas anderes werden als Schriftstellerin.

»Auf diese Weise erfahre ich alles über deine Abenteuer«, unterbricht Esther unbeabsichtigt meinen Gedankengang. »Was sagst du dazu, B?«

»Ich sage ja!«, verkünde ich, ohne lange darüber nachdenken zu müssen.

Wir fahren fort, Ideen auszutauschen, bis wir irgendwann ganz kribbelig sind vor lauter Aufregung. Schließlich befindet Esther, dass wir das Ganze schriftlich festhalten und uns auf offizielle Spielregeln einigen müssen, damit klar ist, was überhaupt als Date gilt und was nicht. Sie kramt einen Kugelschreiber aus ihrer Handtasche und beginnt auf eine Serviette zu kritzeln.

Dreißig bis zum Dreißigsten – Die Spielregeln!!!

»Ooh«, sagt sie und bestaunt ihr Werk. »Dreißig bis zum Dreißigsten – das gefällt mir sogar noch besser. Dreißig Dates in dreißig Tagen, bevor du DREISSIG wirst!!«

1. Während dieser dreißig Tage herrscht absolutes Tinder-VERBOT (gilt auch für alle anderen sozialen Netzwerke)
2. Vor dem jeweiligen Date dürfen keinerlei Internet-Profile oder Fotos des Betreffenden angeschaut werden
3. Zu jedem Date, das sich ergibt, wird JA gesagt
4. Mehrere Dates mit ein und derselben Person sind zulässig, sofern echtes Potenzial erkennbar ist
5. Der Mann muss darüber im Bilde sein, dass es sich um ein Date handelt
6. Du schreibst zu jedem der dreißig Dates einen ausführlichen Bericht und mailst ihn an Esther
7. Innerhalb dieser dreißig Tage musst du den Einen finden – sonst begibst du dich aus freien Stücken in die rettenden Hände Jesu Christi

Gerade als wir die achte und letzte Regel niedergeschrieben haben, geht der Alarm an Esthers Handy los und erinnert mich daran, dass meine halbe Stunde Selbstmitleid vorbei ist. Mein dreißigtägiges Abenteuer hat begonnen.

Fünf

Ich schaue nach, wie spät es ist. Neunzehn Uhr. Esther sitzt längst wieder an ihrem Schreibtisch, und ich sitze in einer Bar – in einer anderen als heute Nachmittag. Ich bin allein. Mutterseelenallein, und das gefällt mir gar nicht. Selbst der Schwips von unserem weinseligen Nachmittag reicht nicht aus, um mich meine Unsicherheiten vergessen zu lassen. Ich habe mich für einen Platz an der Theke entschieden, weil mir das für eine Frau ohne Begleitung akzeptabler erschien als ein Tisch. So strahle ich eine Aura des Geheimnisvollen aus. Jedenfalls versuche ich mir das einzureden.

Ich blicke mich um. Die Atmosphäre ist voll gespannter Erwartung, was die Nacht bringen wird. An den Tischen in meiner Nähe sitzen lauter glamouröse, knapp bekleidete Individuen, die alle unfassbar cool und sexy aussehen. Und dann bin da noch ich auf meinem Barhocker, den Ellbogen auf die Theke gestützt, das Kinn auf der Faust. Mit der anderen Hand fahre ich mir lässig durch die Haare und wickle mir einzelne lange Strähnen um die Finger. Die Geste soll den Anschein von Selbstvergessenheit erwecken, doch in Wahrheit ist sie alles andere als das. Sie ist wohlkalkuliert. Normalerweise würde ich mich mit Instagram oder Facebook ablenken und »ganz spontan« etwas posten, das die Großartigkeit dieses Moments, dieses Ortes und dieser Erfahrung zelebriert, auch wenn ich mich eigentlich bloß unbehaglich fühle. Doch aufgrund meiner schriftlich vereinbarten Social-Media-Abstinenz stehen mir solche Formen der Beschäftigung derzeit nicht zur Verfügung, also schlage ich die Zeit tot, indem ich mir überlege, was ich trinken könnte, und zu diesem Zweck die hinter der Theke aufgereihten Spirituosen in Augenschein nehme. Hinter den langen, akkurat aufgestellten Reihen aus Flaschen und Gläsern, die eine strategisch geschickt platzierte Beleuchtung bläulich schimmern lässt, befindet sich eine Spiegelwand, und irgendwo in dieser Spiegelwand, halb versteckt zwischen all dem Glas, ist mein Gesicht. Als ich mich selbst in dieser ungewohnten Umgebung sitzen sehe, steigt eine Woge freudiger Erregung in mir hoch. Ich bin wirklich und wahrhaftig in New York City. Ich betrachte meine in blaues Licht getauchte Reflexion und erkenne mich kaum wieder. Ich komme mir irgendwie verändert vor, so als wäre es zwar mein Spiegelbild, aber irgendwie auch nicht. Ich fühle mich so lebendig, dass ich am liebsten schreien möchte. Die Anonymität ist befreiend. Hier kennt mich niemand. Ich kann sein, wer immer ich will. Wenn ich möchte, kann ich mich völlig neu erfinden. Ich kann all die verschütteten Aspekte meiner Persönlichkeit hervorholen, die sich sonst nicht ans Licht trauen. Ich komme mir wie eine mysteriöse, erfahrene Frau von Welt vor. Und ich bin mir ziemlich sicher, dass ich auch so aussehe.

»Möchten Sie was bestellen?«, fragt mich der Barkeeper.

»Ich nehme einen Dirty Martini«, sagte ich, ohne nachzudenken. Dann füge ich nur aus Spaß an der Freude hinzu: »Extra dry.«

»Wollen Sie ihn auch extra dirty?«, gibt der Barkeeper verspielt zurück.

»Aber klar doch«, schnurre ich.

Sehr gut, Bella.

Der Barkeeper nickt anerkennend, dann geht er los, um mir meinen extra trockenen, extra schmutzigen Martini zu mixen. Ich frage mich, was ich da eigentlich bestellt habe. Und vor allem: Welches Alter Ego habe ich gerade erschaffen?

»Ich mag Frauen, die wissen, was sie wollen«, erklingt eine angenehme Stimme zu meiner Rechten.

Es ist eine Stimme, die mir auf Anhieb bekannt vorkommt, allerdings kann ich nicht sagen, wieso. Um meinem neuen Ich Ehre zu erweisen, beschließe ich, auf sein Spiel einzugehen.

»O ja, ich weiß, was ich will«, sage ich verführerisch und drehe meinen Oberkörper zu dem Mann herum. Kaum dass ich ihn sehe, weiß ich, weshalb mir seine Stimme vertraut vorkam. Er ist unverkennbar Engländer. Wie reizend.

»Entschuldigen Sie«, sagt er. »Ich wollte Sie nicht stören.«

Falls ich zuvor noch Zweifel hatte, steht es jetzt zweifelsfrei fest. Er kann nur Engländer sein, denn er hat sich soeben bei mir entschuldigt.

»Das tun Sie nicht«, antworte ich lässig. Mein wortkarges Auftreten macht mich nur noch interessanter. Außerdem: je weniger Worte, desto weniger Fehlerquellen.

»Sie sind auch Britin«, stellt er überrascht fest. Ich nicke, während ich provokant mein Martiniglas streichle, das der Barkeeper vor mich hingestellt hat.

»Hmm«, macht er nachdenklich. Dieser Zufall scheint ihn zu faszinieren. Dann fügt er in beinahe kindlicher Freude hinzu: »Ei der Daus!«

Ei der Daus?

Welcher erwachsene Mann mit einem Funken Selbstachtung sagt »Ei der Daus«? Ich habe das Gefühl, dass meine mysteriöse Aura an diesen Clown verschwendet ist. Aber da er mit seinen dichten blonden Locken ziemlich attraktiv aussieht, bin ich gewillt, ihm einen Vertrauensvorschuss zu gewähren. Ich trinke einen großzügigen Schluck von meinem extra trockenen, extra schmutzigen Martini.

»Heilige Muttergottes!«, japse ich und reiße den Mund auf, um das Brennen in meiner Mundhöhle zu lindern. Von jetzt auf gleich ist mein Alter Ego tot.

Und die alte Bella ist wieder da.

»Ein bisschen zu stark?« Er lacht.

»Nein, gar nicht«, lüge ich im Bemühen, meine Persona der mysteriösen, erfahrenen Frau von Welt wiederauferstehen zu lassen. »Genau, wie ich ihn mag.«

Um das zu beweisen, nehme ich meinen Mut zusammen und trinke gleich noch einen zweiten Schluck von dem zersetzenden Zeug. Das erweist sich als Fehler. Ich kneife die Augen zusammen, und ein Schauer geht durch meinen Körper, ehe er in meinem Gesicht ankommt, wo er sich in einer grauenhaften Grimasse entlädt. *Verdammt noch mal, Bella, jetzt reiß dich am Riemen – du bist mysteriös! Eine Frau von Welt!*

»Und was führt Sie hierher?«

»Ich bin Spionin.«

Was ist eigentlich mein Problem?

»Spionin?«, fragte er ungläubig, was ich absolut verständlich finde.

»Im Ruhestand.«

Was rede ich denn da? Und wie stark ist dieser Drink?

»Hmm.« Er lässt sich das durch den Kopf gehen. »Eine Spionin im Ruhestand, ja? Das klingt …«

Unwahrscheinlich? Ich bin zu weit gegangen. Ich muss ihn liquidieren.

Gott. Jetzt denke ich sogar schon wie eine Spionin.

»Ich darf nicht darüber sprechen«, sage ich ein wenig brüsk, aber sehr überzeugend.

»Oh.« Es scheint ihm unangenehm zu sein, eine Grenze überschritten zu haben. Offenbar glaubt er tatsächlich, dass ich eine ehemalige Spionin bin.

»Verstehe. Das tut mir leid«, sagt er.

Natürlich tut es ihm leid. Einem von uns beiden muss es ja leidtun. Streng genommen sollte ich natürlich diese Person sein. Mir sollte es leidtun, dass ich eine pathologische Lügnerin bin. Aber ich kann mich nicht bei ihm entschuldigen, denn Spione entschuldigen sich niemals.

Weil ich meine Scharade nicht einen Augenblick länger aufrechterhalten kann, tue ich das Einzige, was mir einfällt, um die Situation zu retten oder wenigstens vom Thema abzulenken. Es ist ungehobelt, es ist unnötig und es ist definitiv ungesund: Ich gieße mir den Rest meines Drinks auf ex in den Hals.

Ich muss sterben, schießt es mir im nächsten Moment durch den Kopf. *Das war nichts als Gift in einem eleganten Glas*. Ich habe es wirklich geschafft, nicht nur mein Alter Ego, sondern auch mich selbst um die Ecke zu bringen. Ich verziehe das Gesicht, als hätte ich eine Flasche WC-Reiniger ausgetrunken. Ich kann die Miene des Mannes nicht richtig deuten, zwinge mich jedoch dazu, den Blickkontakt aufrechtzuerhalten, damit er weiß, dass ich für das, was hier gerade passiert ist, nicht um Verzeihung bitten werde. Er hält meinem Blick stand. Dann holt er tief Luft, und zu meinem großen Erstaunen tut er es mir mit bitterer Entschlossenheit gleich: Er leert seinen Drink ebenfalls in einem einzigen Zug. Der Barkeeper sieht uns enttäuscht an, weil wir mit seinen aufwendig gemixten, hochpreisigen Cocktails umgehen, als handle es sich um billigen Fusel.

»Cheers«, sagt der Engländer durch zusammengebissene Zähne, ehe er sein leeres Glas mit einem lauten »Whooo!« auf die Theke knallt. Er schüttelt heftig den Kopf, sodass seine blonden

Locken hüpfen – oder vielleicht liegt das auch an der toxischen Wirkung des Alkohols. Wir starren in unsere leeren Gläser, dann sehen wir einander in die Augen und fragen uns, wie es jetzt weitergehen soll.

»Noch mal dasselbe?«

Um halb neun, nach weiteren zwei Drinks pro Kopf haben wir uns über eine Vielzahl von Themen unterhalten. Mir ist es gelungen, fast allen persönlichen Fragen mit der Begründung auszuweichen, dass ich von Ihrer Majestät zur Geheimhaltung verpflichtet wurde. Es ist eine Unwahrheit, die mir wirklich gute Dienste leistet. So muss ich mir wenigstens keine Lügen aus den Fingern saugen oder – noch schlimmer – die Wahrheit sagen: dass ich eine arbeitslose Fastdreißigerin bin, die quer durchs Land reist, um alles zu daten, was nicht bei drei auf den Bäumen ist, und so den Mann fürs Leben zu finden. Glücklicherweise hat Henry – inzwischen habe ich seinen Namen erfahren – genug zu erzählen, und durch geschicktes Nachfragen sorge ich dafür, dass das Gespräch einseitig bleibt. Er fühlt sich sichtlich wohl in meiner Gesellschaft, trotzdem ist es mir unmöglich zu sagen, ob er mich attraktiv findet. Ich muss ohne Kompass navigieren, also beschließe ich, flirttechnisch einen Gang höher zu schalten.

Ich senke die Stimme zu einem heiseren Flüstern und zwinge ihn auf diese Weise, näher an mich heranzurücken.

»Also, Henry …«, raune ich ihm ins Ohr. Ich lehne mich ihm entgegen und streiche mit der Hand über seinen Rücken bis hinauf zu seinen Schulterblättern. Ich spüre, wie seine Muskeln auf meine Berührung reagieren.

»Ja, Bella?«, raunt er ebenso leise zurück. Unsere Knie berühren sich. Sein Atem kitzelt meine Wange. Ich neige den Kopf zur Seite, bis meine Lippen fast die seinen berühren, und frage …

»Du bist also ein Engländer in New York. Aber bist du auch Single?«

In meinem Kopf klang das eindeutig besser. Aber das macht nichts, denn meine Stimme ist pure Leidenschaft, sie trieft nur so vor Begierde und Verheißung. Ein kleines sinnliches Lächeln umspielt seine Lippen. Er hat verstanden, dass ich mit ihm flirte. Seine raue Stimme erfüllt mein Ohr, und sein warmer Atem streichelt mein Ohrläppchen wie feuchte Küsse.

»Ja, Bella, das bin ich.«

»Gut.«

»Wieso?«

»Ich glaube, das wissen wir beide.«

Die mysteriöse Frau von Welt ist zurückgekehrt.

Zwischen uns entspinnt sich ein Gespräch oder vielmehr ein Geflüster mit genau dem richtigen Maß an Körperkontakt, bis Henry mich irgendwann bittet aufzustehen, weil er etwas überprüfen möchte. Sein Tonfall ist plötzlich sehr ernst.

»Ich muss schauen, ob du passt.«

Äh? ... Wie bitte?

»Ob ich passe? Wohin denn?«, frage ich verdattert.

»In meinen Schlupfwinkel.«

Seinen was? Was zum Teufel ist Henrys Schlupfwinkel? *Wo* ist Henrys Schlupfwinkel? Und wieso muss ich da reinpassen?

»Das ist die Grundvoraussetzung. Der Test, ob wir auch wirklich kompatibel sind«, erklärt er weise. »Du musst genau in den Schlupfwinkel passen. Es ist eine empirisch erwiesene Tatsache, dass Frauen, die nicht in meinen Schlupfwinkel passen, bei mir keine Chance haben.«

Meint er das ernst? Das kann er doch nicht ernst meinen. Das ist mein erster Gedanke. Mein zweiter lautet: *Verdammt noch mal – ich hoffe wirklich, dass ich in seinen Schlupfwinkel passe.* Der Umstand, dass ich nach wie vor nicht weiß, wo und was sein Schlupfwinkel ist, spielt gar keine Rolle mehr. Mein verzweifelter Wunsch sticht alle anderen Gedanken aus. Sogar den, dass Henry möglicherweise ein kleines Ferkel ist, das sehr oberflächliche Vorstellungen in Bezug auf weibliche Körpermaße hat und für den seine eigene Größe das Nonplusultra ist – der Maßstab, an dem sich alle Frauen messen müssen. Umso merkwürdiger und besorgniserregender ist es, dass ich trotzdem unbedingt in seinen Schlupfwinkel passen will.

Bitte, mach, dass ich reinpasse, bete ich im Stillen.

»Und wo ist dieser Schlupfwinkel, Henry?«, frage ich mit einer Mischung aus Vorsicht und Neugierde.

Henry hebt den Arm und deutet mit einer Kopfbewegung darunter – in seine Achselhöhle. Schlagartig verliert der Schlupfwinkel einen Teil seiner Anziehungskraft. Dann fällt mir ein, dass ich Schuhe mit hohen Absätzen trage. Ich werde auf keinen Fall da reinpassen.

Henry lächelt.

»Du glaubst, du passt nicht, stimmt's?«

Verdammter Mist! Er hat gemerkt, dass ich unbedingt in seinen blöden Schlupfwinkel passen will. Unter seine Achselhöhle, meine ich. Ausgerechnet das habe ich ihm von mir verraten.

»Ich wette, du passt«, meint er zuversichtlich.

Mit überraschender Kraft hilft Henry mir vom Hocker und auf die Füße. Er schlingt mir einen starken Arm um die Taille, zieht mich an sich und lenkt mich entschlossen in Richtung des Schlupfwinkels. Eine letzte Drehung seines Arms, und ich bin am Ziel. Und es passt wie angegossen! Ich passe genau in Henrys Schlupfwinkel! Es ist ein unbeschreibliches Gefühl. Der Schlupfwinkel ist keine schnöde Achselhöhle, sondern ein friedlicher Hafen, wo ich vor dem Rest der Welt sicher bin. Ich könnte mich hier verkriechen und nie mehr weggehen.

Sehr lange stehen wir einfach nur so da und genießen den seltsam vertrauten Moment der Intimität. Zeit vergeht. Keine Ahnung, wie viel. Vielleicht sind es Minuten, möglicherweise auch Stunden. Womöglich habe ich sogar meinen eigenen Geburtstag verpasst.

»Siehst du?«, wispert Henry mir zärtlich ins Ohr. »Habe ich dir nicht gesagt, dass du passt? Du hast die perfekte Größe für mich, Bella.«

Und auf einmal ist der Schlupfwinkel mein Lieblingsort in ganz New York City.

Sowie ich ihn auf der anderen Seite der Bar erspäht habe, weiß ich, dass meine Zeit mit Henry nun zu Ende gehen muss. Er hat mich bislang noch nicht entdeckt, vielleicht weil ich so gut in Henrys Schlupfwinkel verborgen bin. Aber jetzt muss ich mich von ihm trennen, seiner Achselhöhle Lebwohl sagen und in meinen Abend starten. Schließlich war das hier nie ein Teil meines ursprünglichen Plans.

»Ruf mich an, falls dein Schlupfwinkel mal wieder Zeit mit mir verbringen will«, sage ich mit einem Selbstvertrauen, das ich von meinem Alter Ego geborgt haben muss.

Ich kritzle meine Telefonnummer auf einen Zettel, dann gehe ich. Obwohl der Drang groß ist, blicke ich nicht zurück.

»Hier drüben!«, rufe ich und winke.

Während ich mit Henry und seinem Schlupfwinkel beschäftigt war, ist es voll geworden in der Bar. Inzwischen stehen die Gäste dicht gedrängt. Ich winke abermals, aber es ist so voll, dass er mich immer noch nicht bemerkt. Ich sehe, wie er sich nach mir umschaut.

Er schaut sich nach *mir* um!

Ich finde das großartig, auch wenn ich es irgendwie nicht ganz glauben kann. Dass dieser umwerfende Mann zu mir will, gibt mir einen richtigen Kick. Genau wie der Umstand, dass ich ihn sehen kann, er mich aber nicht. Ich bin das Raubtier, und er ist meine Beute. Klingt das komisch? Vielleicht ein bisschen, aber das ist mir egal. Er hält Ausschau nach *mir*. Ich beobachte, wie er unweit des Eingangs steht und rasch den Blick durch den Raum schweifen lässt. Mein Gott, sieht er gut aus. Kurz darauf setzt er sich in Bewegung. Geschmeidig bahnt er sich einen Weg durch die Menge. Wie eine Dschungelkatze schlängelt er sich durch die Masse der Leiber, als wären sie Sträucher oder hohes Gras oder was sonst halt so im Dschungel wächst. Währenddessen wandert sein Blick ständig hin und her. Ich beobachte ihn aus der Ferne.

Und ich bin nicht die Einzige. Er zieht die Aufmerksamkeit jeder Frau auf sich, in deren Nähe er kommt. Dutzende weiblicher Gäste verschlingen ihn förmlich mit ihren lüsternen Blicken. Für sie ist er wie ein Stück Fleisch. Selbstverständlich tue ich genau dasselbe – aber ich darf das, denn heute Abend ist er *mein* Stück Fleisch, und ich habe Hunger. Als er näher kommt, fällt mir noch etwas anderes auf, bei dem mein Magen erst einen Purzelbaum macht, dann ein Rad schlägt und dann noch eine komplette Bodenturnübung absolviert. Denn er nimmt all die anderen Frauen gar nicht wahr. Er bemerkt ihre Blicke gar nicht, so sehr ist er darauf fixiert, das zu finden, was ihn hierhergeführt hat.

»Mich«, wispere ich leise.

»Hey!«, rufe ich dann lauter.

Ich werfe einen Blick über die Schulter, um sicherzugehen, dass der Abstand zwischen mir und Henry groß genug ist. Alles andere wäre grausam. Trotz der innigen Verbindung, die ich zu seiner Achselhöhle aufgebaut habe, gehört mein Herz einem anderen. Wenn ich mir gestatten würde, eingehender darüber nachzudenken, würde ich mir wegen meines wankelmütigen Verhaltens bestimmt Vorwürfe machen. Ich teile einen Moment wundervoller Nähe mit einem Mann, nur um mich im nächsten Moment in die Arme eines anderen zu werfen. Doch wie sich herausstellt, fällt mir der Wechsel bemerkenswert leicht. So etwas sieht mir überhaupt nicht ähnlich. Ich bin zugleich entsetzt von mir und voller Ehrfurcht.

Endlich sieht er mich. Er hebt den Arm zum Gruß und zwinkert mir zu, um mich wissen zu lassen, dass er mich entdeckt hat. Dieses Zwinkern löst bei mir weiche Knie und ein Kribbeln zwischen den Beinen aus. Er nimmt Kurs auf mich. Mir wird ganz schwindlig.

»Hallo, Miss Bella«, raunt er mir ins Ohr, während er mich gleichzeitig an sich zieht, um mich lange und gründlich zu umarmen.

»Na, du?«, erwidere ich leise. Ich klinge sehr emotional, aber das liegt in Wahrheit nur daran, dass er mir mit seiner leidenschaftlichen Umarmung fast die Rippen zerquetscht.

»Ich habe dich vermisst, Bella.«

Hat er das?! War das die Wahrheit oder ein Scherz? Vielleicht war es die Wahrheit, und er hat es nur so gesagt, als wäre es ein Scherz, um zu verschleiern, dass es in Wahrheit die Wahrheit ist? Mein Gott, ich stehe wirklich total auf ihn.

»Wollen wir von hier verschwinden?«

Ich schaue ihm in die Augen.

»Ja, ich will«, sage ich ernst.

Erst hinterher wird mir bewusst, dass ich quasi ein Ehegelübde abgelegt habe.

»Nur wenn du auch willst, meine ich. Ich will, wenn du willst. Willst du?«

»Ja, ich will.«

Ahhh – jetzt habe ich ihn dazu gebracht, es auch zu sagen. Es ist furchtbar, aber auf eine seltsame Art auch wunderschön.

»Na, dann komm«, sagt er und lächelt mich an, als wäre ich ein sehr seltsames Geschöpf. Er tritt hinter mich und legt mir fest, aber zugleich verführerisch die Hand ins Kreuz – verführerisch ist es deshalb, weil seine Hand nur wenige Millimeter von meinem Hintern entfernt ist. Ich stehe regungslos da. Die Intimität der Berührung paralysiert mich. Auch er hält ganz still, als warte er darauf, dass ich mich an die Nähe seiner Hand zu meinem Hinterteil gewöhne. Er denkt nicht daran, sie wegzunehmen, stattdessen streichelt er mich sacht mit den Fingern. Ich glaube, ich falle gleich in Ohnmacht.

»Bereit?«, flüstert er und übt mit seiner Handfläche sanften Druck aus, um mich vorwärtszuschieben. Wogen heißer Begierde und noch anderer Gefühle, die ich nicht mal benennen kann, rauschen durch meinen Körper. Heilige Scheiße. Ich kann nicht mehr klar denken. Doch anscheinend wird das auch gar nicht von mir verlangt, denn MJ beginnt mich mit der Hand in meinem Rücken zum Ausgang zu lotsen. Dort wartet zum Glück frische Luft auf mich. Die habe ich dringend nötig.

Wir stolpern durch die Tür ins Freie und finden uns auf den Straßen von Manhattan wieder. Die Luft ist eisig, aber ich bin froh über die Kälte. Genau das brauche ich jetzt, um mich von der berauschenden Kombination aus drei Dirty Martinis und zwei ebenso schmutzigen, aber höchst willkommenen Händen zu erholen.

»Wollen wir was zu Abend essen?« Er merkt nichts von der tiefgreifenden sexuellen Wirkung, die seine Berührungen auf mich haben. »Ich kenne hier in der Nähe ein Steakhaus.«

»Perfekt.«

Vielleicht kriege ich heute Abend doch noch mein Stück

Fleisch. Das erinnert mich daran, dass man aufpassen soll, was man sich wünscht.

Tage bis zum Dreißigsten: 30
Date Nr. 1
Name: du wirst schon sehen ...
Ort: Steakrestaurant, New York City
Ursprung: Flug LDN-NYC mit Virgin Atlantic
Zusatzinfo: gemeinsame Grenzerfahrung

Liebe Esther,
jetzt geht es los. *Dreißig bis zum Dreißigsten* und meine Suche nach dem Einen – nach der Nadel im Heuhaufen – haben offiziell begonnen!

Heute Abend hatte ich mein erstes Date. Dabei passierte etwas gänzlich Unerwartetes. Möglicherweise ist die Nadel im Heuhaufen gar nicht so schwer zu finden, wie man immer denkt. Ich will nichts überstürzen, aber ich habe die Vermutung, dass mein Date Nummer eins bereits besagte Nadel gewesen sein könnte.

Sein Name: MJ.

Durch MJ habe ich eine ganz neue Seite an mir entdeckt. Innerhalb eines Abends und einer Mahlzeit habe ich nackte, hemmungslose, animalische Leidenschaft erlebt. Ich kann dir gar nicht sagen, wie gut es war. Die Tatsache, dass ich einige Lebensmittel in meinem Kühlschrank länger kenne als MJ, ist dabei vollkommen irrelevant. Zwischen ihm und mir besteht eine unleugbare Verbindung, geboren aus unserer gemeinsamen Grenzerfahrung, als wir um ein Haar mit dem Flugzeug abgestürzt wären. Falls du findest, das allein reiche nicht aus, um das Telefon in die Hand zu nehmen und seine Nummer zu wählen, möchte ich dir ins Gedächtnis rufen, dass MJ mir selbst gesagt hat, ich solle ihn anrufen, solange ich in der Stadt sei. Nun, hier bin ich. In der Stadt.

Wir gingen in ein Steakrestaurant irgendwo in Lower Manhattan. MJ bestellte die perfekte Flasche Rotwein für uns, als hätten wir schon unser ganzes Leben zusammen Wein getrunken und würden die Vorlieben und Abneigungen des anderen in- und auswendig kennen. Während wir die Speisekarten studierten, herrschte unbefangenes Schweigen, doch unter dem Tisch schlug die erotische Spannung zwischen uns Funken. Es war verwirrend und aufregend. Hin und wieder hoben wir lange genug den Kopf, um einander anzusehen und uns ein zärtliches Lächeln zu schenken, ehe wir uns wieder der Speisenauswahl widmeten.

Es war entspannt. Es war schön. Es war unglaublich sinnlich.

Irgendwann kam der Zeitpunkt, da wir bestellen mussten. Ich befand mich in einer Zwickmühle. Wahrscheinlich waren es meine verstörte Miene und die totale Unfähigkeit, meine Gedanken zu verbergen, die MJ zu der Frage veranlassten:

»Alles in Ordnung mit dir, Bells? Du siehst besorgt aus.«

»Es klingt alles so lecker, ich kann mich gar nicht entscheiden.« Ich war völlig überfordert von der Speisekarte, insbesondere von den Unmengen an Fleisch. »Ich glaube, ich nehme das, was du nimmst«, sagte ich in meiner Not.

»Wirklich?«

»M-hmm«, murmelte ich mit einem breiten Lächeln. Hoffentlich konnte ich ihn damit überzeugen.

MJ bestellte zwei Ribeye-Steaks. Rare.

»Vertrau mir, Bells«, sagte er. »Du wirst es lieben.«

Er klang so überzeugt, dass ich ihm wirklich vertrauen wollte – vielleicht sogar für den Rest meines Lebens.

Aber dann kam das Steak. Es muhte praktisch noch und schwamm darüber hinaus in seinem eigenen Blut. In dem Moment wusste ich, dass ich in der Scheiße saß. Ich hätte MJ viel früher sagen müssen, dass ich Vegetarierin bin. Jetzt war es zu spät. Der richtige Zeitpunkt war nicht bloß verstrichen, er hatte seine Koffer gepackt und New York State verlassen. Die Schuldgefühle, die ich empfand, weil ich in einem Steakrestaurant saß und einen Teller totes Tier vor mir stehen hatte, drohten mich zu erdrücken. Aber sie waren nichts im Vergleich zu den Schuldgefühlen, die ich haben würde, wenn ich MJ jetzt gestand, dass ich seit meinem dreizehnten Lebensjahr kein Fleisch mehr angerührt hatte. Damit würde ich unseren schönen Abend ruinieren. Nenn es, wie du willst – eine Charakterschwäche, Großmut, eine Ecke, in die ich mich selbst manövriert hatte; was immer der Grund war, weshalb ich mich in dieser Situation befand, eins stand zweifelsfrei fest: Ich trug ganz allein die Schuld daran. Ich hatte mir die Suppe eingebrockt, und nun musste ich sie auslöffeln. Wobei die Suppe in meinem Fall ein Steak war – ein fast noch rohes Steak.

Ich schaute in MJs Gesicht. Ihm war anzusehen, wie sehr er sich auf sein Fleisch freute. Er sah aus, als könne er es kaum erwarten, und einen Sekundenbruchteil lang wünschte ich mir, ich wäre das Stück Fleisch, das er verschlingen wollte. Ich rief mich zur Ordnung. Dies war wohl kaum der passende Zeitpunkt für erotische Fantasien.

»*Bon appétit*, Bella«, sagte MJ und signalisierte mir damit, dass es Zeit war, mit dem Essen zu beginnen. *O nein*, dachte ich, *er will, dass ich anfange.*

Jetzt iss das verdammte Steak, Bella. Tu so, als wäre es ein Pilzrisotto. Einfach rein damit und runterschlucken. Zaghaft nahm ich mein Besteck in die Hand. Ich kniff ganz fest die Augen zu, drückte mein Messer in das tote Stück Kuh und begann sägende Bewegungen zu machen. Das Fleisch ließ sich problemlos zerteilen. Mir wurde schlecht. Aus der Schnittfläche trat Blut aus. Abermals stiegen Schuldgefühle in mir hoch – und saure Galle, die ein untrügliches Zeichen dafür ist, dass man gleich kotzen muss. Ich brauchte mehr Wein. Ich griff nach meinem Glas und schluckte alles zusammen hinunter – den Wein, die Schuldgefühle und die saure Galle. Alles bis auf das Fleisch. Das stand mir noch bevor. Ich hob die Gabel und spießte entschlossen das blutige Stückchen auf. Ich führte es an meine Lippen, und mit äußerster Konzentration gelang es mir, es in den Mund zu stecken. Kaum war es drinnen, machte ich den Mund wieder zu und versuchte, so zu tun, als wäre nichts Schlimmes passiert.

»Bella?«

Ich war so auf mein Fleisch fixiert, dass ich völlig vergessen hatte, dass MJ auch noch da war – und mich die ganze Zeit aufmerksam beobachtete.

»Alles okay, A-Bell?«, fragte er mit der sorgenvollen Stimme eines Mannes, der genug Zeit mit mir verbracht hatte, um zu wissen, dass die Lage, wenn *nicht* alles okay war, schnell brenzlig werden konnte.

Ganz schnell.

Ich nickte, musste mich aber weiterhin auf die anstehende Aufgabe konzentrieren. Es war noch nicht vorbei, im Gegenteil: Das Schlimmste kam noch. Ich hatte den Mund voller Fleisch, das ich zerkauen musste. MJ sah immer noch beunruhigt aus. Doch dann geschah etwas vollkommen Unerwartetes. Meine Geschmacksknospen erwachten zum Leben – und *wie* sie zum Leben erwachten. Und es waren so viele! Wer hätte gedacht, dass sie die letzten siebzehn Jahre lang geschlafen hatten? Es war absolut unglaublich! Und sobald sie wach waren, feierten sie ihre Auferstehung mit einer gigantischen Party. Es wurde gesungen, es wurde getanzt, und es wurde sehr viel gespeichelt. Ein ganz normaler Samstagabend in meinem Mund. Ein Festival der Sinne. Köstlich.

Orgasmisch. Diese Textur, diese ... Fleischigkeit. Es war eine Geschmacksknospen-Auferstehung, eine Geschmacksknospen-Revolution. Genussvolle Laute drangen aus meinem Mund. Ich konnte sie nicht zurückhalten, selbst wenn ich es gewollt hätte. Irgendwann begann ich sogar, vor lauter Wonne auf meinem Stuhl hin und her zu rutschen. Es war Liebe – nicht zwischen mir und MJ, sondern zwischen mir und meinem Steak.

MJ starrte mich wie hypnotisiert an – entweder vor Staunen oder vor Abscheu angesichts meiner unsäglichen Tischmanieren.

»Dann habe ich wohl die richtige Wahl getroffen?«

»O mein Gott, MJ«, stöhnte ich, den Mund voller Fleisch. »Das kann man wohl sagen.«

Danach schauten wir uns nicht mehr an. Wir senkten den Blick auf unsere Teller und machten uns wie zwei ausgehungerte Höhlenmenschen über unsere blutigen Ribeye-Steaks her. Mit jedem Bissen klangen wir mehr wie eine riesige Orgie. MJ stand mir dabei in nichts nach. Ehrlich gesagt, war es einfach nur widerlich.

Viereinhalb sensationelle Stunden später saßen wir in einem Taxi auf der Fahrt nach Hause. Ich hatte MJs Brust als Kissen benutzt und war auf ihm eingeschlafen. Das war natürlich nicht meine Absicht gewesen. Dies hier war unser erstes Date, und obwohl wir bereits gewisse Grenzen überschritten hatten, war es noch zu früh, um etwas so Intimes zu tun, wie vor ihm – geschweige denn *auf* ihm – einzuschlafen. Gott weiß, wie ich aussehe, wenn ich schlafe. Wahrscheinlich rinnt mir der Sabber aus dem offenen Mund. Aber es war ein Versehen und ließ sich nicht vermeiden. Im Grunde war es auch eher ein Koma. Ein Zufriedenheitskoma. Die wunderbare, seelenwärmende Kombination aus Steak, Rotwein und MJ hatte mich komplett umgehauen.

Hab dich lieb.

Kuss, Bx

Ich lehne mich gegen Esthers Tür und versuche sie aufzusperren. Ich bemühe mich, keinen Lärm zu machen, da ich davon ausgehe, dass sie im Bett liegt und schläft – aber es fällt mir nicht leicht. Mein ganzer Körper summt und vibriert wie ein Strommast, und mein Herz pocht so laut in meiner Brust, dass man es bestimmt im halben Gebäude hört. Es gelingt mir einfach nicht, den Schlüssel ins Schloss zu stecken. Dabei bin ich nicht mal betrunken – wenigstens nicht vom Alkohol. Allenfalls bin ich besoffen von MJ. Alles dreht sich um mich, meine Knie sind weich wie Pudding, ich kann nicht mehr klar denken oder auch nur geradeaus gucken. So besoffen bin ich.

Als ich es endlich in die Wohnung geschafft habe, schleiche ich auf Zehenspitzen in die Küche, um mir ein Glas Wasser zu holen, denn ich habe brutalen Durst. Ich glaube, das liegt an all den Endorphinen, die sich den ganzen Abend lang in mir verausgabt haben. Oder am Steak. Das Licht von draußen wirft weiche Schatten in die Wohnung. Berauscht von so ziemlich allem, finde ich diese abstrakten Schattengemälde wunderschön und verbringe einen Moment damit, sie staunend zu betrachten, bis ein schrilles *Ding!* die Stille zerreißt und mich zu Tode erschreckt. Ich komme mir ziemlich dämlich vor, als ich feststelle, dass es sich um mein Telefon handelt. Wer ruft mich denn um diese Uhrzeit an? Die Nummer sagt mir nichts. Wahrscheinlich irgendein zwielichtiger Typ, der Sex oder Drogen oder Pizza bestellen will und sich verwählt hat. Auf so eine Konversation habe ich keine Lust; sie würde nur die Blase meiner MJ-Seligkeit zum Platzen bringen. Das Telefon klingelt unbarmherzig weiter. Aus Sorge, Esther könnte aufwachen, gehe ich schließlich doch ran.

»Hallo«, hauche ich.

Irgendwas an diesem Hauchen lässt mich selbst ein bisschen zwielichtig wirken.

»Hallo?«

»Esther!«

»Hi, B«, gurrt sie am anderen Ende.

»Was machst du in meinem Telefon? Ich dachte, du liegst im Bett und schläfst.«

»Warum sollte ich im Bett liegen?«, fragt sie, erstaunt, wie ich auf eine so abwegige Idee kommen kann – um ein Uhr morgens, noch dazu an einem Wochentag. »Okay, lass es mich anders formulieren ...«, fügt sie frech hinzu. »Warum sollte ich im Bett liegen und *schlafen*? Ich habe versucht, dich zu erreichen. Was machst du so?«

»Ich bin gerade nach Hause gekommen und wollte jetzt ins Bett.«

»Allein?«

»Ja, allein!«

»In dem Fall: Planänderung. Dreh wieder um, spring in ein Taxi und komm zu mir ins East Village.« Sie nennt mir die Adresse und besteht darauf, dass ich sie aufschreibe. »Okay, beeil dich.« Dann legt sie auf.

Ich werfe einen Blick auf meine Uhr, deren Zeiger träge auf zwanzig nach eins zukriecht. Ich habe das Gefühl, seit meiner Ankunft in New York keinen Augenblick geschlafen zu haben, und das war vor fast zwei Tagen. Eigentlich müsste ich zu Tode erschöpft sein, aber so ist es nicht. Durch meinen Körper fließt so viel Adrenalin, dass ich kein bisschen müde bin, außerdem hat mich der kleine Powernap auf MJs Brust wieder munter gemacht. Und schließlich bin ich zu Gast in der Stadt, die niemals schläft, da wäre es schlichtweg unhöflich von mir, jetzt einfach ins Bett zu gehen. Wenn New York die ganze Nacht wach bleiben kann, kann ich das auch.

Ich schalte in der ganzen Wohnung das Licht ein und mache

mich ans Werk. Ich schaue erneut auf die Uhr und nehme mir vor, um zwei bei Esther zu sein. Damit bleibt mir eine gute Viertelstunde, um mich fertig zu machen. Das ist zu schaffen! Ich drehe die Musik auf und tanze in Richtung Badezimmer. Bei Esthers schicker Espressomaschine bleibe ich stehen, um mir einen Koffeinkick für unterwegs zu machen. Ich betrachte mich im Badezimmerspiegel, um zu ermitteln, welche Instandsetzungsarbeiten nötig sind, doch zu meinem großen Erstaunen sieht mein Gesicht frisch und strahlend aus. Ich leuchte förmlich. Es ist ein Wunder. Meine Augen sind hell und klar, meine Wangen haben einen leicht rosigen Hauch. Meine Haare sind eine Katastrophe, aber es sieht irgendwie gewollt aus. Nach einigen kleinen Verschönerungsarbeiten – hier ein bisschen Wischen, dort ein wenig Tupfen – bin ich auch schon fertig. Ich gehe in die Küche, wo der Duft von frischem Kaffee die letzten Reste meiner Müdigkeit vertreibt. Da mir nur noch zwei von meinen fünfzehn Minuten bleiben, trinke ich hastig den Espresso, ziehe all die Schichten wieder an, die ich kurz zuvor abgelegt habe, verlasse die Wohnung und stürze mich einmal mehr in die New Yorker Nacht. Ich bin gut gelaunt, als ich um Punkt zwei Uhr im East Village ankomme und Esther mich mit einer festen Umarmung begrüßt, als sähe sie mich zum ersten Mal und hätte vergessen, dass wir den ganzen Nachmittag zusammen verbracht haben. Sie trägt wieder ihren Pelzmantel, sodass ich während der Umarmung das Gefühl habe, als würde ich von einem Bären angegriffen.

»Komm«, flötet sie, ehe sie ihren pelzigen Arm bei mir unterhakt. »Wir haben was Wichtiges vor.«

Einen kurzen Fußweg, einen tadellos gekleideten Türsteher, einen privaten Fahrstuhl und zweiundvierzig Etagen später stehen wir auf einer Dachterrasse mit spektakulärem Blick über die Stadt. Die Aussicht ist so grandios, dass mir der Atem stockt. Man sieht sofort, dass diese sehr elegante Dachterrassenparty bereits seit geraumer Zeit im Gange ist – aber klar, es ist ja zwei Uhr morgens. Rasch bringe ich in Erfahrung, dass auch Esther bereits eine ganze Weile hier ist, deshalb hält sich ihr Staunen über das Panorama in Grenzen. Wobei – wahrscheinlich erlebt sie so etwas jede Nacht. Grüppchen von ehrfurchtgebietend kultivierten und unnatürlich attraktiven Personen haben sich unter den Heizpilzen zusammengefunden, die hier und da auf der Terrasse stehen. Über unseren Köpfen hängt ein dichter Baldachin aus Lichterketten, der die Atmosphäre dieses großstädtischen Wunderlands noch magischer wirken lässt. Ein DJ steht an den Plattentellern und sorgt für Musik. Wer gibt an einem Dienstagabend so eine extravagante Party? Ich halte Ausschau nach den Gesichtern von Prominenten, da mir dies als die einzig plausible Antwort erscheint. Normalsterbliche können ein solches Fest wohl kaum organisiert haben. Wenn doch, so sind mir zwei Dinge jetzt klar: Erstens kenne ich die falschen Leute, und zweitens ist mein Leben bei Weitem nicht glamourös genug.

Esther hält meinen Arm fest, nickt im Vorbeigehen einigen Leuten zu und manövriert uns zielstrebig durch die Menge. Wir nehmen Kurs auf den hinteren Teil der Terrasse, wo mehrere Mitglieder der New Yorker High Society herumstehen, alle perfekt in Szene gesetzt durch das Panorama einer Stadt, die ihnen zu Füßen liegt. Buchstäblich wie auch im übertragenen Sinne.

»Du musst unbedingt jemanden kennenlernen«, sagt Esther aufgeregt, als wir uns der Gruppe nähern.

»Wen denn?« Meine Neugier ist geweckt.

»Wirst du schon sehen«, ist alles, was sie sagt.

Noch ein paar Schritte, dann sind wir bei der Gruppe angelangt. Alle sind in angeregte Gespräche vertieft, trinken Cocktails und geben sich beängstigend cool. Dann schubst mich Esther zu meinem großen Entsetzen mitten ins Epizentrum der kleinen Schar hinein.

»Alle mal herhören, das hier ist Bella«, verkündet sie stolz, als wäre ich die Hauptattraktion des Abends, auf die alle gewartet haben. Aus Gründen, die ich nicht nachvollziehen kann – vielleicht will sie demonstrieren, wie international und divers ihr Freundeskreis ist? –, fügt sie noch hinzu: »Sie ist aus London in England«, und macht ein sehr selbstzufriedenes Gesicht dabei.

Ich fühle mich nicht ganz wohl in meiner Haut. Die anderen wirken unbeeindruckt. Das ist genau die Reaktion, mit der ich gerechnet habe. Was ist heute Abend nur in Esther gefahren? Sie ist total seltsam und aufgekratzt, das macht mich nervös. Es folgt ein Chor aus Hallos und Begrüßungen, gefolgt von ausgestreckten Händen, die ich pflichtschuldig schüttle. Als das erledigt ist, wendet sich Esther an den Mann zu ihrer Linken, die einzige Person in der Gruppe, die mir noch nicht vorgestellt wurde. Er kommt mir seltsam bekannt vor.

»Bella, das hier ist Matt, ein guter Freund von mir.«

Ja, sicher. Guter Freund. Sie bumst ihn, das ist doch sonnenklar.

»Matt. Schön, dich kennenzulernen.«

»Gleichfalls, Bella. Du hast aber einen hübschen Akzent.«

»Danke«, sage ich und bemühe mich um einen freundlichen Tonfall, obwohl das so ziemlich das abgedroschenste Kompliment ist, das ich seit meiner Ankunft in diesem Land zu hören bekommen habe. »Ich habe lange daran gearbeitet.«

»Du hast Humor, das finde ich gut!«

Habe ich das? Wäre mir neu.

»Was hätten die Damen denn gerne zu trinken? Ich gehe an die Bar.«

Matt nimmt unsere Getränkewünsche entgegen und zieht in Richtung Bar von dannen, sodass ich mit Esther allein bin.

»War das die Person, die ich unbedingt kennenlernen sollte?«, frage ich, auch wenn ich die Antwort bereits kenne.

»Bella ...«, sagt sie dramatisch. »Ich bin so was von verliebt.«

Ich nehme alles zurück. *Die* Antwort kannte ich in der Tat noch nicht. Meine erste Reaktion auf diese große und wichtige Eröffnung lautet: »Wer ist der noch gleich?«

Können wir noch mal zurückspulen? Ich habe das Gefühl, einige entscheidende Informationen nicht mitbekommen zu haben. Zum einen hat Esther noch nie gesagt, dass sie in jemanden verliebt ist. Das ist also eine große Sache. Zum anderen hat sie mir diese bahnbrechende Neuigkeit hastig ins Ohr gewispert, während ihr Liebster gerade Drinks holt. Das ist sonst nicht ihre Art, mit bahnbrechenden Neuigkeiten umzugehen. Normalerweise würde sie einen Riesenwirbel darum machen. Außerdem: Wenn sie wirklich in diesen Mann verliebt ist und man davon ausgeht, dass sie sich nicht erst gestern kennengelernt haben, wieso höre ich dann zum ersten Mal von ihm? Esther scheint meine Verwirrung zu spüren, denn sie versucht mir zu erklären, wie Matt und sie sich begegnet sind. Sie kennen sich schon seit zehn Monaten, er arbeitet in der PR-Branche, genau wie sie, allerdings für eine größere Firma. Sie haben sich bei irgendeinem Presse-Launch in Las Vegas getroffen, und Esther zufolge hat es sofort zwischen ihnen gefunkt. Seitdem sind sie bis über beide Ohren verliebt.

»Wow«, sage ich entgeistert. »Also ... das ist ja der Hammer. Warum hast du mir nie von ihm erzählt, Esther? Das klingt ja so, als sei es was Ernstes!«

Aus irgendeinem Grund zögert sie mit ihrer Antwort, die ich nicht vollständig zu hören bekomme, weil Matt mit unseren Getränken zurückkommt. Erst als er mir mein Glas reicht, fällt bei mir der Groschen. Er ist der Kerl, mit dem sie sich gestern Abend vor dem *Joe's* gestritten hat. Er ist das »Arschloch«, das sie gestern in die Wüste geschickt hat. Irgendetwas passt hier nicht zusammen. Wenn sie so verliebt sind, warum hatten sie dann diesen furchtbaren Streit? Und warum hat sie Matt mit keinem einzigen Wort erwähnt, obwohl ich bereits seit über vierundzwanzig Stunden in der Stadt bin?

Es stimmt natürlich, dass ich die meiste Zeit mit meinem eigenen Elend beschäftigt war – aber das hätte jemanden wie Esther nicht davon abgehalten, mir ihr Herz auszuschütten. Sie fängt meinen Blick ein und merkt sofort, dass ich mir zusammengereimt habe, dass an der Sache etwas faul ist. Sie will rausfinden, was ich weiß. Kurioserweise will ich das Gleiche. Die nächsten Stunden sind die reinste Folter, denn ich bekomme keine Gelegenheit, sie unter vier Augen zu sprechen. Matt weicht uns einfach nicht von der Seite. Er ist wirklich sehr, sehr anhänglich.

Dann endlich, geschlagene zwei Stunden später …

»Bella, es war toll, dich kennenzulernen«, sagt er und küsst mich auf beide Wangen. »Ich hoffe, wir sehen uns öfter, solange du in der Stadt bist.«

Wenn er nicht gerade von einer Furie gegen eine Backsteinwand geschubst wird, kann er ganz charmant sein.

»Ja, Matt, das hoffe ich auch«, erwidere ich und versuche, genauso charmant zu klingen wie er.

Dann wendet er sich an Esther, die zu Tode betrübt aussieht, weil er gehen muss.

»Okay, Baby«, sagt er leise und voller Bedauern. »Wir sehen uns wieder, sobald ich kann.«

Er gibt ihr einen zärtlichen Kuss aufs Haar, was ich ein bisschen eigenartig finde.

»Sei brav«, sagt er wissend, dann geht er.

»Okay, Esther«, sage ich, kaum dass er uns den Rücken zugekehrt hat. »Was ist da los? Spuck's aus.«

Genau das tut sie dann auch. Sie kotzt es mir direkt vor die Füße, als könnte sie es nicht eine Sekunde länger zurückhalten.

»Er ist verheiratet, Bella. Matt hat eine Frau.«

Von allen Dingen, die Esther mir hätte sagen können, habe ich damit am wenigsten gerechnet.

»Eine Frau?«, hauche ich fassungslos.

Seit wann sind wir alt genug für so was? Wann sind wir von *»Er hat nicht geschrieben, was kann das nur zu bedeuten haben?«* zu *»Er hat eine Ehefrau, was soll ich bloß tun?«* übergegangen, ohne es zu merken? Seit wann steht so viel auf dem Spiel? Und wann sind wir so alt geworden? Esther ist den Tränen nahe. Mühsam beherrscht erklärt sie mir, dass sie sich natürlich schuldig fühlt, aber dass sie noch nie jemanden so sehr geliebt hat wie Matt und dass es ihm genauso geht. Vor zehn Minuten mochte ich ihn irgendwie noch viel lieber.

»Man kann nicht steuern, in wen man sich verliebt, Bella«, sagt sie.

»Und du liebst ihn wirklich?«, frage ich ernst.

Sie nickt betrübt.

»Weiß seine Frau Bescheid?«

Kaum sind mir die Worte entschlüpft, weiß ich, dass es eine dumme Frage war.

»Was denkst du denn?«, entgegnet sie bitter. Dann erzählt sie mir, dass Matt und seine Frau angeblich eine lieblose Ehe führen und im Grunde genommen niemals hätten heiraten dürfen.

»Was, wenn er der Eine ist, B?«, fragt sie verzweifelt. »Der Eine für mich? Was, wenn ich in Wahrheit diejenige bin, die für ihn bestimmt ist, nicht seine Frau?«

»Mit seiner Frau ist er verheiratet«, murmle ich, weil ich nicht weiß, was ich sonst sagen soll.

»Aber was, wenn das einfach nur ein Fall von ganz schlechtem Timing ist? Was, wenn seine Ehe ein Fehler war und das mit uns beiden richtig ist?«

Ich habe keine Antwort auf ihre Fragen.

»Er wird ihr sagen, dass er die Scheidung will«, verkündet sie.

»Wow, Esther.« Ich bin schon wieder sprachlos. Es scheint also wirklich ernst zu sein mit den beiden.

»Und willst du das auch?«

»Er ist der Eine für mich, B. Das ist alles, was ich weiß.«

Viel mehr gibt es dazu wohl nicht zu sagen – es sei denn, ich möchte als totale Heuchlerin dastehen. Schließlich bin ich so verzweifelt auf der Suche nach einem Mann, dass ich mich zu einer dreißigtägigen Dating-Schnitzeljagd bereit erklärt habe. Darf ich Esther, die glaubt, den Richtigen gefunden zu haben, da wirklich sagen, dass sie einen Fehler macht, den sie irgendwann bereuen wird? Dass sie sich von Matt trennen und sich einen Mann suchen soll, der nicht gebunden ist? Ich habe ihr praktisch den ganzen Nachmittag lang Vorträge darüber gehalten, wie sehr mein Lebensglück davon abhängt, den Einen zu finden. Und wenn sie mir jetzt sagt, dass sie ihren bereits gefunden hat, dann sollte ich vielleicht einfach mit ihr darauf anstoßen und ihr raten, ihn nie wieder gehen zu lassen. Trotzdem hat die Sache einen unangenehmen Beigeschmack. Unwillkürlich frage ich mich, ob wir die Vorstellung des Einen vielleicht zu sehr romantisieren und nicht darauf achten, welchen Preis wir unter Umständen dafür bezahlen. Messen wir dieser Idee zu viel Bedeutung bei? Missbrauchen wir sie, um unsere Gefühle und unser Handeln zu rechtfertigen? Und wenn wir den Richtigen oder die Richtige endlich gefunden haben, was sind wir bereit zu tun oder auszuhalten, damit unser

Bild von der ewigen Liebe keine Risse bekommt? Was ist mit all den Dingen, die nicht ins Bild passen? Wie lange sind wir bereit, sie zu ignorieren? Die große Liebe, der Eine, der Richtige, der Falsche – versteifen wir uns vielleicht etwas zu sehr darauf, dass es immer alles oder nichts sein muss?

»Mann, jetzt bin ich aber deprimiert«, sage ich düster.

»Ich weiß. Ich auch«, pflichtet Esther mir bei, und in dem Moment beschließen wir, es für diese Nacht gut sein zu lassen und nach Hause zu fahren.

Wir sitzen gemütlich an einem Tisch mit rot-weiß gewürfelter Tischdecke, genießen die Wärme und schauen zu, wie draußen der Schnee fällt. Da sich nirgendwo ein Taxi auftreiben ließ, haben wir auf dem Rückweg einen Abstecher in ein 24h-Café gemacht, um zu frühstücken. Wir haben uns je eine Tasse Kaffee und einen Bagel bestellt. Obwohl ich sehr gerne meiner neu entdeckten Liebe zum Fleisch frönen würde, habe ich der Versuchung widerstanden und mich stattdessen für eine vegetarische Variante entschieden.

»So«, sagt Esther mit vollem Mund. »Wer kommt als Nächstes?«

»Als Nächstes?«, entgegne ich. »Was meinst du?«

»Wer ist dein nächstes Date?«, stellt sie klar und wirkt verblüfft, dass ich nicht in jeder wachen Minute daran denke. Das Einzige, woran ich in jeder wachen Minute denke, ist MJ.

Ich zucke mit den Schultern. Ich bin mehr an meinem Bagel interessiert als an dieser Unterhaltung.

»Was ist mit dem da?« Esther zeigt auf einen Mann, der mit dem Rücken zu uns am Tresen sitzt. »Der ist doch ganz schnuckelig.«

»Man kann nicht mal sein Gesicht sehen, Esther.«

Doch ehe ich Gelegenheit habe, sie aufzuhalten, ist sie schon aufgestanden und marschiert entschlossenen Schrittes auf den gesichtslosen Mann zu, der eine Art Uniform trägt. Sie spricht ihn an, und keine zehn Sekunden schauen die beiden zu mir herüber. Der Gesichtslose hat in Wahrheit sehr wohl ein Gesicht und ein attraktives noch dazu. Natürlich widme ich mich augenblicklich meinem Bagel und tue so, als wüsste ich gar nicht, dass sie über mich reden. Einige Augenblicke später …

»Dann bis nachher, Bella«, ertönt die Stimme des Mannes ganz in meiner Nähe. »Ich freue mich drauf.«

Ich hebe den Kopf. Dummerweise hängt mir dabei eine widerspenstige Sprosse aus dem Mund. Es sieht aus, als würde ich an einem Grasbüschel kauen.

»Guten Appetit noch«, sagt er, ehe er nach draußen verschwindet.

So wie es aussieht, habe ich ein neues Date.

Sechs

Als ich aufwache, ist der Morgen längst vorbei, und draußen wird es bereits wieder dunkel. Erst um vier Uhr nachmittags schlage ich die Augen auf. Ich habe tief geschlafen, intensiv geträumt und fühle mich nun wunderbar erholt. Doch schon dreißig Sekunden später ist es mit den schönen Gefühlen vorbei. Ärger und Selbstvorwürfe setzen ein, weil ich fast den ganzen Tag im Bett vertrödelt habe, und von dort aus ist es für mein Gehirn nur ein kleiner, wenngleich fataler Schritt hin zu der Erkenntnis, dass ich mein gesamtes Leben vertrödle. Dies mag als eine etwas extreme Reaktion auf spätes Aufstehen erscheinen – sofern es noch unter »spätes Aufstehen« fällt, wenn man pünktlich zum Abendessen aus dem Bett kriecht. Aber für jemanden, der seinen Wecker normalerweise mindestens eine Stunde früher stellt, als er eigentlich aufstehen müsste (und der das nicht tut, damit er sich noch mal umdrehen und gemütlich weiterschlafen kann, sondern um der früheste aller Vögel zu sein, der den anderen frühen Vögeln die Würmer wegschnappt) – für den ist Ausschlafen keine Kleinigkeit. Ich kann mich gar nicht mehr genau erinnern, wann oder weshalb ich angefangen habe, so früh aufzustehen. Ich glaube, es geschah zu der Zeit, als meine Karriere mir wichtiger wurde als alles andere. Beide Gewohnheiten – das frühe Aufstehen und der unbedingte Fokus auf die Karriere – sind gleichermaßen kräftezehrend, haben mir in meiner gnadenlosen Jagd nach Leistung, Produktivität und Erfolg jedoch bisher gute Dienste geleistet. Einen ganzen Tag im Bett zu verbringen – egal um welche Zeit ich schlafen gegangen bin –, so etwas gibt es bei mir einfach nicht. Nie. Allein aus diesem Grund beschließe ich, während ich noch in den warmen, behaglichen Tiefen der Daunendecke vergraben bin, die mich zu meinem frevelhaften Verhalten animiert hat, dass heute endlich eine Ausnahme fällig ist. Ich kann mir ruhig mal etwas gönnen. Und schon bald fühle ich mich wieder so wie kurz nach dem Aufwachen: verdammt gut.

Irgendwann wälze ich mich dann aber doch aus dem Bett. Ich werfe mir einen Morgenmantel über, schiebe meine Füße in flauschige weiße Gästepantoffeln und schlurfe, staunend, wie es Esther gelungen ist, ihrer Wohnung das Ambiente eines Fünf-Sterne-Hotels zu verleihen, in die Küche. Auch diesmal hängt ein Post-it-Zettel am Kühlschrank – das scheint Esthers bevorzugte Kommunikationsmethode zu sein. Ein dicker schwarzer Pfeil darauf zeigt in Richtung einer zerknitterten Serviette, die von einem Magneten gehalten wird. Die schwarze Schrift auf der Serviette ist verschmiert, mit Mühe kann ich das Wort »Jon« entziffern. Darunter stehen eine Nummer (Jons Telefonnummer, nehme ich an), eine Uhrzeit (sieht nach siebzehn Uhr aus) und der Name eines Lokals. Unter der Serviette klebt ein zweites Post-it, ebenfalls mit einem dicken schwarzen Pfeil, der auf ein drittes Post-it zeigt, auf dem »Viel Glück bei Date Nr. 2« und ein Smiley zu sehen sind. Auf einem vierten und letzten Post-it, das Esther noch nachträglich hinzugefügt zu haben scheint, steht: »PS: Sah er überhaupt gut aus? Ich kann mich nicht mehr erinnern!!!«

Die Post-its sind wie eine kleine Schatzkarte, und ich muss schmunzeln, während ich mir vorstelle, wie Esther ihr Müsli löffelt und dabei eine Spur aus Zetteln legt. Im nächsten Moment kriege ich einen Schreck.

Ach du Scheiße ... siebzehn Uhr!

Das ist in einer halben Stunde. Und ich weiß nicht mal, wo ich hinmuss. Auf einmal bin ich in heller Panik. Ich lasse meine halbvolle Schüssel Cornflakes stehen und stürze zurück ins Schlafzimmer. Weil ich keine Zeit habe, mir zu überlegen, was ich anziehen soll, greife ich wahllos in meinen Koffer und ziehe wie aus einer Lostrommel das erstbeste Kleidungsstück heraus, das mir unter die Finger kommt. Wie es der Zufall will, ist es ein ziemlich cooles rotes Jerseykleid. Als ich es gekauft habe, war ich mir nicht sicher, ob es mir steht (und ob ich überhaupt hineinpasse), aber nachdem ich eine Vielzahl von Komplimenten dafür eingeheimst habe, betrachte ich es mittlerweile als einen meiner besten Käufe der Saison. Es reicht mir bis kurz unters Knie, wirkt jedoch alles andere als konservativ, weil es sich um jede Kurve meines Körpers schmiegt. Ich sehe darin aus wie eine versaute Bibliothekarin – perfekt für ein erstes Date.

Ich lange ein weiteres Mal in meinen Koffer, wühle blindlings darin herum und fische eine Strumpfhose heraus. Dann springe ich unter die Dusche, wieder heraus, in meine Klamotten, aus der Wohnung und in ein Taxi – das alles innerhalb von rekordverdächtigen fünfzehn Minuten. Ich bin wirklich gut in solchen Hochgeschwindigkeits-Verwandlungen.

Glücklich und nahezu pünktlich erreiche ich die gemütliche Cocktailbar im Herzen von Chinatown. Ein kurzer Rundumblick verrät mir, dass Jon noch nicht da ist – nicht, dass ich mich daran erinnern könnte, wie er aussieht, aber ich bin weit und breit der einzige Gast. Ich bestelle mir einen Bloody Mary, weil der einem Frühstück am nächsten kommt, behalte die Tür im Auge und warte darauf, dass mein geheimnisvolles Date erscheint.

Fünf Minuten später kommt mein Drink. Er schmeckt köstlich.

Eine Viertelstunde später ist mein Glas leer, und mein geheimnisvolles Date ist immer noch nicht aufgetaucht, was mich dazu veranlasst, zum gefühlt fünfzehnten Mal aufs Handy zu schauen. Keine neuen Nachrichten.

Es vergehen noch einmal zehn Minuten – kein Jon, keine Nachricht. Erst nach weiteren vierzig Minuten – alles in allem habe ich jetzt eine Stunde gewartet – sehe ich ein, dass er mich versetzt hat. Gerade als mir diese demütigende Erkenntnis kommt, klingelt mein Handy. Eine unbekannte New Yorker Nummer. Ich weiß sofort, dass er es ist: der Unzuverlässige Jon. Ich spiele flüchtig mit dem Gedanken, nicht ranzugehen, doch am Ende siegt meine Neugier, und ich nehme ab. Der soll mich kennenlernen!

»Hallo«, sage ich stinkwütend.

»Bella? Bist du das?«, fragt der Unzuverlässige Jon.

Unfassbar!

Als wäre es nicht schon schlimm genug, mich zu versetzen. Jetzt äfft er auch noch meinen Akzent nach. Dafür gibt es wirklich keine Entschuldigung.

»Ja«, fauche ich. »Am Apparat.«

Jedes meiner Worte trieft nur so vor unterdrücktem Zorn.

»Dachte ich mir's doch. Wie geht's dir, Bella?«, fragt Jon herzlich und versucht weiterhin vergeblich, einen britischen Akzent zu imitieren. Dieser Mann ist ganz offensichtlich ein Soziopath. Ich sitze hier wie bestellt und nicht abgeholt, und er macht einen auf unschuldig. Glaubt er etwa, ich finde das niedlich? Er hat sich nicht mal die Mühe gemacht, sich für sein Verhalten zu entschuldigen! Meine Empörung kennt keine Grenzen.

»Versuchst du etwa, witzig zu sein?«, blaffe ich ihn an. »Wenn ja, dann klappt es nicht besonders gut. Du *bist* nicht witzig, du bist einfach nur unhöflich. Und eine Stunde zu spät.«

Ich kann nicht nur bellen, sondern auch beißen. »Und lass das mit dem Akzent. Du hast es nicht drauf. Das ist einfach nur peinlich.«

»Mein Akzent?«, murmelt der Unzuverlässige Jon. Er klingt verletzt. »Aber ich rede doch immer so. Sorry, Bella? Ich bin es, Hen-«

Ach du Scheiße!

Ich lasse ihn nicht einmal ausreden, sondern lege einfach auf. Es ist ein Reflex – etwas anderes fällt mir in meiner Not nicht ein. Instinktiv werfe ich mein Handy auf den Tisch, als wäre es eine Granate, die jeden Moment hochgehen kann. Stumm sitze ich da und starre das todbringende Gerät an. Eine lange Zeit vergeht. Gerade als ich denke, dass ich noch einmal davongekommen bin, und vorsichtig die Finger danach ausstrecke ... BOOM!!! ... klingelt es schon wieder. Direkt in meiner Hand.

Bella, du musst rangehen, sage ich mir. *Entschuldige dich für das Missverständnis und gib ihm die Schuld an der schlechten Verbindung. Du schaffst das schon.* Und ich schaffe es tatsächlich. Ich gehe ran.

»Hallo, Henry«, zwitschere ich überschäumend. »Wie schön, von dir zu hören. Wie geht es deinem Schlupfwinkel?« Gleich darauf bereue ich meine Worte. Viel zu vertraulich.

»Mein Schlupfwinkel?« Henry klingt ein bisschen perplex, wahrscheinlich wundert er sich, weshalb ich mir die Mühe mache, mich nach dem Wohlergehen seiner Achselhöhle zu erkundigen.

»Bella?«

»Tut mir leid wegen eben«, fahre ich unbeirrt fort, jetzt wieder ganz nach Drehbuch. »Ich glaube, bei dir war die Verbindung ...«

»Bella!«, unterbricht mich Henry. »Ich bin nicht Henry.«

Nicht Henry? Wer zum Geier ist ...

»Ich habe keinen Schlupfwinkel, und dir braucht auch nichts leidzutun. Ich bin derjenige, der sich entschuldigen muss.«

Scheiße ... Es ist der Unzuverlässige Jon.

»Deshalb rufe ich auch an – um mich bei dir zu entschuldigen. Ich wollte dich wirklich gerne kennenlernen«, sagt der Unzuverlässige Jon.

»Das sehe ich daran, dass du nicht hier bist«, knurre ich. »Hast du überhaupt einen guten Grund dafür?«

»Ja, habe ich«, entgegnet er sehr ernst.

Hoffentlich sagt er mir jetzt nicht, dass sein Vater einen Herzinfarkt hatte und in kritischem Zustand in der Klinik liegt. Oder dass er auf dem Weg zu mir einen streunenden Hund angefahren hat und erst noch einen tierärztlichen Notdienst finden musste. Und hoffentlich hat er auch keine andere legitime Entschuldigung auf Lager, die ihn zum heldenhaften Opfer macht und mich zu einer blöden Zicke.

»Ich habe total verschlafen.«

Na, da waren meine Sorgen wohl unnötig.

»Wie bitte?«

»Ich bin aufgewacht, und als ich gemerkt habe, wie spät es ist, habe ich dich sofort angerufen.«

Wer ist dieser Kerl – ein kleiner Junge, der seinen Mittagsschlaf braucht? Das ist ja wohl die bescheuertste Ausrede, die ich jemals gehört habe. Das Einzige, was im Moment für den Unzuverlässigen Jon spricht, ist die Tatsache, dass er höchstwahrscheinlich die Wahrheit sagt. Seine Entschuldigung ist nämlich zu erbärmlich, um gelogen zu sein.

»Bitte, lass es mich wiedergutmachen, Bella.«

Weil ich weiß, dass es genauso gut umgekehrt hätte sein können, wenn ich heute Nachmittag nicht von selbst aufgewacht wäre, und da ich nach wie vor ein Date brauche, stimme ich zu:

Der Unzuverlässige Jon bekommt noch eine Chance. Wir unterhalten uns noch eine Weile, ehe wir schließlich ein Treffen für morgen Nachmittag ausmachen und uns voneinander verabschieden. Kaum habe ich das Handy weggelegt, klingelt es erneut.

»Hallo?«, sage ich zaghaft. Meine Nerven liegen immer noch blank.

Mist. Es ist Henry. Den hatte ich ganz vergessen. Zum Glück hat er mich nicht vergessen. Ich kehre zu meinem ursprünglichen Drehbuch zurück und mache ihn für die schlechte Verbindung verantwortlich. Nachdem alles wieder in geordnete Bahnen gelenkt wurde, sagt Henry, dass er mich angerufen habe, um zu fragen, ob ich Lust hätte, heute Abend mit ihm was trinken zu gehen.

»Ist das ein Date, Henry?«, frage ich kokett. In Wahrheit habe ich dabei eine der Regeln meiner *Dreißig bis zum Dreißigsten*-Challenge im Hinterkopf: Der Mann muss darüber im Bilde sein, dass es sich um ein Date handelt.

»Ja, Bella«, antwortet Henry belustigt. »Das ist ein Date.«

»Wenn das so ist, sehen wir uns heute Abend, Henry.«

Date Nummer zwei – Teil 2!

Tage bis zum Dreißigsten: 29
Date Nr. 2
Name: der Schlupfwinkel
Ort: wieder mal eine Bar in NYC
Ursprung: Kontakt zu Schlupfwinkel entstand während des Wartens auf Date Nr. 1
Zusatzinfos: Kompatibilitätsnachweis wurde bereits in Teilen erbracht, da ich perfekt in den Schlupfwinkel passe.

Liebe Esther,
die ersten zwanzig Minuten von Date Nummer zwei verliefen sehr

vielversprechend. Henry und ich knüpften nahtlos dort an, wo wir beim letzten Mal aufgehört hatten: mit mir in seinem Schlupfwinkel – bei anderen Leuten auch Achselhöhle genannt. Henry begrüßte mich mit einer Umarmung, ehe er mich geschickt in Richtung seines geheiligten Ortes schob, was mich augenblicklich an all die verborgenen Freuden erinnerte, die mich dort erwarteten. Ich wollte mehr. Schon der kleinste Blick reichte aus, um mich davon träumen zu lassen, wie ich in seinem Schlupfwinkel einschlief, darin aufwachte, mir eine Topfpflanze kaufte und dauerhaft bei ihm einzog. Die Anziehungskraft zwischen uns war unbestreitbar, was nicht einer gewissen Ironie entbehrte: Ich reiste extra nach Amerika, nur um doch wieder bei einem Engländer zu landen. Doch ich musste aufpassen, mir nicht selbst ein Bein zu stellen, denn wenn ich meine Gefühle für Henry mit denen für MJ verglich, tja ... da *gab* es schlicht und ergreifend nichts zu vergleichen. Im Gegensatz zu den meisten anderen Dates, die ich in den letzten sieben Jahren gehabt hatte, schlug sich Henry allerdings ziemlich gut. Deshalb fasste ich den Entschluss, offen zu sein und jedes einzelne Date für sich zu bewerten. Schließlich war dies erst Tag zwei meiner insgesamt dreißigtägigen Challenge – da wäre es albern, jedes Date an MJ zu messen. Außerdem: Was, wenn MJ einen Mikropenis hatte?

Wir mussten unsere angeregte und sehr vergnügliche Unterhaltung kurz unterbrechen, damit ich aufs Klo gehen konnte. Und wenn ich »kurz« sage, meine ich *kurz* – auf jeden Fall waren es weniger als fünf Minuten. Ich betone die Kürze meiner Toilettenpause deshalb, weil ich die Ungeheuerlichkeit des Anblicks herausstreichen möchte, der sich mir bei meiner Rückkehr bot: ... Henry mit einer anderen Frau! Nur dass ich die Frau nicht richtig sehen konnte, weil sie so tief in Henrys Schlupfwinkel verborgen war!

Natürlich wäre es verfrüht, nach nur einem Date von einer festen Beziehung zu sprechen, das verstehe ich vollkommen. Aber genauso wenig rechnet man damit, dass man schon während des Dates ausgetauscht wird.

Und es kam noch schlimmer. Als ich mich den beiden näherte, hörte ich, wie Henry zu der Frau sagte …

»Siehst du? Ich habe dir doch gesagt, dass du reinpasst – du hast die perfekte Größe.«

Wann genau hatte er ihr gesagt, dass sie in seinen Schlupfwinkel passen würde? Und wo kam diese Frau überhaupt her? Henry hatte über eine Stunde und drei Dirty Martinis gebraucht, um mich mit seinem Schlupfwinkel bekannt zu machen. Und ich war nicht mal fünf Minuten auf dem Klo gewesen! Wann war das alles passiert? Um dem Ganzen die Krone aufzusetzen, war diese Frau fast fünfzehn Zentimeter kleiner als ich. Sie reichte Henry kaum bis zum Schritt, geschweige denn bis zu seiner Achselhöhle.

»Tut mir leid, falls ich störe«, sagte ich, was Henry dazu veranlasste, sich umzudrehen.

»Oh, hi, Bella«, sagte er lässig. Er dachte nicht daran, sich bei mir zu entschuldigen, dabei wäre jetzt wirklich ein guter Moment dafür gewesen. Die Frau, die sich noch immer in seinen Schlupfwinkel schmiegte, lächelte liebenswert zu mir auf. Sie schien sich sehr wohlzufühlen. Auf einmal wünschte ich mir, der Schlupfwinkel möge eine Fehlfunktion erleiden und ihr versehentlich den Hals brechen.

Obwohl ich mir wie das fünfte Rad am Wagen vorkam, war ich grundsätzlich dazu bereit, unser Date fortzuführen. Doch Henry und die Frau machten keine Anstalten, sich voneinander zu lösen. Alles deutete darauf hin, dass sie nicht bloß ein Pausenfüller für die Zeit meiner Abwesenheit war. Henry hatte mich dauerhaft ausgetauscht.

»Tja, dann«, sagte ich betont munter. »Ich möchte ungern für

Gedränge in deinem Schlupfwinkel sorgen, insofern gehe ich jetzt mal lieber.«

Ich glaube, es lag daran, dass Henry keinen Versuch unternahm, mich aufzuhalten. Jedenfalls blickte ich meiner Nachfolgerin tief in die Augen und zerstörte mit einem einzigen grausamen Schlag all die verträumten Illusionen, von denen ich wusste, dass sie sich ihnen gerade hingab.

»Und nur fürs Protokoll, Süße – es ist eine stinknormale *Achselhöhle*, nichts weiter.«

Als ich die Bar verließ, nahm ich zwei Gewissheiten mit: Eine von uns beiden hatte definitiv *nicht* »die perfekte Größe«. Und Henry war ebenfalls weit von der Perfektion entfernt.

Hab dich lieb.

Kuss, Bx

Sieben

Ich lasse meine Taschen auf den Fußboden und meinen Körper in den Sessel fallen. Als die weichen Polster sich um meine müden Glieder schmiegen, fühlt sich das an wie eine Umarmung. Heute war ich als neugierige Touristin unterwegs und habe jede Sekunde meines Tages genossen. Am Morgen habe ich die Freiheitsstatue kennengelernt und war tief beeindruckt von ihrer Erscheinung. Sie war deutlich größer, als ich vermutet hätte, und strahlte ein Selbstbewusstsein sowie eine allgemeine Coolness aus, die mich ganz schwindlig machten vor lauter Bewunderung. Ich konnte gar nicht aufhören, sie anzustarren. Wir erlebten einen Moment der Gemeinsamkeit, eine Art unausgesprochenes Bekenntnis zu meiner eigenen, neu gefundenen Freiheit. Und obwohl ich keine Einwanderin bin, die an ihren Gestaden gelandet ist, hieß sie mich nichtsdestotrotz mit offenen Armen willkommen und gab mir mit ihrer unbewegten Miene zu verstehen, dass das Schicksal mich nach Amerika geführt hat; schließlich ist dies das Land der unbegrenzten Möglichkeiten. Als unser Schiff kehrtmachte und ich ein letztes Mal voller Verehrung zu ihr emporlächelte, zwinkerte Lady Liberty mir kess zu, als wären wir Schwestern. Kein Zweifel, sie versteht meine Männerjagd. Als ich wieder festen Boden unter den Füßen hatte, machte ich sogleich von meiner Freiheit Gebrauch, indem ich mich zum Metropolitan Museum of Modern

Art begab, wo ich die nächsten Stunden damit verbrachte, den freien künstlerischen Ausdruck anderer zu bewundern. Es war einmalig. Ich ließ mich einfach nur treiben. Mit der Zeit tauchte ich ganz tief in die Kunstwerke ein, und alles andere wurde unwichtig – bis ich irgendwann zu gehen beschloss und feststellte, dass ich mich total verirrt hatte. Es war herrlich, auf diese Weise ein paar Stunden zu verbringen, und ich fragte mich, weshalb ich aufgehört hatte, mir in London solche Erlebnisse zu gönnen. Immer wieder musste ich den Drang unterdrücken, meinen Tag in den sozialen Netzwerken zu teilen. Nur weil ich so oft das Bedürfnis danach verspürte, wurde mir überhaupt bewusst, wie viel ich normalerweise postete. #BESORGNISERREGEND.

Inzwischen ist es kurz vor drei. Ich sitze in *Bo's Coffee Shop* und warte darauf, dass der Unzuverlässige Jon zu unserem zweiten ersten Date erscheint. Einen Coffeeshop für ein Date auszusuchen kommt mir zutiefst amerikanisch vor. Dass sich jemand gegen Alkohol und für Koffein entscheidet, ist ein untrügliches Zeichen dafür, dass ich weit weg von zu Hause bin. Aber es gefällt mir. Ich finde, es zeugt von Selbstbewusstsein und Reife, nicht auf Alkohol als soziales Schmiermittel zurückzugreifen. Allein deswegen habe ich große Hoffnungen für dieses Treffen mit dem Unzuverlässigen Jon, jedenfalls solange ich die Tatsache ignoriere, dass er unser erstes Date verschlafen hat. Während ich warte, schaue ich mich um. Der Coffeeshop ist gemütlich und versprüht einen eigenwilligen Charme, was mich zu der Vermutung veranlasst, dass Bo ein als New Yorker Hipster getarnter Althippie sein muss. Überall hängen, stehen und liegen irgendwelche kuriosen Objekte herum, an den Wänden prangen inspirierende Zitate, und eine Wand wurde zu einer riesigen Kreidetafel umfunktioniert, auf der die Gäste freundliche Kommentare hinterlassen können. Außerdem gibt es eine verdächtig große Menge an Hanf – sogar in den Muffins. Vielleicht ist der Unzuverlässige Jon ja auch ein Hippie und hat deshalb dieses Café vorgeschlagen. Hinter der Theke hängt eine weitere Kreidetafel, auf der eine schier endlose Auswahl an Kaffeevariationen aufgelistet ist. Darüber steht in großen lilafarbenen Buchstaben ein persönliches Zitat von David, einem Mann aus Staten Island, der behauptet, dass Bos Kaffee der »beste Kaffee in ganz Amerika« sei. Während ich mich in die Warteschlange einreihe und versuche, mir einen Überblick über die gigantische Getränkeauswahl zu verschaffen, frage ich mich, ob Dave den Mund da nicht ein bisschen zu voll genommen hat. Vielleicht ist dieses Café das einzige, was er von der Welt außerhalb Staten Islands gesehen hat.

Fünf Minuten später ist mein Kaffee fertig, und ich bin bekehrt. Dave hatte absolut recht: Das Zeug ist verdammt gut.

Fünfzehn Minuten später glänzt Jon nach wie vor mit Abwesenheit. Ich schaue aufs Handy – keine neuen Nachrichten.

Weitere zehn Minuten vergehen. Immer noch kein Jon, immer noch keine Nachrichten. Ich lasse noch einmal fünf Minuten verstreichen. Mich beschleicht das dumpfe Gefühl, dass sich die Geschichte wiederholt, mit dem einzigen Unterschied, dass ich diesmal keine Stunde brauche, um einzusehen, dass der Unzuverlässige Jon seinem Namen alle Ehre gemacht und mich schon wieder versetzt hat.

Ich hasse diesen Mann mit jeder Faser meines Wesens. Jetzt hat er mich schon zweimal sitzen lassen! Aber mich selbst hasse ich noch viel mehr, weil ich mich zum zweiten Mal in zwei Tagen in der demütigenden Situation befinde, versetzt worden zu sein. Ich beschließe zu gehen. Auf einmal kommt mir der Coffeeshop nicht mehr so ruhig und gemütlich vor. Und bei mir kann von Ruhe auch keine Rede sein. Ich gehe zum Tresen, bitte darum, dass man mir den Rest meines Kaffees in einen Pappbecher umschüttet, und raffe meine Sachen zusammen. Ich hinterlasse keinen netten Kommentar an der Tafel. Ich überlege kurz, ob ich »Jon ist ein Riesenarschloch!« hinschreiben soll, aber das wäre vermutlich nicht im Sinne des Erfinders, außerdem halten sich kleine Kinder im Café auf. Also rausche ich einfach so davon.

Vielleicht gehe ich zurück ins Museum, um noch ein bisschen Kunst zu tanken. Ich könnte so tun, als hätte ich ein Date mit einer Statue. Daran denke ich gerade, als ich aus dem Coffeeshop ins Freie stürme, um die Ecke biege und mit einem mir entgegenkommenden Fußgänger zusammenstoße, woraufhin sich der Rest meines Kaffees über seine Brust ergießt. Zum Glück ist es lauwarmer Milchkaffee, daher hat das Missgeschick weder schlimme Flecken noch Verbrühungen ersten Grades zur Folge. Ich entschuldige mich wortreich bei dem Mann, versichere ihm, dass das alles meine Schuld sei, und bitte ihn, mir sein Hemd zu geben, damit ich es in die Reinigung bringen kann.

»Bella?«

Das ist doch wohl ein Scherz!

»Jon?«

Gott, bitte sag mir, dass ich nicht gerade den Unzuverlässigen Jon angerempelt, ihm Kaffee über die Brust geschüttet und ihn gebeten habe, sein Hemd auszuziehen. Ich habe mich sogar bei ihm entschuldigt!

»Du bist es wirklich«, sagt er überglücklich. »Ich habe deine Stimme vom Telefon wiedererkannt. Wo willst du denn hin? Du haust doch nicht ab, oder?«, fragt er, nachdem sein Gehirn die Situation richtig analysiert hat.

»Natürlich haue ich ab.« Ich mache aus meiner Gereiztheit keinen Hehl. »Mein Date hat mich versetzt. Wieder mal.«

»Ich habe dich nicht versetzt. Ich bin doch hier. Ich bin nur spät dran«, sagt er entschuldigend und wirft einen Blick auf seine Uhr. »Sehr spät dran. Bella, es tut mir so schrecklich leid.«

Jon ist deutlich attraktiver, als ich ihn in Erinnerung hatte, was ich jetzt allerdings als störend empfinde. Und er sieht kein bisschen wie ein Hippie aus.

»Du kommst fast eine Dreiviertelstunde zu spät!« Ich zwinge mich dazu, mich nicht von seinem hübschen Gesicht beeindrucken zu lassen. »Wie lautet diesmal deine Ausrede?«

»Ich habe verschlafen«, gesteht er sehr kleinlaut.

Mehr muss ich nicht hören.

»Lebwohl, Jon«, sage ich alles andere als kleinlaut.

Dann gehe ich tatsächlich zurück ins Museum. Selbst ein Rendezvous mit einer Keramikskulptur hat mehr romantisches Potenzial als dieser narkoleptische Volltrottel.

Tage bis zum Dreißigsten: 27
Date Nr. 3
Name: Reuben
Ort: Restaurant, NYC
Ursprung: von Esther arrangiert; Reuben ist ein Ex-Freund von ihr
Zusatzinfos: Reuben hat den größten Penis, den Esther je gesehen hat

Liebe Esther,

Date Nummer drei war ein Viererdate: du, dein Freund, dein Ex-Freund und ich. »Drei sind einer zu viel«, sagt man ja gemeinhin. Wenn das zutrifft, sind vier ein grauenhafter Fehler, der allenfalls noch dadurch getoppt werden kann, dass einer von den vieren der eigene Ex ist. Da unser Viererdate sich recht schnell in zwei getrennte Dates aufspaltete (wenngleich diese simultan und in unangenehmer Nähe zueinander stattfanden), erzähle ich dir jetzt mal von meiner Hälfte.

Vorab solltest du vielleicht wissen, dass Reuben sich der genauen Umstände unseres Dates nicht bewusst war. Als du ihn anriefst, um das Ganze zu arrangieren, hast du ihm offenbar einige wichtige Details verschwiegen, und deshalb wusste er zwar, dass es sich um ein Vidererdate handelte, allerdings ging er fälschlicherweise davon aus, dass er im Rahmen dieses Viererdates mit dir verabredet war. Das wiederum verleitete ihn verständlicherweise zu dem Schluss, dass du Interesse daran hättest, wieder mit ihm zusammenzukommen – eine Idee, der er ganz offensichtlich nicht abgeneigt war, denn sonst hätte er dem Date vermutlich gar nicht zugestimmt. Da hat wohl jemand nicht klar genug kommuniziert, Esther.

Das war schon mal ein denkbar schlechter Start. Und wir konnten nicht einmal versuchen, diesen Elefanten im Raum zu ignorieren, da er sich im wahrsten Sinne des Wortes *mit uns im Raum befand!* Er saß sogar am selben Tisch und ließ bei seinem eigenen Date nichts anbrennen.

Doch zurück zum Wesentlichen. Wie du dir denken kannst, hatte Reuben ziemlich miese Laune und keinerlei Interesse an einer Unterhaltung mit mir. Ich wiederum brachte es kaum über mich, Blickkontakt zu ihm aufzunehmen, weil ich die ganze Zeit an seinen riesengroßen Penis denken musste und daran, dass es der größte Penis ist, den du je gesehen hast – und das will einiges heißen. Um ihm nicht permanent in den Schritt zu glotzen, war ich gezwungen, meine gesamte Aufmerksamkeit auf eine andere, harmlose Stelle seines Körpers zu richten. Ich entschied mich für seine Schulter, was dazu führte, dass ich die ganze Zeit schielte, als hätte ich Astigmatismus. Matt wiederum verspürte anscheinend das dringende Bedürfnis, in Anwesenheit deines Ex-Freundes sein

Revier zu markieren. Er hätte dir genauso gut ans Bein pinkeln können, so geschmacklos war sein Verhalten. Er weiß, dass Reuben überdurchschnittlich gut bestückt ist, stimmt's?

Dummerweise handelte es sich bei unserem Tisch um eine lauschige halbkreisförmige Sitznische, und weil wir einfach Platz nahmen, ohne uns vorher über die Sitzordnung Gedanken zu machen, landete Reuben am Ende neben Matt. Die Situation hätte wirklich nicht unangenehmer sein können. Niemand wusste, was er sagen oder tun sollte, also tranken wir Alkohol, guckten unbehaglich in der Gegend herum und zupften an unseren Servietten.

Bei einem Herzstillstand entscheiden die ersten Minuten darüber, ob der Patient überlebt oder nicht. Während wir so dasaßen, kam mir der Gedanke, dass unser Viererdate große Ähnlichkeiten mit einem solchen Patienten hatte. Sobald wir Platz genommen hatten, was ungefähr fünf Minuten her war, hatte sein Herz aufgehört zu schlagen. Die Überlebenschancen standen zu diesem Zeitpunkt bereits denkbar schlecht, aber weil ich mich gezwungen fühlte, die unerträgliche Situation irgendwie zu verbessern, machte ich mich wohl oder übel für die lebensrettende OP bereit.

»Also, Reuben. Esther meinte, dass du den größten Penis hast, den sie je gesehen hat, stimmt das?« Vergiss Herzmassage – ich entschied mich für eine Adrenalininjektion direkt ins Herz des todgeweihten Patienten.

Natürlich habe ich das nicht wirklich gesagt. Ich *wollte* es sagen, weil ich an nichts anderes denken konnte als an Reubens exorbitant großes Geschlechtsteil. In Wahrheit sagte ich eher so etwas wie …

»Also, Reuben, wohnst du denn … äh … hier in der Gegend?«

»Queens«, sagte Reuben.

»Cool«, sagte ich.

»Wasser?«, sagte Esther.

»Himmel hilf«, sagte Matt.

Zeitpunkt des Todeseintritts: 21:00 h. Ruf den Bestatter, unser Viererdate war offiziell verstorben.

Dies war der Moment, in dem wir aufhörten, ein gemeinsames Date zu sein, und in zwei getrennte Dates auseinanderfielen – wenngleich diese in einer einzigen, sehr beengten Sitznische stattfanden. Reuben und Matt drehten einander den Rücken zu, und du und Matt fingt sofort an, euch wie zwei Teenager zu befummeln. Ihr konntet eure klebrigen Finger gar nicht voneinander lassen. Ich gehe mal davon aus, dass du Matts gekränktes Ego aufbauen wolltest und er etwaige Unsicherheiten bezüglich seiner Männlichkeit kompensieren musste, aber ganz ehrlich, Esther: Es war einfach nur ekelhaft. Vor allem für Reuben, der euch die ganze Zeit anstarrte. Ich tat mein Bestes, ihn in eine Unterhaltung zu verwickeln, erhielt jedoch auf alle meine Fragen, so intelligent und wohldurchdacht sie auch sein mochten, immer nur einsilbige Antworten, deren einziger Zweck es zu sein schien, alle weiteren Gesprächsversuche im Keim zu ersticken. Das versetzte meinem Stolz einen empfindlichen Schlag. Der Umstand, dass ich Reuben nicht im Mindesten attraktiv fand, spielte dabei keine Rolle.

Ich wusste, dass es vorbei war, als ich aus purer Verzweiflung dazu überging, wahllos mit irgendwelchen Fakten über mich herauszuplatzen, um sein Interesse zu wecken.

»Ich bin übrigens Vegetarierin«, sagte ich zum Beispiel ohne konkreten Anlass.

Worauf Reuben, der mir keinerlei Aufmerksamkeit schenkte – er schaute nicht mal in meine Richtung – geistesabwesend erwiderte: »Cool ... Da musst du ja ganz schön lange studiert haben.«

»Nein, Reuben, eigentlich nicht«, sagte ich eifrig. Ich war heilfroh, dass er das Stadium der Ein-Wort-Antworten hinter sich gelassen hatte. Wir machten Fortschritte! »Dazu gibt es jede Menge

Infos online. Ich folge auch einigen sehr guten Blogs, da habe ich mir schon viele nützliche Tipps geholt.«

»Klingt ziemlich unorthodox«, meinte er, während er nach seinem Glas griff und daran vorbeifasste, weil er nur Augen für euch beide hatte.

»Na ja, als unorthodox würde ich das jetzt nicht unbedingt bezeichnen.«

»Ich würde dir meinen Hund jedenfalls nicht anvertrauen.«

»Deinen Hund? Den würde ich doch sowieso niemals essen, Reuben!«

»Ich glaube einfach nicht, dass man Veterinärin werden kann, indem man ein paar Blogs liest.«

»Ich bin Vegetarierin, nicht Veterinärin.« *Vollpfosten.*

Vielleicht erinnerst du dich noch daran, dass ich mich im Laufe des Abends einmal für längere Zeit aufs Klo flüchtete. Dieses unsägliche Gespräch war der Auslöser dafür. Während meiner kleinen Toilettenpause schaute ich zum ersten Mal an dem Abend aufs Handy und stellte erfreut fest, dass ich eine neue Nachricht erhalten hatte. In mir reifte der Entschluss, mich zu verkrümeln und Date Nummer drei zu den Akten zu legen. Nur, dass ich besagte Akte garantiert nicht archivieren, sondern gleich wegschmeißen würde.

Ich kehrte an den Tisch zurück und verabschiedete mich. Das war die Gelegenheit, auf die Reuben gewartet hatte. Er stand auf, um sich mir anzuschließen. Als ich wenig später draußen auf mein Taxi wartete, entschuldigte er sich dafür, »so ein Arschloch« gewesen zu sein, und erklärte mir das zugrunde liegende Missverständnis.

»Noch mal: Es tut mir wirklich leid, Bella. Ich hoffe, du genießt deinen weiteren Aufenthalt in New York«, sagte er und blickte mir dabei ganz offen und aufrichtig in die Augen.

»Danke, Reuben«, sagte ich, und weil ich mich beim besten Willen nicht länger beherrschen konnte, blickte ich ihm ganz offen und aufrichtig in den Schritt.

Hab dich lieb.

Kuss, Bx

Tage bis zum Dreißigsten: 27

Date Nr. 4

Name: MJ

Ort: diverse Bänke, NYC

Ursprung: gemeinsamer Flug LDN-NYC mit Virgin Atlantic

Liebe Esther,

gerade als ich dachte, MJ könnte unmöglich noch heißer werden, wurde ich eines Besseren belehrt. Er kann sehr wohl: Er fährt nämlich Motorrad.

Manchmal habe ich unerklärlicherweise erotische Fantasien von Männern, die auf Pferden reiten. Männer auf Motorrädern kommen gleich danach auf Platz zwei. Dass MJ Motorrad fährt, stellte ich fest, als er kam, um mich vor meinem desaströsen Date Nummer drei zu retten. Selbstverständlich wusste er nicht, dass es sich um eine Rettungsaktion handelte – ich hatte ihm nicht gesagt, wie aktiv ich in der New Yorker Dating-Szene war. Er hatte mir rein zufällig während des Abendessens mit Reuben eine Nachricht geschrieben und mich gefragt, ob ich Lust hätte, ihn am Abend noch zu treffen. Ich hatte Lust. Und ob ich Lust hatte.

»Na, schöne Frau? Soll ich Sie ein Stück mitnehmen?«, fragte er und enthüllte mir auf einen Streich seine Identität und sein umwerfendes Aussehen, als er sich den Helm vom Kopf zog.

»Sehr gern«, sagte ich voller Freude, als ich erkannte, wer da vor mir stand. Mein Abend hatte soeben eine Wendung zum Besseren genommen. MJ überreichte mir einen Zweithelm, half mir dabei, ihn aufzusetzen, und stellte ihn so ein, dass er perfekt saß. Es war ein sehr inniger Moment. Jedenfalls kam es mir so vor.

»Na dann, steig mal auf, meine Hübsche.« Mein Herz machte einen Luftsprung in meiner Brust, und ich errötete unter dem Helm.

»Gut festhalten!«, rief er mir über die Schulter zu, was ich als Einladung verstand, mich gut an *ihm* festzuhalten. Begierig schlang ich die Arme um seine in Leder gehüllte Taille. Es war ein wundervoller Augenblick, der davon gekrönt wurde, dass MJ den Motor seiner Maschine aufheulen ließ und mit mir durch die abendlichen Straßen von Manhattan davonbrauste – schnurstracks zu meinem Date Nummer vier.

Wir hielten vor einer unscheinbaren Sitzbank mit Blick auf den Fluss, stiegen ab und zogen uns die Helme vom Kopf.

»Nach Ihnen, Miss Bella«, sagte MJ und bedeutete mir mit ausgestrecktem Arm, auf der eisernen Bank Platz zu nehmen. Auf einmal war ich seltsam angespannt und verunsichert. Die Stille nach dem lauten Dröhnen des Motorrads war ungewohnt, und eine gespannte Erwartung lag in der Luft, als wir uns nebeneinandersetzten. Keiner von uns beiden wusste, was als Nächstes passieren würde. Wenigstens wusste *ich* nicht, was als Nächstes passieren würde.

»Das hier ist der Carl Schurz Park«, sagte MJ beiläufig. »Und das da ...« Er zeigte aufs Wasser ... »ist der East River. Diese Gegend hier kennt man auch unter dem Namen Hell Gate. Und da drüben liegt Wards Island.«

»Cool«, sagte ich, als fände ich diese Informationen wahnsinnig faszinierend. Gleichzeitig versuchte ich mir eine Frage auszudenken, die meine Begeisterung angemessen zum Ausdruck brachte.

»Warum heißt es Hell Gate?« Das war traurigerweise das Einzige, was mir einfiel.

»Keine Ahnung«, sagte MJ. Offenbar fand er den Fluss auch nicht interessanter als ich. Dann enthüllte er seinen Plan für den Abend. Er hatte vor, mit mir eine Stadtrundfahrt durch New York zu machen – und nicht irgendeine Stadtrundfahrt, sondern MJs »Fünf-Bänke-Tour«. Voller Begeisterung erklärte er mir, dass wir seine fünf Lieblingsbänke in New York besuchen würden.

»Wie bitte?«, fragte ich im festen Glauben, mich verhört zu haben.

»Meine Lieblingsbänke, Bella«, bekräftigte er vergnügt.

»Deine Lieblingsbänke?«, wiederholte ich. Diesmal hatte sich ein skeptischer Unterton in meine Stimme geschlichen. Wer hat denn schon eine Lieblingsbank? Alte Männer vielleicht, die ihre Tage mit Taubenfüttern verbringen. Oder Obdachlose, die gute Schlafgelegenheiten brauchen. Bei solchen Leuten kann man vermutlich zu Recht von »Lieblingsbänken« sprechen. Von einem Mann wie MJ allerdings hätte ich niemals erwartet, dass er eine Lieblingsbank hat – geschweige denn gleich fünf, genug für eine ganze Stadtrundfahrt.

»Richtig«, sagte er stolz. »Und mit dieser hier fangen wir an.«

Es war eine skurrile und originelle Idee, außerdem schien MJ so sehr von seinem Vorhaben überzeugt, dass ich nicht anders konnte, als einzuwilligen. Das war allemal interessanter als ein weiteres Date in einer Bar.

»Aber wir spielen dabei ein Spiel. Das hier ist nämlich nicht irgendeine x-beliebige Fünf-Bänke-Tour«, sagte MJ ernst, als könnte man solche Touren tatsächlich in Reiseführern finden. »Sie ist gewissermaßen personalisiert.« Er grinste diebisch und wartete, ob ich bereit wäre mitzuspielen.

Ich ließ mich von seiner übermütigen Stimmung anstecken. O ja, ich würde mitspielen.

»Red weiter«, forderte ich ihn auf.

»Okay, also. Das Ganze funktioniert so«, begann MJ. »Ich erzähle dir, warum jede einzelne Bank eine besondere Bedeutung für mich hat und folglich einen Platz in meiner berühmten Fünf-Bänke-Tour verdient.« Ich fand es lustig, dass MJ seine eigene Tour hochgestuft hatte und sie jetzt sogar schon als »berühmt« bezeichnete. »Im Gegenzug«, fuhr er fort, »musst du mir dann auch etwas über dich verraten, das mit demselben Themenfeld zu tun hat. So weit verstanden?«

»Kriegst du so alle deine Frauen rum, MJ? Mit deiner *berühmten* Fünf-Bänke-Tour?«

»Ich habe das bisher noch nie gemacht«, sagte er mit unerwartetem Ernst. »Die Idee ist mir erst auf dem Weg zu dir gekommen.«

»Wirklich?« Ich konnte mein Erstaunen nicht verbergen. »Warum denn?«

»Weil ich ...« Seine Augen funkelten. »... aus Gründen, die ich selbst nicht ganz durchschaue, unbedingt möchte, dass wir uns näher kennenlernen.«

Unsere Blicke trafen sich und hielten einander fest. Mein Herz fühlte sich an, als würde es mir gleich aus der Brust springen.

»Natürlich nur, wenn du damit einverstanden bist?«

Ich war so außer mir vor Glück, dass ich Angst hatte, laut zu quietschen, wenn ich ihm antwortete, also presste ich die Lippen aufeinander und nickte lediglich mit großen Augen.

Und so fing alles an. MJ begann mit seiner ersten Geschichte. Auf der Bank, auf der wir gerade saßen, hatte er seinen ersten Joint geraucht. Er schilderte mir auch das ganze Drumherum: wer dabei gewesen war, wie sie sich das Gras beschafft hatten (ziemlich findig für dreizehnjährige Jungs, wie ich fand), wie sich die ersten paar Züge angefühlt hatten, was sie gemacht hatten, während sie high gewesen waren, und was passiert war, als die Polizei sie schließlich erwischt hatte. Es war die genial dargebotene Geschichte eines kühnen, aber ultimativ gescheiterten Versuchs jugendlichen Aufbegehrens. Das schien ein weiteres von MJs zahlreichen Talenten zu sein: Er war ein begnadeter Erzähler. Und seine Idee ging auf. Am Ende hatte ich tatsächlich das Gefühl, ihn ein bisschen besser zu kennen.

»Okay, jetzt bist du dran«, sagte er.

»Ich habe nie Gras geraucht.« Mehr hatte ich zu dem Thema leider nicht anzubieten – ziemlich schwach nach MJs Meisterstück.

»Du warst noch nie high?«, fragte MJ ungläubig.

»Noch nie«, beteuerte ich. Doch ich entschuldigte mich nicht für meine scheinbar brave Jugend. Stattdessen erzählte ich ihm, dass ich mich mit dreizehn an Freitagabenden oft in der Nähe von Schnapsläden herumgetrieben hatte. Zusammen mit meinen Freundinnen, allesamt aufgedonnert wie Kinderprostituierte, hatten wir jeden, der irgendwie volljährig aussah, gefragt, ob er uns eine Flasche Lambrini und ein Sixpack Diamond White Cider besorgen könne. Der kostete etwa zwei fünfzig und war so billig produziert, dass er nach Apfelessig schmeckte. Man wurde innerhalb weniger Minuten betrunken davon, und nach zwanzig Minuten kotzte man sich die Seele aus dem Leib.

MJ machte ein entsetztes Gesicht. Neben meinen Eskapaden wirkte er wie die Unschuld in Person.

Kurz darauf machten wir uns auf den Weg zu Bank Nummer zwei, die auf dem Vesuvio Playground stand. Dort war selbst um diese Uhrzeit noch einiges los. Alte Männer spielten Schach, ganz auf ihren nächsten Zug konzentriert. Ich weiß noch, wie ich dachte: *Was für ein schöner, herzerwärmender Schnappschuss städtischen Lebens.* Ein wundervoller Kontrast zu dem anonymen Gewimmel, das man normalerweise mit Großstädten assoziiert. Erstaunt erfuhr ich, dass MJ die meisten der alten Männer kannte. Sie freuten sich, ihn zu sehen, was sie durch ein kurzes Brummen und flüchtiges Winken zum Ausdruck brachten, ehe sie sich wieder ihren Partien widmeten. MJ erzählte mir, dass er hierherkommt, wann immer er eine Auszeit von der Arbeit – oder vom Leben – braucht. Anscheinend können ein paar Stunden vor einem Schachbrett einem ganz neue Perspektiven auf die Welt eröffnen, denn das Spiel zwingt einen dazu, strategisch vorzugehen, was die eigene Denkweise nachhaltig beeinflusst. Im Laufe des Gesprächs verriet MJ mir auch, was er beruflich macht. Er betreibt zusammen mit einem Freund Schrägstrich Geschäftspartner eine kleine Filmproduktionsfirma in Brooklyn. »Wir arbeiten hauptsächlich für Unternehmen«, sagte er, »aber hin und wieder realisieren wir auch Herzensprojekte, dafür lohnt sich dann die ganze Arbeit.«

All das erzählte er mir mit leuchtenden Augen. Es war so schön, dass es in mir den Wunsch weckte, ihn zu küssen. *Alles* an MJ weckte in mir den Wunsch, ihn zu küssen.

Danach erzählte ich ihm, was ich beruflich mache. Beziehungsweise: was ich beruflich gemacht *habe*. Zum ersten Mal sprach ich ganz ehrlich darüber – zumindest, was den Job an sich betraf. Ich erwähnte keine Einzelheiten des fatalen Dienstags, sondern erklärte ihm lediglich, dass ich mir einige Zeit freigenommen hätte, um mich neu zu orientieren.

»Das ist ganz schön mutig, Bella«, sagte er voll Bewunderung. »Die meisten Menschen nehmen sich nie die Zeit, in sich zu gehen und zu überlegen, ob sie noch auf dem richtigen Weg sind. Ich finde es großartig, dass du diesen Schritt gewagt hast.«

Augenblicklich kam ich mir wie eine Hochstaplerin vor. Meine

Entscheidung hatte rein gar nichts mit Mut zu tun. Es war nicht mal wirklich eine Entscheidung gewesen, eher eine Handlung im Affekt, deren Konsequenzen ich jetzt wohl oder übel tragen musste.

»Tja, ich hatte eben kein Schachbrett zur Verfügung«, sagte ich leichthin, weil ich weder Lob noch Bewunderung von MJ wollte. Während unseres Gesprächs war mir ein Gedanke gekommen. Dies war das erste Mal, dass ich mit einem Mann auf einem Date erst so spät über die Arbeit sprach. Ich staunte, wie viel Zeit wir miteinander verbracht hatten, ohne dass wir ein Wort über unsere Berufe verloren hätten. Wie konnte das sein? Normalerweise ist das doch ein Thema, das gleich zu Anfang zur Sprache kommt, ehe man auch nur den Namen des anderen in Erfahrung gebracht hat. *»Was machst du so beruflich?«* ist eine der fundamentalen Fragen beim Dating. Oberflächlich betrachtet, ist sie nichts weiter als höflicher Small Talk, doch in Wahrheit ermöglicht die Antwort unmittelbare Rückschlüsse auf Kontostand, Bildungsgrad und Zukunftsaussichten eines Menschen. Durch diese kleine Frage glaubt man alles erfahren zu können, was man über sein Gegenüber wissen muss, und – was noch viel wichtiger ist – ob es sich überhaupt lohnt, ihm noch weitere Fragen zu stellen. Angesichts des völlig anderen Gesprächsverlaufs mit MJ rätselte ich nun, ob wir diese Frage nicht zu Unrecht für so nützlich und wichtig halten. Wir glauben, dass sie uns davor bewahrt, kostbare Zeit zu verschwenden, doch vielleicht führt sie uns in Wahrheit bloß in die Irre. Womöglich ist sie eine der größten Saboteurinnen potenzieller Liebesbeziehungen. MJ hätte mir sagen können, dass er Banker ist oder Barista oder professioneller Schachspieler – das hätte für mich absolut keinen Unterschied gemacht, denn zu dem Zeitpunkt wusste ich bereits, wie sehr ich ihn mag.

Dann kam Bank Nummer drei. Sie stand im Washington

Square Park in Greenwich Village zwischen dem beeindruckenden Washington Square Arch und einem nicht minder beeindruckenden Springbrunnen. Ich musste zugeben, dass es eine ziemlich schöne Bank war.

»Ich finde es toll, wie lebendig es hier ist«, verkündete ich begeistert – was sich als recht unglückliche Wortwahl entpuppte.

MJ erzählte mir nämlich, dass er nach dem Tod seines Vaters in den Park gekommen war und auf dieser Bank gesessen hatte. Ich wäre mir wie der letzte Trottel vorgekommen, doch MJ bewahrte mich netterweise davor, indem er mir sagte, dass er derselben Meinung war und sich aus genau dem Grund für diese Bank entschieden hatte: um das Leben zu spüren.

Ein Gespräch über tote Väter hätte ein ziemlicher Stimmungskiller für ein zweites Date werden können, aber seltsamerweise war das nicht der Fall. Es fühlte sich vertraut und irgendwie schön an. So kamen wir auch auf unsere Familien zu sprechen. MJ hörte fasziniert zu, während ich ihm von meiner erzählte. Ich schloss meinen Bericht mit der Ankündigung meiner Mutter, die zeitlich mit den dramatischen Ereignissen zusammenfiel, die an jenem schicksalhaften Dienstagnachmittag kulminiert waren.

»Meine Mum hat sich vor Kurzem verlobt.«

Es war das erste Mal, dass ich diese Worte laut aussprach. Aber es machte mir die Sache nicht erträglicher, ganz im Gegenteil: Den Satz zu sagen war genauso schrecklich, wie ihn zu hören. Ich fand es grausam, dass ich – in der sogenannten Blüte meines Lebens – nicht mal einen Mann für ein Date, geschweige denn für eine Verlobung oder gar zum Heiraten abbekam, während meine sechzigjährige Mutter das ganze Programm mit größter Selbstverständlichkeit nun schon zum zweiten Mal durchzog.

»Wie geht dein Dad damit um?«, erkundigte sich MJ mitfühlend.

»Ach, der kommt schon klar. Er hat die beste Freundin meiner Schwester geheiratet. Sie waren ein Match auf Tinder, und jetzt haben sie ein Kind zusammen.«

Mag sein, dass ich ihm etwas zu viel aus meinem Privatleben anvertraute, aber irgendwie spürte ich, dass MJ damit umgehen konnte. Er zog lediglich eine Augenbraue hoch und nickte bedächtig – nicht, weil er über mich urteilte, sondern eher aus einer Art Besorgnis heraus, glaube ich.

»Und wie sehen deine Gefühle in der Sache aus, A-Bell?«, fragte er sanft.

Ich brauchte eine Weile, ehe ich antworten konnte.

»Ambivalent.«

Mehr vermochte ich dazu nicht zu sagen. Immerhin war ich ehrlich gewesen. So ehrlich wie möglich. Natürlich wünschte ich meinen Eltern nur das Beste, aber die Tatsache, dass meine Mutter bald die Liebe ihres Lebens heiraten würde und mein Dad mit einer Dating-App erfolgreich gewesen war, die sich als mein ärgster Feind herausgestellt hatte, und dass meine beiden Eltern zum zweiten Mal im Leben ihr Glück gefunden haben – das löste einige sehr gemischte Gefühle in mir aus.

»Deshalb fliege ich Ende des Monats auch nach San Francisco«, sagte ich. »Zur Hochzeit.«

»Wann brichst du auf?«, fragte er beiläufig, obwohl ich schwöre, dass ich einen Hauch von Enttäuschung in seiner Stimme wahrnahm.

»Das habe ich noch nicht entschieden«, antwortete ich vage. Das Date lief so gut, dass ich ernsthaft mit dem Gedanken spielte, in New York zu bleiben und auch die restlichen sechsundzwanzig Dates mit MJ zu verbringen.

Als wir danach wieder auf sein Motorrad stiegen, schlang ich ganz selbstverständlich die Arme um MJs Taille, als gehöre sie mir, und lehnte den Kopf gegen seinen Rücken. Ich wollte ihm so nah sein, wie der klobige Helm es mir erlaubte. Dieser Abend war auf dem besten Wege, der romantischste meines Lebens zu werden. Jedes Mal, wenn wir an einer Ampel hielten, berührte MJ voller Zuneigung meinen Arm oder mein Bein, um mir zu signalisieren, dass er sich meiner Anwesenheit bewusst war. Selbst die kleinsten, eigentlich unbedeutenden Gesten ließen mein Herz höher schlagen, bis ich das Gefühl hatte, als würde es überquellen.

Endlich erreichten wir Bank Nummer vier, die im Tompkins Square Park stand. Es hatte gerade zu schneien begonnen. Die Bank selbst war, soweit ich es beurteilen konnte, ziemlich gewöhnlich, genau wie der Park drumherum. Allerdings nur, bis MJ mir sagte ...

»Auf dieser Bank, genau hier, wo wir jetzt gerade sitzen, habe ich zum ersten Mal ein Mädchen geküsst.«

In dem Moment wurde mir klar, dass MJs Bank Nummer vier meine Bank Nummer eins werden würde – meine ganz persönliche Lieblingsbank. Warum? Das lag doch auf der Hand: Hier würden MJ und ich uns endlich küssen! Das war von Anfang an sein Plan gewesen. Deshalb war er mit mir hierhergekommen. Und dieser Kuss käme wirklich keinen Augenblick zu früh. Er war der überfälligste Kuss in der Geschichte des Küssens; mit jedem Moment, der verging, wuchs meine Vorfreude darauf. Wir waren schon so viele Male kurz davor gewesen. Im Flugzeug hatten unsere Love Hearts einen heldenhaften Versuch unternommen, unsere Münder zu vereinen, und auch als er mich nach dem Steakessen im Taxi nach Hause gebracht hatte, wäre es beinahe passiert, aber da ich erst kurz zuvor aufgewacht und noch nicht ganz bei Sinnen gewesen war, hatte sich die Gelegenheit nicht ergeben. Auch an diesem Abend hatte die Möglichkeit dieses ersten Kusses die ganze Zeit in der Luft gelegen. Er war da, im Hintergrund, und wartete geduldig auf den perfekten Moment. Dieser Moment war nun gekommen, auf MJs Bank Nummer vier, während um uns herum der Schnee fiel. Das Warten hatte endlich ein Ende.

Glaubte ich zumindest.

Doch nichts geschah. Der Moment kam nie. MJ küsste mich nicht. Stattdessen verließen wir die Bank unverrichteter Dinge, nachdem wir über unseren ersten Kuss und unsere erste Liebe gesprochen hatten, und sie verwandelte sich wieder in die ganz gewöhnliche Bank zurück, die sie vorher gewesen war.

Zur letzten Bank, der Bank Nummer fünf, war es ein weiter Weg, weil sie draußen in Williamsburg, Brooklyn, stand. Doch das machte mir nichts aus. Im Gegenteil, ich freute mich, weil ich dadurch mehr Zeit an MJs Rücken geschmiegt verbringen konnte. Als wir schließlich das North Fifth Street Pier erreichten, stiegen wir von seinem Motorrad und gingen zum Wasser. Von der anderen Seite des Flusses leuchtete uns die Skyline von Manhattan entgegen.

Der überwältigende Anblick war der Grund, weshalb diese Bank es in die Fünf-Bänke-Tour geschafft hatte. Es war MJs Lieblingsblick auf die Stadt, vor allem weil er in Brooklyn zu Hause war. Ich konnte mich gar nicht sattsehen daran. Es war wie im Traum, als hätte man mich aus meinem normalen Leben gerissen und vor diesen unfassbar schönen Hintergrund verpflanzt, mit MJ an meiner Seite, der das perfekte Postkartenmotiv vervollständigte. Da ich meinen Blick nicht von dem Panorama losreißen konnte, ergriff MJ die Initiative. Er legte eine Hand an meine Wange und drehte sanft meinen Kopf zu sich herum. Dann hob er auch die andere Hand, sodass er mein Gesicht zwischen beiden Händen hielt, und dann – endlich – tat er es.

Er küsste mich.

Ich weiß es nicht genau, weil ich die Augen geschlossen hatte, aber ich bin mir ziemlich sicher, dass in dem Moment im Himmel über New York ein Feuerwerk explodierte. Es war ein Kuss, der alle anderen Küsse auslöschte.

Es war das beste Date meines Lebens, und ich wollte, dass es niemals zu Ende ging. Ich konnte mir beim besten Willen nicht vorstellen, dass eins meiner noch bevorstehenden sechsundzwanzig Dates auch nur annähernd so wundervoll werden könnte wie dieses hier. Oder wie MJ. Es war einfach vollkommen.

Zumindest bis zu dem Moment, als MJ mich vor meiner Tür absetzte.

»Bella?«

»Ja, MJ?«, sagte ich verträumt.

»Bella, ich kann dich nicht wiedersehen.«

Man kann sagen, dass mir dieser Satz den ganzen Abend ruinierte.

Hab dich lieb.

Kuss, Bx

Beim Aufwachen heute Morgen ist in meinem Magen die Hölle los. Es fühlt sich an, als hätte ich eine Schmetterlingsfarm dadrinnen, so nervös und flattrig bin ich. Allerdings nur, bis mir wieder einfällt, wie die letzte Nacht zu Ende gegangen ist. Von einer tödlichen Dosis Insektenvernichter getroffen, sinken all die wunderschönen und seltenen Schmetterlinge in meinem Bauch zu Boden und verenden. Genau wie jede Hoffnung, dass MJ vielleicht der Eine für mich sein könnte. Mausetot.

Das ergibt doch alles keinen Sinn. Wenn MJ mich nicht mehr sehen will, warum hat er mich dann geküsst? Und warum hat er sich solche Mühe gegeben, mich besser kennenzulernen, wenn er sowieso vorhatte, die Sache zu beenden? Das kommt mir unnötig grausam vor, so etwas sieht MJ überhaupt nicht ähnlich. Aber was weiß ich schon wirklich über diesen Mann? Ich weiß nur, dass Dating ein einziger riesengroßer Hirnschiss ist. Ungefähr so, als würde man über die Größe des Universums nachdenken. So etwas lässt sich rational gar nicht erfassen; es ist ein endloses schwarzes Loch voller unbeantworteter Fragen, in dessen Angesicht man sich winzig und unbedeutend vorkommt. Und gerade als ich dachte, MJ wäre vielleicht anders ...

Ich liege unter meiner Bettdecke, fühle mich allein und verraten und versuche krampfhaft, nicht zu weinen. Es erscheint mir albern, Tränen wegen eines Mannes zu vergießen, den ich kaum kenne – obwohl ich ihn dank seiner blöden Fünf-Bänke-Tour wesentlich besser kennengelernt habe, als nötig gewesen wäre. Und ich mag ihn auch viel mehr als nötig.

Mein Plan, den ganzen Tag im Bett liegen zu bleiben, wird durch eine nicht enden wollende Flut an Nachrichten von meiner Familie durchkreuzt. Sie haben eigens eine neue WhatsApp-Gruppe mit dem Namen »Bellas Intervention« eingerichtet. Ich stöhne gequält und versuche gleichzeitig, mich mit dem Gänsedaunenkissen zu ersticken. Ich will mich jetzt nicht mit meiner Familie auseinandersetzen, aber anscheinend habe ich keine andere Wahl. Wenn ich die Kommunikation verweigere, wird das die Situation nur noch schlimmer machen und am Ende zweifelsohne dazu führen, dass meine gesamte Verwandtschaft in New York aufschlägt, um mich vor mir selbst zu retten. In den letzten Tagen haben sie mich in Ruhe gelassen, aber früher oder später werden sie einschreiten. Doch bevor ich auf ihre zahllosen Nachrichten antworte und einer Telefonkonferenz zustimme, muss ich erst mal einen narrensicheren Plan ausarbeiten. Mit anderen Worten: Ich muss lügen. Ich beschließe, gleich zu Beginn des Gesprächs klarzustellen, dass ich nur wenige Minuten Zeit habe, weil ich gleich zu meinem Kochkurs muss. Das klingt zunächst mal willkürlich, aber ich werde einfach behaupten, dass ich mir ein neues Hobby zugelegt habe. Das werden sie mit Sicherheit respektieren. Sie werden es als »wichtigen persönlichen Entwicklungsschritt« betrachten und als ein untrügliches Zeichen dafür, dass ich mein Leben aktiv in die Hand nehme.

Ausgestattet mit einem handfesten Grund, den Anruf auf maximal drei Minuten zu beschränken, werde ich ihnen sodann meine Pläne für die nächsten Wochen skizzieren, welche eine sehr allgemein gehaltene Version meiner tatsächlichen Pläne sind. Ich werde ihnen sagen, dass meine Schwester mich gegen Ende nächster Woche in Colorado erwarten kann und ich mich danach auf den Weg nach Kalifornien zur Hochzeit meiner Mutter machen werde. Abrunden werde ich das Ganze mit der Beteuerung, dass es mir schon viel besser gehe und ich mich darauf freue, meinen Zusammenbruch zu analysieren, sobald wir uns alle auf der Hochzeitsfeier wiedersähen, im Moment jedoch müsse ich »das alles erst mal verdauen«. Dafür werden sie garantiert Verständnis haben. Dann werde ich mich verabschieden und auflegen.

Gesagt, getan. Verblüffenderweise kommen zwar einige ungebetene Kommentare von meiner Mutter, unter anderem der Vorschlag, ich könne dann ja meine neu erworbenen Kochkünste auf dem Hochzeitsempfang unter Beweis stellen, aber im Großen und Ganzen stimmen alle darin überein, dass ich mich schon viel ausgeglichener anhöre und sie sich darauf freuen, in wenigen Wochen meine seelische Gesundheit eingehender zu debattieren. Sie bohren nicht nach und drängen mich zu nichts. Damit habe ich gar nicht gerechnet, aber vielleicht liegt es auch daran, dass ich sie kaum zu Wort kommen lasse. Bevor wir Schluss machen, versichern sie mir noch, dass sie für mich da seien und ich jederzeit anrufen könne, aber jetzt solle ich erst mal Spaß bei meinem Kochkurs haben.

»Bella!«, ruft Esther aus der Küche. »Frühstück!«

Esther hat Blaubeer-Pancakes gebacken, die wir, mit einer großzügigen Portion Ahornsirup garniert, gierig in uns hineinschaufeln. Wir essen schweigend. Auch sie scheint aus mir unbekannten Gründen miese Laune zu haben. Wir sitzen einfach da, genießen die Stille und die vor Sirup triefenden Pancakes.

»Ich hab die Schnauze voll von Männern«, sagt sie, als wir fertig sind und das Besteck auf unsere Teller legen.

Ich nicke zustimmend, äußere mich aber nicht weiter dazu.

Esther berichtet mir von ihrem Date mit Matthew, das nach Reubens und meinem Abgang ebenfalls einen ungünstigen Verlauf genommen hat. Offenbar will Matt seiner Frau erst in zwei Wochen sagen, dass er sich von ihr trennt, weil sie zurzeit auf Geschäftsreise ist. Verständlicherweise hat Esther diese Neuigkeit nicht sehr wohlwollend aufgenommen.

»Das ist doch der letzte Scheiß!«

»Ich verlasse New York«, platze ich heraus.

»Ja?«, fragte sie überrascht. »Wann denn?«

»Morgen früh.«

Nach dem gestrigen Abend habe ich das Gefühl, dass es höchste Zeit wird, aus der Stadt zu verschwinden. Wenn MJ nicht der Eine für mich ist, muss die Suche weitergehen.

Weil heute unser letzter Abend ist, schlägt Esther vor, gemeinsam auszugehen und uns ins Nachtleben zu stürzen wie nur zwei emotional frustrierte und – in meinem Fall – zurückgewiesene trinkfeste Frauen mit loser Moral es können. Soll heißen: ohne Rücksicht auf Verluste. Wir verabreden uns zunächst für den späten Nachmittag zur Happy Hour in Esthers Wohnung. Dabei ist uns bewusst, dass das nicht einer gewissen Ironie entbehrt: Zwei der deprimiertesten Frauen der Stadt zelebrieren die Happy Hour.

Da ich bis dahin noch ein paar Stunden Zeit habe, beschließe ich, einen Spaziergang durch den Central Park zu machen, um meinen Kopf durchpusten zu lassen und darin wieder ein bisschen Platz für positive Gefühle zu schaffen.

Es funktioniert nicht. Als ich ein paar Stunden später in die Wohnung zurückkomme, fühle ich mich immer noch hundeelend. Selbst die kurze Begegnung mit einem Mann vermochte meine Stimmung nicht zu heben. Er war älter als Gott, und ich dachte, er könnte mir vielleicht einige Lebensweisheiten zuteilwerden lassen und meiner desillusionierten Seele neue Hoffnung schenken. In meiner Verzweiflung habe ich mich sogar einen kurzen Moment gefragt, ob dieser Alte womöglich mein nächstes Date werden könnte, auch wenn wir denkbar schlecht zusammenpassten. Nach einem kurzen Spaziergang – eigentlich war es eher ein Spazierschlurfen, weil er sich nur mit Hilfe eines Rollators fortbewegen konnte – testete ich diesen Gedanken aus, indem ich ihm vorschlug, »unser kleines Rendezvous« auf einer Parkbank fortzusetzen. Allein der Gedanke an Bänke erfüllte mich mit Traurigkeit.

»Aha, verstehe.« Der Alte schmunzelte. »Das hier ist also ein Rendezvous, ja?«

»Kann schon sein«, neckte ich ihn. Vielleicht war die Idee gar nicht so übel.

»So was hatte ich seit 1948 nicht mehr«, meinte er nachdenklich und ließ meine eigene desolate Situation damit in einem ganz anderen Licht erscheinen.

Ich kann mit absoluter Gewissheit sagen, dass er nicht der Eine für mich war. Im Grunde konnte man unsere Zufallsbegegnung nicht mal als Date bezeichnen. Und was noch enttäuschender war: Die weisen Worte, die ich mir angesichts seines reichen Erfahrungsschatzes erhofft hatte, blieben aus. Das Einzige, was er mir mit auf den Weg gab, waren ein Becher heiße Bouillon und ein halbes Tomaten-Käse-Sandwich. Statt mir wertvolle Lektionen aus seinem erfüllten Leben zu offenbaren, sprach er fast die ganze Zeit von seiner italienischen Haushälterin und deren allzu liberaler Einstellung zum Schmutz. Trotz mehrfacher Aufforderung – »Erzählen Sie mir von den wichtigsten Dingen, die Sie in Ihrem Leben gelernt haben« – gelang es mir nicht, das Gespräch von seiner Putzfrau abzulenken, die sich nicht nur weigert, ein Staubtuch in die Hand zu nehmen, sondern offenbar auch noch sein Besteck klaut. Wir leisteten einander fast eine Stunde lang Gesellschaft, und am Ende verabschiedete ich mich, ohne aus den Millionen von Jahren, die dieser Mann bereits auf der Erde weilte, irgendeine bahnbrechende Erkenntnis mitzunehmen – außer, dass ich bis zu meinem nächsten Date vielleicht nicht ganz so lange warten sollte wie er, sonst würde ich irgendwann auch allein auf einer Parkbank enden, wo ich Enten fütterte und Bouillon schlürfte.

»Wie wäre es mit Champagner?«, schlägt Esther vor. Wir sind uns beide einig, dass diese Happy Hour eher nach Blubberwasser als nach Cocktails schreit, und entkorken eine Flasche. Ich bin mir nicht sicher, warum, da keine von uns etwas zu feiern hat. Aber irgendwie fühlt es sich dekadent an, mitten am Nachmittag Champagner zu trinken. Dass wir drei Stunden später was vom Chinesen bestellen, ist hingegen schon weniger dekadent. Den ganzen Nachmittag muss ich den übermächtigen Drang unterdrücken, MJ anzurufen. Ich spiele andauernd an meinem Handy herum, bin aber bislang stark geblieben. Stattdessen versuche ich ihn per Gedankenübertragung dazu zu bringen, *mich* anzurufen. Die rauen Mengen an Alkohol, die ich mittlerweile intus habe, helfen auch nicht gerade dabei, meine trübseligen Gedanken an ihn zu vertreiben.

»Du weißt, was du zu tun hast, B«, sagt Esther. Sie klingt ein bisschen betrunken. »Ruf jemand anders an.«

»Wen denn?«, gebe ich verwirrt und ebenso betrunken zurück. »Ich will mit niemand anderem reden.«

»Eben«, sagt sie und wackelt wissend mit dem Zeigefinger vor meinem Gesicht herum. »Genau deshalb sollst du jemand anders anrufen – damit du *ihn* nicht anrufst.«

Kann sein, dass ich schon ziemlich einen im Tee habe, aber das ist die dümmste Idee, die mir jemals zu Ohren gekommen ist.

Ich kann mich nicht mehr daran erinnern, wie wir Esthers Wohnung verlassen haben, und das meiste danach ist auch verschwommen. Ich erinnere mich nur noch an die Gegend, an diverse Bars, diverse Männer, diverse Gespräche und daran, dass wir noch halbwegs zivil in den Abend starten, doch mit jedem Drink verflüchtigt sich unser Anstand ein bisschen mehr, bis es schwer vorstellbar ist, dass wir überhaupt jemals welchen besessen haben. Irgendwann sind wir völlig enthemmt. Wir befinden uns auf einer Mission. Ich glaube nicht, dass eine von uns sagen könnte, was diese Mission ist, aber wir sind mit Leib und Seele dabei. Vielleicht besteht sie darin, meinen letzten Abend in New York zu feiern, oder – was wahrscheinlicher ist – alle Gedanken an Matt und MJ zu verdrängen, indem wir uns in die Arme jedes Mannes werfen, der welche hat.

Ich schaue mich um, wo wir gelandet sind. Eine schmutzige Kellerbar im Industrie-Look. Wenn (was Gott verhüten möge) hier ein Feuer ausbricht, sitzen wir alle in der Falle und werden bei lebendigem Leibe verbrennen. Doch diese Sorge wird mir genommen, denn mir fällt etwas auf, was das Risiko eines Brandes signifikant verringert: Alles hier ist nass. Die roten Ziegelwände, die niedrige Decke, der klebrige Fußboden, die schwitzenden Männer, Esther und ich – alles transpiriert. Feuchtigkeit dringt aus jeder Ritze und Pore. Es ist widerwärtig.

»Toll hier!«, brülle ich Esther zu und meine es ernst.

»Ja, oder?«, brüllt sie voller Stolz zurück. Sie hat keine Ahnung, wo wir sind.

Die nächste Stunde – die nächsten zwei oder drei Stunden, wer weiß das schon so genau? – verbringen wir mit Tanzen. Anfangs gibt es nicht mal eine richtige Tanzfläche, wir suchen uns einfach einen freien Platz und lassen die Hüften kreisen. Nicht lange, und um uns herum wogt eine Masse aus schwitzenden Leibern, eng aneinandergepresst und sich aneinander reibend wie bei einer riesigen Orgie, irgendwo zwischen Tanzen und sexueller Nötigung. Der Anblick weckt in mir einen gewissen Stolz auf uns und das, was wir hier heute Abend geleistet haben. Esther ist schon vor einer Weile an die Bar gegangen, wo sie mit einer Gruppe von Typen flirtet, während ich mich auf der Tanzfläche am Bein eines rothaarigen Mannes reibe.

»Bella!«, kreischt Esther. »Was zu trinken?«

Ich erspähe eine Reihe Tequilas auf der Theke. Esther und ihre neuen Freunde winken mich zu sich. Ich lasse vom Bein des Rothaarigen ab und bahne mir einen Weg zu ihnen. Augenblicke später habe ich die Kehle voller Tequila und ein Stück salzige Zitrone im Mund. Die Zitrone erweist sich als Segen, denn sie bildet eine Barriere, die den Tequila sowie den restlichen – größtenteils flüssigen – Inhalt meines Magens daran hindert, mir eruptionsartig aus dem Mund zu schießen. Es ist scheußlich. Ich krümme mich vornüber und hüpfe von einem Fuß auf den anderen, während ich darauf warte, dass dieses ekelhafte Zeug aufhört, so ekelhaft zu sein. Nach einer Ewigkeit richte ich mich wieder auf, werfe meine Haare nach hinten und jaule wie ein gequältes Tier. Da sehe ich mich plötzlich einem bekannten Gesicht gegenüber.

»Hallo, Bella.«
»Hallo, Reuben.«

Tage bis zum Dreißigsten: 25
Date Nr. 5
Name: Reuben
Ort: mein Bett
Ursprung: Esther

Liebe Esther,
als ich aufwachte, lagen wir zu dritt im Bett: ich, Reuben und Reubens monströser Schwanz, der so viel Raum einnimmt, dass man tatsächlich glauben könnte, es wäre noch eine weitere Person im Bett.

Date Nummer fünf war streng genommen eher der zweite Teil von Date Nummer drei. Der erste Teil war dermaßen unterirdisch gewesen, dass eine Wiederholung ausgeschlossen schien. Außerdem fällt es mir schwer, Date Nummer fünf als eigenständiges Date zu betrachten, weil es spontan zustande kam und wir das ganze Vorgeplänkel einfach übersprangen, um direkt zur Hauptattraktion überzugehen. Insofern kann man den gestrigen Abend eher als Fortsetzung von Teil eins betrachten – als das Happy End, wenn man so will. Und es war so was von happy! Ich glaube, ich habe noch nie solche Ekstase erlebt.

Als ich Reuben vorgestern Abend kennenlernte, war keinerlei sexuelle Anziehung zwischen uns zu spüren. Null. Nicht ein Funke. Als er mir gestand, dass er eigentlich viel lieber mit jemand anderem ausgehen würde, beruhigte mich das ein wenig, weil es mir ähnlich ging. Aber was kümmerte es mich überhaupt? Ich stand sowieso nicht auf ihn. Reuben war ein ziemlich unscheinbarer Typ. Abgesehen von seinem riesigen Ding, dessen Ausmaße angeblich alles bisher Dagewesene übertrafen, war Reuben der Inbegriff der Durchschnittlichkeit. Deshalb hätte ich auch niemals damit gerechnet, dass ich heute Morgen mit ihm in meinem Bett aufwache, nachdem ich ihm gestern zufällig über den Weg gelaufen war.

»Wollen wir von hier verschwinden?« Das war das Erste, was er nach »Hallo, Bella« zu mir sagte – keine fünfzehn Sekunden nach unserem Zusammentreffen. Vielleicht lag es am diebischen Funkeln in seinen Augen, an seiner erotisch aufgeladenen Stimme oder der drängenden Begierde, mit der er seinen Körper an meinen presste, jedenfalls interpretierte ich seinen Vorschlag wie folgt …

Wollen wir Sex haben, Bella?

Ja, vielleicht lag es an einem dieser Faktoren. Oder auch an keinem. Vielleicht interpretierte ich seine Frage nur deshalb so, weil *ich* Sex mit Reuben haben wollte. Ich wusste, was Sache war. Er wusste es. Wir waren uns einig.

»Ja, Reuben, lass uns von hier verschwinden.«

In dem Moment war es mit seiner Durchschnittlichkeit vorbei.

Er war gigantisch.

Ehrfurchtgebietend, beängstigend, geradezu monumental.

Zwei Fragen schossen mir durch mein leicht besorgtes, aber extrem erregtes Hirn: *Was fange ich nur damit an?* Und: *Wie um alles in der Welt soll dieses Teil in mich reinpassen?*

»Entspann dich, Bella«, sagte Reuben, der den Anflug von Furcht in meiner Miene wahrgenommen haben musste. Vermutlich hatte er Ähnliches schon in den Gesichtern vieler Frauen gesehen. Reuben nahm meine Hand und legte sie um sein Glied. Unglaublich, aber wahr: Ich spürte, wie es unter meinen Fingern noch größer wurde. Es war wie ein wildes Tier und pulsierte vor unersättlichem Hunger.

»Ihr müsst euch nur erst mal miteinander anfreunden.« Er keuchte. Seine Lippen waren nur wenige Zentimeter von meinen entfernt, und ich küsste ihn. Etwas an der Art, wie unsere Münder sich fanden – die Hitze, die Gier, die Wildheit, mit der unsere Zungen einander umschlangen, die Intensität, die unbeschreibliche Sinnlichkeit dieses Kusses –, hatte auch in mir etwas zum Pulsieren gebracht. Ich hielt ihn immer noch in der Hand, und in dem Moment wurden wir zu einem betörenden Dreieck sexueller Energie, die durch unsere Körper floss und immer stärker wurde. In dem Moment wusste ich, dass ich nichts zu befürchten hatte. Reubens überdimensionierter Penis und ich konnten definitiv Freunde werden.

Gleich darauf presste Reuben sich ohne Vorwarnung an mich. ich hatte das Gefühl, überzuquellen vor Lust, und eine unbeschreibliche Erregung erfasste meinen Körper.

Heilige Mutter Gottes!

Hilflos stöhnte ich auf.

Und zwar richtig. Der Laut, der aus meiner Kehle drang, war so ungehemmt und primitiv, dass ich meine eigene Stimme nicht wiedererkannte. Er schien aus meinem tiefsten Innern zu kommen, von einem Ort, dessen Existenz ich bisher nicht einmal erahnt hatte. Es war mir unmöglich, dieses Stöhnen zurückzuhalten. Ich hatte keinerlei Kontrolle darüber. Ich konnte mich ihm nur hingeben. Mein Körper wand sich, als Reuben sich ein wenig mehr an mich drängte. Lag es daran, dass ich ein Jahr lang keinen Sex mehr gehabt hatte? Dass ich von dir, Esther, wusste, was kommen würde? Lag es an seiner Größe? Oder einfach nur daran, dass Reuben der Gott des Vorspiels und der sexuellen Ausschweifung war? Was auch immer die Gründe waren, irgendwann wurde es mir zu intensiv. Reuben hatte sich immer noch verführerisch an mich gepresst, und ich hielt es einfach nicht mehr aus. Mein gesamter Körper spannte sich an, eine Woge nackter Lust durchströmte mich und drohte mich mit sich fortzureißen. Und dann ... hörte er auf.

Er hörte auf!

Ich stand kurz vor der Explosion. Reuben sah mir in die Augen. Verzweifelt auf der Suche nach Erlösung, bäumte sich mein gequälter Körper auf, und gerade als ich dachte, es könne unmöglich noch schlimmer werden ... verschwand er unter der Bettdecke.

Heilige Scheiße!

Ich war drauf und dran, den Verstand zu verlieren.

Meine Finger krallten sich in Reubens Schultern, während er mich bis an den Rand der Begierde und des Wahnsinns trieb, ehe er sich – zu früh! – zurückzog. Wieder und wieder und wieder machte er das, und jedes Mal war der Schrei meines Körpers nach Erlösung lauter und stärker als zuvor. Und dann, als ich irgendwann so erregt war, dass alles andere außer meiner Lust aufgehört hatte zu existieren, war es endlich so weit.

Ein Beben ging durch meinen Körper. Wellen der Erregung durchliefen mich, immer schneller, immer höher. Funken explodierten in meinem Innern, bis ich von tiefen, wogenden Schauern gepackt wurde und pures sexuelles Vergnügen jede Pore meines Wesens erfüllte. Ich kam. Mehrmals hintereinander.

Und das war bloß unser erstes Mal. Während der Ausschweifungen der folgenden Stunden erlebte ich eine Art sexuelles Erwachen. Noch nie hatte ich Vergleichbares empfunden. Noch nie. Bisher war ich nicht einmal sicher gewesen, ob ich Sex mochte. Jetzt begriff ich, dass ich die ganze Zeit keine Ahnung gehabt hatte, was Sex *war*. In all den Jahren hatte ich nie richtigen Sex gehabt. Jedenfalls hatte ich definitiv noch nie solche Orgasmen erlebt. Geschweige denn mehrere hintereinander. Das hier war meine persönliche sexuelle Revolution, und ich hatte sie ganz allein Reuben zu verdanken. Er hatte mich auf die herrlichste aller Arten verdorben.

Mein Körper sang Arien, während ich neben ihm im Bett lag, und ich dachte über die neue Welt nach, die sich mir aufgetan hatte. Ich begriff, dass es keine Rolle spielte, ob Reuben der Eine für mich war. Das musste er gar nicht sein. Er hatte eine ganz andere Sehnsucht in mir gestillt. Eine tiefe Sehnsucht, von deren Existenz ich nichts geahnt hatte. Und das war mehr als genug.

Irgendwann, als ich rundum befriedigt und ausgelaugt war – Körper, Geist und Vagina –, wurde es Zeit zu gehen.

»Ich muss los«, schnurrte ich, weil ich nicht mehr richtig sprechen konnte.

»Los? Wohin?«

»In die Stadt. Ich muss meinen Bus erwischen.«

Reuben beugte sich über meinen nackten Körper und presste die Lippen auf meine Haut. Zwischen Küssen fragte er ...

»Noch einen für unterwegs?«

Am Ende wurden es mehrere.

Hab dich lieb. Hab Reuben lieb. Hab Sex *richtig* lieb.

Kuss, Bx

Als ich am Bahnhof ankomme, kann ich kaum laufen. Ich empfinde eine seltsame Mischung aus heftigem Kater und wundervoller, satter Zufriedenheit. Außerdem ist da dieses kleine schmutzige Lächeln in meinem Gesicht, das ich einfach nicht loswerde. Da es bald neun Uhr zwanzig ist, beschließe ich, mich auf die anstehende Aufgabe zu konzentrieren: den Bus nach Madison, Wisconsin, zu erwischen. Ich werfe einen Blick auf die Infotafel am Terminal, um herauszufinden, von welchem Bussteig mein Bus abfährt. Dann mache ich mich auf den Weg dorthin. Sehr, sehr vorsichtig.

Zum Glück ist die Schlange der Wartenden noch kurz, als ich ankomme und mich einreihe. Das heißt, dass ich nachher beim Einsteigen freie Platzwahl habe, was mich noch ein bisschen selbstzufriedener macht. Als ich spüre, dass mein Handy in meiner Hosentasche vibriert, fische ich es heraus und sehe, dass ich eine Nachricht erhalten habe.

> Bella, ich fühle mich total mies. Bitte, darf ich es wiedergutmachen?

Sie ist vom Narkoleptischen Jon. Was stimmt eigentlich nicht mit dem Kerl? Gib's doch einfach auf, Jon! Er ist wie ein Hund mit einem Knochen – was wohl bedeutet, dass ich der Knochen bin. Er macht mich wahnsinnig. Etwa dreißig Sekunden lang denke ich darüber nach, ob und was ich ihm antworten soll, doch da ich kaum über die nötigen Energiereserven verfüge, um die nächsten zweiundzwanzig Stunden und vierzig Minuten in einem Bus zu sitzen und nichts zu tun, kann ich es mir nicht leisten, meine Kräfte mit diesem Mann zu vergeuden. Ich ignoriere seine Nachricht und fahre fort, jede Sekunde meiner Nacht mit Reuben – und jeden Zentimeter seines Körpers – in Gedanken Revue passieren zu lassen.

Tage bis zum Dreißigsten: 25
Date Nr. 6
Name: der Gottverdammte Rambo
Ort: Pflaster des Greyhound Busterminals, NYC
Ursprung: 24h-Deli

Liebe Esther,
»He! Ihr dürrer weißer Arsch soll sich gefälligst hinten anstellen!«,

brüllte eine beleibte Afroamerikanerin vom anderen Ende der Schlange.

Dies war der Beginn von Date Nummer sechs – wovon ich zu diesem Zeitpunkt allerdings noch nichts ahnte.

Neugierig geworden, stellte ich mich auf die Zehenspitzen und versuchte über die immer länger werdende Schlange der Wartenden hinwegzuspähen, um zu sehen, was da hinten vor sich ging. Leider konnte ich so gut wie nichts erkennen, außer einen Mann, der mir den Rücken zugedreht hatte und bei dem es sich vermutlich um den Inhaber besagten dürren weißen Arsches handelte.

»Für wen halten Sie sich eigentlich?«, schimpfte die Frau.

Sie war furchteinflößend. Und ich nahm an, dass ihre Frage rhetorischer Natur war. Hoffentlich hatte der Drängler nicht vor, ihr eine Antwort darauf zu geben.

»Sie glauben doch nicht im Ernst, dass Sie sich an mir vorbeimogeln können, Jungchen?« Ihre Stimme war ein tiefer Bass, der bis zu meinem Ende der Schlange herüberdröhnte.

Es war lustig, dass dieser durchschnittlich gebaute Mann im Vergleich zu der beträchtlichen Körpermasse der Frau wie ein Strich in der Landschaft wirkte. Sie stand da, hatte eine Hand in der Hüfte gestemmt und malte mit dem Zeigefinger der anderen Hand vor seinem Gesicht Achten in die Luft. O Gott, er würde es tun. Er würde ihr tatsächlich antworten! Auf einmal verspürte ich den Drang, die Augen zuzukneifen. Er hatte Mumm, das musste man ihm lassen – mit Sicherheit war er ein erfahrener Drängler. Vermutlich würde er behaupten, er hätte weiter vorn in der Schlange gestanden und wäre nur mal kurz zu Starbucks gegangen, während ihm seine wunderschöne, nach Koffein lechzende Freundin den Platz freihielt. Ich habe so was schon oft erlebt: gut aussehende Männer, die ihren Charme nutzen, um sich Vorteile zu erschleichen. Das ist wirklich das Allerletzte. Hoffentlich würde diese Frau es ihm so richtig zeigen.

»Gute Frau, beruhigen Sie sich, ich will doch gar nicht mitfahren«, entgegnete er mutig.

Vorsichtig öffnete ich ein Auge, um zu beobachten, was auf diese unerwartete Wendung der Ereignisse folgen würde.

»Warum drängeln Sie sich dann hier durch wie ein gottverdammter Rambo?«, fragte sie angriffslustig und stemmte nun beide Hände in ihre ausladenden Hüften.

Hinter ihr begann sich eine Gruppe ähnlich stark beleibter afroamerikanischer Frauen zu formieren. Woher sie gekommen waren, war unklar.

»Ich gehöre zu ihr«, behauptete der Gottverdammte Rambo und zeigte nach vorn. »Darf ich dann jetzt?«

Sie standen da und starrten einander an. Keiner wollte nachgeben. Seine Frage war in Wahrheit eine Herausforderung gewesen. Eine Herausforderung, die die Frau besser nicht annahm. Gott, wie ich Busbahnhofs-Konflikte liebe – sie sind so echt. Das pralle Leben. In dem Moment beschloss ich, mein offenes Auge von den beiden abzuwenden und stattdessen herauszufinden, auf wen er gezeigt hatte. Wer war die Frau, zu der er angeblich gehörte?

Ich ließ den Blick über die anderen Wartenden schweifen, doch wie bereits vermutet, gab es niemanden, der seine Behauptung bestätigte. Keiner sprang auf und ab, winkte und rief: »Er gehört zu mir!« Mit anderen Worten: Er war ein Drängler *und* ein Lügner, der nur auf seinen eigenen Vorteil aus war.

Voller Genugtuung ob meiner detektivischen Fähigkeiten, drehte ich mich wieder nach hinten, um zu sehen, was als Nächstes passieren würde.

Etwas sehr Interessantes, wie sich herausstellte.

Der Gottverdammte Rambo stritt sich nicht länger mit der wütenden Frau. Stattdessen stand er direkt vor mir. Offenbar war es ihm gelungen, sich an ihr und dem Rest der Schlange vorbeizuschieben. Mir fiel die Kinnlade herunter, als der Gottverdammte Rambo sagte …

»Kurze Frage … wenn du nicht auf meine Nachricht reagierst, heißt das dann, dass du darüber nachdenkst? Dass man dich vielleicht noch überreden kann? Oder heißt es, ich soll mich verpissen?«

Der Gottverdammte Rambo war niemand Geringeres als der Narkoleptische Unzuverlässige Jon. Und die Frau, auf die er eben gezeigt hatte, war: ich!

»Kaffee?«

Ich verstand die Welt nicht mehr. Was machte der Narkoleptische Jon am Busbahnhof? Warum lag er nicht irgendwo und schlief? Und wie um alles in der Welt hatte er mich gefunden? Was lief hier eigentlich?

»Bella«, sagte er und riss mich aus meinen chaotischen Gedanken. »Kaffee?«

Er wartete meine Antwort nicht ab, sondern drückte mir den heißen Becher in die Hand. Ich fühlte mich benommen, als hätte ich eine Gehirnerschütterung.

»Ich muss den Bus kriegen«, sagte ich wie ein kleines Kind auf seinem ersten Schulausflug.

»Das sehe ich, Bella«, antwortete er leicht herablassend, wenngleich freundlich, als wäre ich wirklich ein Kind.

»Und woher weißt du das?«, fragte ich ihn herausfordernd. Sein Tonfall gefiel mir gar nicht.

»Na ja, weil du hier in der Schlange stehst, und weil ich den Greyhound-Bus sehe, der hinter dir parkt.«

»Nein, ich meine, woher wusstest du, dass ich hier bin?«, keifte ich zurück, weil ich keine Lust auf seine Hochnäsigkeit hatte.

»Das hast du mir doch selbst gesagt.«

Das war lachhaft und völlig unmöglich. Wann hätte ich ihm das denn sagen sollen? Ich hatte ihn nicht mehr gesehen, seit ich meinen Kaffee über ihm ausgeschüttet hatte und wütend davongestürmt war.

»Nein, Jon, das habe ich nicht«, sagte ich, um wieder Oberwasser zu gewinnen.

»Doch, Bella, das hast du.« Er gluckste. Er schien das alles unglaublich lustig zu finden.

»Wann denn?«

»Gestern Abend.«

Plötzlich fiel es mir wieder ein. Die Erinnerung kam nicht wie eine sanfte Welle, sondern eher wie ein fünfzehn Meter hoher Tsunami, der mich von den Füßen riss. Scheiße! Ich hatte ihn gestern Abend angerufen. Ich hatte im Suff mit dem Narkoleptischen Jon telefoniert. Dann erinnerte ich mich auch an mein Gespräch mit Esther. »Du solltest jemand anders anrufen«, hatte sie mir geraten. Und genau das hatte ich getan. Wann, das konnte ich nicht mehr so genau sagen, aber ich wusste noch, dass er nicht abgenommen hatte. Nun beschlich mich das ungute Gefühl, ich könnte ihm eine Sprachnachricht hinterlassen haben.

Jon stand neben mir und schlürfte selbstzufrieden seinen Kaffee.

»Nachdem du den Kaffee über mir ausgegossen hattest, dachte ich, dass du dich nicht mehr mit mir treffen willst.«

O mein Gott, was hatte ich ihm auf die Mailbox gesprochen?

»Da dachtest du richtig.«

»Ja«, sagte Jon. »Der Fairness halber sollte ich wohl erwähnen, dass du das gestern Abend auch noch mal betont hast – dass du niemals mit mir ausgehen würdest, weil ich der unhöflichste Mann bin, dem du je begegnet bist.«

Ich sah ihm direkt in die Augen und versuchte seine Wimpern zu zählen, um mich von dem Gefühl der Scham abzulenken, das mit jeder Sekunde größer wurde.

»Wie es scheint, habe ich eine ›absolut einmalige Gelegenheit‹ verschenkt, mit dir zusammen zu sein, Bella.«

Zu dem Zeitpunkt hatte ich keine andere Wahl mehr, als mich zu verkriechen. Ich zog mir den Kragen meines Pullovers vor das Gesicht, bis mein Kopf vollständig dahinter verschwunden war. Jon redete weiter.

»Deiner Sprachnachricht zufolge ist es ohnehin zu spät, meinen Fehler wieder auszubügeln, weil du nach San Francisco willst.«

Anscheinend hatte ich ihm sowohl mein Transportmittel als auch meine Abfahrtszeit verraten. Aber das konnte nur daran liegen, dass ich ein detailverliebter Mensch war – nicht daran, dass ich tatsächlich mit seinem Erscheinen rechnete.

»Das stimmt auch«, sagte ich durch meinen Pullover. »Ich fahre wirklich nach San Francisco.«

»Du hast auch gesagt, dass meine Narkolepsie keine Entschuldigung für schlechtes Benehmen ist und dass ich alle amerikanischen Männer und alle Narkoleptiker auf der Welt in ein schlechtes Licht gerückt habe.«

Der Narkoleptische Jon zog den Kragen meines Pullovers herunter und grinste mich an.

»Bagel?«, fragte er.

Er erklärte mir, dass er mir einen mit Erdnussbutter und Marmelade mitgebracht habe, weil es wichtig sei, dass ich mit echter amerikanischer Küche in Kontakt käme.

»Ich habe dir versprochen, mit dir auf ein Date zu gehen. Ursprünglich hatte ich dabei natürlich was anderes im Sinn – aber ein Date ist immer noch ein Date, stimmt's?«

Angesichts meiner gegenwärtigen Situation war ich geneigt, ihm zuzustimmen, und nickte. Meine dreiste Telefonaktion von letzter Nacht war mir immer noch peinlich. Wir suchten uns das romantischste Plätzchen, das wir finden konnten, und hockten uns auf meinen Koffer. Als ich mich setzte, zuckte ich heftig zusammen. Das verhieß nichts Gutes für die bevorstehende Reise.

Ein angenehmes Schweigen trat ein, während Jon und ich unsere Bagel aßen und den Kaffee schlürften.

»Ich bin kein Narkoleptiker, das ist dir schon klar, oder?«, brach er irgendwann das Schweigen, allerdings ohne mich anzusehen.

»Dafür schläfst du aber ziemlich viel«, gab ich zurück, biss noch einmal von meinem Bagel ab und sah ihn ebenfalls nicht an.

»Ich bin im Sicherheitsdienst tätig und habe die Nachtschicht.«

Das erklärte so einiges. Zum Beispiel, warum er, als wir uns in den frühen Morgenstunden in dem 24h-Café begegnet waren, eine Uniform getragen hatte. Er musste gerade von der Arbeit gekommen sein.

»Aber ich konnte nicht zulassen, dass du eine schlechte Meinung von allen amerikanischen Männern hast. Das wäre einfach nicht richtig.«

Er lächelte mich an und hob seinen Kaffeebecher.

»Auf Frühstücksdates?«

»Auf Frühstücksdates«, stimmte ich zu und stieß mit ihm an.

Ich war beeindruckt – nicht nur weil es Jon gelungen war, lange genug wach zu bleiben, um mich aufzuspüren, womit er beträchtliches Durchhaltevermögen bewies, sondern weil er endlich auch sein Versprechen eines Dates eingelöst hatte. Vielleicht hatte er damit nicht alle seine amerikanischen Geschlechtsgenossen reingewaschen, aber sich selbst auf jeden Fall.

Hab dich lieb.

Kuss, Bx

Ein Beweis dafür, wie sehr ich das Fliegen hasse: Ich bin bereit, mit dem Greyhound-Bus von New York City nach Madison, Wisconsin, zu fahren – eine Reise von 942 Meilen durch drei Bundesstaaten, inklusive Umsteigen, die voraussichtlich zweiundzwanzig Stunden und vierzig Minuten dauern wird. Und ich bin sogar froh darüber.

Wie vorhergesehen, hat meine frühe Ankunft zur Folge, dass ich mir meinen Sitzplatz im Bus aussuchen kann – und das ist keine Kleinigkeit, wenn man bedenkt, dass ich viel Zeit auf besagtem Sitzplatz verbringen werde. Ich entscheide mich für einen Fensterplatz auf der dem Gegenverkehr abgewandten Seite, um möglichst viel von der Landschaft zu sehen. Die Lage ist ideal: weder zu weit vorn, was darauf hindeuten würde, dass ich mich unterhalten will, noch so weit hinten, dass ich mich in der Gefahrenzone befände – in den zwielichtigen Tiefen des Busses, die vergleichbar sind mit den Brennpunktvierteln einer Stadt, in denen es vor finsteren Gestalten nur so wimmelt. Da hinten werden Passagiere im Schlaf abgestochen, ohne dass weiter vorn jemand etwas merkt, weil dort alle so angeregt plaudern. Meine kluge Sitzplatzwahl gibt mir das Gefühl, eine kluge, routinierte Reisende zu sein, die diesem Greyhound-Abenteuer mehr als gewachsen ist. Vom Komfort meines Sitzes aus schaue ich mich im allmählich voller werdenden Bus um. Ja, ich bin bereit für diesen Roadtrip. Das hier ist das echte Leben. So fühlt es sich an, lebendig zu sein. Das wird ein episches Abenteuer für meine Seele.

Als wir das Busterminal von New York City verlassen, schlafe ich tief und fest.

Aufgrund meiner Erschöpfung nach den aufregenden Tagen in New York, den orgasmischen Eskapaden der letzten Nacht und mit einem monumentalen Brummschädel verharre ich die nächsten acht Stunden lang in einem halbkomatösen Zustand. Ich verschlafe sogar unsere erste Pause in Milesburg, Pennsylvania. Zwar spüre ich das Getümmel um mich herum, bringe aber nicht die Energie auf, vollständig zu erwachen. Stattdessen versinke ich wieder in meinem Stupor. Meine Mitreisenden glauben vermutlich, dass ich Crystal Meth oder irgendeine andere Droge genommen habe, jedenfalls lassen sie mich in Ruhe. Ich bin ihnen dankbar dafür.

Wenn man eine lange Busreise macht, geschieht etwas Eigenartiges, wenigstens ist es bei mir so. Man gerät in einen seltsamen, beinahe außerkörperlichen Zustand, halb wachend, halb schlafend. Eine Art Nebel. Man nimmt wahr, dass gewisse Dinge um einen herum passieren, dass der Bus anhält, Passagiere aus- und einsteigen, dass der Fahrer Durchsagen macht. Man registriert die üblichen Verrückten, einschließlich der sinnlosen Monologe des Betrunkenen vier Reihen hinter einem, aber all das kommt einem gar nicht wirklich vor, sondern eher wie ein Traum. Man döst immer wieder ein, sodass die Grenzen zwischen echten Träumen und traumartiger Wirklichkeit zunehmend verschwimmen. Stunde um Stunde vergeht in diesem Zustand. In meinem Fall sind es acht Stunden. Selbst nachdem ich längst ausgeschlafen habe, könnte ich die gesamte Fahrt über in dieser unscharfen, verschwommenen Welt verbringen. Vielleicht liegt es daran, dass mein Geist und mein Körper sich verschworen haben, weil sie wissen, dass ich diese gut zweiundzwanzigstündige Busfahrt nur dann überstehen kann, wenn ich das System mehr oder weniger vollständig herunterfahre und in diesem anderen Daseinszustand verharre. Es ist, als würde mein Körper eine bestimmte Chemikalie ausschütten, die ausschließlich langen Reisen mit dem Greyhound-Bus vorbehalten ist.

In Cleveland, Ohio, halten wir erneut, und diesmal beschließe ich auszusteigen. Ich muss mir dringend die Beine vertreten. Ich tue das, was man in solchen Pausen eben tut, zum Beispiel aufs Raststättenklo gehen, von dem man annehmen möchte, dass es ein wenig komfortabler wäre als die überlastete Chemietoilette im Bus, in die man fast hineinfällt, wann immer der Bus über eine Bodenwelle fährt. Am Ende hält man notgedrungen so lange ein, bis man die Gelegenheit hat, im Busdepot das WC aufzusuchen – nur um dann festzustellen, dass es dort noch viel schlimmer ist. Obdachlose campieren im Vorraum. Gebrauchte Spritzen, benutztes Toilettenpapier und andere unaussprechliche Dinge liegen verstreut am Boden. Soweit es geht, meidet man den Kontakt mit Oberflächen. Das ist nicht die Art von Abenteuer, nach der sich meine Seele gesehnt hat.

Kaum dass ich wieder eingestiegen bin, folgt ein weiterer unangenehmer Anschlag auf meine Sinne. Beim Aussteigen kam mir der Bus wie ein warmer, gemütlicher Kokon vor, aber jetzt habe ich das Gefühl, als würde ich mein Gesicht in eine Achselhöhle drücken. Und nur um eins klarzustellen: Diese Achselhöhle ist in keiner Weise mit Henrys Schlupfwinkel vergleichbar; sie ist nicht mal um drei Ecken mit Henrys Schlupfwinkel verwandt. Der Geruch von menschlichen Ausdünstungen und Pringles mit Zwiebeln und Sour Cream hängt schwer in der Luft.

Als endlich wieder alle Platz genommen haben, geht es weiter. Wir befinden uns mitten im Nirgendwo, und das schon seit geraumer Zeit. Nirgendwo scheint der mit Abstand größte Ort der Vereinigten Staaten zu sein – ihr Hauptbestandteil sozusagen. Wahrscheinlich befinden wir uns auch gar nicht *mitten* im Nirgendwo, sondern ganz am Rand und haben noch jede Menge Nirgendwo vor uns. Ich schaue aus dem Fenster und sehe riesige Felder und schneebedeckte Leere vorüberziehen. Diese Leere erstreckt sich, so weit das Auge reicht. Es ist so einsam da draußen, dass man den Eindruck hat, es gäbe außerhalb des stinkenden Kokons unseres Busses gar keine Zivilisation. Ich komme mir klein vor und bin seltsam fasziniert von der kargen Landschaft jenseits meines Fensters.

Ich blicke hinaus in die weite Landschaft, lausche den poetischen Texten von Justin Bieber, der mir rät, mich selbst zu lieben, und denke viel nach. Ich denke über meine Zeit in New York nach und über alles, was ich in den letzten fünf Tagen dort erlebt habe. Ich denke an Esther und Matt und daran, wie traurig mich ihre verfahrene Situation macht. Ich frage mich, ob Matt seine Frau wirklich verlassen wird, so wie er es versprochen hat, und ob Esther mit ihm die Zukunft haben wird, die sie sich so sehr wünscht. Dann frage ich mich: Könnte es sein, dass sie sich diese Zukunft vor allem deshalb wünscht, weil sie sie nicht haben kann? Wenn Matt sich von seiner Frau trennt und eine Zukunft mit ihm von der Fantasie zur Realität wird, wird sie sie dann immer noch wollen? Weil ich darüber nicht nachdenken kann, ohne schlechte Laune zu bekommen, wende ich mich lieber Reuben, der letzten Nacht und meinem Zustand sexueller Ignoranz zu, in dem ich bis jetzt gelebt habe. Ich lasse mir jeden köstlichen Moment noch einmal durch den Kopf gehen, bis meine Gedanken selbst für einen Greyhound-Bus zu unanständig werden und ich mich zwingen muss, an etwas weniger Schlüpfriges zu denken. Meine Wahl fällt auf den Narkoleptischen Jon und unser Date heute Morgen, was mir augenblicklich ein Lächeln ins Gesicht zaubert. Und natürlich denke ich auch an MJ. Ich denke ständig an MJ. Ich kann gar nicht anders, als an MJ zu denken. Meine Gedanken driften ganz von selbst in seine Richtung. Immer wieder ertappe ich mich dabei, wie ich davon fantasiere, dass aus MJ und mir mehr werden könnte. Solchen Fantasien hätte ich mich bis zum Ende unseres letzten Dates noch bereitwillig hingegeben, aber seitdem versuche ich meine Gedanken mit Gewalt in eine andere Richtung zu lenken. Es ist einfach zu verwirrend. Ich weiß, dass MJ mich mag. Es kann gar nicht anders sein. Ich weiß es, weil meine Gefühle für ihn überhaupt nur deshalb so intensiv werden konnten, weil er sie gespiegelt hat. Deshalb hat sich alles so gut angefühlt: Wir haben uns gegenseitig verstärkt. Das ist die einzig plausible Erklärung. Deshalb hat der Bürgermeister von New York City es auch für nötig befunden, unseren Kuss mit einem Feuerwerk zu zelebrieren. An der Stelle muss ich erneut einschreiten und meine Gedanken umleiten. Sie reagieren prompt und wenden sich etwas gänzlich anderem zu – meinem Bauch.

Auf einmal wird mir bewusst, dass das unangenehme Gefühl verschwunden ist. Wie und wann ist das passiert?

Ich sollte vielleicht erklären, dass ich in London große Probleme mit dem Magen hatte, vor allem in der Woche unmittelbar vor meiner Abreise. Es war noch nie so schlimm gewesen. Die Symptome glichen denen eines chronischen Reizdarmsyndroms, der einzige Unterschied war, dass sie bei mir nicht durchs Essen ausgelöst wurden, sondern durch Social Media, obwohl mir der Zusammenhang erst jetzt in diesem Moment bewusst wird.

Je mehr Zeit ich in den sozialen Netzwerken verbrachte, desto schlimmer wurde es. Ich vertrug nicht mehr, was ich zuvor hemmungslos geschlemmt hatte – die kleinste Benachrichtigung, das winzigste Update, und sofort ging es mir schlecht. Ich war aufgebläht vor Angst, und in meinen Eingeweiden wütete ein beständiger dumpfer Schmerz. Dabei konnte ich nicht einmal steuern, was ich konsumierte. Mein Appetit war so groß, dass ich wahllos alles in mich hineinstopfte, ohne darüber nachzudenken, welche Giftstoffe ich meinem Körper zuführte und welchen Schaden ich damit anrichtete. Ich war so unersättlich, dass ich krank wurde davon.

Die Tatsache, dass ich seit meiner Ankunft in den USA keinen einzigen Gedanken an meinen Magen verschwendet habe, ist bemerkenswert. Ein Durchbruch, wenn man so will. Wie es scheint, hat mich meine Social-Media-Detox-Kur von allen Verdauungsproblemen geheilt. Ich fühle mich gesünder und so leicht wie lange nicht mehr – nicht nur weil ich wieder zu einer Art Nomadin geworden bin, frei wie die Landschaft um mich herum, sondern weil ich die digitalen Ketten gesprengt habe, die mich zu ersticken drohten. Sie sind einfach weg. Sie haben sich in Wohlgefallen aufgelöst, ohne dass ich es überhaupt bemerkt hätte. Und jetzt empfinde ich in erster Linie ... Erleichterung!

Ja.

Riesengroße Erleichterung.

Erleichterung, dass ich endlich meine Ruhe habe. Erleichterung, dass ich nicht länger mit Updates über das Leben anderer Leute zugeschüttet werde. Erleichterung, aus meiner zwanghaften Beziehung zu den sozialen Medien ausgebrochen zu sein. Erleichterung, weil ich endlich nicht mehr das Gefühl habe, beliebt sein, gemocht werden, mich anderen beweisen und permanent den Wert meiner eigenen Existenz demonstrieren zu müssen. Und vor allem: Erleichterung, dass ich nicht länger irgendwelche großartigen Momente fabrizieren muss, damit mein Leben besser erscheint, als es in Wahrheit ist. Erleichterung, nicht mehr die Kuratorin scheinbar vollkommener Erlebnisse sein zu müssen, nur um der Welt zu zeigen, wie gut es mir geht. Erleichterung, dass ich – wenngleich nur für dreißig Tage – einfach mit all dem Scheiß aufhören kann.

Ich spüre, wie mein ganzer Körper locker wird und die Anspannung von mir abfällt. Ich kann wieder atmen. Selbst wenn es abgestandene Zwiebel-und-Sour-Cream-Luft ist – ich kann wieder atmen!

»Reden Sie mit mir?«, fragt der Mann neben mir.

»Oh, Entschuldigung, nein«, sage ich. »Ich habe bloß nachgedacht.« Und offenbar ziemlich geräuschvoll geatmet.

»Hmpf«, grunzt er.

Vorher saß eine Frau neben mir, aber es hat zwischenzeitlich einen Passagierwechsel gegeben. Während dieser Fahrt habe ich mich zu einer Art fahrendem Forrest Gump entwickelt. So wie er auf seiner Bank saß und Ewigkeiten lang auf den Bus wartete, sitze ich hier und warte darauf, dass ich ans Ziel komme. Und genau wie bei Forrest taucht auch bei mir immer wieder jemand Neues auf und nimmt neben mir Platz. Manchmal unterhalten wir uns, manchmal nicht, aber irgendwie geht die Zeit vorbei, bis wir irgendwann Chicago erreichen, wo ich in einen anderen Bus umsteigen muss.

Im neuen Bus bin ich wieder schläfrig und suche mir einen Platz neben einer freundlich aussehenden Dame mit rundlichem Gesicht und Brille. Sie hat eine Dauerwelle, die eigentlich in die Achtzigerjahre gehört, und ist mir auf den ersten Blick sympathisch, aber weil ich keine Lust habe, mich zu unterhalten, mache ich erst mal die Augen zu, um ein bisschen zu schlafen.

»Pfirsich, meine Liebe?«

Oje, eine Plaudertasche. Noch dazu eine, die gerne teilt. Die schlimmste Art von Reisegefährtin.

»Fahren Sie weit?«, erkundigt sie sich in einem weichen Dialekt, der sehr angenehm klingt.

»Nach Madison«, sage ich.

»Ach, schau mal einer an«, sagt sie lebhaft. »Da will ich auch hin. Ich habe Familie dort. Es wird Ihnen gefallen, Madison ist wunderschön. Ich heiße Barbara.« Sie streckt mir die Hand hin. »Aber Sie können mich Barbie nennen.«

Ich glaube, das möchte ich lieber nicht tun.

»Hi, Barbie«, sage ich zögerlich und komme mir ziemlich albern vor. »Ich bin Bella.«

»Na, wenn das nicht ein hübscher Name ist.« Sie nimmt sich kaum Zeit zum Luftholen. »Einen Kräcker?«, fragt sie und legt mir eine halb leere Schachtel in den Schoß.

Es dauert nicht lange, bis Barbie und ich unseren Proviant zusammengelegt haben. Als da wären: eine Packung Reese's Peanut Butter Cups, eine Handvoll Hershey's Kisses, ein paar Müsliriegel und den Pfirsich, durch den wir überhaupt erst miteinander ins Gespräch gekommen sind.

Es ist ein wahres Festmahl. Während der nächsten drei Stunden wird Barbie zu einer Art Ersatzmutter für mich. Wir reden über alles Mögliche, und ich stelle fest, dass ich keine Scheu habe, ihr vieles anzuvertrauen. Natürlich erwähne ich dabei auch meine dreißigtägige Dating-Mission.

»Na, das ist ja famos«, sagt Barbie begeistert. »Einfach famos.«

Sie findet den Plan wundervoll.

»Und Sie glauben, dass Sie innerhalb von dreißig Tagen finden können, wonach Sie suchen, Herzchen?«, will sie wissen.

»Ich hoffe es, Barbie. Ich würde eine sehr schlechte Nonne abgeben.«

»Ach, wie goldig«, ruft sie entzückt, wird aber gleich darauf wieder ernst. »Aber denken Sie wirklich, dass Sie ihn finden werden, Herzchen? Den Einen?«

»Ich weiß nur, dass ich es versuchen muss.«

»Sehr gut«, sagt sie, zufrieden mit meiner Antwort. »Aber denken Sie daran, Herzchen: Manchmal geht es nicht darum, den Hauptpreis zu gewinnen. Manchmal geht es darum, überhaupt an der Verlosung teilzunehmen.«

Ich bin mir nicht ganz sicher, ob ich verstehe, was Barbie damit meint, aber ich habe keine Zeit, sie um eine Erklärung zu bitten, denn sie tätschelt mir das Knie und sagt ...

»Vergessen Sie nur nicht, immer genügend Kondome einzustecken. Herzchen.«

Ich verschlucke mich fast an meinem Pfirsich.

»Schließlich möchten Sie am Ende nicht als Nonne mit Alkoholproblem und unehelichem Kind dastehen. Für solche neumodischen Sachen ist die Kirche nicht zu haben.«

Schon verstanden, Barbie.

Als unsere gemeinsame Reise sich dem Ende zuneigt und Madison in Sicht kommt, teilt Barbie mir mit, dass sie etwas zu meiner Mission beitragen will. Dann langt sie in ihre Tasche, holt ihr Handy hervor und wählt eine Nummer.

»Mein Neffe Tyrone«, wispert sie verschwörerisch, während sie wartet, dass am anderen Ende jemand abnimmt.

»Da bist du ja! Wieso hat das so lange gedauert?«, legt sie sofort los. »Was hast du heute Abend vor?« Sie wartet kurz. Ich vermute, Tyrone versucht gerade fieberhaft, sich einen plausiblen, wenngleich erlogenen Plan für seine Abendgestaltung aus den Fingern zu saugen.

»Wenn das so ist, hast du heute ein Date mit einer sehr netten Bekannten von mir.«

Wieder greift Barbie mir aufgeregt ans Knie.

»Nein, sie ist nicht in meinem Alter, du Frechdachs«, schimpft sie ihren Neffen. »Sie ist so alt wie du. Und sie ist ganz reizend. Du wirst deiner Tante Barbie noch dankbar sein.«

Dann beendet sie die Verbindung.

»So, das wäre erledigt«, sagt sie und sieht mich glücklich an, ehe sie mir noch ein letztes Wort der Warnung mit auf den Weg gibt.

»Herzchen, ich glaube nicht, dass er der Eine für Sie ist, aber er kann im Restaurant die Rechnung bezahlen. Darin ist er richtig gut.«

Und dann sind wir in Madison.

Acht

Tage bis zum Dreißigsten: 24
Date Nr. 7
Name: Tyrone
Ort: die Gettos von Madison
Ursprung: Barbie

Liebe Esther,
vertraue nie einer Frau, der du in einem Greyhound-Bus begegnet bist. Schon gar nicht, wenn sie eine Dauerwelle hat und Barbie heißt. Und was auch immer du tust, lass dich auf keinen Fall von so einer Frau mit ihrem Neffen Tyrone verkuppeln.

Tyrone war mein siebtes Date. Er hielt sich für einen Schwarzen, war aber keiner. Er war weiß. Sogar sehr weiß. Er war dermaßen blass, dass seine Haut fast durchsichtig wirkte. Trotzdem schien er sich einzubilden, er sei 50 Cent, denn er trat – mehr schlecht als recht, muss ich hinzufügen – wie ein Gangsterrapper auf. Er trug eine Ansammlung von Ketten mit überdimensionierten goldenen Anhängern auf der Brust, und sein Hals wurde fast vollständig von seinen Schultern verschluckt, die er während des gesamten Dates bis zu den Ohren hochgezogen hatte. Vielleicht vermochte sein Nacken dem Gewicht des vielen Modeschmucks nicht standzuhalten, oder aber es handelte sich um eine spezielle

Gangster-Pose. Vermutlich Letzteres, denn jedes Mal, wenn er aus dieser Position heraus die Arme bewegte, indem er die Schultergelenke nach innen rotierte, sah es so aus, als wolle er sich gleich mit Kanye West prügeln. Die knallharte Gangster-Attitüde quoll ihm aus jeder Pore, oder vielmehr: Sie *wäre* ihm aus jeder Pore gequollen, wenn er nicht ein dürrer, bleicher, kränklich aussehender junger Mann im Jogginganzug gewesen wäre, der zu viele Musikvideos auf MTV geschaut und zu tief in die Verkleidungskiste gegriffen hatte. Dabei war die Kostümierung noch nicht mal der schlimmste Auswuchs seiner Identitätskrise. Wirklich übel waren seine Art zu sprechen und seine dürftigen Kenntnisse der englischen Sprache. Tyrone bestand darauf, mich als »Bitch« oder »Boo« zu bezeichnen. Das allein wäre schon unangenehm genug gewesen. Doch leider nannte er mich nicht einfach »meine Bitch« wie ein ganz normaler Mensch – wobei ein normaler Mensch sein Date vermutlich *nicht* »meine Bitch« nennen und gleich beim ersten Treffen Besitzansprüche anmelden würde. Wie dem auch sei, Tyrone fügte jedenfalls immer noch eine extra Silbe ein, sodass »Bitch« bei ihm wie »Bee-atch« klang. Nach meinem Empfinden ist das kein adäquater Kosename für eine Frau.

»Lass uns was essen, Bee-atch.«

»Tyrone, ich bin nicht deine Bee-atch. Ich gehöre dir nicht, verstehst du das?«, sagte ich so freundlich wie möglich, aus Angst, er könne sonst eine Waffe ziehen.

»Easy, Boo«, versuchte er mich zu beruhigen. Es klang wie eine Mischung aus Rap und Karaoke.

»Du kannst mich gerne Bella nennen, Tyrone«, versuchte ich es erneut, so als spräche ich mit einem Kleinkind. »Wie wäre es damit?«

»Was ist meine kleine Bee-atch so verklemmt?«, entgegnete

er. Seine Stimme hob und senkte sich, als würde er Gesangsübungen machen.

»Essen wir einfach«, lenkte ich die Unterhaltung wieder auf das ursprüngliche Thema zurück.

Wir saßen in einer Pizzeria in einem Getto von Madison. Zum Glück hatten Madison und Tyrone eins gemeinsam, nämlich dass sie beide ziemlich harmlos waren, und ohne Tyrones komische Gangster-Nummer wäre alles sehr nett und zivilisiert gewesen. Tyrone hatte darauf bestanden, dass wir uns eine der fünfzig Zentimeter großen Pizzen teilten, obwohl sich bereits in den ersten fünf Minuten während einer Diskussion über die Speisekarte herauskristallisiert hatte, dass wir nicht über denselben Pizzageschmack verfügten. Das war keine große Überraschung, denn wir verfügten generell nicht über denselben Geschmack. Doch statt ihm zu sagen, dass ich es vorzog, meine eigene Pizza zu bestellen, hatte ich nachgegeben. Das passte gut zu meiner neuen Rolle als seine »Bee-atch«. Keine Ahnung, warum ich das gemacht hatte.

Während ich mich beim Essen höflich und gesittet auf meinen Anteil der Pizza beschränkte, fiel er gierig über das gesamte Ding her. Der zerlaufene Käse, den er im Mund hatte, hing mit dem anderen Ende noch an der Pizza – an *meiner* Hälfte der Pizza. Es war ein Übelkeit erregender Anblick. Zu allem Überfluss lehnte er sich irgendwann auch noch über den Tisch und gab mir mit seinen nassen, von Tomatensauce verschmierten Lippen einen Schmatzer mitten auf den Mund. Dann begann er mir regelrecht das Gesicht abzuschlecken, als hätte er mich mit seinem Pizzastück verwechselt. Von persönlichen Grenzen hielt er offenbar nicht viel. Ich war so erschrocken, dass ich nach Luft schnappte, oder vielleicht wollte ich auch gegen seinen Überraschungsangriff protestieren, jedenfalls beging ich einen fatalen Fehler: Ich öffnete den Mund.

Mehr Ermutigung brauchte Tyrone nicht.

Seine unnatürlich lange Zunge schlängelte sich in meinen Mund. Zu meinem Leidwesen klebte noch jede Menge halb zerkauter Pizza Quattro Formaggi daran – eine Pizza, die ich nicht mal mochte! Es war der obszönste, ekelhafteste Kuss – wenn man es überhaupt als solchen bezeichnen kann –, den ich jemals bekommen hatte. Gott sei Dank war der Spuk genauso schnell wieder vorbei, wie er angefangen hatte, und Tyrone widmete sich wieder dem Essen, als wäre nichts passiert.

»So, Isabella, dann erzähl doch mal 'n bisschen was von dir.«

»Einfach nur Bella«, sagte ich. Nicht mehr lange, und ich würde auch meinen inneren Gangster rausholen.

»Bella – is' das oder is' das jetzt nich' 'ne Abkürzung von ›Isabella‹? Stimmt's oder was?«

Hä? Das ergab überhaupt keinen Sinn!

»In meinem Fall nicht. Ich heiße einfach nur Bella.«

»Nur Bell-A?«, fragte er, wobei er das a aus unerfindlichen Gründen in die Länge zog. Daraus konnte ich ihm allerdings keinen Vorwurf machen. Das mit dem a war eine knifflige Angelegenheit, wie ich aus eigener leidvoller Erfahrung wusste. Selbst routinierten Profis konnte es passieren, dass sie es an die falsche Stelle setzten oder nicht korrekt aussprachen.

»Schade, Mann«, meinte er. Jetzt klang er auf einmal wie ein Jamaikaner.

Du heißt Tyrone!, wollte ich ihn anschreien. *Und du bist weiß!* Stattdessen aß ich einfach weiter meine Pizza und ärgerte mich über mich selbst, weil ich nicht entschiedener auftrat.

»Ach, Boo, jetzt sei doch nich' traurig, nur weil du deinen Namen nich' magst«, säuselte er. »Komm her, meine kleine Boo.«

Abermals beugte er sich über den Tisch, um mich zu küssen, und diesmal hatte er seine trojanische Zunge bereits ausgestreckt. Sie steuerte geradewegs auf mein Gesicht zu. Wie in Zeitlupe, aber dennoch unaufhaltsam kam sie näher und näher. Ich drehte, ebenfalls im Zeitlupentempo, den Kopf zur Seite. Das Timing hätte katastrophaler nicht sein können, denn mein Ausweichmanöver hatte zur Folge, dass Tyrones Zunge meinen Mund komplett verfehlte und stattdessen auf meiner Wange landete, ehe sie von dort abrutschte und irgendwo mitten in der Luft hängen blieb.

In dem Moment beschleunigte sich die Zeit wieder auf ihr normales Tempo.

»Was los, Bee-atch?«, fragte Tyrone. »Ah, jetzt check ich's. So eine bist du also.«

Ich hätte Google Translate gebraucht, um zu verstehen, was er da von sich gab.

»Du bist eins von diesen Weibern, die ihre Typen nich' ranlassen«, sagte er. Dann streckte er, indem er die Schultern nach innen klappte, beide Arme aus und drehte die Handflächen nach oben, als würde er mit zwanzig Bällen gleichzeitig jonglieren.

Mir reichte es.

»Tyrone, Bee-atch, dieses Date ist zu Ende«, verkündete ich würdevoll.

Das schien ihm gar nicht zu gefallen, und zum zweiten Mal an diesem Abend fürchtete ich, er könne seine Spielzeugpistole ziehen. Stattdessen warf er sich wortlos seine Bomberjacke über und stapfte in Richtung Ausgang. Dort drehte er sich noch einmal zu mir um.

»Du bist 'ne echte Bee-atch, Bell-A, aber du bist nich' *meine* Bee-atch.«

Dann war er weg. Und entgegen Barbies Beteuerungen hatte er nicht mal die Rechnung bezahlt. Was das anging, hatte sie sich geirrt. Goldrichtig lag sie allerdings mit ihrer Einschätzung, dass Tyrone nicht der Eine für mich war.

Die Moral von der Geschicht': Trau keinem blassen Jüngling,

der einen auf Gangster macht. Und trau *niemals* einer Frau mit Dauerwelle.

Hab dich lieb.

Kuss, Bx

Am nächsten Morgen werde ich von zwei kreischenden Kindern geweckt, die einen Kopfsprung in mein Bett machen. Es sind Mabel und Betsy-Boo, fünf beziehungsweise drei Jahre alt, die Töchter von Chloe und Johan. Die beiden sind zuckersüß, stehen aber permanent unter Strom. Als ich einen Blick auf meine Uhr werfe, stelle ich fest, dass es erst halb sechs ist. Das wird ein langer Tag. Wir spielen Verstecken unter der Bettdecke, was die beiden ungefähr drei Minuten lang bei Laune hält. Dann beschließen sie, mir Zöpfe zu flechten. Während sie sich eifrig an meinen Haaren zu schaffen machen, beschleicht mich das ungute Gefühl, dass ich am Ende mit riesigen Dreadlocks dastehen werde, die sich nur mit Hilfe einer Schere entfernen lassen. Über ihr helles Kichern hinweg höre ich ihren Vater Johan die Treppe hinaufkommen. Seine Schritte klingen müde.

Damals in meiner ersten Zeit an der Uni blieben Esther und ich nicht lange unter uns. Johan schloss sich uns an, und aus unserem Zweiergespann wurde die Keimzelle eines echten Freundeskreises. Er war gebürtiger Schwede und fühlte sich in San Francisco genauso verloren wie wir. Danach sammelten wir rasch weitere Außenseiter auf. Wir schienen einander anzuziehen wie umherschwebende Teilchen, die einen Platz zum Landen suchten. Irgendwann landeten wir alle aufeinander – und zwar in mehr als einer Hinsicht, wie sich im Laufe der Jahre zeigen würde. Ich kann nicht genau sagen, ob es daran lag, dass wir alle aus verschiedenen Ecken des Landes kamen – oder sogar der Welt, wenn man Johan und mich mitzählte –, aber wir wurden schnell Freunde.

Rückblickend betrachtet, war uns womöglich jeder Vorwand recht, um eine Gruppe zu bilden. Wir waren wie verängstigte kleine Kaninchen im gleißenden Scheinwerferlicht unserer ersten großen Begegnung mit dem wahren Leben und brauchten einen sicheren Ort, an dem wir neue Facetten unserer Identität erproben konnten. Vielleicht bot ein solcher Freundeskreis auch einfach nur eine besonders effektive Möglichkeit zur Partnersuche – das kommt mir im Nachhinein am wahrscheinlichsten vor. Doch ganz egal, aus welchem Grund wir ursprünglich zueinanderfanden, wir sind uns über das Studium hinaus treu geblieben.

Eines Morgens in jener ersten Zeit stand ich in der Mensa und wartete darauf, dass die Waffeln fertig wurden. Waffeln waren für mich eine uramerikanische Delikatesse, und aus Respekt vor meiner neuen Heimat aß ich sie jeden Tag zum Frühstück – jedenfalls so lange, bis ich irgendwann feststellte, dass ich dadurch fünf Kilo zugenommen hatte. Johan, der sich ebenfalls von ihrer Köstlichkeit hatte verführen lassen, wartete ungeduldig neben mir. Wir kamen miteinander ins Gespräch – es ging um Waffeln, wenn mich nicht alles täuscht – und setzten die Unterhaltung während des Frühstücks fort. Ab da trafen wir uns jeden Morgen, auch wenn ich nach einer Weile zu Obstsalat wechselte, um die angefutterten Kilos wieder loszuwerden. Begeistert von meinem nordischen Bekannten, stellte ich ihn Esther vor, und kurz darauf waren wir ganz offiziell zu dritt.

Johan war extrem gut aussehend – ein klassisch skandinavischer Typ. Ehrlich gesagt, war das der Hauptgrund, weshalb Esther und ich ihn so bereitwillig in unserer Mitte willkommen hießen. Zu Anfang waren wir beide massiv in ihn verknallt – was sich allerdings legte, sobald der übermäßige Waffelkonsum auch bei ihm dazu führte, dass er Speck ansetzte. Nachdem er wieder erschlankt war, hatten sich meine romantischen Gefühle gelegt, und ich sah in ihm nur noch einen guten Freund.

Esther war einen anderen, praxisorientierteren Weg gegangen. Sie hatte beschlossen, ihren Gefühlen nachzugeben, und war noch am Tag des Kennenlernens mit Johan ins Bett gegangen. Die beiden hatten eine Romanze, die, wenn mich nicht alles täuscht, ungefähr achtundvierzig Stunden andauerte. Danach einigten sie sich darauf, Freunde zu bleiben, und zu dritt stürzten wir uns Hals über Kopf ins Studentenleben. Allen voran Johan. Groß, blond und attraktiv, wie er war, hatte er bei seinen Kommilitoninnen leichtes Spiel. Und er ließ nichts anbrennen – bis zum Beginn des dritten Semesters, als er uns Chloe vorstellte. Von diesem Augenblick an war er wie verwandelt. Oder vielleicht auch nicht. Vielleicht war nach dem ersten ausgelassenen Jahr auch endlich der wahre, monogame Johan zum Vorschein gekommen, der heiraten und eine Familie gründen wollte. Genau das tat er auch wenig später. Nach ihrem Abschluss zogen die beiden nach Madison, um in der Nähe von Chloes Eltern zu leben. Sie verlobten sich, feierten Hochzeit und machten sich schon ziemlich bald daran, Kinder in die Welt zu setzen.

»Mädels, ihr könnt unseren Gast doch nicht um halb sechs Uhr morgens aus dem Bett werfen«, tadelt Johan seine beiden Töchter – was diese natürlich nicht im Geringsten kratzt. »Sorry, Bells«, entschuldigt er sich bei mir.

»Ich war sowieso nicht mehr müde.« Ich schenke ihm ein mitfühlendes Lächeln. Wir haben uns vor dreieinhalb Jahren zuletzt gesehen, und er sieht so aus, als hätte er seitdem kein Auge zugemacht.

Ehrlich gesagt, bin ich ganz froh über den frühen Start – so habe ich wenigstens noch Zeit, mich ein bisschen mit ihm zu unterhalten, bevor ich mich später mit Chloe zum zweiten Frühstück treffe.

Johan pflückt Betsy-Boo und Mabel vom Bett, trägt sie nach unten, setzt die beiden auf die Couch und drückt ihnen ein iPad in die Hand, auf dem *Peppa Wutz* läuft. Er versichert mir hastig, dass er so etwas normalerweise nicht erlaubt, weil Chloe und er der Ansicht sind, dass es ein Zeichen elterlicher Faulheit ist. Aber heute muss er eine Ausnahme machen, denn leider, so meint er, sei es die einzige Möglichkeit, wie wir Erwachsenen halbwegs ungestört einen Satz zu Ende bringen, geschweige denn ein Gespräch führen können.

»Außerdem muss ich Waffeln backen«, sagt er und grinst mich an, als wären wir wieder neunzehn.

Leider geht sein Plan nicht auf, denn sobald die Mädchen das Wort »Waffeln« hören, versetzt sie das in einen derartigen Erregungstaumel, dass eine von ihnen mit dem Kopf gegen die Wand läuft. Da kann nicht mal *Peppa Wutz* noch helfen. Johan hatte recht: Es ist absolut unmöglich, einen Satz zu Ende zu bringen.

Ich bin früh dran, als ich das Café erreiche, das Chloe mir als Treffpunkt für unser Frühstück vorgeschlagen hat. Es ist ein hübsches, gemütliches Lokal, und es strahlt eine typisch amerikanische Heimeligkeit aus, die den Charakter der Stadt Madison perfekt widerspiegelt.

Ich schaue mich um und stelle fest, dass Chloe noch nicht da ist. Sie wollte direkt von ihrer Nachtschicht im Krankenhaus herkommen, wo sie als Hebamme arbeitet. Ich beschließe, draußen auf sie zu warten. Über mir wölbt sich ein strahlend blauer Winterhimmel, und in der Nacht ist frischer Schnee gefallen, der alles ganz sauber und klar erscheinen lässt und in der Morgensonne funkelt. In den von Bäumen gesäumten Straßen herrscht bereits reges Treiben. Die Einwohner von Madison gehen ihren morgendlichen Unternehmungen nach. Sie führen Hunde aus, verkaufen Zeitungen, trinken Kaffee oder säubern ihre Autos vom Schnee. Alle sind warm angezogen mit Schals und Mützen, und ihr Atem hängt als weiße Wolken in der Luft. Alles ist so beschaulich und friedlich hier. Jeder Winkel dieser kleinen Stadt scheint von einer süßen Nostalgie beseelt, der sich niemand entziehen kann – auch ich nicht.

»Du siehst glücklich aus«, sagt Chloe, die sich unbemerkt zu mir gesellt hat.

»Guten Morgen«, sage ich und nehme sie fest in die Arme. Obwohl ich wir uns erst gestern gesehen haben, als sie kam, um mich vom Busbahnhof abzuholen, freue ich mich riesig, mich mit ihr hier im Zentrum von Madison zum Frühstück zu treffen, als wäre es das Alltäglichste der Welt.

»O Gott, bist du gut gelaunt«, stöhnt sie.

Sie selbst sieht völlig gerädert aus.

»Ich brauche Kaffee! Bitte, jemand muss mir einen Kaffee geben!«, bettelt sie, ehe sie mich beim Arm nimmt und ins Café zieht. Wir suchen uns einen Fensterplatz, legen diverse Kleidungsschichten ab und setzen uns. Na ja, Chloe fällt eher, als dass sie sich setzt, und kaum dass ihr Hintern den Stuhl berührt hat, sackt sie in sich zusammen, als wäre sie ihrer letzten Kräfte beraubt.

»Mann, bin ich erledigt«, seufzt sie und bestätigt damit meine anfängliche Vermutung.

»Sieht man dir aber gar nicht an«, entgegne ich aufmunternd, womit ich wiederum Chloes Vermutung bestätige, dass ich gute Laune habe. »Du siehst toll aus.«

Wir wissen beide, dass das eine Lüge ist. Sie sieht aus wie der wandelnde Tod.

Da ich die Dringlichkeit der Situation erfasst habe, lenke ich die Aufmerksamkeit einer vorbeieilenden Kellnerin auf mich und bitte darum, dass sie meiner Freundin eine Dosis Koffein verabreicht. Vorzugsweise intravenös.

»Okay, Bells«, sagt Chloe und mobilisiert ihre letzten Reserven, um direkt zum Punkt zu kommen. »Erzähl mir alles. Lass nichts aus. Ich will jedes Detail wissen.«

Sie hat mich gestern bereits vorgewarnt, dass sie bei unserem Treffen höchstwahrscheinlich hundemüde sein würde und daher nicht versprechen könne, eine anregende Gesprächspartnerin abzugeben. Sie hat mir allerdings auch versichert, dass es zu jedem anderen Zeitpunkt des Tages noch ungleich schlimmer sei, weil schreiende Kinder ihre Aufmerksamkeitsspanne auf die eines toten Tintenfischs reduzierten.

»Stell dir einfach vor, du sitzt in einem deiner Powermeetings, und wir müssen in dreißig Minuten nach Hause«, sagt sie. Dann schaut sie auf die Uhr. »Los!«

In Wahrheit hat Chloe keine Ahnung von meiner Arbeit. Sie assoziiert jeden Job in der Großstadt – überhaupt jeden Bürojob – mit der Idee von »Powermeetings«. Tatsächlich habe ich noch nie in meinem ganzen Leben in einem Powermeeting gesessen. Wenn man unter »Powermeeting« ein besonders kurzes und produktives Meeting versteht, dann kann ich dazu nur sagen: So etwas gibt es in Kreativagenturen nicht. Die einzigen Meetings, die ich kenne, werden von Wichtigtuern mit aufgeblähten Egos geleitet und arten meistens schnell in Wettkämpfe darüber aus, wer die bahnbrechendste und originellste Idee vorzuweisen hat; darauf folgt dann meistens eine total chaotische Brainstorming-Session, und man hat Glück, wenn man vor Sonnenuntergang zu Hause ist. Andererseits hat mich diese Erfahrung gelehrt, das Beste daraus zu machen, wenn mir jemand das Wort erteilt, deshalb brauche ich nur eine Viertelstunde, um Chloe die Höhen und Tiefen meiner letzten Wochen zu schildern. Es ist eine Geschichte wie eine Achterbahnfahrt, und Chloe hängt an meinen Lippen, als wäre ich ein doppelter Red Bull.

»Heilige Scheiße, Bells! Da hast du ja ganz schön was erlebt.« Sie klingt beeindruckt, und ich frage mich, ob sie mir richtig zugehört hat. »Mit solchen Neuigkeiten kann ich nicht aufwarten.«

»Gib dein Bestes«, sage ich. »Oder denk dir was aus, ist mir egal. Die Uhr läuft ab … jetzt!«

»Also gut«, sagt sie entschlossen. Ihr ist bewusst, dass unsere gemeinsame Zeit begrenzt ist. Womöglich wird sie während meines Besuchs keine zweite Chance bekommen, persönliche Dinge mit mir zu teilen.

»Tja, also. Ich bin wieder schwanger«, verkündet sie, ehe sie ein Stück von ihrem Croissant abreißt und es sich in den Mund steckt. »Das zählt wohl auch als Neuigkeit.«

»Stimmt das, oder hast du dir das gerade ausgedacht?«, frage ich staunend.

»Nein, es stimmt«, sagt sie beiläufig, während sie fortfährt, ihr Croissant zu zerpflücken.

»Das ist ja der Wahnsinn, Chloe«, sage ich und mache nach jedem Wort eine kleine Pause, um meine Unsicherheit zu überspielen. Chloe hat so ernst geklungen, deshalb weiß ich nicht, wie ich auf die Nachricht reagieren soll. Ich erinnere mich daran, wie es beim letzten Mal war, als mir jemand eröffnet hat, dass sie schwanger ist. Das war in der Woche, bevor ich London verlassen habe. Ich bin in Tränen ausgebrochen – »Tränen purer Freude«, wie ich ihr später versicherte. In Wahrheit kann ich mir nicht erklären, weshalb ich so weinen musste. Die Tränen kamen aus heiterem Himmel, ich war selbst völlig überrumpelt davon. Doch jetzt, bei Chloe, verspüre ich nicht den Drang zu weinen. Komisch, was eine einzige Woche bewirken kann.

»War das geplant?«

Besser als ein hysterischer Weinkrampf, aber immer noch ausbaufähig. Es fällt mir schwer, mein Unverständnis darüber zu verbergen, dass jemand, der erst vor wenigen Monaten seinen dreißigsten Geburtstag gefeiert hat, nicht nur ein- oder zweimal, sondern gleich dreimal mit Absicht schwanger geworden ist.

»Ja, war es«, antwortet Chloe. Sie scheint mir die Frage nicht übel zu nehmen. »Ich bringe pro Nacht fünf Babys auf die Welt und habe selbst zwei schreiende Kinder zu Hause. Offenbar reicht mir das noch nicht.«

In den nächsten fünf Minuten erfahre ich, dass Chloe zwar ständig müde, aber überglücklich ist. Das Einzige, was ihr zu schaffen macht, ist, dass sie nie Zeit hat, nicht einmal für ihren eigenen Ehemann.

»Ich sehe ihn kaum noch«, klagt sie.

»Dann ist es doch umso besser, dass ihr die wenige Zeit, die ihr miteinander habt, auch wirklich nutzt.«

Nach der Sache mit der Schwangerschaft hat Chloe nicht mehr viel zu berichten, aber das kann auch daran liegen, dass sie einfach zu müde ist. Deshalb bittet sie mich, ihr von meinen Dating-Abenteuern zu erzählen.

»Bitte, Bells«, fleht sie mich an. »Lass mich an deinem Leben teilhaben, und sei es nur für die neun Minuten, die uns noch bleiben.«

Aber mir ist inzwischen bewusst geworden, wie banal und oberflächlich meine Geschichten sind, vor allem im Vergleich zu Chloes Leben und der Verantwortung, die sie tagtäglich schultern muss. Dagegen komme ich mir kindisch und selbstbezogen vor.

Statt sie also mit weiteren Anekdoten zu beglücken, versuche ich mich mit ihr über wesentlichere Dinge zu unterhalten.

»Wie läuft es denn mit dem Töpfchentraining?«

Damit wäre mein Wissen auf diesem Gebiet auch schon erschöpft.

»Nicht so gut, fürchte ich«, sagt Chloe in ihrer Mami-Stimme. »Irgendwie haben wir den Dreh noch nicht so richtig raus. Eigentlich gar nicht, wenn man's genau nimmt.«

Es folgt ein Moment traurigen Schweigens. »Ich habe das Gefühl, wir ertrinken in Kacke, Bella – sie ist einfach *überall*.« Jetzt klingt es nicht mehr ganz so mamihaft. »Aber genug davon«, meint sie abrupt. »Ich will nicht über Töpfchen reden. Ich will, dass du mir zeigst, wie groß sein Ding war.«

»Das werde ich ganz bestimmt nicht tun«, sage ich. »Das ist doch vollkommen unwichtig. Wir sollten uns lieber über die Schulen unterhalten, auf die ihr eure Kinder schicken wollt, oder was für –«

»Bella!«, schneidet sie mir das Wort ab. »Ich verbringe meine Tage zwischen weiblichen Geschlechtsteilen, Babys oder Scheiße. Manchmal auch allen dreien gleichzeitig.« Sie verlangsamt ihr Sprechtempo und betont jedes einzelne Wort. »Würdest du jetzt bitte deine verdammten Hände auf die Tischplatte legen und mir zeigen, wie groß Reubens Schwanz war?!«

Also lasse ich Chloe für die verbleibenden sechs Minuten an meinem Leben teilhaben.

Natürlich erklärt sie sich sofort bereit, während meines Aufenthalts in der Stadt ein paar Dates für mich klarzumachen.

Tage bis zum Dreißigsten: 22
Date Nr. 8
Name: Onkel Richard

Ort: Restaurant und Theater, Madison
Ursprung: Chloe
Zusatzinfos: Er ist Rentner

Liebe Esther,
Onkel Richard ist ein siebenundsechzigjähriger ehemaliger städtischer Angestellter, dreimal verheiratet, zweimal geschieden, einmal verwitwet, derzeit alleinstehend. Er fährt einen Wagen mit einem Behindertenaufkleber an der Windschutzscheibe, weil ihm vor Kurzem eine künstliche Hüfte eingesetzt wurde. Es mag vielleicht unglaubwürdig klingen, aber Onkel Richard – genauer: Chloes Onkel Richard – ist eine ausgezeichnete Partie.

Der charmante Silberrücken hat während nur eines Abends alle meine Vorstellungen über die moderne Welt des Datings über den Haufen geworfen. Will sagen: Vielleicht sollten wir die moderne Welt des Datings komplett vergessen und uns stattdessen wieder auf die guten alten Zeiten besinnen. Alt ist das neue Jung!

Auf der Grundlage dessen, was ich an diesem Abend erlebt habe, bin ich zu der Einsicht gelangt, dass wir Singlefrauen bisher womöglich alles verkehrt gemacht haben. Wir haben sozusagen den falschen Baum angebellt. Wir sind kläffend und jaulend um einen jungen Schössling herumgesprungen und haben die mächtige alte Eiche nebenan dabei völlig übersehen. Das ist natürlich metaphorisch gemeint. Wir waren so sehr auf Männer in unserer Altersklasse fixiert, dass wir ihre Väter ganz außer Acht gelassen haben.

Warum wir uns eine Generation (oder vielleicht auch zwei) nach oben orientieren sollten? Ich werde es dir erklären ...

1. Türen, Rechnungen und Ritterlichkeit im Allgemeinen – ältere Männer wissen noch, wie es geht! Sie halten einem die Türen

auf (alle Türen), übernehmen die Rechnung (immer) und sind ausnehmend höflich und zuvorkommend. In erster Linie liegt das daran, dass sie noch echte Gentlemen sind, aber auch, dass sie sich einen Scheißdreck für Gleichberechtigung interessieren. Ganz im Gegensatz zu ihren jüngeren Geschlechtsgenossen, die von der modernen Dating-Etikette oft total überfordert sind und permanent Angst haben, unser feministisches Feingefühl zu verletzen. Man sieht ihnen ja förmlich an, wie ihre armen Hirne heiß laufen, sobald sie auch nur in die Nähe einer Tür kommen. *Soll ich sie aufhalten?*, denken sie. *Soll ich erst vorgehen und sie dann aufhalten?* Panik setzt ein. *Oder soll ich vorgehen und sie* nicht *aufhalten, sondern hinter mir zumachen, damit die Frau sie selbst öffnen kann?* Es ist ein Dilemma, das unter Garantie zu einem Fauxpas führt. Der ältere Mann hingegen weiß nichts von solchen Fallstricken – entweder weil er sich damit nicht auskennt oder weil es ihm schlichtweg egal ist. Onkel Richard handelt einfach. Er ist der Herr der Türen. Das ist ziemlich sexy. Außerdem: Wer bin ich, mich dagegen zu sträuben, wenn es doch sein Wunsch ist, mir jede einzelne Tür aufzuhalten? Onkel Richard ist älter als ich, und jeder weiß, dass man Respekt vor dem Alter haben soll.

2. Ältere Männer sind also echte Gentlemen. Deshalb versteht es sich von selbst, dass sie einen zu Hause abholen – mit ihrem eigenen fahrbaren Untersatz, wohlgemerkt, der vollständig abbezahlt ist und vermutlich so viel gekostet hat, wie ich in einem Jahr verdiene. Wenn ich noch etwas verdienen würde. Darüber hinaus verfügt Onkel Richards Auto über eine Sitzheizung, die unsere kalten Hinterteile wärmt, sowie eine eingebaute Massagevorrichtung, die unsere kalten Hinterteile auch noch sanft durchknetet. Für Onkel Richard war das wohl we-

niger eine Frage von Luxus als von orthopädischer Notwendigkeit, nichtsdestotrotz fand ich es sehr angenehm. Und gerade als ich dachte, es könne unmöglich noch komfortabler werden, erfuhr ich, dass Onkel Richard, seinem Behindertenausweis sei Dank, überall parken durfte, wo er wollte – in unserem Fall direkt vor dem Gebäude, das wir betreten wollten. Auf einmal waren meine unzweckmäßig hohen Absätze gar nicht mehr so unzweckmäßig.

3. Ältere Männer stellen gute Fragen, und zwar nicht, um Interesse vorzutäuschen oder sich selbst interessant zu machen, sondern weil sie wirklich interessiert sind. Aufgrund des großen Altersunterschieds finden sie so ziemlich alles, was man ihnen erzählt, unglaublich faszinierend, als wäre man eine kühne Vordenkerin mit einem völlig neuen, geradezu revolutionären Blick auf die Welt. Das ist Balsam fürs Selbstbewusstsein.

4. Sie haben viel erlebt und wissen, wie der Hase läuft. Und im unwahrscheinlichen Fall, dass sie es nicht wissen, sind sie immerhin alt genug, um zu begreifen, dass sie es wissen *sollten*, und täuschen selbiges Wissen vor. Zum Glück verfügen sie über ausreichend Lebenserfahrung, um dies relativ überzeugend tun zu können. Manchmal hat man fast das Gefühl, mit einem weisen alten Orakel am Tisch zu sitzen.

5. Sie riechen nach Zedernholz und Gewürzen und anderen guten Dingen. Das trifft vielleicht nicht auf alle älteren Männer zu, aber in jedem Fall auf Onkel Richard.

6. Ältere Männer suchen tolle Restaurants aus, und da sie seit

ungefähr einem halben Jahrhundert dort Stammgast sind, haben sie einen ausgezeichneten Draht zum Besitzer. Sie kriegen auch ohne Reservierung den besten Tisch des Hauses und bekommen irgendwann während des Abends garantiert auch noch eine kleine Aufmerksamkeit vom Chefkoch serviert. »Ein Gruß aus der Küche, Onkel Richard«. So muss es sich anfühlen, wenn man mit Mick Jagger ausgeht.

7. Sie wissen, wie man einen guten Wein aussucht, ohne sich etwas darauf einzubilden. Und sie zucken mit keiner Wimper, wenn eine Flasche mehr kostet als eine Reise zu dem Weingut, wo er gekeltert wurde.

8. Sie überschütten einen mit Komplimenten – und zwar mit *echten*. »Bella, Sie sehen heute Abend absolut zauberhaft aus. Jeder Mann im Restaurant wird mich beneiden« klingt doch deutlich besser als »Deine Titten sehen in dem Top total groß aus. Hast du Bock, mir unter dem Tisch einen zu blasen?«

9. Ältere Herren stehen auf, wenn man sich entschuldigt, um auf die Toilette zu gehen, und sie bezeichnen einen als »Dame«, was den wundervollen Nebeneffekt hat, dass man sich wirklich wie eine Dame fühlt.

10. Sie sind kultiviert, haben Klasse und investieren jede Menge Zeit und Sorgfalt in die Planung eines Dates – nicht zuletzt, weil sie in Rente sind und ihre tägliche To-do-Liste aus nichts anderem als dem Lösen des Kreuzworträtsels in der Tageszeitung besteht. Onkel Richard lud mich ins Theater ein, wo wir uns eine griechische Tragödie von Sophokles anschauten. Leider war ich nicht ganz so kultiviert wie er und verstand kein

Wort, aber das war Onkel Richard egal. »Papperlapapp, Bella. Sie sind so jung. Sie werden das alles schon noch lernen.« Mehr sagte er nicht zu dem Thema.

11. Das bringt mich zu meinem nächsten Punkt: In der Gesellschaft älterer Männer fühlt man sich jung. Richtig jung. Fast wie ein Kind – bitte nicht falsch verstehen. Das ist sehr angenehm. Man muss sich keine Gedanken darüber machen, dass man bald dreißig wird. Dreißig ist doch überhaupt kein Alter! Im Vergleich zu Onkel Richard sind alle unter fünfundfünfzig praktisch noch Teenies.

12. Das Beste kommt zum Schluss: Man muss sich nicht den ganzen Abend lang den Kopf darüber zerbrechen, ob man gut genug aussieht, wie man auf den anderen wirkt und ob der einen überhaupt mag, weil es einem herzlich egal ist. Das wirkt ungemein befreiend.

Mein Date mit Onkel Richard hatte nur einen kleinen Haken, der mich davon abhielt, noch ein zweites Treffen zu vereinbaren. Als ich ihn am Ende des Abends küsste, fühlte sich das an, als würde ich meinen Großvater küssen – und der ist seit zehn Jahren tot. Onkel Richards Lippen waren faltig und trocken, und ich fragte mich unwillkürlich, wie es dann erst um seine Kronjuwelen bestellt sein musste. Die sahen ja selbst bei jungen Männern alles andere als straff aus. Bei Onkel Richard waren sie mittlerweile bestimmt bis zur Unkenntlichkeit verschrumpelt.

Ja, solche erotischen Fantasien gingen mir während unseres Abschiedskusses durch den Kopf, und keine noch so geschliffenen Manieren oder interessanten Gespräche, kein Stilbewusstsein und kein maßgeschneiderter Anzug auf der ganzen Welt konnte mich von meinem Entschluss abbringen: Für Onkel Richard und mich gab es keine Zukunft. Er mochte ein Gentleman sein, aber er war nicht der Eine für mich.

Hab dich lieb.

Kuss, Bx

Auch an diesem Morgen werde ich wieder unsanft aus dem Schlaf gerissen, allerdings nicht weil Betsy-Boo und Mabel kopfüber in mein Bett springen; das kommt erst zehn Minuten später. Der Grund dafür, dass ich von jetzt auf gleich hellwach bin, ist eine neue Textnachricht, die ich bemerke, als ich verschlafen auf mein Handy schaue, um zu sehen, wie spät es ist.

MJ hat mir geschrieben!

Schlagartig sitze ich aufrecht im Bett.

Die Nachricht ist kurz. Er schreibt lediglich, dass es ihm leidtue und er mich gerne sehen würde. Und das Beste: Er könne nicht aufhören, an mich zu denken.

Er kann nicht aufhören, an mich zu denken.

MJ kann nicht aufhören, an mich zu denken.

Diesen Satz wiederhole ich gleich mehrmals. Ich schwelge förmlich darin. Es ist ein unbeschreibliches Glücksgefühl. Er denkt an mich. Ich wusste, dass ich mir seine Gefühle nicht bloß eingebildet habe. Er empfindet wirklich etwas für mich. Doch gleich darauf folgt die Ernüchterung: Ich bin nicht mehr in New York. Ich *kann* ihn gar nicht wiedersehen, selbst wenn ich es wollte. Es sei denn, ich fahre zurück.

Im nächsten Moment kommen Betsy-Boo und Mabel hereingeplatzt und landen mit einem Hechtsprung in meinem Tag. Es ist an der Zeit aufzustehen. Chloe und Johan sei Dank habe ich heute einen sehr vollen Tag vor mir. Selbst wenn es MJ leidtut, muss ich vorsichtig sein. Nach allem, was zwischen uns passiert ist, wäre es zu riskant, darauf zu setzen, dass er der Eine ist. Im Grunde genommen, sage ich mir, hat sich an der Situation nichts geändert. Meine dreißigtägige Suche geht weiter.

Ich beschließe, mir ein Beispiel an Betsy-Boos und Mabels Lebenseinstellung zu nehmen. Genau wie sie werde ich mich kopfüber und voller Übermut in den bevorstehenden Tag stürzen – und in meine zukünftigen Dates. Vor allem jetzt, da ich weiß, dass MJ wieder im Spiel ist.

Tage bis zum Dreißigsten: 21
Date Nr. 9
Name: Rufus
Ort: Caféhaus, Madison
Ursprung: Chloe und Johan – arrangiertes Date Nr. 1
Zusatzinfos: Ich bin in Französisch durchgefallen

Liebe Esther,
bevor ich Rufus, mein Date Nummer neun – oder in diesem Fall: *neuf* –, persönlich kennenlernte, war ich mir sicher, dass wir hervorragend zusammenpassen würden. »Bella und Rufus«, das hatte einen ganz besonderen Klang, das gewisse *je ne sais quoi.* Bella und Rufus waren das Pärchen, das man unbedingt zu seiner nächsten Party einladen wollte. Beneidenswert cool, lässig und kreativ. Vermutlich wohnten sie in einem alten, zum Loft umgebauten Lagerhaus im alternativen Künstlerviertel der Stadt – sofern Madison ein alternatives Künstlerviertel hat. Bella und Rufus (oder »Bells und Ruffy«, wie ihre besten Freunde sie nannten) – das klang einfach perfekt.

Rufus ist ein guter Freund von Johan und kommt aus Montreal. Er ist Frankokanadier, was mir sofort gefiel. Oder wenigstens gefiel mir die Vorstellung, dass er Frankokanadier war, denn das war allemal exotischer als die stinknormalen europäischen Franzosen, die ich kannte, und passte perfekt zu dem sensiblen Künstlertyp, als den ich mir ihn ausgemalt hatte. Rufus lebt schon länger in Madison, pflegt jedoch sein französisches Erbe. Ich war zuversichtlich, dass es ein interessantes Date werden würde und dass Rufus einen vielversprechenden potenziellen Lebenspartner für mich abgab. Schließlich war er mit Johan befreundet, und Johan war für seinen exzellenten Geschmack in Sachen Freunde bekannt.

Das Date dauerte genau vierzehn Minuten und bewies leider, dass mein Vertrauen in Johan komplett fehlgeleitet war.

»*Bonjour, Bella.*«

»*Bonjour, Rufus.*«

Die ersten drei Sekunden waren schon mal sehr vielversprechend.

»*ça va?*«, erkundigte sich Rufus.

»*ça va bien, merci, et toi?*«, erwiderte ich sehr schnell, um den Anschein zu erwecken, ich spräche fließend Französisch.

»*Très bien*«, antwortete er.

Zu dem Zeitpunkt lief es wirklich noch gut. *Wie charmant*, dachte ich, *ein Date auf Französisch zu beginnen!* Ich war ziemlich stolz, dass ich mein sehr begrenztes Vokabular tatsächlich für eine effektive Kommunikation einzusetzen vermochte. Wir nahmen an unserem Tisch Platz. Obwohl: Genau genommen war Rufus bereits da gewesen, als ich kam. Er hatte Zeitung gelesen und einen Espresso getrunken, also nahm er, nachdem er zur Begrüßung aufgestanden war, lediglich *wieder* Platz, und ich setzte mich zu ihm.

»Espresso?«, fragte er.

»Ja, gern«, sagte ich.

»*Non*«, sagte Rufus streng. Ich erschrak.

»*Non?*«, wiederholte ich verdattert.

»*Non*«, bekräftigte er.

»Doch«, sagte ich. Ich wollte wirklich gerne einen Espresso trinken.

»*Non!*«, sagte er noch energischer als zuvor.

»*Quoi?*«, fragte ich. Ich versuchte kokett zu klingen und hörte mich an wie ein kleines Entchen. Leider interpretierte ich die Situation vollkommen falsch.

»*Oui, s'il vous plaît*«, korrigierte Rufus mich. »*D'accord?*«

Dann wandte er sich an den Kellner und gab auf Französisch eine Bestellung auf – für einen Espresso, nehme ich mal an. Ich hatte keine Ahnung, was los war.

»Ah«, sagte ich. »*Oui*«, ohne wirklich zu wissen, wozu ich da *oui* sagte. Verwirrter denn je, versuchte ich das Gespräch auf ein Thema zu lenken, das weniger heikel war als die Frage, ob ich einen Espresso trinken wollte.

»Wie lange kennst du Chloe und Johan denn schon?«, erkundigte ich mich liebenswürdig.

»*Non, Bella, français!*«, rief er wie ein Wahnsinniger.

Scheiße, dachte ich. *Rufus ist ein totaler Blödmann.*

»Oh«, machte ich unsicher. Mein anfängliches Selbstvertrauen war verpufft. »Ich spreche kein Französisch, Rufus.«

Meine ersten Worte hatten ihn offenbar zu falschen Schlüssen verleitet, denn mehr Französisch als das, was ich bereits zum Besten gegeben hatte, konnte ich nicht. Ich hatte den Großteil des Französischunterrichts auf der Schule geschwänzt und war folglich mit fliegenden Fahnen durch die Prüfung gerasselt. Insofern hegte ich keine große Hoffnung, mein Date in der von Rufus bevorzugten Sprache fortsetzen zu können.

»*Français!*«, brüllte er und klang immer mehr wie ein Wahnsinniger.

Ganz typisches Verhalten für diese Kreativen, dachte ich mir, aber dann fiel mir ein, dass Rufus ja gar kein Kreativer war – das hatte ich mir bloß so vorgestellt, als ich mich meinen Tagträumen über unser gemeinsames Leben hingegeben hatte. Nun, diese Idee war definitiv vom Tisch.

»Rufus«, sagte ich ruhig und im Bemühen, mich nicht von ihm unter Druck setzen zu lassen. »Ich spreche kein Französisch.« Ich entschuldigte mich nicht für meine Ignoranz.

Das war der Tropfen, der bei ihm das Fass zum Überlaufen brachte und ihn vollends durchdrehen ließ. Er setzte zu einer Tirade epischen Ausmaßes an. Auf Französisch, versteht sich. Ganz am Ende stellte er mir eine Frage – wenigstens glaubte ich, dass es eine Frage war, denn er blickte mich über den Tisch hinweg erwartungsvoll an. Doch jedes Mal, wenn ich den Mund aufmachte, um ihn noch einmal darauf hinzuweisen, dass ich des Französischen nicht mächtig war und ob wir bitte ins Englische wechseln könnten, schnitt er mir das Wort ab. Er hob die Hand wie ein Polizist, der den Verkehr regelt, schloss in tiefster Verachtung die Augen, drehte ein Ohr in meine Richtung und wartete – vermutlich darauf, dass ich wie durch ein Wunder spontan eine Fremdsprache erlernte. Aber wenn ich nach fünf Jahren Schulfranzösisch nichts Besseres zustande brachte als »Hallo, wie geht es dir?«, erschien es mehr als unwahrscheinlich, dass ich mir innerhalb der nächsten dreißig Minuten quasi durch Osmose den Rest der Sprache aneignen würde. Diese zutiefst unangenehme Situation zog sich noch etwa fünf Minuten hin. Jedes Mal, wenn ich einen Versuch unternahm, mich zu erklären, brachte er mich mit erhobener Hand zum Schweigen … bis irgendwann mein Espresso kam. Gott sei Dank. Rufus starrte mich an, wie um zu sagen: *Ich hoffe, dass du wenigstens nicht auch deine guten Manieren vergessen hast.*

»*Merci*«, sagte ich nervös zu dem Kellner, der so aussah, als würde er darüber nachdenken, ob er den Notruf für misshandelte Frauen alarmieren sollte. Ich wusste selbst nicht, wieso ich mit einem amerikanischen Kellner in Amerika Französisch sprach. Rufus war ein Psychopath.

Danach herrschte dröhnendes Schweigen zwischen uns. Rufus unternahm keinerlei Anstrengung mehr, mit mir ein Gespräch anzufangen. Da waren ja selbst die echten Franzosen toleranter. Wir schlürften unsere Espressi aus Tässchen, die so winzig waren, als hätte man einem Kind das Puppengeschirr weggenommen. Ich spielte mit dem Gedanken, mich mit meiner Gabel zu verletzen. Drei unangenehme Minuten vergingen, in denen ich mich ganz darauf konzentrierte, ein Päckchen Zucker aufzureißen. Endlich brach Rufus das Schweigen – leider mit einem weiteren französischen Wortschwall, auf den ich lediglich mit einem Nicken und verständnisloser Miene reagierte. Keine Ahnung, wer von uns beiden der größte Trottel war: ich, weil ich kein Französisch konnte, oder Rufus, weil er darauf bestand, mit einer Person Französisch zu sprechen, die ihm mehrfach glaubhaft versichert hatte, dieser Sprache nicht mächtig zu sein. Die Situation war wirklich jenseits von absurd.

Nachdem ich vierzehn Minuten dieses Wahnsinns ertragen hatte, reichte es mir schließlich. Ich hielt es keine Sekunde länger aus. Ich stand auf und präsentierte Rufus die letzten beiden französischen Wörter in meinem Repertoire.

»Rufus, *au revoir*.«

Das fasste die Lage ziemlich gut zusammen.

»*Au revoir*, Bella«, gab Rufus verächtlich zurück.

Da platzte mir endgültig der Kragen. Ich glaube, es lag daran, dass er sich nicht mal bequemte, von seiner Zeitung aufzublicken. Er hatte mich bis an den Rand meiner Geduld getrieben, und weil die Franzosen für ihren Widerstand bekannt sind, ließ er es sich nicht nehmen, mich noch ein Stück weiter zu treiben.

»*Cochon d'Inde*, Rufus!«, fauchte ich ihn an. Ich konnte vielleicht die Sprache nicht, aber meine Attitüde war sehr französisch. Mit dem guten Gefühl, es diesem Idioten so richtig gezeigt zu haben, rauschte ich von dannen.

Erst draußen wurde mir bewusst, dass ich Rufus nicht wie beabsichtigt als »Schwein«, sondern als »Meerschweinchen« bezeichnet hatte, was, gelinde gesagt, ziemlich enttäuschend war.

Hab dich lieb.

Kuss, Bx

Nach dem Date spiele ich mit dem Gedanken, Johan anzurufen und ihn zur Sau zu machen, weil er diesen Verrückten auf mich losgelassen hat. Der soll einer seiner besten Freunde sein? Im Ernst? Was hat er sich nur dabei gedacht? Dann fällt mir mein Vorsatz von heute Morgen wieder ein: Ich wollte mich »kopfüber und voller Übermut« in meine Dates stürzen. Und obwohl mein letztes Date sehr wenig mit Übermut zu tun hatte und ich, statt einen Kopfsprung zu machen, einen Bauchklatscher hingelegt hatte, hindert mich nichts daran, im Nachhinein das Positive darin zu sehen. Genau. Vielleicht sollte ich meinem lieben, wenngleich ziemlich dummen Freund Johan sogar dankbar sein, weil er sich die Mühe gemacht hat, überhaupt ein Date für mich zu arrangieren.

Außerdem brauche ich Chloes und Johans Hilfe, wenn ich in Madison noch weitere Männer kennenlernen will. Deshalb beschließe ich, lieber den Mund zu halten und nichts zu sagen. Außerdem: Wäre ich des Französischen mächtig gewesen, hätten Rufus und ich vielleicht wirklich gut zusammengepasst. Ich bezweifle es zwar, aber rein theoretisch wäre es möglich.

Also mache ich mich voller Übermut auf den Weg zu meinem nächsten Date – zuversichtlich, dass es nur besser werden kann.

Tage bis zum Dreißigsten: 21
Date Nr. 10
Name: Carmelo
Ort: Restaurant, Madison
Ursprung: Chloe und Johan – arrangiertes Date Nr. 2

Liebe Esther,
ich wette, als Julia ihrem Romeo die Frage »Was ist ein Name?« stellte, war sie noch nie mit jemandem auf einem Date gewesen, dessen Name sich anhörte wie eine neue Bonbon-Kreation von Werther's. Kurzum: Sie hatte keinen blassen Schimmer, wovon sie da redete.

Mein zehntes Date hieß Carmelo. Das klang wie eine Mischung aus Karamell und Marshmallow, und genauso süß war Carmelo auch. Mindestens. Er war so ekelerregend süß, dass ich gegen Ende unseres Dates das Gefühl hatte, eine Überdosis Zucker zu mir genommen zu haben und dringend einen Termin beim Zahnarzt zu benötigen.

Ich nehme an, sein süßes Wesen entsprang dem Umstand, dass er, was die Optik anging, ein wenig zu kurz gekommen war. Und »zu kurz gekommen« ist hier wörtlich zu verstehen. Carmelo war sehr klein und hatte keine Haare mehr auf dem Kopf. Sowie ich ihn sah, fasste ich einen Entschluss: Ich würde Chloe und Johan ab sofort von allen Dating-Pflichten entbinden!

Gleich darauf fragte ich mich, ob ich Carmelo gegenüber vielleicht ungerecht war. Machte es denn wirklich etwas aus, dass er so klein war, dass ich ihn unter meinem Rock hätte verstecken können? Das war doch kein hinreichender Grund, ein Date von vornherein als Reinfall zu betrachten. Außerdem stellte ich fest, dass er doch noch Haare hatte – nicht viele, aber immerhin ein paar. Sie saßen bloß so weit hinten auf seinem Kopf, dass ich sie anfangs nicht gesehen hatte.

Nachdem ich zu der Ansicht gelangt war, dass Carmelo sich deshalb so furchtbar süß verhielt, weil er seine eklatanten Defizite kompensieren musste (beziehungsweise das, was in der grausamen Welt des Datings im einundzwanzigsten Jahrhundert als eklatante Defizite galt), beschloss ich, es trotz allem auf einen Versuch ankommen zu lassen. Ich hatte mir vorgenommen, während meiner dreißigtägigen Challenge mit alten Mustern zu brechen, da sie mich offensichtlich nicht zum Erfolg geführt hatten. Ich wollte ihm eine reelle Chance geben. Wenn ich ihn unter meinem Rock verstecken konnte, eröffnete mir das ja auch ganz neue Möglichkeiten ...

Unser Date fing recht vielversprechend an, doch es dauerte nicht lange, bis ich feststellte, dass Carmelo allem, was ich sagte, zustimmte. Wirklich *allem*. Da ich ziemlich oft ziemlichen Quatsch rede, empfand ich dieses Verhalten als beunruhigend. Nicht minder beunruhigend war, dass er die ganze Zeit ein breites Grinsen im Gesicht hatte. Ich verlor immer wieder den Faden, weil ich ständig auf seine Zähne starren musste. Und dann war da noch dieser anhimmelnde Blick, der mich ganz fahrig machte. Es war, als stünde er unter irgendeinem perversen Liebeszauber. Das behagte mir alles gar nicht. In seiner süßen Art hatte Carmelo darauf bestanden, dass ich den Großteil der Konversation bestritt, was zwar ungewöhnlich war, aber anfangs noch ganz gut funktionierte – vermutlich weil ich erleichtert war, endlich wieder Englisch zu reden, ohne mich dafür anpöbeln lassen zu müssen.

Nach einer Weile jedoch war bei mir der Reiz des Neuen verflogen, und ich versuchte, Carmelo zu ermutigen, sich mehr an der Unterhaltung zu beteiligen. Das klappte natürlich nicht – er strahlte einfach nur, stimmte mir in allem zu und forderte mich zum Weiterreden auf. Das wurde mit der Zeit sehr qualvoll – zumal es den ganzen Abend lang nicht besser wurde. Im Bemühen, meinen Übermut nicht zu verlieren, beschloss ich, das Date als eine Art Übung in Güte und Toleranz zu betrachten. Vor allem bot sich mir hier die Gelegenheit, bei einer Vielzahl von Themen selbstbewusst meine Standpunkte darzulegen. Standpunkte, die so differenziert und anregend waren, dass ich im Alleingang ein Gespräch am Laufen halten konnte. Bis zum Dessert hielt ich durch, ohne dass mein Bedürfnis , unter einem Vorwand das Weite zu suchen, allzu groß wurde. Doch als ich gerade drauf und dran war, Carmelo meine Ansichten zum bewaffneten Konflikt im Jemen zu erläutern, ging im Restaurant plötzlich das Licht aus. Mein erster Impuls war, Gott dafür zu danken, dass er mir einen legitimen Grund für den vorzeitigen Abbruch des Dates in Form eines Stromausfalls beschert hatte, doch kurz darauf tauchten aus der Dunkelheit kleine flackernde Lichter auf – Kerzen.

In der Stille, die sich über den Gastraum gesenkt hatte, drangen vereinzelte Stimmen an mein Ohr. Die noch etwas zaghaften ersten Takte von »Happy Birthday« erklangen. Carmelo und ich stimmten mit ein.

Während die Geburtstagstorte ihren Weg durchs Restaurant nahm, gewann der Gesang zunehmend an Kraft und Lautstärke. Erst als wir die Stelle im Lied erreichten, an der traditionell der Name des Geburtstagskindes eingefügt werden muss, trat eine etwas unbeholfene Pause ein, weil niemand zu wissen schien, wer das Geburtstagskind war. Wir räusperten uns verlegen und warteten darauf, dass irgendjemand uns den richtigen Namen vorsagte.

Und weißt du, wer das am Ende tat? Mein Date.

»Liebe Bella«, sang Carmelo aus voller Kehle, woraufhin die anderen laut und von Herzen mit einstimmten: »Liebe Bella – Happy Birthday to you!«

Im selben Moment erreichte die flackernde Geburtstagstorte unseren Tisch.

»Happy Birthday, Bella«, flüsterte Carmelo. Es war eine verstörende, aber zugleich sehr überzeugende Inszenierung. Einen Moment lang fragte ich mich wirklich, ob heute mein Geburtstag war und ich ihn aus unerfindlichen Gründen vielleicht vergessen hatte. Natürlich hielt diese Unsicherheit nicht lange an. Schließlich war diese ganze Reise als eine Art Countdown bis zu meinem Dreißigsten gedacht, der für mich eine derart große Bedeutung angenommen hatte, dass dadurch mein Leben völlig auf den Kopf gestellt worden war.

»Und jetzt wünsch dir was«, forderte Carmelo mich mit zuckersüßer Stimme auf, als wäre er eine gute Fee. Sein anhimmelnder Blick war intensiver denn je. Unter den erwartungsvollen Blicken zahlreicher Fremder – einschließlich Carmelo, der mir noch fremder war als fremd – blies ich die Kerzen auf meiner Torte aus. Begeisterter Applaus brandete auf.

Carmelo grinste. Er war sehr stolz auf seine kleine Überraschung, denn sein Grinsen war breiter denn je.

»Ich weiß, dass heute nicht dein Geburtstag ist«, raunte er mir zu. »Aber ich wollte …« Er machte eine schwärmerische Pause. Ich ahnte bereits, was kommen würde, betete aber, dass ich mich irren möge.

»… dich feiern.« Er strahlte.

Das war das Unangenehmste, was ich jemals einen Menschen hatte sagen hören.

»Das ist aber süß von dir, Carmelo.«

»Und ich wollte feiern, dass wir uns heute Abend kennengelernt haben, Bella.«

Gott, das wurde ja immer schlimmer.

»Wie süß. Wirklich total süß«, flötete ich, weil mir nichts anderes einfiel.

»Und außerdem ...«

Grundgütiger, Carmelo, kannst du nicht einfach die Klappe halten?

»... wollte ich dir die Gelegenheit geben, dir etwas zu wünschen, damit ich mir vorstellen kann, dass ich ein kleines bisschen dazu beigetragen habe«, er lachte schelmisch, »einen deiner Wünsche in Erfüllung gehen zu lassen, indem ich so tue, als wäre dein Geburtstag ...«

»Carmelo.« Mehr brachte ich zu diesem Zeitpunkt wirklich nicht über die Lippen. Nur seinen Namen. Und was meinen Wunsch anging: Ich hätte mich jetzt sehr gerne übergeben.

Die Ironie an der Sache war, dass ich die Torte so hastig hinuntergeschlungen hatte, um das Date nicht noch weiter in die Länge zu ziehen, dass mein Wunsch fünf Minuten später beinahe in Erfüllung gegangen wäre.

Endlich war es vorbei. Am Ende blieb die Frage, ob Carmelo auch so süß gewesen wäre, wenn er einen anderen Namen gehabt hätte, ein paar Zentimeter größer gewesen wäre und noch Haare auf dem Kopf gehabt hätte. Wahrscheinlich hatte sich Julia in der Hinsicht auch geirrt.

Hab dich lieb.

Kuss, Bx

Den Großteil des Vormittags grüble ich darüber nach, was ich anziehen soll. Und da ich, Betsy-Boo und Mabel sei Dank, wieder einmal sehr früh aus dem Bett geworfen wurde, ist dieser Vormittag ziemlich lang. Ich gehe unter die Dusche, dann mache ich mich fertig. Ich weiß, dass es albern ist, mir so viel Mühe zu geben, aber ich kann nicht anders. Die Schmetterlingsfarm in meinem Bauch, die kürzlich aufgrund eines Insektizid-Zwischenfalls geschlossen werden musste, feiert heute große Wiedereröffnung.

Ich bin allein zu Hause, also tänzle ich vergnügt in die Küche, und weil ich nicht weiß, was ich sonst machen soll, befolge ich die Anweisungen, die ich erhalten habe, und bereite mir ein Mittagessen zu, obwohl es dafür noch viel zu früh ist.

Dann warte ich.

Dann warte ich noch ein bisschen.

Diese Schmetterlinge machen mich ganz irre mit ihrem Geflatter. Nach einer Weile wird mir fast übel davon. Um Zeit totzuschlagen, schalte ich meinen Laptop ein, doch ich kann mich auf nichts länger als dreißig Sekunden konzentrieren.

Also beschließe ich, Chloe und Johan einen Gefallen zu tun und die Küche sauber zu machen, was dazu führt, dass ich das komplette Haus auf Vordermann bringe.

Dann muss ich mein Top wechseln, weil es nass geworden ist, während ich das Bad geputzt habe.

Dann frische ich mein Make-up auf.

Dann frisierte ich mir die Haare.

Dann mache ich mir ein zweites Mal Mittagessen.

Und dann ist es endlich so weit.

Tage bis zum Dreißigsten: 20

Date Nr. 11

Name: MJ

Ort: FaceTime

Liebe Esther,

so fing es an …

»Bella, bist du da?«

»Ja, ich bin hier. Ich sehe dich, siehst du mich auch?«

»Nein, aber ich kann dich hören.«

»Ich höre dich auch.«

»Es lädt noch. Ja … ja … Jetzt sehe ich dich … Hallo, A-Bell.«

»Hallo, MJ.«

Als ich ihn das letzte Mal gesehen hatte, waren wir auf dem perfekten Date gewesen, das leider alles andere als perfekt zu Ende gegangen war.

»Bella, was neulich Abend betrifft …« Sobald die Verbindung stand, kam MJ ohne Umschweife zur Sache. »Es tut mir so leid, was ich gesagt habe.«

Genau das hatte ich von ihm hören wollen. Sinn machte sein Verhalten trotzdem nicht. Es war grausam von ihm gewesen, unser Date so zu beenden – ohne jede Erklärung, so als wäre das Ganze bloß ein aufwendig inszeniertes Spiel gewesen, um mich zu verführen und dann fallen zu lassen. Und obwohl ich nicht kleinlich erscheinen oder gar durchblicken lassen wollte, dass ich mich vielleicht in ihn verliebt hatte, brauchte ich die Gewissheit, dass so etwas nicht noch einmal vorkommen würde.

»Was denn genau? Wir haben an dem Abend ja ziemlich viel gesagt.«

»Dass ich dich nicht wiedersehen kann. Das kam nicht so an, wie es gemeint war.« Er klang wirklich so, als tue es ihm leid.

»Wie war es denn gemeint?«, fragte ich rundheraus. »Ich fand nämlich, dass wir eine sehr schöne Zeit zusammen hatten, MJ.« Das war eine krasse Untertreibung. Es war der vermutlich schönste Abend meines Lebens gewesen.

»Das stimmt, Bella, es war unglaublich«, sagte er rasch, als wolle er all meine Zweifel diesbezüglich zerstreuen. »Aber genau das hat mir Angst gemacht. Es war so schön, dass ich in Panik geraten bin. Es tut mir leid.«

»Tja, MJ, das passiert eben, wenn du mit einer Frau deine berühmte Fünf-Bänke-Tour machst. Da kann es schon mal wild werden«, neckte ich ihn. Die Feindseligkeit war aus meinem Ton verschwunden. »Selber schuld.«

Wir lachten – auch um unsere Erleichterung zu überspielen, dass zwischen uns alles wieder gut war. Sobald die Anspannung verflogen war und unsere Unterhaltung munter dahinplätscherte, hakte ich nach. Ich wollte sichergehen, dass dies nicht MJs übliches Verhalten nach einem Date war. Er war aufrichtig und sagte mir, dass er noch nicht lange Single sei. Seine langjährige Beziehung mit einer Freundin aus Collegetagen sei erst kürzlich in die Brüche gegangen.

»Die Sache ist so, A-Bell. Ich bin mir nicht sicher, ob ich momentan an was Festem interessiert bin, und ich habe den Eindruck gewonnen, dass du was Festes willst.«

»Ich? Was Festes?«, entgegnete ich mit hoher Stimme, die so klang, als hätte ich einen Kanister Helium eingeatmet. »Das ist doch total verrückt, MJ. Ich suche nichts Festes.« Das war eine faustdicke Lüge. Die Wahrheit kannten wir alle: Ich bin so verzweifelt auf der Suche nach was Festem, dass Verbindlichkeit gewissermaßen mein zweiter Vorname ist. »Ich will nur ein bisschen Spaß.«

Das war erbärmlich, aber es war der einzige Trumpf, den ich noch ausspielen konnte, wenn ich MJ nicht ganz verlieren wollte. Er schaute mich fragend an. Ich hatte den Verdacht, dass er mir nicht glaubte. Er erzählte mir, dass er nicht vorgehabt hätte, sich so schnell wieder nach einer Frau umzusehen, aber dann hätte er mich kennengelernt, und wir hätten diesen unglaublichen Abend zusammen erlebt, und irgendwie hätte ich ihn komplett »ins Trudeln gebracht«. Das waren seine Worte, nicht meine. Ich musste mich sehr zusammenreißen, um nicht in lautstarkes Triumphgeheul auszubrechen. Stattdessen nickte ich lediglich ermutigend und verständnisvoll.

»Glaubst du denn, du bist irgendwann in der Zukunft wieder bereit für eine Beziehung?«, fragte ich vorsichtig und machte damit jede Illusion, ich sei nicht an »etwas Festem« interessiert, zunichte.

»Soll ich ehrlich sein, Bells? Vielleicht nicht«, sagte MJ traurig. »Ich bezweifle, dass ich für eine Beziehung tauge.«

Das war sie. MJs Wahrheit, die für mich noch eine ganz andere Wahrheit barg: MJ war nicht der Eine für mich. So einfach war das.

Mein Herz wurde schwer. Eine Lüge wäre mir lieber gewesen. Da MJ spürte, dass die Unterhaltung ein wenig einseitig geworden war, erkundigte er sich, ob ich denn in jüngster Zeit eine Beziehung gehabt hätte.

»Nur wenn man vor sieben Jahren als ›in jüngster Zeit‹ bezeichnet«, antwortete ich. Ich gab mir Mühe, unbeschwert zu klingen, fühlte mich aber sofort bloßgestellt, weil ich ihm offenbart hatte, dass ich die letzten sieben Jahre lang allein gewesen war – ein Umstand, der höchstwahrscheinlich bedeutete, dass mit mir etwas Fundamentales nicht stimmte.

Doch MJs Gedanken war noch nicht in derart unangenehme Gefilde vorgedrungen.

»War es was Ernstes?«, fragte er lediglich, als sei die lange Dauer meines Singledaseins vollkommen unerheblich.

»Damals schon«, antwortete ich aufrichtig. »Sehr sogar. Aber ich war zu jung, um es wirklich ernst zu nehmen. Hinterher habe ich mich oft gefragt, ob es wohl anders gekommen wäre, wenn wir uns später kennengelernt hätten, aber das haben wir nicht, und deshalb ist es so gekommen, wie es gekommen ist.«

Jetzt war MJ derjenige, der verständnisvoll nickte.

Es war seltsam, sich mit ihm über vergangene Beziehungen auszutauschen, aber zugleich auch ganz natürlich, so als wäre es lediglich eine weitere Zwiebelhaut, die wir von uns abschälten, um ein wenig mehr unseres Innern freizulegen. Es war innig und vertraut. Selbst wenn es mir wie eine totale Zeitverschwendung erschien.

»Und? Was hast du dir zum Mittagessen gemacht?«, wollte er irgendwann wissen.

»Käsetoast«, sagte ich stolz. »Und du?«

»Sushi«, antwortete er. »Aber nicht selbst gemacht. Ich habe es gekauft.«

»Das gibt Punktabzug, das ist dir hoffentlich klar«, zog ich ihn auf, ehe ich ihn fragte, warum ich mir überhaupt etwas zum Mittagessen hätte machen sollen. MJ erklärte mir, dass zu einem richtigen Date auch eine gemeinsame Mahlzeit gehörte.

»Und es ich möchte, dass es ein richtiges Date ist, damit ich die Scharte vom letzten Mal auswetzen kann«, sagte er reuevoll. »Ich wollte es wiedergutmachen, und ich wollte mich bei dir entschuldigen. Ich wollte mich vergewissern, dass zwischen uns alles gut ist. *Bon appétit*, Bella«, sagte er und hob seine Wasserflasche ins Bild, um mir zuzuprosten.

»*Bon appétit*, MJ«, erwiderte ich, verwirrter denn je.

Hab dich lieb.

Kuss, Bx

Tage bis zum Dreißigsten: 19
Date Nr. 12
Name: Ryan
Ort: Kino, Madison
Ursprung: Esther

Liebe Esther,
du solltest nicht mit jemandem wie Ryan befreundet sein. Und du solltest mich schon gar nicht mit jemandem wie Ryan auf ein Date schicken.

Ryan war so nett gewesen, sich im Voraus über unser Date Gedanken zu machen, und hatte einen gemeinsamen Kinobesuch vorschlagen. Die Idee sagte mir auf Anhieb zu. Ein Kinobesuch war unverfänglich und irgendwie ein bisschen altmodisch.

Ich sah ihn, kaum dass ich zur Tür hereinkam. Er hatte mir beschrieben, was er anziehen würde, und war anhand seiner roten Chucks, der engen Jeans, des knallgrünen, zwei Nummern zu kleinen T-Shirts und der Baseballkappe, die gefaltet in seiner Hosentasche steckte, leicht zu identifizieren. Er sah aus wie ein zu groß geratener Teenager. Außerdem schien er seinen Kopf falsch herum aufgesetzt zu haben – die untere Hälfte seines Gesichts war mit langen Bartstoppeln bewachsen, die in einem geflochtenen Ziegenbärtchen endeten, wohingegen der obere Teil seines Kopfes, wo man eigentlich den Großteil der Behaarung vermutet hätte, vollständig kahl rasiert war. Ich stand hinter einem Pappaufsteller von Cameron Diaz (ich kann nur hoffen, dass er nicht lebensgroß war, da er kaum genug Deckung für ein einziges meiner Beine bot), beobachtete ihn heimlich und legte immer wieder unwillkürlich den Kopf schief, um aus dem Anblick schlau zu werden. Irgendetwas an Ryans Erscheinung weckte in mir die Vermutung, dass es sich bei ihm um einen Mann handelte, der mit seinem

Alter haderte und sich verzweifelt an seine Zwanziger klammerte. Plötzlich kam mir der Gedanke, dass ich niemals so werden wollte wie er. Ich wollte in Würde altern – jedenfalls wenn die Alternative bedeutete, dass man so merkwürdig aussah wie Ryan. Armer Kerl – selbst sein Name war zu jung für ihn. Ich fragte mich auch, welche zweifelhaften Lebensentscheidungen diesen Mann dazu gebracht hatten, ein ganzes Handgelenk voller … Freundschaftsarmbändchen zu tragen.

Sobald mir bewusst wurde, wie anmaßend es war, Ryans Charakter von hinter einem Pappaufsteller beurteilen zu wollen, löste ich mich aus Camerons Schatten und winkte ihm zu. Er hatte bereits die Tickets besorgt. Ich hatte keine Ahnung, welchen Film wir uns anschauen würden, wusste aber, dass es uns dabei nicht an Süßigkeiten mangeln würde. Aus meinem Versteck heraus hatte ich nämlich beobachtet, wie Ryan sich an der Selbstbedienungstheke begeistert eine große Tüte mit Süßigkeiten vollgemacht hatte. Das beruhigte mich. Falls alles andere schiefging, hatten wir wenigstens was zum Naschen.

Der Film begann. Es war eine romantische Komödie, in der, wie sich herausstellte, auch meine neue beste Freundin Cameron Diaz mitspielte. Die Tüte mit den Süßigkeiten lag – so nah und doch so fern – in Ryans Schoß. Er griff immer wieder hinein, wühlte ausgiebig darin herum, fischte eine Süßigkeit heraus und wandte sich dann wieder der Leinwand zu. Nach etwa zwanzig Minuten hatte er mir immer noch nichts angeboten. Ohne Einladung zuzugreifen kam für mich nicht infrage, schließlich kannte ich den Mann kaum. Außerdem wäre es viel zu intim gewesen, einfach so mit der Hand in seinen Schoß zu langen. Also konzentrierte ich mich auf den Film und versuchte nicht an die schokolierten Rosinen zu denken, von denen ich wusste, dass sie sich in der Tüte befanden.

Endlich – keinen Augenblick zu früh – stieß Ryan mich von der Seite an und deutete in seinen Schoß.

»Danke«, flüsterte ich hocherfreut, ehe ich gierig meine Hand in den Beutel steckte und mich auf die Suche nach besagten Rosinen machte. Meine Finger tasteten eine Weile, doch statt der Rosinen fand ich inmitten all der klebrigen, mit Zucker ummantelten Süßigkeiten eine große, runde, weiche Geleefrucht, die sich ganz vielversprechend anfühlte. Auch sie war mit Streuzucker überzogen, fühlte sich aber seltsam warm an, und als ich ein Stück tiefer grub, stellte ich fest, dass sie gar nicht rund war, sondern länglich und deutlich größer als die anderen Süßigkeiten. Es ist mir peinlich, zuzugeben, dass ich ziemlich lange an dieser Geleefrucht herumfummelte, bis mir irgendwann klar wurde, dass es *gar keine Geleefrucht war, sondern Ryans Penis.* Er hatte seinen Hosenstall geöffnet, ein Loch in die Tüte gebohrt und seinen Penis hineingesteckt – mitten zwischen die Süßigkeiten! Und ich hatte ihm auf meiner Suche nach den ersehnten Schokorosinen unfreiwillig und ziemlich stümperhaft einen runtergeholt. Ich muss wohl nicht extra erwähnen, dass ich nicht blieb, um zu sehen, wie der Film ausging. Der unfreiwillige Kontakt zu Ryans Geschlechtsteil hatte meinem Date ein abruptes Ende bereitet. Genau wie meiner langjährigen Sucht nach Zucker.

Hab dich lieb.

Kuss, Bx

Heute Morgen bleiben die übermütigen Kopfsprünge in mein Bett aus. Irgendetwas stimmt nicht. Das missfällt mir. Ich habe mich an mein neues Aufwachritual mit seiner überbordenden Energie und kichernden Liebe gewöhnt. Ich werfe die Decke zurück und steige aus dem Bett. Weil es kühl ist, ziehe ich mir einen dicken Strickpulli über das T-Shirt und warme Socken an die Füße. Dann binde ich mir die Haare zu einem unordentlichen Pferdeschwanz zusammen und begebe mich nach unten in die Küche.

Doch die ist gar keine Küche mehr.

Sondern ein Schlachtfeld aus dem dritten Weltkrieg.

Es sieht aus, als wäre eine Bombe explodiert. Die Spuren sind überall zu sehen: an den Wänden, auf dem Fußboden, auf dem Tisch, sogar auf den Kindern. Es ist eine unglaubliche Sauerei. Und mittendrin in diesem Gemetzel stehen sich die zwei verfeindeten Armeen gegenüber: Chloe und Johan. Grund der Auseinandersetzung ist ein Pop-Tart – ein amerikanisches Grundnahrungsmittel, das dafür bekannt ist, Ehen und sogar ganze Staaten in den Abgrund gerissen zu haben.

Ich bleibe zunächst im Türrahmen stehen, weil ich instinktiv gespürt habe, dass ich in eine Kampfzone geraten bin. Bleibt noch Zeit für einen geordneten Rückzug? Haben sie mich schon gesehen, oder kann ich mich noch umdrehen und mein Heil in der Flucht suchen? Aber was ist mit den Kindern? Ich kann die Kinder doch nicht im Stich lassen.

»Morgen, Bella!«, sagt Johan betont heiter in dem Versuch, die Konfliktsituation zu überspielen.

Mist, sie haben mich gesehen. Jetzt bin ich ihre Gefangene. Eine Geisel in Chloes und Johans Krieg.

Die beiden schenken mir ein angespanntes Lächeln, ehe sie mit ihrem Streit fortfahren, als wäre ich gar nicht da. Ich beschließe, das als Kompliment zu betrachten – als einen Beweis für die Stärke unserer Freundschaft. Ratlos und unbeholfen stehe ich herum, allerdings habe ich inzwischen einige zaghafte Schritte in den Raum gemacht, sodass ich mich in einer sehr exponierten Position befinde. Mit der Zeit höre ich heraus, dass Johan der kleinen Betsy-Boo verantwortungsloserweise erlaubt hat, ein winziges Stückchen von Mabels Pop-Tart zu essen – in eklatanter Missachtung der streng biologischen Ernährungsweise, die Chloe ihrer Jüngsten verordnet hat, bis sie dreieinhalb ist und ihre Mutter mit gutem Gewissen behaupten kann, ihrer Kleinen einen möglichst gesunden Start ins Leben ermöglicht zu haben.

»Chloe, es reicht!«, brüllt Johan und klingt sehr amerikanisch. »Es ist nur ein beschissenes Pop-Tart! Jetzt beruhig dich mal!«

Ich weiß sofort, dass es nicht klug ist, jemandem, der sich aufregt, zu sagen, dass er sich beruhigen soll. Ich werfe einen verzweifelten Blick zur Tür, dann fixiere ich einen Kühlschrankmagneten, weil ich nicht weiß, wo ich sonst hinschauen soll.

»Sag mir nicht, dass ich mich beruhigen soll, Johan«, erwidert Chloe. Sie klingt sehr furchteinflößend. Wenn manche Leute sehr wütend sind, erheben sie nicht die Stimme, sondern werden auf einmal ganz leise. Genauso macht Chloe es auch. Ihr zorniges Flüstern ist wie das leise, tödliche Zischen einer Lunte, während sich die Flamme dem Dynamit nähert. Chloe, so viel ist klar, steht unmittelbar vor der Explosion.

»Ich möchte gerne mal sehen, wie ruhig du bist, wenn unsere Kinder über Tische und Bänke springen, weil sie von dem vielen Zucker völlig durchdrehen.«

»Chloe ...«, sagt Johan betont neutral, als würde er mit einem Geiselnehmer verhandeln.

»Oder in zehn Jahren.« Jetzt wird sie wieder lauter. Gleich ist die Zündflamme beim Dynamit angekommen.

»Chloe«, appelliert Johan erneut an seine Frau, aber es ist bereits zu spät. Die Flamme erreicht den Sprengstoff, und alles fliegt ihm um die Ohren.

»Wenn die beiden uns hassen, weil sie adipös sind und süchtig nach Zucker und weil sie Diabetes haben und alle möglichen anderen Abhängigkeiten, weil der ständige Zuckerkonsum ihre Suchtpersönlichkeit aktiviert hat. Wenn sie keine Freunde, keinen

Partner und keinen festen Job haben und nicht nur ihre Eltern hassen, weil die ihnen das Leben versaut haben, sondern auch sich selbst.«

BOOM!

Ich schiele zu Betsy-Boo und Mabel, die seelenruhig ihre Cornflakes löffeln und noch nichts von ihrer freudlosen Zukunft ahnen.

Selbst ich, die ich sehr wenig über Beziehungen weiß, erkenne, dass Johan gut daran täte, nachzugeben und sich ans Aufräumen zu machen.

»Alles klar, Chloe«, sagt er stattdessen in einem Tonfall, der zugleich beschwichtigend und herablassend ist. Mein Blick sucht erneut den Kühlschrankmagneten. »Und ich nehme mal an, das alles passiert wegen eines einzigen Stückchens Pop-Tart, das ungefähr so groß ist wie eine Briefmarke?«

Diesen denkbar ungünstigen Moment wählt Betsy-Boo, die von Anfang an nicht sonderlich an der Pop-Tart interessiert schien, um sich den Inhalt ihrer Müsli-Schüssel über den Kopf zu gießen.

Danach sitzt sie einfach nur da, ein Häufchen Bio-Vollkornflocken auf dem Kopf, während ihr die Milch in dünnen Rinnsalen über das Gesicht läuft. Sie scheint gar nicht zu begreifen, was gerade passiert ist – obwohl sie es selbst getan hat. Wir alle starren sie an. Niemand sagt ein Wort. Die Spannung ist so dick, dass man sie mit einem Messer schneiden könnte. Mabel, die das Häufchen Frühstücksflocken auf dem Kopf ihrer Schwester eine Weile betrachtet hat, nimmt eine davon und steckt sie sich probehalber in den Mund.

Ich spüre, wie meine Lippen anfangen zu zucken. Ich beiße mir ganz fest auf die Zähne, um es zu unterdrücken. Die Situation ist nicht komisch, aber die Stimmung ist so angespannt, dass ich einfach nicht anders kann. Ich werfe einen Blick auf Betsy-Boo, was sich als großer Fehler erweist – sie sieht zum Totlachen aus und macht so ein verdutztes Gesicht, dass ich spüre, wie mir das Lachen unaufhaltsam die Kehle hochsteigt. Genau als sich dieses völlig unangemessene nervöse Lachen Bahn zu brechen droht, kommt Chloe mir zuvor. Ein lautes Schluchzen dringt aus ihrer Kehle.

»Chloe, Schatz ... reg dich nicht auf«, sagt John im verzweifelten Versuch, sie zu trösten. Chloe schluchzt noch lauter, dann stürzt sie aus der Küche.

»Ich räume schon auf, Liebes. Das ist gar kein Problem!«, ruft Johan ihr hinterher. »Es sind doch nur ein paar Frühstücksflocken!«

»Leck mich am Arsch, Johan!«, brüllt Chloe.

Dann herrscht erneut drückendes Schweigen. Johan steht wie vom Donner gerührt mitten in der Küche. Betsy-Boo hat immer noch ihr Frühstück auf dem Kopf und sieht genauso verstört aus wie ihr Vater. Währenddessen klaubt Mabel still und leise die Vollkornflocken aus den Haaren ihrer kleinen Schwester und isst sie. Jetzt halte ich es endgültig nicht mehr aus. Schallendes Gelächter bricht aus mir hervor. Ich muss so heftig lachen, dass es meinen ganzen Körper schüttelt. Ich kann nichts dagegen tun. Ich versuche es zurückzuhalten und presse mir die Hand vor den Mund, aber es hat alles keinen Zweck. Natürlich weiß ich, wie schrecklich unsensibel meine Reaktion auf ihren Familienkrach ist, aber sobald ich daran denke, muss ich nur noch mehr lachen. Es ist grauenhaft. Meine Lippen beben, ich zittere am ganzen Leib. Ich kann einfach nicht mehr aufhören.

Völlig überfordert von den emotional unberechenbaren Frauen in seinem Umfeld, lässt Johan sich auf einen Stuhl sinken, und weil er nicht weiß, was er sonst tun soll, bietet er mir ein

Stück Pop-Tart an, was bei mir endgültig alle Dämme brechen lässt.

Chloe kehrt nicht zurück, deshalb helfe ich Johan dabei, das Chaos in der Küche zu beseitigen. Als ich hinterher nach oben gehe, um mich anzuziehen, schaue ich kurz bei ihr im Schlafzimmer vorbei, um mich zu vergewissern, dass es ihr gut geht. Sie liegt auf dem Bett und schläft. Sie sieht selbst ganz kindlich aus. Ich nehme eine Decke und breite sie über sie. Zwei kleine Kinder können einen offenbar um den Verstand bringen, denn Chloe ist sonst der ruhigste, besonnenste Mensch auf der Welt. Sie und Johan tun mir leid, und mich plagen Gewissensbisse, weil ich dieses Mitleid durch einen Lachkrampf zum Ausdruck gebracht habe. Doch dann kommt mir eine Idee. Ich werde ihnen anbieten, einen Abend lang auf die Kinder aufzupassen. Genau! Ich werde babysitten, damit Chloe und Johan gemeinsam auf ein Date gehen können, denn seltsamerweise glaube ich, dass sie es viel nötiger haben als ich.

Tage bis zum Dreißigsten: 18
Date Nr. 13
Name: Joey (und andere)
Ort: Bar, Innenstadt von Madison
Ursprung: Chloes Kollege

Liebe Esther,
selbst verglichen mit allem, was ich in letzter Zeit so erlebt habe, war das heutige Date ziemlich skurril. Es wurde wieder mal von Chloe eingefädelt, allerdings sagte sie mir gleich, dass sie sich nicht für den Mann verbürgen könne. Als ich das hörte, war ich, ehrlich gesagt, ein bisschen erstaunt. Konnte sie sich etwa für die vorherigen Männer verbürgen? Sein Name lautete Joey, und sie

kannte ihn aus dem Krankenhaus, wo sie beide arbeiteten und hin und wieder die Kaffeepause gemeinsam verbrachten.

»Eigentlich ist er nett«, hatte sie ohne große Überzeugungskraft gesagt.

»Und eigentlich auch ganz attraktiv«, fügte sie – ebenso wenig überzeugend – hinzu.

Woraufhin ich mir die Frage stellte, ob das Wörtchen »eigentlich« eventuell ein Warnsignal war.

Chloe zufolge war Joey »sehr umtriebig«, was das Dating anging, aber da ich aufgehört hatte, in Bezug auf die Qualität meiner Verabredungen übermäßig wählerisch zu sein, und stattdessen dieser Tage eher auf Masse setzte, reichten mir diese Informationen aus, um ihm eine Chance zu geben.

Als ich die Bar betrat, in der wir uns verabredet hatten, erkannte ich ihn zunächst gar nicht, obwohl die Beschreibung, die Chloe mir gegeben hatte, durchaus zutraf. Sie hatte ihr ursprüngliches »eigentlich ganz attraktiv« noch ein bisschen präzisiert und mir einige Adjektive genannt, die Joeys Erscheinungsbild veranschaulichen sollten. Der Grund, weshalb ich ihn nicht sofort erkannte, war, dass er zusammen mit einer Frau eng umschlungen auf einer Bank saß und bereits ein anderes Date zu haben schien.

»Bella?«, rief er mir zu.

»Joey?«, fragte ich erstaunt.

Wie sich herausstellte, war er es wirklich. Und die Frau, mit der er in inniger Umarmung dasaß, war seine Freundin. Das war ein ziemlich seltsames, ganz und gar unerwartetes Szenario. Joey und Janine – im Rahmen einer Vorstellungsrunde erfuhr ich, dass sie Janine hieß – waren, wie sie mir erläuterten, ein Pärchen und schwer ineinander verliebt. So weit, so gut. Aber was sollte ich dann hier?

»Wir führen eine offene Beziehung«, sagte Joey, als er meine Verwirrung sah.

»Aber wir schauen uns die Dates des anderen immer genau an«, erklärte Janine ganz pragmatisch. »Es ist uns wichtig, dass der Partner seinen Segen gibt.«

»Also kein Druck«, scherzte ich, als fände ich die ganze Situation unglaublich amüsant.

»Na, komm. Setz dich zu uns und erzähl uns ein bisschen was von dir, Bella«, lud Janine mich herzlich ein.

Ich tat wie geheißen, und bald darauf saß ich zwischen den beiden, eng aneinandergepresst wie drei Erbsen in einer Schote.

Was dann folgte, war ein etwa fünfminütiges Interview, in dem ich eine Reihe von Fragen beantworten musste: wie ich meine Freizeit verbrachte, welches Sternzeichen ich hatte, was meine bevorzugte Sexstellung war, mit welchen drei Wörtern ich mich am ehesten beschreiben würde, und was das Seltsamste war, was ich in letzter Zeit erlebt hatte.

»Vielleicht genau dieser Moment hier.«

»Es ist toll, dich kennengelernt zu haben, Bella«, sagte Janine und umarmte mich.

»Es ist toll, dich kennengelernt zu haben, Date«, sagte Joey und umarmte mich ebenfalls.

Dann musste ich Platz machen, damit Joey und Janine sich ebenfalls umarmen konnten. Es war ein sehr emotionaler Moment. Die Reaktion der beiden auf mein kleines Bewerbungsgespräch war liebevoller und überschwänglicher als die meiner Eltern auf meinen bestandenen Schulabschluss. Dann küssten sich Joey und Janine auf den Mund, während ich wenige Zentimeter entfernt saß. Ich blickte an die Decke, um den beiden ein bisschen Privatsphäre zu geben.

»Dann habt noch einen wunderschönen Abend, ihr zwei«,

sagte Janine und gab uns damit ihren Segen. »Mein Date ist gerade angekommen.« Dann verschwand sie.

»Puh«, sagte ich zu Joey und verspürte eine enorme Erleichterung, es so weit geschafft zu haben. Die Absurdität dieser Prüfungssituation hatte ich längst aus den Augen verloren. Ich war einfach nur stolz, so gut abgeschnitten zu haben.

»Entspann dich, Bella. Du hast das großartig gemacht«, sagte Joey und strich mir eine lose Haarsträhne hinters Ohr. Eine seltsam vertrauliche Geste, die mir aber überhaupt nicht deplatziert vorkam. Joey und ich führten eine kurze Unterhaltung, ehe wir von Janine unterbrochen wurden, die wollte, dass Joey nun auch ihr Date, einen Mann namens Myles, auf Herz und Nieren prüfte. Myles war anzusehen, dass er zum ersten Mal von der etwas speziellen Ausgangslage hörte. Es folgte eine weitere Vorstellungsrunde, diesmal noch surrealer, weil ich jetzt ein Teil davon war.

»Und das hier ist Bella, die wunderschöne Frau, mit der mein Freund verabredet ist«, sagte Janine, woraufhin ich errötete.

Gleich würde Myles einer ähnlichen Befragung unterzogen werden wie ich.

»Viel Glück«, raunte ich ihm zu. Offenbar hatte ich jeden Sinn für die Realität verloren. Ich tat gerade so, als wären wir Kandidaten in einer Gameshow.

Glücklicherweise bestand Myles den Test mit Bravour. Er hinterließ einen sehr guten Eindruck, nicht zuletzt wegen der drei Wörter, mit denen er sich selbst beschrieb: »frei«, »unterwegs« und »offen«. Starke Wörter, die auch bei mir Widerhall fanden – und die vermutlich erklärten, weshalb Myles und ich überhaupt bei diesem Date mitmachten.

Kurz darauf versuchten wir uns in zwei separate Dates aufzuteilen, aber da wir immer noch so nah beieinandersaßen, gingen die Gespräche logischerweise immer wieder hin und her, und mit der Zeit verschmolzen die beiden Dates wieder zu einem. Weder Myles noch ich protestierten dagegen – wir richteten uns in allem ganz nach Joey und Janine. Dies hier war ihr Spiel. Nur sie wussten, wie es gespielt wurde, denn sie hatten das Regelbuch geschrieben.

Ich vermute, das ist auch der Grund, weshalb der nächste Spielzug ihnen nicht fremd war …

»So, ihr beiden, wie sieht's denn aus … Hättet ihr Lust auf einen Vierer?«

Hab dich lieb.

Kuss, Bx

Tage bis zum Dreißigsten: 18

Date Nr. 14

Name: Myles

Ort: dieselbe Bar

Ursprung: Date der Freundin von Date Nr. 13

Zusatzinfos: wenige Stunden später

Liebe Esther,

nachdem wir uns von Joey und Janine verabschiedet hatten, beschlossen Myles und ich, den Rest des Abends gemeinsam zu verbringen.

»Krasser Abend«, meinte Myles mit einem verschmitzten Lächeln.

»Kann man wohl sagen.« Ich lächelte ebenfalls. Dann wurde ich wieder ernst. »Myles«, sagte ich. »Warum hast du dich mit den Wörtern ›frei‹, ›unterwegs‹ und ›offen‹ beschrieben?«

»Jedenfalls nicht weil ich auf einen flotten Vierer aus war, falls du das meinst.« Er lachte unbekümmert, ehe er mir erzählte, dass er seit Kurzem geschieden sei und die Wörter für seine derzeitige Lebenssituation stünden. Er sei zum ersten Mal seit fünfzehn Jahren beziehungsfrei. Er sei unterwegs vom Leben als Ehemann zum Leben eines Singles, und er sei offen für alles, was die Zukunft bringen würde. Ob er damit gerechnet hatte, dass sie ihm Joey und Janine bringen würde, vermochte ich nicht zu sagen. Vielleicht hätte er sich dann für andere Wörter entschieden. Aber ich freute mich, dass er es nicht getan hatte, denn dann hätte er womöglich ihren Test nicht bestanden und wir wären nicht zusammen auf einem Date gelandet – etwas, wofür er ebenfalls offen war.

»Hast du gedacht, sie wäre die Eine?«, fragte ich, weil ich grundsätzlich immer daran interessiert war, was andere zu dem Thema dachten. Außerdem wollte ich mehr über seine Ehe erfahren. Und ich wollte wissen, wie neugierig ich sein konnte, ehe Myles mir sagte, ich solle mich um meinen eigenen Kram kümmern.

»Ja. Klar dachte ich das damals, sonst hätte ich sie ja nicht geheiratet.«

»Und was ist passiert?«

»Das Leben«, sagte Myles schlicht. »Wenn jemand der oder die Eine ist, muss das nicht notwendigerweise für immer so bleiben.« Wie wahr. »Im Laufe der Zeit haben wir uns verändert und auseinandergelebt. Mit Mitte dreißig ist uns klar geworden, dass wir nicht mehr dasselbe wollten wie noch mit Mitte zwanzig. Aber vor allem waren wir nicht mehr dieselben wie früher. Die Situation war einfach anders. *Wir* waren anders.«

Myles und seine Ex-Frau waren übereingekommen, dass sie nicht länger an die Vorstellung der einen großen Liebe glaubten. Inzwischen dachten sie eher in Vielfachen.

»Dann läuft dieser Abend für dich bisher ja ziemlich gut«, zog ich ihn auf.

»Es gibt über sieben Milliarden Menschen auf diesem Planeten,

Bella. Da kann es doch unmöglich nur eine wahre Liebe für jeden geben. Wenn das so wäre, wie sollten wir ihn oder sie dann jemals finden? Und selbst wenn wir ihn gefunden haben, gibt es trotzdem noch so viele andere Menschen, die wir nie näher kennengelernt haben. Wie sollen wir da jemals mit Sicherheit sagen können: ›Ja, das ist er. Das ist der Eine‹? Das ist doch völlig unmöglich. Schauen wir den Tatsachen ins Auge: Im Prinzip könnte fast jeder der oder die Eine für uns sein.« Ich musste eingestehen, dass Myles' Argumente nicht ganz von der Hand zu weisen waren.

»Du bist ja ein richtiger Romantiker«, witzelte ich, ehe ich wieder ernst wurde. »Vielleicht ist es nur so ein Gefühl – wenn man es weiß, meine ich«, sagte ich, als hätte ich irgendeine Ahnung, wovon ich da redete. Meine einzige Informationsquelle in dieser Angelegenheit waren Disney-Filme.

»Natürlich ist es ein Gefühl«, sagte Myles wissend. »Und zwar ein ziemlich starkes. Man glaubt so sehr daran, dass man verspricht, sein ganzes Leben mit einer einzigen Person zu verbringen. Aber es ist gleichzeitig auch eine Entscheidung, Bella.«

»Okay, und dann?«, ermunterte ich ihn. Inzwischen war ich ganz Ohr.

»Jemand ist der oder die Eine, weil wir uns dafür entscheiden. Wir behaupten es schlichtweg, damit wir aufhören können zu suchen. Damit wir an die Schicksalhaftigkeit unserer Wahl glauben können. Wir müssen unseren Verstand nicht länger mit den unendlichen Möglichkeiten all der anderen Menschen da draußen quälen, die vielleicht genauso toll sind oder sogar noch toller. Wir haben uns aus dem Spiel zurückgezogen. Wir haben uns für jemanden entschieden, und jetzt können wir in Ruhe weiterleben.«

»Na, das ist doch ein bisschen romantisch«, sagte ich hoffnungsvoll.

»Ja … bis wir zu der Erkenntnis gelangen, dass dieser Mensch doch nicht der Eine ist, und losziehen, um nach dem Nächsten zu suchen.«

»Gott, wie deprimierend. Herzlichen Dank, Myles.«

»Ach, Bella, im Grunde kommt es doch bloß darauf an, von welcher Warte aus man das Ganze betrachtet.« Er lachte. »Wenn es von vornherein nur einen Einen geben kann, wieso haben wir dann eben zu viert am Tisch gesessen?«

Ich schüttelte in gespielter Verlegenheit den Kopf.

»Und was waren deine drei Wörter?«, fragte er und brachte unser Gespräch damit wieder auf das Ausgangsthema zurück.

»Abenteuerlustig, spontan, auf der Suche«, antwortete ich. Unter normalen Umständen hätte ich mich nicht so beschrieben, aber ähnlich wie bei Myles schienen mir diese Worte am ehesten auf meine momentane Lebenssituation zuzutreffen.

»Mit anderen Worten: Du warst total heiß auf die Nummer«, neckte er mich.

Kurz darauf ging mein Date mit Myles zu Ende, und obwohl er sich nicht als der Eine herausgestellt hatte und auch Joey und Janine nicht die Einen waren, hatten sie mich zu dritt doch dazu gebracht, die Zahlen mit neuen Augen zu sehen.

Hab dich lieb.

Kuss, Bx

Dummerweise bin ich heute Morgen ziemlich spät aufgewacht. Chloe liegt bereits im Bett, nachdem sie von der Nachtschicht zurückgekommen ist, und Johan ist mit den Mädels zum Frühstücken gefahren, was für sie zweifellos eine schöne Sache ist, aber tiefgreifende Konsequenzen für mein Aufwachritual hatte – in dem Sinne, dass ich *gar* nicht aufgewacht bin. Jedenfalls nicht zur gewünschten Zeit. Diese ungeplante Verzögerung hat zur Folge, dass ich mich beeilen muss, um mich für mein nächstes

Date fertig zu machen. Warum jemand im Vollbesitz seiner geistigen Kräfte halb zehn als Uhrzeit für ein Date vorschlägt, ist mir ein absolutes Rätsel!

Tage bis zum Dreißigsten: 17
Date Nr. 15
Name: Brian (und Monty)
Ort: Indoorspielplatz, Madison
Ursprung: Chloe und Johan – arrangiertes Date Nr. 4

Liebe Esther,
in Wahrheit war mein Date mit Brian eher ein Dreierdate. Ich. Brian. Und dann war da noch Monty, Brians fünfjähriger Sohn.

Wie es scheint, haben Chloe und Johan wieder einmal kläglich versagt.

Brian, ein ganz passabel aussehender Mann – Typ Patrick Dempsey für Arme – entschuldigte sich immerhin dafür, seinen Sohn zu unserem ersten Date mitgebracht zu haben. Ihm war bewusst, dass so etwas nicht unter gute Dating-Etikette fiel, und er gestand mir, dass er sogar mit dem Gedanken gespielt habe, so zu tun, als wäre der kleine Monty gar nicht sein Sohn, sondern lediglich »ein opportunistischer Streuner«. Kein besonders väterliches Verhalten. Am Ende hatte jedoch die Wahrheit gesiegt – bei mir jedenfalls. Bei Monty schon weniger. Dem Kleinen gegenüber behauptete Brian nämlich, ich würde mich um die Stelle des neuen Kindermädchens bewerben, nachdem er das alte wegen Nichterscheinens erst am Morgen gefeuert hatte. Letzteres stimmte immerhin und erklärte auch, weshalb Monty bei dem Date überhaupt zugegen war. Leider bedeutete das, dass wir so tun mussten, als wäre unser Date gar kein Date, sondern ein Vorstellungsgespräch – ein eher unglücklicher Start für das Ganze, und dabei habe ich die Location noch nicht einmal erwähnt. Wir hatten unsere Erwachsenenpläne nämlich zugunsten einer kinderfreundlichen Aktivität aufgeben und uns in einem Indoorspielplatz treffen müssen, wo es vor hyperaktiven Kleinkindern und Klettergerüsten nur so wimmelte und wo Boden, Decke und Wände komplett mit knallbunten Matten verkleidet waren. Das Ganze sah aus wie eine riesengroße regenbogenfarbene Gummizelle. Darüber hätte ich vielleicht noch hinwegsehen können. Das viel größere Problem war diese dämliche Lüge mit dem Kindermädchen, die Brian seinem Sohn aufgetischt hatte und die dazu führte, dass er mir eine geschlagene Stunde lang Fragen über meine Erfahrungen mit Kindern stellte, ehe Monty an der Reihe war und mich über so ziemlich alles andere ausfragte. Wer hätte gedacht, dass Kinder so neugierig sein konnten? Es war extrem anstrengend. Brians Fragen waren so konkret, dass ich mich ab einem gewissen Punkt zu fragen begann, ob es sich wirklich noch um eine komplizierte Scharade zugunsten seines Sohnes handelte oder es womöglich doch ein echtes Bewerbungsgespräch war. Vielleicht ein wohlkalkulierter Prüfprozess, mit dessen Hilfe Vater und Sohn gemeinsam ausloteten, inwieweit sich Brians Dates als Montys potenzielle neue Mutter eigneten.

Auf einmal überkam mich der Drang, mich kopfüber gegen eine der Gummimatten zu schmeißen.

Meinen besten Bemühungen zum Trotz gelang es mir nicht, das Gespräch in eine andere Richtung zu lenken. Selbst als ich anbot, mit Monty im Bällebad zu spielen, brachte das die beiden nicht von ihrer Fragerei ab. Irgendwann gelangte ich zu dem Schluss, dass ich sie nicht besiegen konnte und besser daran täte, ihr Spiel mitzuspielen. Ich setzte sie unter Zugzwang, indem ich die brisanteste Frage stellte, die mir einfiel.

»Wo ist denn Montys Mutter?«

Ha, dachte ich. *Das wird ihnen eine Lehre sein.*

»Die ist tot«, antwortete Brian ernst.

Toll. Der Schuss war dann wohl nach hinten losgegangen.

»Das tut mir leid, Brian. Das ist ja schrecklich!«, rief ich und wandte mich dann Monty zu, um mich bei ihm ebenfalls zu entschuldigen. Monty blickte mit großen, traurigen braunen Augen von seinem riesigen Schokomilchshake auf. Brian stibitzte Montys Strohhalm und trank einen tiefen Schluck.

»Ich mache nur Spaß. Sie ist nicht wirklich tot.« Brian lachte.

Eigenartigerweise lachte Monty auch.

Was zum Teufel, du kranker … Wer machte über so etwas Witze? Noch dazu vor dem eigenen fünfjährigen Sohn?

»Sie ist gar nicht tot?«, hakte ich sicherheitshalber nach.

»Nein, leider nicht, auch wenn ich mir das manchmal wünsche«, sagte Brian gut gelaunt. »Stimmt's, Kumpel?«, setzt er hinzu und sah seinen Jungen um Zustimmung heischend an.

Monty schlürfte geräuschvoll seinen Shake. Er hatte sich bereits wieder aus unserem Erwachsenengespräch ausgeklinkt. Zum Glück.

»Sie ist eine furchtbare Nervensäge«, fuhr Brian fort. »Und damit keine Missverständnisse aufkommen: Sie war nie meine Frau – falls du dich das gefragt hast. Dieser kleine Mann hier …« Er strubbelte Monty durch seine braunen Locken, »ist das Ergebnis eines One-Night-Stands. Eine Nacht lang Spaß, ein ganzes Leben lang Verpflichtungen. Aber wir kommen schon klar.«

In dem Moment erspähte Monty eine lebensgroße Figur aus dem Film *Frozen*, die soeben den Indoorspielplatz betreten hatte, und rannte jauchzend davon. Mir schwirrte der Kopf. Brian musste einer der miesesten Väter sein, denen ich jemals begegnet war. Ich wollte es noch einmal aus seinem Mund hören, um ganz sicherzugehen, dass ich mich nicht geirrt hatte.

»Tut mir leid, Brian, nur damit ich es richtig verstehe. Hast du gerade eben zum Scherz behauptet, dass deine Ex tot ist?«

»Ja, habe ich«, bestätigte Brian. »Aber ich habe auch gesagt, dass sie nicht meine Ex ist.« Dann grinste er, als würde er mit mir flirten. »Offen gestanden, Bella, hat sie mir das Kind angehängt.«

Obwohl ich ernsthafte Zweifel an Brians Moralvorstellungen hegte, konnte ich nicht anders, als neugierig aufzuhorchen. Verdammt. Was stimmt eigentlich nicht mit mir?

»Angehängt, sagst du? Interessant ... Wie denn das?«

»Ich weiß es nicht genau, und sie würde es sowieso niemals zugeben, aber sie ist eine von diesen supererfolgreichen Karrierefrauen. Ihr ganzes Leben lang hat sich alles um die Arbeit und ums Weiterkommen gedreht, und dann ist sie eines Morgens aufgewacht und hat sich gedacht: *Was habe ich nur die ganze Zeit getan? Ich bin allein, habe keinen Mann, aber da ist dieser permanente Druck, mich fortzupflanzen, bevor es zu spät ist und meine Eierstöcke vertrocknen wie zwei alte Feigen.* Genau in dem Moment bin ich auf der Bildfläche erschienen – wie praktisch«, sagte Brian zynisch. »Ich bin wirklich der letzte Trottel.«

Mir gefror das Blut in den Adern. Ich wusste nicht, ob ich noch mehr hören wollte.

»Red weiter«, sagte ich

»Sie ist mit mir ausgegangen, hat mich betrunken gemacht, mich verführt, und neun Monate später hatten wir einen gemeinsamen Sohn. Versteh mich nicht falsch, Monty ist das Beste, was mir je passiert ist, aber es ist keine Geschichte aus dem Märchenbuch, wenn du verstehst, was ich meine.«

Dann stellte ich die Frage, die ich einfach stellen *musste.* »Wie alt war sie denn, Brian?«

»Fünfunddreißig.«

Mir wurde ganz blümerant zumute. Für mich war das zu nah

an der Schmerzgrenze. Zu nah dran an meiner eigenen Lebenssituation, an meinem eigenen Alter. Aber sehen wir es positiv: Immerhin war es mir gelungen, das Gespräch auf ein anderes Thema zu lenken.

Kurz darauf, nachdem wir Monty, der angeblich unter Höhenangst litt, nach oben ins Baumhaus begleitet hatten, nur um dort wenige Minuten später von ihm links liegen gelassen zu werden, weil das mit der Höhenangst offenbar doch nicht so schlimm war, saßen Brian und ich eingequetscht zwischen einem Baumstamm und einer bunten Matte. Dort oben, auf einem von Menschen gemachten quietschgelben Plastikbaum, verbrachten wir den Rest des Vormittags.

Wir redeten über Montys Mutter, über Monty und darüber, wie schwierig es war, Frauen kennenzulernen, wenn man einen kleinen Sohn in seinem Leben hatte.

Obwohl ich nicht auf Brian stand, fand ich ihn erstaunlicherweise sehr amüsant – jedenfalls sobald ich mich an seinen schwarzen, fast ans Soziopathische grenzenden Humor gewöhnt hatte. Leider sah er Patrick Dempsey mit der Zeit immer weniger ähnlich. Er war nicht nur ein wenig schräg, wie ich feststellte, sondern auch verstörend ehrlich. Und zwar *immer*. Er nannte die Dinge schonungslos beim Namen. Montys Mutter beispielsweise bezeichnete er als »verzweifelte alte Schlampe«, und obwohl ich weiß Gott nicht immer mit ihm einer Meinung war und das meiste von dem, was er sagte, zutiefst anstößig fand, hatte ich durchaus Spaß an seiner Gesellschaft. Es hatte etwas Erfrischendes, eine offene Unterhaltung zu führen, statt sich mit stundenlangen Kennenlerngesprächen aufzuhalten, die sowieso die reinste Zeitverschwendung sind, weil beide Parteien so sehr damit beschäftigt sind, sich in einem möglichst vorteilhaften Licht darzustellen. Man glaubt, sich einen richtigen Sonnenschein geangelt zu haben, nur um sechs Monate später festzustellen, dass man mit einem Manisch-Depressiven zusammengezogen ist. Vielleicht hatte Brian recht, und Aufrichtigkeit war tatsächlich der beste Weg.

»Du bist geradezu brutal ehrlich, Brian.« Mein Tonfall ließ offen, ob das als Kompliment, als Beleidigung oder lediglich als eine Tatsachenbehauptung gemeint war.

»Ach, Bella. Wir sind zu alt für Bullshit«, sagte er weise. »Wenn es ums Dating geht, habe ich vor allem eins gelernt: Entweder es klappt, oder es klappt nicht. Und wenn es klappt, kommen all die hässlichen Wahrheiten früher oder später sowieso ans Licht. Warum sollte man wertvolle Zeit damit vergeuden, sie zu verschweigen?«

Da war was dran, obwohl ich ein bisschen beleidigt war, weil er mich als »zu alt« für Bullshit bezeichnet hatte.

»Du hast absolut recht, Brian«, pflichtete ich ihm bei. »Es hat keinen Sinn, jemand sein zu wollen, der man nicht ist.«

Dann dachte ich an so ziemlich jedes Date zurück, das ich bisher gehabt hatte und bei dem ich genau das versucht hatte. »Besser, man spielt von Anfang an mit offenen Karten.«

»Eben«, sagte er.

Darauf folgte eine lange Pause, in der wir beide unseren eigenen Gedanken nachhingen. Dann reichte Brian mir aus heiterem Himmel die Hand und verkündete:

»Hi, ich bin Brian. Ich bin ein Egoist im Bett, und es ist mir völlig egal, ob du kommst oder nicht.«

Ich brauchte eine Weile, um das zu verdauen. Dann erschien ein Lächeln auf meinem Gesicht.

»Hallo, Brian.« Ich nahm seine Hand und schüttelte sie. »Ich bin Bella, und ich hasse Blowjobs. Ich habe einen extrem sensiblen Würgereflex, und alles, woran ich dabei denken kann, ist, dass ich vielleicht deinen Penis vollkotze.«

»Mir wurde gesagt, mein Penis liege größentechnisch etwas unter dem nationalen Durchschnitt.«

»Ich habe Angst, dass ich asymmetrische und unterschiedlich große Brustwarzen haben könnte. Ach so, und ich bin auf der Suche nach was Festem.«

»Ich finde die Vorstellung einer monogamen Beziehung mit einem einzigen Partner für den Rest meines Lebens absolut schauderhaft.«

»Das war übrigens kein Orgasmus. Ich habe gelogen, weil es langsam anfing zu scheuern und ich mich, ehrlich gesagt, ein bisschen gelangweilt habe.«

»Machst du das oft?«

»Manchmal«, sagte ich. »Neuerdings nicht mehr, weil ich bis zur letzten Woche seit fast einem Jahr keinen Sex mehr hatte.«

»Heilige Scheiße. Ist das dein Ernst? Ein ganzes Jahr ohne Sex?«

»Ein ganzes Jahr.«

»Ganz schön heftig.«

»Ja?«

»Siehst du? Wäre die Welt des Datings nicht besser, wenn die Leute den ganzen Bullshit überspringen und einfach die Wahrheit sagen würden?«, fragte Brian.

»Wenn die Leute von Anfang an so ehrlich wären, kämen sie vielleicht nie übers erste Date hinaus.«

»Ach, ich weiß nicht«, meinte Brian verschmitzt. »Ich finde asymmetrische und unterschiedlich große Brustwarzen ziemlich sexy.«

»Tja, zu dumm, Brian, denn *ich* finde egoistische Liebhaber absolut schauderhaft.«

Wir grinsten.

»Weißt du was? Wir sind wie zwei weise, alte Eulen hier oben auf dem Baum«, meinte Brian und stupste mich freundschaftlich mit der Schulter an. Wir machten genau zur gleichen Zeit »Schuhuuu!« und mussten lachen. Die Kinder, die mit uns im Baumhaus waren, fanden uns nicht ganz so witzig. Sie warfen uns gemeine Blicke zu, als wären wir nicht ganz richtig im Kopf, und Brian und ich kamen schnell auf andere intelligente Lebensformen zu sprechen, ehe wir irgendwann wieder bei uns selbst angelangt waren.

Als sich unser Date dem Ende zuneigte und ich mich von Brian und Monty verabschiedete, bedauerte ich es, morgen abreisen zu müssen. Wenn ich geblieben wäre, hätte ich mich vielleicht noch einmal mit den beiden getroffen. Aber mein Wunsch danach war nicht so groß, dass ich deswegen meine Pläne über den Haufen geworfen hätte. Und weil wir die ganze Zeit so ehrlich zueinander gewesen waren, sagte ich Brian das auch.

Ich glaube übrigens, wenn es wirklich ein Bewerbungsgespräch gewesen wäre, hätte ich den Job bekommen.

Hab dich lieb.

Kuss, Bx

»Bist du sicher, dass es für dich okay ist, Bella?«, fragt Chloe mich zum hundertsten Mal.

»Könnt ihr bitte einfach gehen?«, sage ich und mache eine scheuchende Handbewegung.

Endlich verstehen sie den Wink. Sie umarmen mich zum Abschied, dann umarmen sie sich gegenseitig und dann noch einmal mich. Sie sind ganz schwindlig vor lauter Dankbarkeit und Aufregung.

»Ehrlich, das macht mir überhaupt nichts aus«, versichere ich ihnen. »Außerdem ist das wirklich das Mindeste, was ich für euch tun kann, um mich dafür zu bedanken, dass ich hier schlafen darf und ihr mir so viele Dates klargemacht habt.«

»Bella, machst du Witze? Wir wollen doch auch, dass du jemanden kennenlernst«, sagt Johan voller Wärme. »Dafür brauchst du uns ganz bestimmt nicht zu danken.«

Ich lasse besagte Dates Revue passieren und komme zu dem Schluss, dass er recht hat. Ein Dankeschön wäre in der Tat übertrieben.

Johan und Chloe machen sich auf den Weg, während mir ein Abend mit Betsy-Boo und Mabel bevorsteht. Ich sprühe nur so vor Optimismus und bin selbst ein bisschen aufgeregt. Das wird ein Vorgeschmack auf das Leben, das ich mir wünsche.

Ich kann guten Gewissens behaupten, dass dieses Date von allen bisherigen mit Abstand das schlimmste ist. Die zwei Mädchen mögen lieb und engelsgleich aussehen, aber das sind sie nicht. Sie sind zwei echte Satansbraten.

Betsy-Boo beißt mich sogar!

Weil sie ihre Spielsachen nicht teilen will und deshalb einen Trotzanfall bekommt, beißt sie mich so fest mit ihren kleinen spitzen Milchzähnchen, dass ich fast anfange zu bluten. Und das ist noch nicht mal das Schlimmste. Als der Kleinen klar wird, dass sie Bella wehgetan hat, zeigt sie weder Reue noch Mitgefühl, so wie man es von einem Kind erwarten würde, das gerade einen Erwachsenen zum Weinen gebracht hat. Stattdessen lacht sie mir frech ins Gesicht!

So unterirdisch einige meiner Dates auch waren, noch ist keiner der Männer so tief gesunken, mich erst zu beißen und dann auszulachen. Und als wäre das immer noch nicht genug, haut sie dann auch noch ihrer Schwester mit einer Barbiepuppe auf den Kopf, die ulkigerweise eine ganz ähnliche Dauerwelle hat wie die Barbie aus dem Greyhound-Bus. Allerdings scheint mir die Barbiepuppe sexuell deutlich aktiver zu sein als die Greyhound-Barbie. Ehrlich gesagt, sieht sie aus wie eine Prostituierte – ein mehr als fragwürdiges Rollenvorbild für eine Dreijährige. Natürlich lässt Mabel diesen Gewaltakt nicht einfach auf sich sitzen, und da sie ihrer Schwester aufgrund ihrer Größe überlegen ist, fängt sie nun ihrerseits an, auf Betsy-Boo einzuschlagen. Einerseits bin ich froh, dass die Kleine am eigenen Leib zu spüren bekommt, wie es ist, geschlagen zu werden. Aber sie ist erst drei, deshalb muss ich einschreiten, ehe die Situation vollends eskaliert.

Ich schaue auf die Uhr und stelle fest, dass Chloe und Johan noch keine zwanzig Minuten weg sind.

Das beunruhigt mich.

Rasch lege ich mir einen Plan zurecht. Der besteht im Wesentlichen darin, die Kinder so schnell wie möglich ins Bett zu bringen, damit sie einschlafen.

Erstens: Abendessen. Vor dem Schlafengehen brauchen sie natürlich Nahrung. Doch auch das artet schnell in Chaos aus – hauptsächlich weil mich die schreckliche und vollkommen irrationale Angst plagt, sie könnten sich an ihrem Essen verschlucken und ersticken. Ganz unwahrscheinlich ist das nicht, wenn man sieht, mit welcher Geschwindigkeit sie sich ihre winzigen Münder vollstopfen. Es ist zu grauenhaft, dabei zuzuschauen, deshalb beschließe ich, ihre Spaghetti bolognese zu pürieren. Das Ergebnis ist erwartungsgemäß ziemlich ekelhaft. Niemand hat Appetit auf flüssiges Hackfleisch, in dem Spaghettistückchen schwimmen, am allerwenigsten zwei kleine Kinder. Am Ende lasse ich die Nudeln Nudeln sein und umgehe alle eventuell damit verbundenen Gesundheitsrisiken, indem ich den beiden stattdessen eine Schüssel Erbsen vorsetze. Einfach, aber gesund.

Als Nächstes: Badewanne.

Die Angst vor dem Ersticken durch Spaghetti war schon nervenaufreibend genug, aber die Vorstellung, die beiden könnten in der Badewanne ertrinken, ist mehr, als ich ertragen kann. Nachdem die zwei Mädchen etwa zweieinhalb Minuten lang geplanscht haben und dabei mit ihren glitschigen kleinen Körpern wild in der Wanne herumgerutscht sind, sodass ihre kleinen Köpfe ständig Gefahr liefen, unter Wasser zu tauchen, stehe ich kurz vor der Kernschmelze.

Genug! Schlafenszeit.

Die nächsten siebenundvierzig Minuten verbringen wir damit, uns darüber einig zu werden, welchen Schlafanzug die beiden anziehen. Rückblickend betrachtet, hätte ich die Diskussion überhaupt nicht zulassen sollen. Ich biete an, ihnen noch eine Geschichte vorzulesen, und es dauert noch einmal dreißig Minuten, bis sie aus ihrer Bibliothek ein Buch ausgesucht haben. Auch das sollte eigentlich kein Anlass für eine Debatte sein. Irgendwann liegen sie endlich, endlich im Bett. Sie haben beide Blessuren von ihrem Streit davongetragen, sind nach ihrem nur aus Erbsen bestehenden Abendessen immer noch hungrig und außerdem ziemlich schmutzig, weil sie nicht anständig gebadet wurden. Doch mir reicht es, dass sie noch am Leben sind, als Chloe und Johan nach Hause zurückkommen. Das ist der wahre Sieg.

Und ich bin ebenfalls noch am Leben. Gerade so.

Ich würde gerne sagen, dass sich dieser Höllentrip gelohnt hat, weil Chloe und Johan nach einem romantischen kinderfreien Abend beschwingt von ihrem Date zurückkommen. Doch leider ist das nicht der Fall. Bei ihrer Rückkehr trägt Johan Chloe auf dem Arm und muss sie sofort ins Bett bringen, weil sie tief und fest schläft. Als er wieder nach unten kommt, berichtet er, dass sie im Kino waren – etwas, das sie seit Betsy-Boos Geburt nicht mehr gemacht haben. Leider sind beide bereits während der Trailer eingeschlafen und erst drei Stunden später wieder aufgewacht, als jemand vom Reinigungspersonal die Popcornreste unter ihren Sitzen wegsaugte.

»Nein!«, sage ich halb mitfühlend, halb ungläubig. Die beiden hatten sich so sehr auf den Abend gefreut, und jetzt haben sie ihn glatt verschlafen.

»Das ist so traurig, Johan. Ihr habt nicht mal den Film gesehen?«

Johan versichert mir, dass es alles andere als traurig war. Im Gegenteil, sie hätten seit drei Jahren nicht mehr so lange ohne Unterbrechung geschlafen. Es sei himmlisch gewesen. Sie hätten keinen schöneren Abend haben können.

Also scheint sich die Mühsal des Abends doch noch ausgezahlt zu haben. Und mein eigenes sorgenfreies Leben kommt mir auf einmal viel kostbarer vor.

Ich sitze wieder im Bus. Diesmal bin ich auf dem Weg nach Chicago, und wie es sich für eine Fahrt mit dem Greyhound gehört, befinde ich mich auch diesmal wieder in meinem quasikomatösen Zustand, noch ehe wir den Busbahnhof verlassen haben. Schon komisch: Auf meiner letzten Busfahrt war ich erschöpft, weil ich zu heftig gefeiert und zu viel Sex gehabt hatte. Jetzt bin ich erschöpft, weil ich zu viel Zeit mit zwei kleinen Kindern verbracht habe. Es war ein Gefühl, als hätte man mein Leben innerhalb von knapp fünf Tagen um fünf Jahre vorgespult – ein beängstigender Ausblick darauf, wie meine Zukunft vielleicht mal aussehen wird. Ich bin heilfroh, nun wieder zu meinem alten, jüngeren Ich zurückkehren zu können.

Ich verschlafe die komplette Fahrt und wache erst auf, als der Bus am Terminal in Chicago hält. Ich suche meine Sachen zusammen und steige aus.

»Bella!«, höre ich seine vertraute Stimme von der anderen Seite des Busbahnhofs.

»Wenn du Ski fahren willst, bist du am falschen Ort ausgestiegen. Die Rockies sind in Colorado.«

Diese Bemerkung spielt auf die voluminöse türkisfarbene Skijacke an, die Johan mir geliehen hat, als ihm klar wurde, wie schlecht ich für den Winter in Nordamerika gerüstet bin.

Lächelnd schaue ich mich um und sehe ihn.

Jetzt weiß ich ganz sicher, dass ich am richtigen Ort ausgestiegen bin.

Neun

Er sieht noch genauso aus wie früher. Ein bisschen älter vielleicht, ein bisschen attraktiver. Die Haare trägt er etwas kürzer. Und er ist definitiv nicht mehr so schlaksig wie früher. Verdammt, er sieht allen Ernstes noch heißer aus.

Vielleicht hätte ich mir etwas mehr Mühe mit meinem Aussehen geben sollen. Warum habe ich das eigentlich nicht getan? Das Wiedersehen mit meinem Ex-Freund, mit dem ich vier Jahre lang zusammen war, hätte doch mindestens einen kompletten Garderobenwechsel inklusive Typveränderung sowie neuer Föhnfrisur gerechtfertigt, getoppt von einer großzügigen Portion Fabelhaftigkeit. Stattdessen bin ich ungeschminkt, und meine Haare sind oben auf dem Kopf zu einem verzottelten Knoten gezurrt, der so fettig ist, dass er vermutlich auch ohne Haargummi halten würde. Fünf Tage bei Chloe, und ich bin zu einer verwahrlosten Schlabbermutti geworden, die ganz andere Dinge zu tun hat, als sich mit der Frage zu beschäftigen, ob meine Panda-Augen vom Schlafmangel oder von zwei Wochen alten Mascara-Resten herrühren.

Er steht auf der anderen Seite des Parkplatzes und strahlt mich an, und schon im nächsten Augenblick sind alle meine Bedenken verflogen, denn ich werde in ein früheres Leben zurückkatapultiert – oder wenigstens in mein Leben vor sieben Jahren.

»Willst du nur dastehen und mich anstarren, oder kommst du rüber und begrüßt mich?«, ruft er mir zu.

»Eigentlich warte ich darauf, dass du dich wie ein Gentleman verhältst und mir mit meinem Gepäck hilfst!«, rufe ich zurück.

»Ach du Scheiße«, entfährt es Luke. Gleich darauf setzt er sich in Bewegung. Mit einem geschmeidigen Satz überwindet er die Absperrung. Als er lässig zu mir joggt und dabei geschickt einem einfahrenden Bus ausweicht, merke ich, dass er nichts von seiner jugendlichen Sportlichkeit verloren hat. Dann stehen wir voreinander, Luke und Bella. So nah, dass ich ihn berühren könnte. Er ist echt, nicht mehr nur ein Name, den ich hin und wieder fallen lasse, um zu beweisen, dass ich in der Lage bin, Beziehungen zu führen. Er existiert wirklich. Genau wie all die großen, überwältigenden Gefühle, die in diesem Moment in mir hochkommen.

Überwältigt von dieser neuen Wirklichkeit, starren wir einander an. Wir sind beide ein bisschen verdattert, ein bisschen sprachlos. Keiner von uns weiß so recht, was wir jetzt tun sollen. Die anfängliche Vertrautheit ist verflogen, auf einmal sind wir uns völlig fremd. Ich fühle mich gezwungen, etwas zu sagen, also suche ich mir das banalste Thema aus.

»Du hast dir die Haare schneiden lassen.« Noch nie habe ich mich mehr gehasst.

»Na ja, es ist sieben Jahre her, Bella. Ich hoffe, du hast dir in der Zwischenzeit auch mal die Haare schneiden lassen«, sagt er und lächelt. Sofort bereue ich es, davon angefangen zu haben, denn meine Haare sehen so aus, als hätte ich sie sieben Jahre lang nicht einmal gewaschen, geschweige denn schneiden lassen.

»Kommst du jetzt her und drückst mich, oder was ist?«

Ich stelle meine Taschen hin und werfe mich in seine Arme, die er weit ausgebreitet hat, um mich willkommen zu heißen. Ich drücke das Gesicht an seine Brust, so wie ich es von Betsy-Boo und Mabel gelernt habe, und schmiege mich ganz fest an ihn. Er riecht fantastisch. Ich kann gar nicht genug von ihm bekommen. Geborgen an seiner Brust, fällt mir etwas ein, was ein Mann einmal während eines Dates zu mir gesagt hat, und ungefähr eine Sekunde lang frage ich mich: *Könnte es sein, dass Luke perfekt passt?*

Wir bleiben eng umschlungen stehen, als wollten wir in einem einzigen Moment die letzten sieben Jahre nachholen. Ich vergrabe meinen Kopf ganz tief in der Wärme seiner Brust, während er die Arme fester um mich schlingt. Ich atme seinen herrlichen, vertrauten Duft ein. Das Gesicht an seinen Pulli geschmiegt, wird mir klar, dass Luke genau das für mich ist: ein alter Pulli, der ganz unten in der Schublade liegt und den man seit Ewigkeiten nicht mehr getragen hat. Ein Pulli voller Löcher und Flecken von den unzähligen Abenteuern und Missgeschicken, die man in ihm erlebt hat, gesättigt von unzähligen Gerüchen und Erinnerungen, die tief in seinen Fasern sitzen. Ein Pulli, der sich, wenn man ihn überzieht, anfühlt wie eine große kuschelige Decke und einem augenblicklich das Gefühl gibt, dass alles gut wird. Es ist derselbe Pulli, den man irgendwann mal achtlos ganz weit nach hinten in die Schublade gestopft und vergessen hat. Man dachte, man würde ihn nie wieder anziehen, weil er nicht mehr zu einem passt, aber dann findet man ihn zufällig wieder, probiert ihn an und stellt fest, dass er unfassbar gemütlich ist, sodass man sich fragen muss, weshalb man ihn weggelegt hat und jemals etwas anderes tragen wollte.

So ein Pulli ist Luke.

»Ich hab dich vermisst, Bells«, sagt er so leise, dass ich seine Worte kaum höre, aber ich weiß trotzdem, dass er sie gesagt hat. Ich spüre sie, als er mich an sich drückt.

»Ich hab dich auch vermisst, Luke«, sage ich, von seiner Brust gedämpft.

»Na, komm, lass uns gehen«, sagt er und gibt mir einen Kuss aufs Haar. Das hat er früher immer gemacht. Vermutlich bereut er bereits, meinen fettigen Strähnen mit seinem Mund zu nahe gekommen zu sein. Mit einer Hand nimmt er meine Taschen, dann schlägt er den Weg in Richtung Terminal ein. Die andere Hand streckt er nach hinten aus, damit ich sie ergreife. Es ist eine kleine, unbewusste Geste, aber für mich fühlt sie sich sehr bedeutungsvoll an. Seine Hand zu nehmen kommt mir wie die unausgesprochene Abmachung vor, dass alles wieder so ist wie früher. Aber ist es wieder so wie früher? Lassen sich sieben Jahre in sieben Minuten zurückspulen?

»Bells«, sagt Luke geistesabwesend, während er sich darauf konzentriert, sicher die Straße zu überqueren. Er hat immer noch die Hand nach mir ausgestreckt. Das alles geschieht so selbstverständlich, dass ich mich frage, ob er überhaupt auf den Gedanken gekommen ist, dass ich seine Hand vielleicht nicht länger brauche, um über die Straße zu kommen. Dass ich sie vielleicht nicht nehmen könnte. Aber natürlich nehme ich sie. Ich lege meine Hand in seine und spüre den sanften Druck seiner Finger, als er mich, ohne sich nach mir umzudrehen, über die Straße führt.

Anscheinend kann man in sieben Minuten wirklich sieben Jahre zurückspulen.

Laura, eine alte Freundin von der Uni und ein weiteres Kernmitglied unserer Clique, wohnt zwanzig Minuten nördlich vom Stadtzentrum. Bei ihr werde ich während meines Chicago-Aufenthalts übernachten. Laura hatte im ersten Semester eine kurze Affäre mit Johan, und wir fanden sie alle so nett, dass wir sie kurzerhand behielten, auch nachdem die Sache mit Johan in die Brüche gegangen war. Sie war damals ein bisschen verrückt, ein echter Freigeist, und fuhr zu Protestveranstaltungen in ganz Kalifornien, weil sie »den Geist der Rebellion« mochte. Einmal hat sie mich sogar mitgeschleppt. Wir demonstrierten gegen den Abriss irgendeines komplett unbedeutenden Gebäudes, das einem teuren Apartmentkomplex weichen sollte. Hätten wir uns die Zeit genommen, ein wenig darüber nachzudenken, wäre uns das Bauprojekt vermutlich absolut vernünftig, ja geradezu nützlich erschienen. Aber diese Zeit nahmen wir uns nicht. Für uns war der geplante Neubau eine Verunstaltung der Gegend und ein »Akt der Respektlosigkeit gegenüber der Architekturgeschichte«. Wenigstens formulierte Laura es so, als sie versuchte, mir die Teilnahme an der Demo schmackhaft zu machen. Also protestierten wir mit selbst gemalten Schildern gegen die Zerstörung eines halb verfallenen, praktisch unbewohnbaren Gebäudes, das, um der Wahrheit die Ehre zu geben, vermutlich aus den Achtzigerjahren stammte und somit nicht gerade altehrwürdig war. Trotzdem konnte ich Laura verstehen: Ich fühlte mich mächtig und wichtig und kam mir tatsächlich wie eine Rebellin vor. Wie es der Zufall wollte, bezogen wir im dritten Jahr in einem dieser schicken neuen Apartmentkomplexe zusammen eine Wohnung.

Durch Laura lernte ich auch Luke kennen.

Die beiden waren alte Freunde, in Chicago geboren und zusammen aufgewachsen. Ihre Väter hatten in den Achtzigern eine überaus erfolgreiche Firma für Kulissenbau gegründet, und die Verbindung zwischen den beiden Familien war so eng, dass sie irgendwann praktisch zu einer zusammenwuchsen. Das galt auch für Laura und Luke.

Es war nach den Semesterferien, am Tag der Homecoming-Feier Mitte September. Wir waren seit einem Monat wieder an der Uni, und Laura hatte ihren »guten Freund von daheim« mitgebracht, um mit uns zu feiern. Ich fand es immer sehr treffend, dass ich Luke ausgerechnet an Homecoming begegnete, denn schon vom ersten Augenblick an und in den Millionen von Augenblicken, die darauf folgten, einschließlich dieses Abends am Busbahnhof, hatte ich bei ihm immer das Gefühl, nach Hause zu kommen. Luke verbrachte damals den ganzen Tag mit uns – und die nächsten vier Jahre mit mir. Das Zusammensein mit ihm war eine echte Offenbarung für mich. Er war so unkompliziert, fühlte sich so wohl in seiner Haut und war so viel reifer und erwachsener als die Leute in unserer Clique. Rückblickend glaube ich, dass es daran lag, dass er genau wusste, was er wollte. Er driftete nicht wie wir, sondern hatte immer festen Boden unter den Füßen. Die Vision, die er für sein Leben hatte, gab ihm Halt. Nachdem er in San Francisco seinen Abschluss in BWL gemacht hatte, wollte er nach Chicago zurückkehren und in den Familienbetrieb einsteigen mit dem Ziel, ihn eines Tages zu übernehmen. Das war sein Plan. Er schien genau zu wissen, wo er im Leben hinwollte. Deshalb wirkte er so gefestigt, vor allem im direkten Vergleich zu mir. In dieser Hinsicht waren wir sehr gegensätzlich. Das war bestimmt einer der Gründe, weshalb wir uns so zueinander hingezogen fühlten. Er war die Erde, ich war die Luft. Er gab mir Halt, und ich ließ ihn fliegen. Oder vielleicht war ich auch eher ein chaotischer Wirbelwind und er ein starker Baum, der es mochte, wenn es in seinen Blättern rauschte, er aber immer fest verwurzelt bleiben würde. Und dazu sah er auch noch unverschämt gut aus.

Nach der Uni lebten wir ein Jahr lang zusammen. Die ersten paar Monate blieben wir noch in San Francisco, aber Luke wollte unbedingt zurück nach Hause und im Familienbetrieb anfangen. Damals verfolgte ich noch meinen Traum vom Schreiben, und weil man das überall tun konnte, kam ich mit ihm nach Chicago. Doch leider war Luke zu dem Zeitpunkt nicht der Einzige, der sich nach der Heimat sehnte – mir ging es genauso. Es entbehrte nicht einer gewissen Ironie, dass die Homecoming-Feier uns zusammengeführt hatte und es die geografische Distanz zwischen unseren Heimatorten war, die uns letzten Endes entzweite. Das sowie einige andere fundamentale Differenzen.

Als Luke und ich nach Chicago kamen, hatte Laura sich dort bereits häuslich niedergelassen. Sie hatte gleich nach dem College einen Job bekommen und kurz darauf ihren zukünftigen Ehemann Griff kennengelernt. Griff ist nicht ganz so kernig, wie sein Name vermuten lässt. Er sieht eher aus wie Roald Dahls freundlicher Riese, weniger wie ein urwüchsiger Outdoor-Typ. Und er ist Lukes allerbester Freund. Es ist wirklich knuffig. Die beiden machen alles zusammen, was man sich bei Männern so vorstellt, wie etwa Fußball gucken oder angeln gehen, und einmal pro Woche treffen sie sich zu einem »Männerabend«, an dem sie in eine Sportsbar gehen, ungesundes Zeug in sich hineinstopfen und Bier trinken.

Als ich zur Tür hereinkomme, schwappt mir eine Monsterwelle freudiger Erregung entgegen. Laura ist so aus dem Häuschen über unser Wiedersehen, dass sie sich aufführt wie ein kleiner Welpe, den man länger als sechzig Sekunden allein gelassen hat. Sie springt und quietscht, klammert sich an mich und wirbelt mich im Kreis herum. Ich glaube, zwischendurch schleckt sie mir sogar einmal das Gesicht ab, und es hätte mich nicht gewundert, am Ende ihrer enthusiastischen Begrüßungsorgie den einen oder anderen feuchten Fleck auf dem Teppich vorzufinden. Griff sagt fast gar nichts, hauptsächlich weil er so viel Gras raucht, dass er nicht mehr genau weiß, was Worte sind. Statt auf den Teppich zu pieseln oder sich an meinem Bein zu reiben, steht er einfach nur daneben und nickt.

Nachdem wir eine Stunde in ihrer Küche herumgestanden und geredet haben und uns dabei ständig ins Wort gefallen sind, weil wir ungefähr fünf Gespräche gleichzeitig führen wollen, und jeder so viel zu sagen hat, dass wir gar nicht wissen, wo wir anfangen sollen – mit Ausnahme von Griff, der sich nach wie vor aufs Nicken beschränkt –, verkündet Laura, dass wir Cocktails trinken gehen sollten. Dieser Vorschlag wird mit einem deutlichen Mangel an Begeisterung aufgenommen. Griff erinnert uns daran, welchen Wochentag wir haben, was hilfreich ist, da ich mittlerweile jedes Zeitgefühl verloren habe. Luke teilt uns mit, dass er nach Hause müsse, was mich aus unerfindlichen Gründen traurig macht.

Mit keiner dieser Reaktionen hat Laura gerechnet. »Zum Teufel mit den anderen«, sagt sie. »Dann gehen Bella und ich eben alleine Cocktails trinken.«

Ich bin mir gar nicht sicher, ob ich ausgehen möchte, weil ich mich in Lukes Gesellschaft einfach zu wohl fühle. Ich sonne mich in seiner Aufmerksamkeit. Es ist dieses unvergleichliche Gefühl, das man hat, wenn man weiß, dass jemand die ganze Zeit an einen denkt, selbst wenn er sich gerade mit anderen unterhält. Man ist nicht nur in seiner Wahrnehmung und seinem Bewusstsein präsent, sondern spielt die Hauptrolle darin. So geht es mir mit Luke, und deshalb habe ich eigentlich keine große Lust, Cocktails trinken zu gehen.

Aber wenn er sowieso nach Hause muss ...

»Das hat er wirklich gesagt?«

»Ich schwöre es. ›Du solltest bei mir wohnen, Bella.‹ Das waren seine Worte.«

Laura macht ein entgeistertes Gesicht.

»Und was hast du geantwortet?«

»Ich hatte gar keine Zeit zu antworten. Er hat mir einen Kuss aufs Haar gegeben – du weißt ja, das ist so seine Art –, und dann ist er in seinen Jeep gestiegen und weggefahren.«

»O mein Gott, er liebt dich noch!«, ruft Laura.

»Nein, tut er nicht«, sage ich und mache eine wegwerfende Handbewegung, als würde ich eine Fliege verscheuchen. »Das ist doch lächerlich.«

Ich sage das, als wäre es die albernste Idee, die mir jemals untergekommen ist. Trotzdem wünsche ich mir insgeheim, dass es wahr ist. Jemand stellt unsere Espresso Martinis vor uns auf die Theke. Laura ist mit mir in eine sehr elegante Cocktailbar in der Innenstadt von Chicago gefahren. Leider mangelt es ihr ein wenig an Atmosphäre, da sie fast leer ist. Abgesehen von einem kleinen Grüppchen Trinker, die gerade von der Arbeit kommen und sich, was den Alkoholkonsum angeht, offenbar dem Motto »Nur die Harten kommen in den Garten« verschrieben haben, sind Laura und ich die einzigen Gäste.

»Würdest du das denn wollen?«, fragt Laura.

»Ob ich bei Luke wohnen will?«

Laura nickt und wartet gespannt auf meine Antwort. Ich stelle mir vor, wie ich mit großem Nachdruck und ohne zu zögern *Nein* sage. In Wahrheit jedoch sage ich gar nichts, sondern zucke lediglich mit den Achseln. Ein kleines Lächeln umspielt Lauras Lippen, ehe sie an ihrem Drink nippt. Wieso interessiert es mich nach all den Jahren überhaupt noch, ob Luke auf mich steht? Weil es meinem Ego guttut? Ein Kick fürs Selbstbewusstsein, eine Bestätigung, dass ich es sieben Jahre später immer noch draufhabe? Ist Luke ein Sicherheitsnetz, das mich auffängt, damit ich nicht ins Kloster gehen und fortan all meine Dates mit Jesus haben muss? Oder sind da wirklich noch Gefühle für ihn? Wäre es möglich, dass jetzt der richtige Zeitpunkt für uns beide gekommen ist, weil wir älter und reifer geworden sind und genug erlebt haben, um zu wissen, dass niemand anders infrage kommt?

»Kann man die Vergangenheit wiederbeleben?«, frage ich und zwinge mich, mit dem Grübeln aufzuhören.

»Klar kann man das«, sagt Laura sofort. »Die Frage ist, ob man es sollte.«

»Da ist was dran.«

»Ich glaube, wenn ihr euch beim ersten Mal nicht belogen und betrogen habt, könnte es klappen«, meint sie weise. »Und das habt ihr doch nicht getan, oder?«

»Nein«, sage ich. »Klar, wir haben uns gegenseitig wehgetan, Trennungen tun immer weh – aber wir sind nicht fremdgegangen, wir haben uns nie angelogen oder gegenseitig kaputt gemacht. Ich wollte mehr, und er war zufrieden mit dem, was er hatte. Ich war der rastlose Wirbelwind, er die starke Eiche. Ich wollte nach Hause, er *war* bereits zu Hause.«

»Aber all die Gründe, weshalb es damals nicht funktioniert hat, sind immer noch da«, sagt Laura, die meine Gedanken gelesen hat.

Ich weiß, sie hat recht. All das, was mich anfangs so an Luke fasziniert hat, war genau das, woran unsere Beziehung am Ende gescheitert ist. Ich hatte immer viel größere Pläne für ihn als er für sich selbst. Ich wollte mehr für uns als Paar. Auf die Dauer hat uns das beide wahnsinnig gemacht. Na ja: *Ich* habe uns beide wahnsinnig gemacht. »Gott, Bella, warum ist dir nie etwas genug? Warum bin *ich* dir nicht genug?«, hat er mich oft gefragt. Und ich wusste nie eine Antwort darauf. Aber jetzt, sieben Jahre später, frage ich mich, *warum* es mir nicht genug war. Und ich frage mich, ob es mir jetzt vielleicht genug sein könnte.

In den darauffolgenden koffein- und alkoholseligen Stunden plätschert unsere Unterhaltung munter dahin, wendet sich mal diesem, mal jenem Thema zu. Wir reden über Esther und darüber, wie es ihr in New York ergeht; Matt erwähne ich lieber nicht, obwohl ich es gerne täte. Wir reden auch über Chloe und Johan und über Chloes dritte Schwangerschaft. Ich berichte Laura von dem Pop-Tart-Fiasko, das sie beinahe ebenso komisch findet wie ich. Wir reden über den Teppichboden, den Laura in ihrer Wohnung verlegen will – das ist vielleicht der einzige Tiefpunkt des Abends. Und wir reden über Griff, ein Thema, das vielversprechend beginnt, jedoch ziemlich schnell unangenehm wird. Laura erzählt mir, dass er sich zu einem großen Kind entwickelt habe, das ihr den letzten Nerv raube. All die »niedlichen« Dinge, in die sie sich damals verliebt habe, seien inzwischen nicht mehr niedlich, sondern unerträglich. Sie hat seinen Graskonsum stets toleriert, weil sie dachte, dass es sich nur um eine Phase handle, aus der er irgendwann herauswachsen würde, aber da hat sie falsch gedacht. Inzwischen hat das Marihuana in ihrer Ehe die Stellung einer langjährigen Geliebten, und obwohl Laura verzweifelt an ihren Mann appelliert und immer wieder Stoßgebete ans Universum geschickt hat, musste sie mit der Zeit erkennen, dass sie wohl nie eine monogame Beziehung führen wird. Mehr als einmal während unseres Gesprächs redet sie davon, dass Griff und sie zu jung geheiratet hätten und sie sich wünschte, sie hätten sich erst zu einem späteren Zeitpunkt kennengelernt.

»Er wäre trotzdem noch meine große Liebe«, beteuert sie. Sie wünscht sich einfach nur, vorher noch etwas mehr Zeit für sich gehabt zu haben, um frei zu sein.

»Und mehr Zeit zum Rumhuren«, ergänzt sie und schwärmt von einem Leben, das sie nie hatte.

Ich gebe zu bedenken, dass Rumhuren schwieriger ist, als es auf den ersten Blick erscheinen mag.

Zum Ende des Abends hin gesellt sich die Gruppe der After-Work-Trinker zu uns – oder vielleicht gesellen wir uns auch zu ihnen. Nach drei Espresso Martinis, zwei Wodka Tonics und einem

Shot mit … keine Ahnung, was das war … habe ich keinerlei Erinnerung mehr daran, wer hier eigentlich wessen Party gesprengt hat. Woran ich mich hingegen noch mit großer Klarheit erinnere, ist, wie Laura irgendwann ihren Ehering abnimmt.

»Ich will nur ein bisschen Spaß haben«, sagt sie, lässt den Ring in der Tasche verschwinden und grinst mich verschwörerisch an.

Und da eine reelle Chance besteht, dass Laura in Wahrheit »Ich will noch ein neues Glas haben« gesagt hat, nicke ich und erwidere ihr Grinsen.

Tage bis zum Dreißigsten: 15 (zu Beginn des Dates)
Date Nr. 16
Name: Luke
Ort: diverse
Ursprung: Homecoming-Feier, San Francisco, vor elf Jahren

Liebe Esther,
Date Nummer sechzehn war ein echtes Marathon-Date. Mit vier Tagen Laufzeit stellte es einen neuen Rekord auf und ist damit das bisher längste Date meiner dreißigtägigen Challenge.

Es war nicht nur lang, es entwickelte sich auch unglaublich schnell – schneller als die Summe seiner Einzelteile und mit Sicherheit schneller als irgendeins meiner vorherigen Dates. In nur vier Tagen hakten wir alle wichtigen Beziehungs-Meilensteine ab. Das ist das Komische an der Zeit: Wenn man sieben Jahre zurückspulen kann, kann man offenbar auch genauso schnell vorspulen. Jedenfalls, wenn es sich bei Date Nummer sechzehn um meinen Ex-Freund Luke Donovan handelt.

Tag 1

Luke holte mich am Morgen bei Laura und Griff ab. Wir hatten vereinbart, den Tag gemeinsam zu verbringen – nur als Freunde. Nach den vielen Jahren, die wir uns nicht gesehen hatten, wollten wir uns wieder miteinander vertraut machen. Ein auf den ersten Blick harmloser Plan, schließlich hatten wir jede Menge Gesprächsstoff und viel Zeit aufzuholen – sieben Jahre trennten die Vergangenheit von der Gegenwart, die Menschen, die wir früher gewesen waren, von denen, die wir jetzt waren. Wir mussten die Situation nicht groß analysieren. Wir fühlten uns wohl miteinander und machten uns keine Gedanken darüber, dass die Vergangenheit übermächtig werden und uns einholen könnte.

Aber dann machte uns das Wetter einen Strich durch die Rechnung!

Es war ein kalter Tag voller Graupelschauer. Ein Tag, an dem man die Außenwelt am besten vergisst und es sich zu Hause gemütlich macht. Vielleicht war das der Grund, weshalb Luke vorschlug, zu ihm zu fahren und den Tag drinnen zu verbringen. Es war auf alle Fälle der Grund, weshalb ich einwilligte. Bei Luke zu Hause war ich zunächst ein bisschen verunsichert. Mein Körper war angespannt wie eine geballte Faust. Als Luke mit mir einen Rundgang durch seine Wohnung machte und ich ihm von Zimmer zu Zimmer folgte, kam ich mir wie ein Gast vor – nicht direkt gehemmt, aber definitiv auch nicht auf Augenhöhe.

»Ganz locker, Bells«, sagte Luke. »Ich bin's, schon vergessen?«

Bei diesen Worten fiel zumindest ein Teil der Anspannung von mir ab.

Wir gingen in die Küche, wo Luke mir eine Tasse Tee machte. Er musste mich nicht fragen, wie ich ihn trank; er wusste es noch. Dann setzten wir uns an den Tisch, den er, wie ich erfuhr, selbst gebaut hatte. Ein riesiger Block aus Zedernholz, der zwischen uns stand. Zu dem Zeitpunkt war ich immer noch ziemlich verkrampft.

»Ich ziehe mir mal was Bequemeres an«, verkündete Luke und verschwand, nur um Augenblicke später in T-Shirt und Jogginghose wiederzukommen.

»Willst du dich auch umziehen?«, fragte er ohne jede Doppeldeutigkeit.

Ja, das wollte ich. Ich wollte es auch entspannt und gemütlich haben, hatte jedoch keine Wechselsachen mitgebracht.

»Ich habe eine Hose, die du dir ausleihen kannst, Süße«, sagte Luke, der offenbar meine Gedanken gelesen hatte. Ich musste schmunzeln, weil er mich nach all der Zeit immer noch so gut verstand. Also zog ich mir seine viel zu große Jogginghose und einen seiner vielen Chicago-Bears-Hoodies an. Beides roch nach ihm. Ich hielt den Hoodie an meine Nase und vergrub mein Gesicht darin, bevor ich ihn mir überstreifte. Nachdem wir die steifen Jeans gegen bequeme Jogginghosen und die Küchenstühle gegen das Sofa im Wohnzimmer getauscht hatten, entspannte sich die metaphorische Faust in meinem Innern Stunde um Stunde ein bisschen mehr.

Anfangs saßen wir einander zugewandt und mit lang ausgestreckten Beinen an gegenüberliegenden Enden der Couch. Irgendwann fingen wir ganz unbewusst an, einander die Füße zu massieren, und wenig später lag ich auf ihm. Wir hatten, ohne es zu merken, von der Vertikalen in die Horizontale gewechselt. Ehe ich michs versah, lag ich in seinen Armen, unsere Körper verschmolzen miteinander, und da war nichts mehr als Ruhe und Freude und Glück, bis aus uns zweien schließlich eins wurde und nichts mehr darauf hindeutete, dass es jemals anders gewesen war.

So wurde unser Tag tatsächlich noch zu einem »Kuscheltag«.

Wir verzogen uns ins Bett und verbrachten den Rest des Nachmittags damit, Liebe zu machen und unsere Körper zu erforschen. Es war wunderschön. Verträumte Intimität und Tiefschlaf wechselten sich ab, wir lagen eng umschlungen da und wussten manchmal kaum noch, wo Luke aufhörte und ich anfing. Erst jetzt, als ich wieder in seinen Armen lag, merkte ich, wie sehr ich ihn all die Zeit vermisst hatte.

»Du hast mir so gefehlt«, wisperte ich an seiner Brust.

Er antwortete, indem er mir einen Kuss auf die Schläfe gab. Dann sagte er mir zum zweiten Mal seit meiner Ankunft in Chicago ...

»Du solltest bei mir wohnen, Bella.«

Also zog ich noch am ersten Tag unseres Dates bei ihm ein.

Tag 2

Nach einer Nacht, in der ich so gut geschlafen hatte wie seit Jahren nicht mehr, erwachte ich in Lukes Armen. Ich fühlte mich geborgen und geliebt, als wären die letzten sieben Jahre einfach ausgelöscht. Wir waren wieder da, wo wir angefangen hatten, oder vielleicht hatte auch die Vergangenheit die Gegenwart eingeholt. So oder so, wir waren genau dort, wo wir sein sollten. Dort, wo wir beide hingehörten. Ich war mir ganz sicher.

Irgendwann um die Mittagszeit standen wir auf, duschten zusammen und zogen uns an. Dann machten wir meinen Umzug offiziell, indem wir mein Gepäck von Laura und Griff abholten. Luke schlug vor, den Nachmittag draußen zu verbringen und »einige unserer alten Lieblingsorte aufzusuchen«. Was folgte, war der spektakulärste Nachmittag zu zweit in der Geschichte der Menschheit. Wir befanden uns in unserer eigenen Blase, hatten nur Augen füreinander. Die Welt um uns herum war nichts weiter als der Hintergrund für die Fortsetzung unserer Liebesgeschichte.

Aus purer Nostalgie besuchten wir den Vergnügungspark auf der Seebrücke. Dort waren wir gewesen, als Luke und ich damals unser erstes Thanksgiving mit seiner Familie feierten. Es war wie eine Reise in die Vergangenheit. Wir tranken Bier im Landshark Beer Garden und genossen die grandiose Aussicht auf die Stadt. Wir fuhren mit dem Riesenrad und schwelgten in Erinnerungen an unsere erste Riesenradfahrt. Wir schlenderten händchenhaltend durch die Crystal Gardens. Intimer wurde es allerdings nicht, Luke hielt nicht viel von Zuneigungsbekundungen in der Öffentlichkeit. Das hatte ich ganz vergessen, aber als ich irgendwann den Versuch machte, ihn zu küssen, beeilte er sich, meine Erinnerung aufzufrischen.

»Bells«, sagte er und schob mich sanft von sich weg. »Das ist nach wie vor nicht so mein Ding.«

Ich lachte bloß, obwohl das früher mit Sicherheit einen handfesten Streit zur Folge gehabt hätte. Ich zeigte gerne meine Zuneigung in der Öffentlichkeit. Unser Spaziergang durch den Park dauerte nicht lange, denn es war eiskalt – trotz des Mantels, den Luke mir am Morgen geliehen hatte, weil er meinte, es sei ihm zu peinlich, mit mir in meiner türkisfarbenen Skijacke gesehen zu werden. Um uns aufzuwärmen, gingen wir zu *Jimmy's Buffet*, auch als Margaritaville bekannt, und tranken Skinny Margaritas, während wir von den guten alten Zeiten schwärmten. Fast jeder unserer Sätze begann mit ...

»Weißt du noch, wie ...«

»Erinnerst du dich noch an ...«

»Und dann haben wir immer ...«

»Was ist eigentlich aus ... geworden?«

Es waren Gespräche, die uns in der Zeit zurückversetzten und Erinnerungen an die Menschen heraufbeschworen, die wir einmal gewesen waren. Wir versicherten einander, dass wir uns überhaupt nicht verändert hätten und noch genauso seien wie früher. Luke hatte sich wirklich nicht verändert: Er war noch derselbe Mensch, der er immer gewesen war. Doch in Bezug auf mich selbst wurmte mich diese Feststellung irgendwie. Sie löste ein Gefühl der Beklommenheit in mir aus. Einerseits freute ich mich darüber, weil es bedeutete, dass Luke immer noch den chaotischen Wirbelwind in mir sah – die junge, unbeschwerte Version meiner selbst, von der ich dachte, sie wäre längst in der Versenkung verschwunden. In gewisser Hinsicht tat es gut zu wissen, dass dieses Ich doch noch existierte. Aber der Wahrheit entsprach es nicht, denn ich hatte mich definitiv verändert. Und obwohl die letzte Zeit hart gewesen war und ich viele Probleme gehabt hatte, wurde mir in diesem Augenblick bewusst, dass ich es auch gar nicht anders gewollt hätte. Wenn Luke tatsächlich noch die zwanzigjährige Bella in mir sah, dann schaute er entweder nicht richtig hin, oder aber ich war nicht ehrlich genug zu ihm gewesen. Und er vielleicht auch nicht zu mir.

Natürlich redeten wir nicht ausschließlich über früher. Wir unterhielten uns auch über unsere Jobs – na ja, in erster Line über seinen, da ich momentan ja keinen mehr hatte. Doch irgendwie führte uns selbst dieses Thema auf kurz oder lang zurück in die Vergangenheit. Luke fiel aus allen Wolken, als er erfuhr, dass ich mit dem Schreiben aufgehört hatte – abgesehen von diesen albernen E-Mails an dich, die ich aber natürlich nicht erwähnte. Er fand es traurig, dass ich meine große Leidenschaft begraben hatte, auch wenn ich ihm versicherte, dass ich damit im Reinen sei, dass das Schreiben mir nicht fehle und ich eigentlich kaum noch daran dachte. Danach lenkte ich das Gespräch so schnell wie möglich auf ein anderes Thema: die Familie. Ich erzählte Luke von meinem Dad, der meine jetzige Stiefmutter auf Tinder kennengelernt und inzwischen sogar ein Kind mit ihr bekommen hatte. Es tat mir gut, dass Luke darüber fast genauso schockiert war wie ich.

»Und lebt Frannie immer noch in Colorado?«, wollte er wissen.

Genau in dem Moment kam sie mir – eine Idee, die so groß war, dass ich sie nicht eine Sekunde lang für mich behalten konnte.

»Luke«, platzte ich heraus. »Warum kommst du nicht einfach mit!«

»Hm?«

»Du solltest mit mir nach Colorado kommen!«

»Ist das dein Ernst?«

»Natürlich«, sagte ich, ohne zu zögern. »Was meinst du? Willst du mitkommen?«

Er fackelte nicht lange. »Ich komme mit.«

Auf einmal war meine dreißigtägige Dating-Challenge vergessen. Sie kam mir vollkommen überflüssig vor. Vielleicht musste ich gar keine weiteren Männer mehr kennenlernen. Vielleicht war ich längst wieder in einer festen Beziehung. So oder so, bereits am Ende von Tag zwei unseres Dates hatten wir den Entschluss gefasst, gemeinsam zu verreisen.

DATE UNTERBROCHEN …

Tage bis zum Dreißigsten: 14
Date Nr. 17
Name: MJ
Ort: FaceTime, Lukes Wohnung

Liebe Esther,
ich weiß, ich hätte es nicht tun sollen. In Anbetracht der Umstände war es ein Fehler, das ist mir bewusst, aber ich konnte einfach

nicht widerstehen. Als er mir eine Nachricht schrieb, dass er mich sehen wolle, schloss ich mich sofort im Schlafzimmer ein und fuhr meinen Laptop hoch – das war reiner Reflex. Ich wollte ihn auch sehen.

»Ich wusste gar nicht, dass du ein Bears-Fan bist«, war MJs erster Satz.

»Wie bitte?«, fragte ich verwirrt.

»Dein Hoodie.«

Ich schaute an mir herab und stellte fest, dass ich schon wieder Lukes Chicago-Bears-Sweatshirt trug. In meiner Eile, mit MJ zu sprechen, ehe Luke nach Hause kam, hatte ich keine Zeit zum Umziehen gehabt. Außerdem trug ich Lukes Jogginghose. Ich sah aus wie auf einer College-Pyjamaparty.

»Ach, der …«, sagte ich wegwerfend. »Ich übernachte bei einer Freundin, und ihr Bruder ist ein Fan.« Eine ziemlich seltsame Erklärung.

»Steht dir.« MJ fuhr fort, mich zu mustern. »Aber da ist noch irgendwas anders an dir.«

Sofort fürchtete ich, er könnte mir ansehen, dass ich Sex gehabt hatte.

»Vielleicht liegt es an den Klamotten«, meinte er nach einer Weile. Dann hielt er inne, als wolle er noch mehr sagen.

»Du siehst wunderschön aus, Bella«, fügte er verlegen hinzu. »Noch schöner als sonst.«

MJ findet mich wunderschön. Um ein Haar hätte ich es laut gesagt. Dieses Kompliment war sogar noch besser als Sex.

Dann wurde es richtig seltsam.

Wir saßen einfach nur so da und schauten uns an. Durch die Webcams unserer Laptops blickten wir einander forschend ins Gesicht, als sähen wir uns nach langer Zeit zum ersten Mal wieder. Hin und wieder lächelten wir oder rückten ein Stück näher an den

Bildschirm heran, als hätten wir vergessen, dass er da war – als wollten wir uns küssen. Es war irgendwie komisch, aber zugleich auch unglaublich intim. Minutenlang sagte keiner von uns beiden ein Wort – und du weißt, dass das für mich eine sehr lange Zeit ist. Doch das Schweigen fühlte sich nicht leer an. Es war ein erfülltes Schweigen.

»Wo bist du, Bella, und wann kann ich dich wiedersehen?« MJs Frage brach den Zauberbann, unter dem wir gestanden hatten.

Genau in dem Moment hörte ich Lukes Auto in der Einfahrt.

»MJ, ich muss Schluss machen«, stieß ich hervor.

»Wirklich? Jetzt schon?«, sagte er überrascht und enttäuscht.

»Es tut mir so leid. Ich wünschte, wir könnten für immer hier sitzen und uns unterhalten, aber die Eltern meiner Freundin sind gerade –«

»Bella«, fiel MJ mir ins Wort. »Wann können wir uns wiedersehen?« Es schien ihm sehr ernst zu sein.

»Ich gebe dir Bescheid«, antwortete ich hastig, als ich Lukes Schlüssel im Schloss knirschen hörte und mich fragte, was für ein Spiel ich hier eigentlich trieb.

»In Ordnung«, sagte MJ. »Aber ich muss dich unbedingt wiedersehen, A-Bell. Du gehst mir unter die Haut.«

Als ich das hörte, bekam ich eine Gänsehaut. Dann hörte ich die Haustür auf- und wieder zugehen. Jede Sekunde würde Luke meinen Namen rufen.

»Okay, danke, Bye.«

»Ich hab's!«, rief MJ plötzlich. »Jetzt weiß ich, warum du so anders aussiehst als sonst ...«

»MJ, ich muss jetzt wirklich Schluss machen«, sagte ich in heller Panik.

»Du trägst heute kein Make-up, stimmt's?«

Ich hörte Schritte. Scheiße.

»Bye, MJ« war alles, was ich hervorstieß, ehe ich die Verbindung beendete. Ich klappte einfach den Laptop zu, ohne ihm Gelegenheit zu geben, sich von mir zu verabschieden. Aber ich hatte keine andere Wahl. Das war gerade noch mal gut gegangen. Mein Herz raste, und mir war ganz schwindlig. Keine Ahnung, ob das an MJ lag oder daran, dass Luke mich um ein Haar erwischt hätte – wobei das Geflatter der Schmetterlinge in meinem Bauch vermutlich ein relativ guter Hinweis auf die Wahrheit war.

MJ hatte recht: Ich war heute ungeschminkt. Mit einem Lächeln erinnerte ich mich an sein Kompliment vom Anfang. *»Du siehst wunderschön aus.«* Und das ganz ohne Make-up!

Das kann nur eins bedeuten: MJ liebt mich!

Hab dich lieb.

Kuss, Bx

Fortsetzung Date Nr. 16

Tag 3

Liebe Esther,

ich muss ehrlich zu dir sein. Dass ich von dem »wundervollen Sex« mit Luke gesprochen habe, hatte auch etwas mit Wunschdenken zu tun. In Wahrheit war der Sex nur durchschnittlich. Bestenfalls. Und das liegt nicht daran, dass ich Luke mit meinem letzten sexuellen Abenteuer vergleiche – das wäre weder fair noch realistisch, denn ich weiß, dass es vermutlich nie wieder so gut sein wird wie mit Reuben. Nein, es hat damit zu tun, dass Luke und ich seit jeher nur durchschnittlichen Sex haben. Viel Sex, unglaublich viel Sex – aber immer durchschnittlich. Nun könnte man sich natürlich die Frage stellen, *warum* wir so oft Sex haben, wenn er nie besser ist als durchschnittlich. Aber bei Luke geht das schlichtweg nicht anders.

Luke kann nicht lange, dafür aber oft. Er verfügt über keinerlei Finesse, sondern geht rein ergebnisorientiert vor. Das ist eine andere Art zu sagen, dass er ziemlich schnell und ziemlich heftig kommt und seine Kenntnisse der weiblichen Anatomie eher gering sind. Ich habe kaum Zeit, meinen Slip ganz herunterzuziehen, da ist er bereits fertig. Es gab eine Zeit, da fand ich es schmeichelhaft, dass ich eine so durchschlagende Wirkung auf ihn hatte, aber das legte sich mit der Zeit – spätestens als ich feststellte, dass ich im Bus Nummer 28 besonders gern über dem Radkasten saß, »aus Versehen« meine Haltestelle verpasste und erst viele Meilen nach meinem eigentlichen Ziel ausstieg, weil ich die »positiven Schwingungen« so sehr genoss. In solchen Situationen beginnt man zu hinterfragen, ob die Schnellfeuerkraft des eigenen Geschlechtspartners wirklich so ein Kompliment ist. Sex mit Luke ist wie der Wettlauf des Hasen gegen den Igel – oder in unserem Fall: gegen die einäugige Schlange. Jedes Mal, wenn er vor mir am Ziel ist, wird mein Kampfgeist ein wenig mehr angestachelt. Ich entwickle die Mentalität einer Leistungssportlerin und weigere mich aufzugeben, bis es mir nicht wenigstens ein einziges Mal gelungen ist, ihn zu überholen. Und wenn es wieder nicht klappt – was praktisch immer der Fall ist –, werde ich noch frustrierter, noch aggressiver, noch entschlossener, weil ich unbedingt auch einmal den süßen Geschmack des Sieges kosten will. Die grausame Ironie daran ist, dass meine Gier Luke nur noch mehr anmacht und er folglich noch schneller kommt. Manchmal möchte ich vor lauter Frust schreien: *Luke, gib mir deinen Finger, dann zeige ich dir, wo meine Klitoris ist!*, aber selbst das wäre völlig sinnlos. Luke ist nicht sehr gut darin, Anweisungen zu befolgen. Er würde trotzdem auf Abwege geraten, und bis ich ihn wieder an die richtige Stelle dirigiert hätte, wäre seine eigene kleine Spritztour längst beendet. Der einzige Pluspunkt ist seine sagenhaft kurze Regenerationsphase. Bereits zehn Minuten nach Vollzug ist er schon wieder steinhart und fit für die nächste Runde. Deshalb haben wir so viel Sex: weil ich völlig verzweifelt bin und er das Stehvermögen eines Teenagers hat.

Tag drei unseres Marathon-Dates begann dementsprechend auch wieder mit einer Marathon-Runde Sex. Inzwischen hatte sich der Reiz, mit Luke zu schlafen, schon ein wenig verflüchtigt, und Frust machte sich breit. Ich glaube, das erklärt auch, warum meine Gedanken des Öfteren zu MJ abdrifteten und ich mir während des Akts vorstellte, Luke wäre er.

Schließlich fand unser Vormittag im Bett ein jähes Ende, als Luke furzte.

»Besser, man lässt es raus«, meinte er.

»Wenn man sich mit jemandem, mit dem man Sex hat, eine Bettdecke teilt, ist es besser, man lässt es drin, Luke. Du stinkst!«

Dann stand ich auf.

»Meine Eltern haben uns für heute zum Mittagessen eingeladen. Hast du Lust?«, fragte er einige Minuten später, als er lässig ins Bad geschlendert kam.

»Luke!«, kreischte ich entsetzt. »Ich sitze gerade auf dem Klo!«

»Na und? Wen interessiert's?«

»Mich. Raus hier.« Ich warf ihm die Klopapierrolle an den Kopf.

»Schon gut, schon gut. Gott, warum bist du neuerdings so verklemmt?«

Was machst du hier eigentlich, Bella?, fragte ich mein Spiegelbild, während ich mir hinterher die Hände wusch. Das war ganz allein MJs Schuld. Unser Gespräch am gestrigen Abend hatte mich aus dem Gleichgewicht gebracht und meiner Beziehung mit Luke ein wenig den Glanz geraubt. Ich klatschte mir eine Ladung kaltes

Wasser ins Gesicht und verbarg es dann in einem Handtuch, als könnte ich mich dort vor diesen Gedanken verstecken. Nach einer Weile trocknete ich mich ab und stellte mir vor, wie ich gleichzeitig mit dem Wasser auch die Gedanken wegrubbelte.

Wir fuhren tatsächlich zu Lukes Eltern zum Mittagessen. Ich hatte ein ungutes Gefühl bei der Sache, doch er versicherte mir mehrfach, ich müsse mir überhaupt keine Sorgen machen.

»Ich habe extra eingewilligt, deine Schwester zu besuchen, da fände ich es nett, wenn du dir im Gegenzug bei meiner Familie auch ein bisschen Mühe geben könntest.«

»Mir war nicht klar, dass es dich solche Überwindung kostet«, motzte ich zurück. Seine Bemerkung hatte mich verletzt.

»Sorry, Babe, so war es nicht gemeint«, sagte er und klang aufrichtig. »Sie freuen sich einfach so, dich wiederzusehen. Das wird bestimmt schön.«

»Ja, bestimmt. Ich freue mich doch auch.«

Wir fuhren weiter. Luke ergriff meine Hand und legte unsere beiden Hände in meinen Schoß. Eine kleine Geste der Zusammengehörigkeit, die mir das Herz wärmte.

Den Rest der Fahrt redeten wir kaum. Wir unternahmen zwar mehrere Versuche, doch es wollte keine richtige Unterhaltung zustande kommen, deshalb gaben wir es irgendwann auf. Ich glaube nicht, dass es daran lag, dass wir die Vergangenheit aufgearbeitet hatten und es uns nun an Gesprächsthemen mangelte. Es war vermutlich eher ein freundschaftliches Schweigen.

Einige Zeit später erreichten wir das Haus von Lukes Eltern in einem Vorort von Chicago.

»Das war keine gute Idee«, sagte ich nervös, als wir anhielten. Ich sah die Gardinen vor dem Fenster zucken.

»Schatz, alles wird gut. Meine Eltern finden dich toll, erinnerst du dich?«

Ich hatte den Eindruck, dass Luke ziemlich viele seiner Sätze mit »erinnerst du dich?« beendete. Machten wir überhaupt etwas anderes, als unseren Erinnerungen zu frönen?

Seine Eltern tauchten in der Tür auf und eilten die Einfahrt entlang, um uns zu begrüßen. Meryl, Lukes Mum, ging schnurstracks zu Luke, während sein Dad Pete auf mich zusteuerte. Er schien sich ehrlich über unser Wiedersehen zu freuen, denn er umarmte mich wie eine lange verschollene Tochter und weigerte sich, mich loszulassen, bis Luke irgendwann einschritt. Vielleicht würde das Mittagessen ja wirklich ganz schön werden.

»Es ist so wundervoll, dass du wieder da bist, Bella. Wir haben dich sehr vermisst«, sagte Pete, als Luke mich endlich aus seinen Fängen befreit hatte.

Dann wechselten wir die Seiten – Luke umarmte seinen Dad, und ich stand seiner Mum gegenüber. Es war eine steife Umarmung. Meryl fühlte sich ein bisschen an wie eine Leiche – aber wer weiß, vielleicht dachte sie auch das Gleiche über mich. In dieser Sekunde wusste ich, dass Luke ein dreckiger Lügner war: Es würde definitiv *nicht* alles gut werden.

Meryl und ich hatten früher ein sehr enges Verhältnis zueinander gehabt. Wie alle anderen war auch sie davon ausgegangen, dass Luke und ich einmal heiraten würden, und als ich mit ihm Schluss machte, war es, als hätte ich auch mit ihr Schluss gemacht. Ich bin mir nicht sicher, wem der beiden ich mit der Trennung mehr wehgetan hatte.

»Schön, dich zu sehen, Bella«, sagte Meryl, die schnell wieder auf eine Armeslänge Abstand zu mir gegangen war. »Du siehst definitiv nicht mehr so jung und frisch aus wie früher.«

Das war der Startschuss.

Die darauffolgenden Stunden waren grauenhaft – jedenfalls für mich; Luke bekam von alldem nichts mit. Meryl hatte sich ihren Köcher mit Pfeilen umgeschnallt und verbrachte den Großteil des Nachmittags damit, sie auf mich abzufeuern. Es hagelte gehässige Kommentare und ätzende Bemerkungen, alle scheinbar im Scherz gesagt, doch in Wahrheit voller Gift. Sie beehrte mich mit endlosen Geschichten über die Freundinnen, die Luke in den letzten sieben Jahren gehabt hatte. Wie es aussah, war er deutlich umtriebiger gewesen als ich. Vor allem erwähnte sie ständig eine »bildhübsche und sehr kultivierte Frau« namens Natalie. Dabei machte sie keinen Hehl daraus, dass ich ihrer Ansicht nach über keine der zahlreichen bewundernswerten Eigenschaften verfügte, die Natalie vorzuweisen hatte. Meryl zufolge war Natalie »alles, was ein Mann sich nur wünschen konnte«. Lukes Dad nickte zustimmend, was ich nach seiner herzlichen Begrüßung als verletzend, um nicht zu sagen wankelmütig empfand.

Wer war diese Natalie, und wenn sie so besonders war, warum hatte Luke sie mir gegenüber dann mit keinem Wort erwähnt? Aber ich hatte ja auch nichts von MJ erwähnt, und der war auch etwas Besonderes für mich. Etwas sehr, sehr Besonderes sogar – noch dazu nicht in der Vergangenheit, sondern in der Gegenwart.

Ich zwang mich, keine Sekunde länger daran zu denken.

»Ich war eine Zeitlang mit ihr zusammen«, sagte Luke obenhin und verließ das Zimmer, um den Tisch zu decken.

»Mit keiner anderen Frau war es ihm so ernst wie mit ihr«, teilte Meryl mir genüsslich mit. »Ehrlich gesagt«, raunte sie, sobald Luke außer Hörweite war, »dachten wir sogar, dass er mich um den Verlobungsring meiner Mutter bitten würde …« Dann sah sie mich scharf an und legte einen neuen Pfeil ein. Ich hielt ihrem Blick stand. Sobald sie ihr Ziel anvisiert hatte, schoss sie ihn ab. »Zum zweiten Mal.«

Volltreffer.

»Bestimmt hat er mich nur deswegen nicht danach gefragt, weil die Wunden vom letzten Mal noch nicht verheilt waren«, schloss sie. Ihr Tonfall war eine toxische Mischung aus tiefer Enttäuschung und Gehässigkeit.

»Ach du Scheiße!«, entfuhr es mir. Ich war fassungslos. Luke hatte einen Verlobungsring gehabt? Für mich? Er hatte mir einen Heiratsantrag machen wollen? Mir schwirrte der Kopf. Meine Gedanken wirbelten wild durcheinander.

»Das wusste ich nicht«, flüsterte ich wie vom Donner gerührt.

»Ach, bilde dir nur nicht zu viel darauf ein, Liebes. Ich glaube, sobald wir ihm den Ring gegeben hatten, hat er seine Meinung geändert. Damals konnte ja ein Blinder sehen, dass du keine Frau fürs Leben bist.«

Diesmal stieß ihre Gehässigkeit auf taube Ohren. Ich war viel zu sehr mit meinen Gedanken an den Heiratsantrag beschäftigt – einen Heiratsantrag, den Luke mir nie gemacht hatte. Ich fragte mich, wie mein Leben jetzt aussehen würde, wenn er die Gelegenheit dazu gehabt hätte. *Mein Gott, dann wäre ich jetzt mit Luke verheiratet!*

Vielleicht hätten wir bereits eine Familie, und ich würde das Leben führen, von dem ich die ganze Zeit sage, dass ich es mir so sehr wünsche. Ein Leben, dem ich vor all den Jahren einfach den Rücken gekehrt habe. Deshalb war es auch so wahnsinnig verwirrend, dass ich, während mir all diese Gedanken durch den Kopf schossen, zugleich eine unfassbare Erleichterung empfand, weil er mir den Antrag nie gemacht hatte. Was bedeutet das? Auf jeden Fall bestätigte es eine Vermutung, die ich insgeheim schon seit geraumer Zeit hegte: dass Luke mich immer ein bisschen mehr geliebt hatte als ich ihn. Auf einmal hatte ich das Gefühl, als würde mir gleich der Kopf platzen. Zum Glück nahte Rettung in Gestalt von Luke, der uns zum Mittagessen rief. Ich wusste nicht, wie ich mit diesen neuen Informationen umgehen sollte. Das alles lag schon so lange zurück. Wie würde eine intelligente, emotional gereifte Frau darauf reagieren? Richtig: Sie würde so tun, als hätte die Unterhaltung nie stattgefunden. Genau das machte ich auch und folgte Meryl artig ins Esszimmer.

Am Tisch wurde die Situation noch unangenehmer. Meryl hatte immer zwei Dinge über mich gewusst: erstens, dass ich Vegetarierin bin, und zweitens, dass ich nichts Scharfes essen kann. Und was servierte sie uns zum Mittagessen? Natürlich ihr Rindercurry.

Das war nicht mehr bloß ein Giftpfeil, das war eine Lenkrakete mit Nuklearsprengkopf. Luke merkte noch immer nichts. Ich sah mich in der Defensive, weil ich diejenige war, die mit ihm Schluss gemacht hatte, und mich darüber hinaus auf feindlichem Territorium befand, deshalb konnte ich es mir auf keinen Fall erlauben, Meryls Curry zu verweigern. Außerdem nahm ich es, seit ich London verlassen hatte, mit meiner vegetarischen Ernährung ja nicht mehr ganz so genau. Also tat ich, was jeder höfliche Gast und jede unaufrichtige Ex-Freundin an meiner Stelle getan hätte: Ich schlug die böse Hexe mit ihren eigenen Waffen und aß meinen Teller komplett leer.

Es war ekelhaft. Und seltsamerweise musste ich dabei an MJ denken. Verdammt, dass er sich gestern Abend gemeldet hatte. Und verdammt, dass ich das Gespräch angenommen hatte.

Als Meryl meinen leeren Teller sah, zeigte sie nicht etwa Mitgefühl und schwenkte die weiße Fahne, sondern setzte zum Todesstoß an.

»Nachschlag für Bella – ich weiß ja, wie gerne du isst«, verkündete sie, ehe sie mir noch zwei riesige Schöpfkellen voller Kuh mit Curry auf den Teller gab.

Diese Frau hat sich in den reinsten Teufel verwandelt, dachte ich. Mir war bewusst, dass ich Luke mit der Trennung wehgetan hatte, nicht zuletzt angesichts dessen, was ich heute erfahren hatte. Trotzdem: Was Trennungen anging, war unsere vollkommen zivil abgelaufen. Jedenfalls hatte ich nichts getan, was diesen Curry-Kuh-Anschlag auf mich gerechtfertigt hätte.

»Ach, du meine Güte, Bella!«, rief Meryl gegen Ende des Mittagessens.

Zu dem Zeitpunkt war auch mein zweiter Teller leer, in meinem Magen grummelte es unangenehm, meine Zunge brannte wie Feuer, und mir lief der Schweiß in Strömen herunter.

»Mir ist gerade erst wieder eingefallen, dass du ja Vegetarierin bist. Ach, wie dumm von mir. Warum hast du nichts gesagt?« Ihr Blick war mörderisch.

Meryls finaler Angriff erfolgte, während Luke und sein Vater den Tisch abräumten. Sie bestand darauf, mir ein Foto von Luke und Natalie zu zeigen. Der Fairness halber muss man sagen, dass es weder ein besonders gutes noch ein besonders freizügiges Foto war. Es handelte sich um ein Gruppenbild, auf dem die beiden nebeneinanderstanden. Trotz der leichten Unschärfe konnte man sofort erkennen, dass Natalie eine echte Schönheit war. Während dieses Moments trauter Zweisamkeit offenbarte Meryl mir auch, sie hätte von ihrem Sohn erfahren, dass ich nicht länger schrieb. Das ärgerte mich. Ich konnte mir nicht erklären, weshalb Luke mit seiner Mutter darüber gesprochen hatte. Das war doch vollkommen irrelevant. Ich schreibe nicht mehr – na und? Wen kümmert's? Meryl meinte, sie sei darüber nicht im Mindesten erstaunt, ich hätte eben nicht das Maß an Hingabe und »Stehvermögen«, das man für eine solch anspruchsvolle Tätigkeit brauche – oder die nötige Begabung. »Aber ich bin mir sicher, die glamouröse Welt der Werbung, deren einziger Zweck es ist, Menschen zu manipulieren und ihnen vorzugaukeln, dass sie etwas unbedingt kaufen müssen, was sie in Wahrheit gar nicht brauchen, passt ohnehin viel besser zu dir, Bella.« Die Andeutung, dass Luke in diesem Szenario »die Menschen« war, entging mir nicht.

»Auf dem Gebiet bist du bestimmt ein Naturtalent, Liebes«, sagte sie gehässig.

Endlich hatte der Besuch ein Ende, und Luke und ich stiegen ins Auto. Kaum dass wir die Türen hinter uns zugezogen hatten, brach ich in Tränen aus. Luke, der keinen Schimmer hatte, was mit mir los war, schlug vor, noch einmal hineinzugehen, bis ich mich wieder beruhigt hatte.

»Nein«, heulte ich hysterisch. »Ich kann nicht zurück da reingehen!«

Daraus schloss er fälschlicherweise, dass mich der Abschied von seinen Eltern emotional zu sehr mitgenommen hatte.

»Wir können sie jederzeit wieder besuchen, Baby. Sie wohnen doch ganz in der Nähe.«

»Ich setze nie wieder einen Fuß in dieses Haus!«, brüllte ich unter Tränen. Dann sagte ich etwas, das, rückblickend betrachtet, vermutlich ein bisschen zu viel des Guten war ...

»Deine Mutter ist eine blöde Kuh.«

Wahrscheinlich rutschte mir das heraus, weil ich immer noch ihr Rindercurry im Kopf hatte. Trotzdem war es unverzeihlich. Und ich hatte nicht mal Zeit, es zurückzunehmen, weil Luke im nächsten Moment ausflippte und wir beide zu Furien mutierten. Luke nahm seine Mutter in Schutz, sagte, ich sei paranoid und hätte Wahnvorstellungen und würde mir das alles nur ausdenken.

»Verdammt noch mal, sie hat mich gezwungen, Rindercurry zu essen!«, schrie ich.

»Weil sie vergessen hat, dass du Vegetarierin bist!«, schrie Luke zurück.

»Und hast du etwa auch vergessen, dass ich Vegetarierin bin? Oder warum hast du nichts gesagt?«, schrie ich noch lauter.

»Hast *du* vergessen, dass du Vegetarierin bist? Warum zum Teufel hast *du* nichts gesagt?«, schrie er *noch* lauter.

»Und warum zum Teufel hast *du* nie was von dieser Natalie erwähnt?«

So ging es munter hin und her. Wir stritten, wir brüllten, wir droschen verbal aufeinander ein. Auch das war eine – wenngleich deutlich unangenehmere – Rückkehr in die Vergangenheit: Unsere Konflikte waren noch dieselben wie früher, genau wie unsere Art, sie auszutragen. Es war ziemlich hässlich. Der Streit dauerte an, bis wir die Stadt erreichten. Auf die Tränen folgte der Zorn, dann kamen wieder Tränen, und schließlich versank ich in Schweigen.

Ich war überzeugter denn je: Wir hatten definitiv wieder eine Beziehung.

Heute haben Luke und Griff ihren wöchentlichen Männerabend, deshalb nutzen Laura und ich die Chance, es uns zu zweit gemütlich zu machen. Nach dem schrecklichen Nachmittag brauche ich sowieso dringend eine Auszeit von Luke.

Meine Stimmung hebt sich, kaum dass ich das Wohnzimmer betrete, das Laura in eine marokkanische Höhle verwandelt hat. Kerzen und Räucherstäbchen brennen, und auf dem Boden liegt eine farbenprächtige Decke ausgebreitet, sodass ich unwillkürlich an die Hellseherin und ihr Batiktuch denken muss. Zum Glück helfen mir die vielen luxuriösen Kissen dabei, die verstörende Erinnerung abzuschütteln. Diverse exotische Gerichte und Dips stehen auf dem Boden für uns bereit, daneben zwei Gläser und eine Flasche Wein.

»Ein Indoor-Picknick?«, sage ich strahlend.

»Ich dachte mir, das könnte die offizielle Abschiedsparty für den alten Teppichboden sein, ehe der neue reinkommt«, sagt Laura, während sie Wein einschenkt. »Natürlich ist es auch deine Abschiedsparty, weil du und Luke ja morgen aufbrecht.« Ihr Tonfall legt nahe, dass sie auf Neuigkeiten aus ist.

»Ich fühle mich geehrt«, antworte ich, ehe ich mich auf dem Boden niederlasse und es mir zwischen all den Kissen bequem mache. »Der Teppichboden bestimmt auch.«

»Was sind deine Pläne für die Zeit nach Colorado? Wollt ihr zusammen nach Chicago zurückkommen?«

In Wahrheit heißt das: *Wie ernst ist es mit euch beiden?*

»Wir schauen mal, was kommt«, sage ich unbestimmt. »Wir haben uns darauf geeinigt, erst mal abzuwarten, wie es in Colorado so läuft, ehe wir weitere Pläne machen.«

»Aber bisher läuft es gut, oder?«

Wenn ich die traumatischen Ereignisse des heutigen Nachmittags einmal ausklammere ... »Ja, es läuft wirklich gut.«

»Und fühlt es sich diesmal anders an?«, fragt Laura, während sie sich eine großzügige Portion Hummus auf ein Stück Fladenbrot häuft. Meine dreitägige Funkstille muss unerträglich für sie gewesen sein, und jetzt sprudeln all die Fragen aus ihr hervor, die sich in der Zwischenzeit angestaut haben. Sie will jedes noch so schmutzige Detail wissen.

»Es ist alt und neu zugleich«, sage ich, kryptischer als beabsichtigt.

»Ja, ja, ja.« Laura nickt aufgeregt. »Was heißt das denn nun genau?«

Ich nehme mir einen Moment Zeit, um darüber nachzudenken, wie ich ihr die Gemengelage meiner Gefühle am besten begreiflich machen soll.

»Ich glaube, es fühlt sich so an wie damals, kurz nachdem

wir zusammengekommen sind«, starte ich einen Analyseversuch. »Es ist alles aufregend und neu, aber zugleich fühlt es sich auch vertraut an und ein bisschen vorhersehbar. Als wüsste ich immer schon, was als Nächstes kommt. Ist das verständlich?«

»Ja.« Laura nickt immer noch. »Wie meinst du das?«

»Es ist ein bisschen so, als würde man die Wiederholung einer Fernsehserie schauen. Man freut sich, all die Figuren wiederzusehen, weil sie einem wie alte Freunde vorkommen und man sie lieb gewonnen hat, aber es gibt keine Überraschungen mehr, weil man alles schon kennt. Klar, anfangs kann man sich vielleicht nicht mehr so richtig an den Plot erinnern, aber mit der Zeit fällt einem alles wieder ein. Ergibt das Sinn?«

»Okay, verstehe«, sagt Laura mit einem bedächtigen Nicken, welches nahelegt, dass sie überhaupt nichts verstanden hat. »Und ist das jetzt gut oder schlecht?«

»Gut natürlich«, sage ich.

»Okay, gut«, wiederholt sie.

»Gut«, sage auch ich noch einmal.

Dann wenden wir uns dem Baba Ganoush zu, von dem wir uns großzügige Portionen in unser Fladenbrot schaufeln.

»Wo liegt dann das Problem?«, fragt sie plötzlich ohne Vorwarnung.

»Problem? Es gibt kein Problem.« Ich klinge so, als gäbe es definitiv ein Problem.

Sie ist wie eine Hexe; sie sieht mich einfach nur an. Ich weiß, dass ich in der Klemme stecke – diese Frau kennt mich einfach zu gut.

»Also schön«, knurre ich, weil ich dem Druck nicht standhalten kann – auch wenn dieser wahrlich nicht besonders groß war. »Hast du den Eindruck, dass ich mich unter Wert verkaufe?«

Das ist er, des Pudels Kern, offenbart zwischen Baba Ganoush und würzigen Falafeln. Das ist der Grund meiner unerbittlichen, nagenden Zweifel.

»Ernsthaft, Bella?« Laura klingt tief enttäuscht, woraufhin ich sofort Gewissensbisse bekomme.

»Was, wenn ich nur mit ihm zusammen bin, weil ich bisher keinen Besseren kennengelernt habe?« Ich lasse die Frage einen Moment lang im Raum stehen.

»Was, wenn ich Angst habe, dass ich *nie* jemanden kennenlernen werde – schon gar nicht jemandem, der mich so sehr mag wie Luke?«

»Liebst du ihn denn noch?«

»Keine Frage«, sage ich. Ich brauche gar nicht darüber nachzudenken.

»Tja, vielleicht ist das genug, Bells. Vielleicht brauchst du gar nicht mehr zu wissen.«

Vielleicht ist das genug, wiederhole ich im Stillen. Aber wenn das stimmt, warum habe ich dann das Gefühl, dass es *nicht* genug ist?

»Nimm Griff und mich«, fährt Laura fort. »Da könnte man doch auch sagen, dass ich mich unter Wert verkaufe. Jedenfalls wache ich nicht jeden Morgen auf und denke mir: *O mein Gott, wie glücklich ich doch bin, weil ich den Mann meiner Träume geheiratet habe!* Meistens wache ich auf und denke: *Ach du Scheiße. Das ist der Mann, mit dem ich den Rest meines Lebens verbringen soll? Wie beängstigend!*«

Armer Griff. Leider würden wohl die meisten Menschen so denken, wenn sie neben ihm aufwachen.

»Aber weißt du, was er jeden Morgen macht?«

Ich schüttle den Kopf.

»Er stellt seinen Wecker fünf Minuten früher als meinen, geht nach unten, macht mir eine Tasse Tee und kommt dann wieder hoch, damit er da ist, wenn ich wach werde – und mein Tee auch. Das macht er jeden Morgen, seit wir uns kennen. Ohne Ausnahme.« Laura blickt mich in ungläubigem Staunen an. Ich wette, ich sehe genauso erstaunt aus wie sie.

»Und dann denke ich mir: *Ja, ich will den Rest meines Lebens mit diesem Mann verbringen, weil dieser Mann mich aufrichtig liebt.*«

Jetzt bin ich ein bisschen verwirrt. Ich habe das Gefühl, den entscheidenden Punkt in der Geschichte nicht mitbekommen zu haben.

»Was ich damit sagen will, Bella ... Zwischen uns passt es einfach. Er versetzt mich nicht mehr in einen Glückstaumel, aber er treibt mich auch nicht in den Wahnsinn. Ich bin zufrieden. Ich will diese wilde, verrückte, leidenschaftliche Liebe gar nicht mehr – das ist mir viel zu anstrengend. Unsere Liebe ist alltagstauglich, und deshalb hat sie schon so lange Bestand. Liebe ist Liebe, egal wie man sie definiert. Und wie gesagt, vielleicht ist das ja genug.«

Ich fühle mich an mein Gespräch mit Myles erinnert, der meinte, dass es unzählige Menschen auf der Welt gibt und jemand nur deshalb für uns der Eine wird, weil wir uns dafür entscheiden.

»Aber gewisse Abstriche zu machen ist nicht dasselbe wie sich unter Wert zu verkaufen. Pass auf, dass du das nicht miteinander verwechselst«, sagt sie weise.

»Dann findest du also nicht, dass ich mich bei Luke unter Wert verkaufe?«

»O mein Gott, Bella, du kapierst es einfach nicht!«, ruft sie, am Ende ihrer Geduld.

Sie hat recht, ich stehe völlig auf dem Schlauch. Will sie mir sagen, dass ich mich bei Luke unter Wert verkaufe? Dass sie sich bei Griff unter Wert verkauft? Dass sich jeder einfach irgendeinen Partner suchen und mit seiner Auswahl zufriedengeben sollte, damit die Beziehung möglichst lange hält? Ihre Aussagen sind total widersprüchlich. Die Räucherstäbchen müssen ihr zu Kopf gestiegen sein.

»Okay, ich erkläre es dir«, sagt sie, als wäre ich schwer von Begriff. »Wir sind doch alle auf der Suche nach der ›perfekten Liebe‹ – beziehungsweise nach dem, was wir uns darunter vorstellen, richtig?«

»Du meinst den Einen?« Ich will ganz sichergehen.

»Genau, Bella. Den Einen, die große Liebe, Mr. Right – nenn es, wie du willst.«

Ich nicke zustimmend. Ja, das kann ich gut nachvollziehen.

»Und wenn wir älter werden«, fährt sie fort, »gehen wir alle davon aus, dass wir ihn oder sie irgendwann auch finden werden, oder nicht?«

»Ja.« So weit, so gut.

»Nun, Bella, ich *bin* älter geworden, und ich habe geheiratet. Da müsste man doch meinen, dass ich den Einen gefunden habe. Dabei habe ich in Wahrheit nach wie vor keinen blassen Schimmer, was das eigentlich bedeuten soll. Was für eine Art von Liebe soll man denn anstreben? Auf welche Weise soll man lieben – leidenschaftlich, alles verzehrend, intellektuell oder emotional? Soll es die Art von Liebe sein, bei der man jede Sekunde des Tages denkt: *Ich möchte dir am liebsten die Kleider vom Leib reißen und dich auf dem Küchentisch vögeln*? Oder vielleicht sogar alles zusammen? Das ist doch naiv«, sagt sie ruhig, während ich wie gebannt an ihren Lippen hänge.

»Wir haben diese Vorstellung entwickelt, dass der perfekte Partner all diese Kriterien erfüllen muss, und deshalb sind wir davon überzeugt, dass jeder, der sich mit weniger zufriedengibt, sich unter Wert verkauft.«

Ich nicke zustimmend.

»Warum kann es nicht viel simpler sein? Warum kann es nicht

ein Partner sein, mit dem man sich einfach nur gut versteht und der einem jeden Morgen Tee kocht? Etwas Verlässliches, was vielleicht, nur vielleicht, ein Leben lang hält?«

»Nur, damit ich es richtig verstehe … Du willst mir sagen, dass ich mit Luke zusammenbleiben soll, richtig?«

»Ich will sagen, wenn du wirklich denkst, dass du dich mit Luke unter Wert verkaufst, dann trenn dich von ihm und such nach was Besserem – nach einem Partner, der den Standards einer perfekten Beziehung gerecht wird, die du dir in deinem Kopf zusammengesponnen hast. Such den idealen Mann. Du hattest ja Jahre Zeit, dir ein Bild von ihm zurechtzuzimmern, es immer wieder anzupassen und zu verfeinern – hin und wieder ein neues Gesicht, ein neuer Körper, eine andere Persönlichkeit. Geh und such die perfekte Liebe. Aber sei dir darüber im Klaren, dass du womöglich dein ganzes Leben lang nach etwas suchen wirst, was du vielleicht niemals findest, Bells. Das ist ein verdammt hohes Risiko, vor allem wenn du dabei jemanden wie Luke aufs Spiel setzt.«

Ich weiß, dass sie recht hat.

Ihre Auffassung ist vielleicht nicht besonders romantisch, aber was sie gesagt hat, gibt uns beiden zu denken, und so sitzen wir schweigend da.

Fortsetzung Date Nr. 16 …

Später kam Luke, um mich von meinem Abend bei Laura abzuholen. Er blieb im Wagen sitzen, weil er bitter enttäuscht war, dass die Bears verloren hatten, und ihm deshalb nicht nach Gesellschaft zumute war. Ich ging zum Wagen, riss die Tür auf und warf mich in seine Arme.

»Es tut mir so leid.«

»Mir tut es auch leid, Baby«, sagte er und hielt mich fest.

»Ich liebe dich, Luke.«

»Ich liebe dich auch, Süße.«

Dann rutschte ich auf meine Seite des Jeeps, und wir fuhren nach Hause. Ich zog mein Handy aus der Tasche und schrieb MJ von unterwegs eine Nachricht.

> Ich kann dich nicht wiedersehen. Ich bin jetzt
> mit jemand anderem zusammen. Es ist was
> Ernstes. Alles Gute für dich. Bella.

Tag 4

Am nächsten Morgen wachte ich mit einem Gefühl überwältigender Klarheit auf. Seit Ewigkeiten hatte ich mich nach einer Beziehung gesehnt, und jetzt, wo ich fast am Ziel war, sabotierte ich mich unbewusst selbst. Aber damit war Schluss. Ich wusste jetzt, was ich wollte. Ich wollte Luke. Ich hatte mich für ihn entschieden. Und so ging unser Marathon-Date weiter. Nach nicht mal vier Tagen wohnten wir zusammen, ich hatte seine Eltern (neu) kennengelernt, hatte »Ich liebe dich« zu ihm gesagt, und jetzt waren wir auf dem Weg in den gemeinsamen Urlaub.

Unsere Koffer waren bereits aufgegeben, wir mussten nur noch durch die Sicherheitskontrollen. Ich passte gerade auf unser Handgepäck auf, während Luke auf der Toilette war. Weil ich nichts Besseres zu tun hatte, gab ich mich meinen Tagträumen hin – Tagträume, die für mich immer mehr zur Realität wurden. Ich stellte mir vor, wie Luke und ich in Colorado zusammen die Pisten hinabsausten. Ich malte mir aus, wie er mit mir zurück nach London kam und ich ihn stolz meinen Freunden präsentierte. Ich konnte das an meinem dreißigsten Geburtstag machen – perfektes Timing. Ich stellte mir vor, wie wir zusammen durch die Straßen schlenderten. Vermutlich würden wir dabei der alten Hellseherin begegnen, die gezwungen wäre, sich bei mir zu entschuldigen, weil sie meine Zukunft vollkommen falsch vorausgesagt hatte. Vielleicht würde ich Luke auch mit in die Agentur nehmen, obwohl ich dort ja gar nicht mehr arbeitete. Egal. Ich würde allen beweisen, dass ich keinen Nervenzusammenbruch erlitten hatte, ganz im Gegenteil: Ich war auf einer abenteuerlichen Reise voller Grenzerfahrungen am anderen Ende der Welt gewesen. Ich würde den Kollegen eröffnen, dass ich mich in einen attraktiven Mann aus Chicago verliebt hatte und nur schnell vorbeigekommen war, um meinen Locher zu holen, bevor ich in Amerika ein neues Leben begann. Meine Fantasie kannte keine Grenzen und trieb die seltsamsten Blüten.

Ich hatte den ganzen Tag noch nicht ein einziges Mal an MJ oder an die Nachricht gedacht, die ich ihm am Abend zuvor geschickt hatte.

Irgendwann erspähte ich Luke aus dem Augenwinkel und sammelte in Erwartung seiner Rückkehr schon mal unsere Sachen zusammen. Doch als ich wenig später den Kopf hob, stand er nicht wie erwartet vor mir. Stattdessen war er auf halbem Weg stehen geblieben und schien sich mit jemandem zu unterhalten – vielleicht mit einem Bekannten? Entweder das, oder er wurde gerade von der Flughafensicherheit verhört. Im nächsten Moment geriet ich in Panik, weil ich mich daran erinnerte, dass Luke gestern Abend mit Griff zusammen gewesen war – vielleicht hatte man Gras bei ihm gefunden. Es war diese zugegebenermaßen etwas wilde Schlussfolgerung, die mich dazu veranlasste, von meinem Platz aufzustehen, unsere Siebensachen zusammenzuraffen und zu Luke zu eilen, weil dieser, so meine Befürchtung, jeden Augenblick verhaftet werden würde. Bestimmt sah ich aus wie eine Wahnsinnige.

Als ich den Pfeiler umrundete, der mir bislang den Blick auf seinen Gesprächspartner versperrt hatte, blieb ich wie angewurzelt stehen.

Das war nicht die Flughafensicherheit. Luke stand mit einer Frau zusammen – einer sehr großen, sehr schlanken Frau.

Mein Instinkt riet mir, mich schleunigst wieder hinter den Pfeiler zurückzuziehen. Von dort aus beobachtete ich die beiden schamlos.

Die Frau hatte beneidenswerte kastanienbraune Haare, die ihr in perfekten Wellen über den Rücken fielen. Man sah auf den ersten Blick, dass sie unfassbar cool sein musste. Sie verströmte eine gewisse Lässigkeit, und selbst hinter meinem Pfeiler spürte ich, dass mit ihr nicht zu spaßen war. Sie trug klobige Bikerstiefel, in denen ich wie eine Kampflesbe ausgesehen hätte, aber an ihr wirkten sie, in Kombination mit der ausgeblichenen schwarzen Jeans und ihren schlanken Beinen, die ihr ungefähr bis unter die Achseln reichten, rockig und sexy. Ich konnte ihr Gesicht nicht sehen, deshalb bestand immerhin noch die geringe Chance, dass sie hässlich war wie die Nacht. Im Stillen betete ich zu allen Göttern, dass es so sein möge. Sie und Luke schienen in eine angeregte Unterhaltung vertieft. Aber worüber? Und wieso hatte Luke gerade ihren Arm gestreichelt? Als Nächstes befahl mir mein Instinkt, zu ihnen zu gehen. Schluss mit dem Versteckspiel. Ich warf meine Haare zurück, um ihnen mehr Volumen zu verleihen, damit sie wenigstens halbwegs mit der üppigen Mähne der Frau mithalten konnten. Dann trat ich hinter dem Pfeiler hervor und steuerte mit entschlossenen Schritten auf die beiden zu. Ich trug immer noch alle unsere Taschen mit mir herum.

Im Näherkommen sah ich Lukes Miene. Er strahlte die Frau an. Jeder Quadratzentimeter seines Gesichts leuchtete. In dem Moment bemerkte mich die Unbekannte und drehte sich um. Sie war *nicht* hässlich wie die Nacht. Sie war die Frau von dem Foto.

Natalie.

Wie zur Salzsäule erstarrt, stand ich da. Wenig später wandte auch Luke den Kopf in meine Richtung, und dabei überkam mich erneut der Drang, mich irgendwo zu verstecken. Ich wirbelte auf dem Absatz herum, kehrte den beiden den Rücken zu und wankte in Richtung meines treuen Pfeilers davon.

»Bella?«, hörte ich Luke rufen.

Nein, nein, nein, nein. Ich konnte mich nicht umdrehen. Ich *konnte* einfach nicht. Es war total offensichtlich, dass ich die beiden heimlich beobachtet hatte und nun, nachdem ich ertappt worden war, abzuhauen versuchte.

Am liebsten wäre ich vor Scham im Boden versunken.

»Bells?«, rief Luke noch einmal und ließ mir keine Wahl, als zu antworten.

»Oh, hi«, sagte ich lässig, nachdem ich mich wieder zu den beiden umgedreht hatte. »Ich war bloß auf der Suche nach der Anzeigentafel«, log ich. »Ich habe gehört, dass unser Flug vielleicht gestrichen wurde. Oder verspätet ist. Extrem verspätet, glaube ich. Aber vermutlich wurde er gestrichen. Heftige Schneestürme in Denver. Tornadowarnung. Es ist das reinste Chaos … Hallo«, sagte ich abschließend und raffte mein letztes bisschen Stolz zusammen. »Ich bin Bella.«

Ich streckte der kastanienbraunen Schönheit meine Hand hin. Mir fiel kaum auf, dass sie Sommersprossen auf der Nase hatte, die unglaublich niedlich aussahen. Ich hasste sie.

»Hi, ich bin Natalie«, sagte sie kühl, als sie meine Hand ergriff und höflich schüttelte. Daraufhin folgte dröhnendes Schweigen, während wir beide darauf warteten, dass Luke, unser einziger gemeinsamer Nenner, sich in das Gespräch einklinkte. Fehlanzeige.

Er stand einfach nur mit beunruhigter Miene da und schwieg. Er tat mir ein bisschen leid, die Situation war wirklich sehr unangenehm. Also beschloss ich, die Sache selbst in die Hand zu nehmen.

»Und? Fliegst du in den Urlaub?«, erkundigte ich mich freundlich.

Zugegeben, es war keine besonders originelle Frage, aber mehr war mir auf die Schnelle nicht eingefallen.

»Ich fliege zurück nach New York«, sagte sie mit frostiger Stimme. Ich wusste doch, dass mit ihr nicht zu spaßen war.

Als er das hörte, machte Luke ein überraschtes, ja fast ein wenig gekränktes Gesicht. Was genau ging hier eigentlich vor?

»Toll«, sagte ich. »Wir wollen nach Denver – jedenfalls sobald die Tornadogefahr gebannt ist.« Dann ließ ich ein extrem gekünsteltes Lachen hören, während ich an die fiktiven Tornados dachte.

»Zusammen?«, fragte Natalie abrupt.

Auf einmal fand Luke seine Sprache wieder.

»Nein«, sagte er hastig. »Nicht zusammen.«

Mir fiel die Kinnlade herunter. Ich sah ihn an.

»Ich habe Bella nur zum Flughafen gebracht. Sie will ihre Schwester in Colorado besuchen.«

»Oh«, sagte Natalie.

Die Realität traf mich wie eine eiskalte Dusche. Anfangs hatte ich es noch nicht begreifen wollen, doch als die Wassermassen nun auf mich niederstürzten, sodass mir unter dem Gewicht beinahe die Knie wegknickten, konnte ich die Wahrheit nicht mehr leugnen. Sie war so furchtbar, dass sie mir den Atem raubte. Ich schaute von Natalie zu Luke, dessen flehentlicher Blick meine schlimmsten Befürchtungen wahr werden ließ.

»Stimmt's, Bells?«, sagte er verzweifelt. Mit jeder Faser seines Wesens flehte er mich an, das Spiel mitzuspielen.

Ich wusste nicht, was ich tun sollte. Völlig gelähmt vor Schock, stand ich da.

»Richtig«, sagte ich nach einer Ewigkeit. »Luke hat mich nur zum Flughafen gefahren.«

Luke und Natalie waren sichtlich erleichtert und atmeten zeitgleich auf.

Ich musste hier weg.

»Na, dann will ich mal.« Ich sah Luke geradewegs in die Augen und sagte das Einzige, was es noch zu sagen gab ...

»Danke fürs Bringen, Luke.«

Ich sagte dies mit einer solchen Ruhe und Würde, dass ich fast über mich selbst erschrak. Meine Worte waren wie Geschosse, und Luke hatte keine Ahnung, wie er darauf reagieren sollte. Er wusste, dass er ein grausames Spiel mit mir trieb, aber er wusste auch, dass er die Scharade aufrechterhalten musste.

»Gern geschehen, Bells«, sagte er leise und blickte betreten zu Boden.

Ich musste *wirklich* hier weg.

Dreh dich einfach um und geh, Bella, hörte ich eine leise Stimme in meinem Kopf sagen. Ich wollte ihr gerade Folge leisten, als Natalie das Wort ergriff.

»Ist das mein Mantel, den du da anhast?«

»Wie bitte ...?« Damit hatte ich jetzt nicht gerechnet. *Nein, das ist nicht dein Mantel, du unsensible Kuh*! Aber dann wurde mir klar, dass es auch nicht *mein* Mantel war. Es war der Mantel, den Luke mir geliehen hatte. Er hatte behauptet, jemand hätte ihn mal nach einer Party bei ihm vergessen ... O mein Gott – ich trug Natalies Mantel!

Wieder schaute ich zu Luke. Seine entsetzte Miene war Beweis genug.

Er schloss die Augen und formte lautlos die Worte *Es tut mir so leid* mit den Lippen, als könne er selbst nicht fassen, was hier gerade geschah.

Ich hatte nicht den Schimmer einer Ahnung, was ich jetzt tun sollte, doch dann geschah etwas Bizarres und Unerklärliches. Coco Chanel sprach zu mir. Ich schwöre bei Gott, dass es so war. Ich hörte ihre Worte direkt in meinem Gehirn: *Ein Mädchen sollte zwei Dinge sein, Bella. Stilvoll und fabulös.*

Stilvoll und fabulös, wiederholte ich im Stillen und klammerte mich an Cocos Worte, als wären sie ein lebensrettendes Mantra. *Stilvoll und fabulös.*

»Kann gut sein, ja.«

»Und warum hast du ihn an?«

Wow, nette Freundin, Luke. Richtig liebenswert. *Stilvoll und fabulös, Bella.*

»Luke hat ihn mir heute Morgen geliehen. Es war kalt, als er mich abgeholt hat.«

Sie überlegte kurz, ob diese Antwort plausibel war, dann ...

»Ich hätte ihn gern wieder.«

Ist das dein Ernst?!

»Sicher«, sagte ich. »Ich kann ihn dir schicken, sobald ich ...«

Sie sah mich durchdringend an.

»Was? Du willst ihn *jetzt* wiederhaben?«, fragte ich ungläubig.

Sie nickte stumm. Sie war wirklich knallhart, aber inzwischen fand ich sie nicht mehr cool, sondern einfach nur boshaft und zickig. Ich hoffte nach wie vor, dass Luke sich dazu äußern würde. Vielleicht würde er ihr sagen, sie solle Vernunft annehmen, es sei minus zwanzig Grad draußen und ich trüge unter dem Mantel lediglich ein T-Shirt. Doch natürlich tat er nichts dergleichen. Er hatte sich in eine unterwürfige, ans Jämmerliche grenzende Version seiner selbst verwandelt. Statt mir zu Hilfe zu kommen, was längst überfällig gewesen wäre, wandte er den Blick ab.

Stilvoll und fabulös, Bella, denk dran: Stilvoll und fabulös, verdammte Scheiße.

»Natürlich, Natalie. Schließlich ist es ja dein Mantel«, erwiderte ich ruhig.

Weil mir keine andere Wahl blieb, stellte ich den ganzen Krempel, den ich nach wie vor in den Händen hielt, auf den Boden, ehe ich unter den Blicken der beiden Knopf für Knopf den Mantel öffnete und ihn auszog. Nun stand ich nur noch in einem David-Bowie-T-Shirt da, das mir ungefähr drei Nummern zu klein war und einen undefinierbaren Fleck auf der Brust hatte, aber zum Glück immer noch ultracool aussah.

Entblößt und aufs Tiefste gedemütigt, reichte ich Natalie ihren Mantel.

Jetzt musste ich aber *wirklich* weg.

Ich hob mein Handgepäck auf. Irgendwie gelang es mir, mich mit einem »Hat mich gefreut, dich kennenzulernen« von Natalie zu verabschieden.

»Wiedersehen, Luke«, sagte ich dann. Coco sei Dank war es ein würdevoller Abschied.

Kaum hatte ich ihnen den Rücken zugekehrt, zog sich meine Kehle zusammen, und dicke Tränen kullerten mir die Wangen hinab. In der Ferne konnte ich den Eingang zum Sicherheits-Check-in sehen. Ich weiß noch, wie ich mich zwang, nur darauf zu achten. Auf nichts anderes. Ich ging einfach immer weiter in die Richtung, setzte einen Fuß vor den anderen.

Dann, ich war nur noch wenige Meter von meinem Ziel entfernt, hörte ich, wie er mir nachgelaufen kam.

»Bella!«

Obwohl mein Gesicht voller Rotz und Tränen war und rote Flecken meine Wangen zierten, drehte ich mich um.

»Bella, Scheiße, es tut mir leid«, sagte er gequält. »Es tut mir so leid, dass ich dir das gerade zugemutet habe.«

Ein langes Schweigen trat ein, bis ich irgendwann die einzigen Worte sagte, die mir in dieser Lage noch einfielen ...

»Du hast mir ihren Mantel gegeben?«, fragte ich voller Verachtung.

»Scheiße, Bells, ich weiß. Ich weiß, was ich getan habe. Ich bin so ein Riesenidiot. Du hast wirklich nichts von dem verdient, was da eben passiert ist. Das war schrecklich.«

Er fuhr sich mit beiden Händen durch die Haare und griff sich dann seitlich an den Kopf, als drohte dieser zu explodieren. Hoffentlich tat er es.

»Bells, das mit uns würde nie funktionieren«, sagte er niedergeschlagen, die Hände immer noch an den Kopf gepresst. »Im Grunde willst du es doch genauso wenig wie ich.« Er machte einen Schritt auf mich zu.

Seine Worte und seine Ehrlichkeit raubten mir den Atem. Er wollte das hier gar nicht?

»Oder willst du es, Bells?«, flüsterte er.

Ich starrte ihn traurig an.

»Bella, die letzten Tage über haben wir uns einfach mitreißen lassen«, sagte er sanft. »Ich war so froh, dich wiederzusehen, dass ich mich nicht dagegen gewehrt habe. Und ich liebe dich wirklich. Aber unsere Zeit ist vorbei, auch wenn sie toll war.« Er machte einen weiteren Schritt auf mich zu. »Aber es hat damals schon nicht funktioniert, und es würde auch jetzt nicht funktionieren. Wir klammern uns an die Vergangenheit, wir leben in der Erinnerung. Und das reicht nicht. Ich glaube, die Begegnung mit Natalie hat mir das vor Augen geführt. Ich weiß, du siehst das genauso, ansonsten würdest du mir jetzt sagen, dass ich die Klappe halten soll. Du würdest um uns kämpfen, statt einfach zu gehen.«

Für jemanden, der noch vor wenigen Augenblicken kein Wort herausgebracht hatte, war er auf einmal sehr redselig, das muss man schon sagen.

»Denn das tust du doch gerade, oder? Du gehst.« Er zögerte einige Augenblicke. »Bella?«

Das Schweigen dehnte sich ins Endlose. Ungeachtet der Demütigung, die ich soeben eingesteckt hatte, ungeachtet meiner Hoffnung, dass wir wieder Luke und Bella sein konnten und es im zweiten Anlauf vielleicht besser machen würden, wusste ich, dass er recht hatte.

»Ja, ich gehe.«

Ich sagte ihm nicht einmal Lebwohl. Ich drehte mich einfach um und ging. Aus den entfernten Winkeln meines Bewusstseins hörte ich ein letztes Mal Coco Chanels Stimme. *Gut gemacht, ma chérie. Du warst sehr tapfer.*

So ging mein Marathon-Date mit Luke zu Ende und mit ihm jede Hoffnung, dass er vielleicht der Eine für mich sein könnte.

Hab dich lieb.

Kuss, Bx

Zehn

Hätte ich gewusst, dass ich allein reisen würde, hätte ich mich definitiv fürs Busfahren entschieden. Das ist noch ein weiterer Grund, weshalb ich sauer auf Luke bin. Gewissermaßen der letzte Nagel im Sarg der Luke-und-Bella-Story. Zum Glück verläuft der Flug ohne Zwischenfälle. Ich bin in Gedanken noch so sehr bei dem jüngst durchlittenen Grauen, dass ich kaum merke, wie wir abheben. In Ermangelung eines Reisegefährten, der mir moralische Unterstützung zuteilwerden lassen könnte, freunde ich mich außerdem mit mehreren Miniflaschen Jack Daniels an, und so bin ich, als wir schließlich in Colorado landen, voll wie ein Eimer.

Ich habe mich so sehr gefreut herzukommen, aber jetzt ist nichts mehr davon übrig – unter anderem weil Luke und ich meiner Schwester gesagt haben, sie müsse uns nicht abholen kommen, wir würden alleine nach Vail fahren, wo sie zusammen mit meinem Schwager Joel lebt. Nun stehe ich am Denver International Airport, friere mir den Arsch ab und bereue diese Entscheidung bitter. Vail liegt zwei Autostunden von Denver entfernt. Ich habe keine Ahnung, wie man dorthin kommt, und bin auch nicht in der geistigen Verfassung, um solche logistischen Probleme in Angriff zu nehmen. In meinem Kopf dreht sich alles, weil ich im Flieger zu viel gebechert habe, ich spüre bereits die ersten Vorboten eines Katers und bin ganz zittrig von der vielen Cola light, die ich zusammen mit dem Whisky getrunken habe. Zu sagen, dass ich mir leidtue, wäre eine Untertreibung biblischen Ausmaßes. Ich feiere nicht nur eine Selbstmitleidsorgie in meinem Kopf, ich veranstalte gleich ein ganzes Festival. Eintritt frei.

Vielleicht nehme ich mir einfach ein Taxi.

»Das kostet vierhundert Dollar«, informiert mich der Taxifahrer in hörbar argwöhnischem Ton. »Sind Sie sicher, dass Sie so viel Geld dabeihaben?«

Ich empfinde es als Kränkung, dass er mich nur einmal angeschaut hat und sofort vermutet, dass ich nicht über die nötigen finanziellen Mittel verfüge, um mir die Taxifahrt leisten zu können. Mein Mitleidsfestival verzeichnet einen neuen Besucheransturm. Das Schlimmste ist, dass er recht hat. Ich habe tatsächlich nicht genug Geld. Wenigstens nicht für eine Taxifahrt. Es wäre wirklich schlauer gewesen, den Preis zu erfragen, ehe ich in fünf Minuten langer Schwerstarbeit mein Gepäck und meine müden Glieder ins Taxi verfrachtet habe. Jetzt steht mir die ganze Prozedur noch einmal in umgekehrter Reihenfolge bevor.

»Nein, habe ich nicht«, sage ich und schrumpfe in mich zusammen wie ein Ballon, aus dem die Luft herausgelassen wurde.

Man möchte meinen, dass dies der richtige Zeitpunkt ist, um wieder aus dem Taxi auszusteigen. Der Fahrer hat vermutlich eine ähnliche Vorstellung. Aber das tue ich nicht. Ich bleibe einfach sitzen, weil mir für alles schlichtweg die Energie fehlt.

»Würden Sie dann vielleicht wieder aussteigen?«, fragt der Fahrer, irritiert, dass er mich überhaupt darauf hinweisen muss.

»Ich gebe Ihnen hundert Dollar«, biete ich ihm an.

»Steigen Sie aus, Lady.«

»Hundertfünfzig«, sage ich.

»Aussteigen.«

»Ich habe einen echt miesen Tag«, sage ich flehentlich.

»Den habe ich gleich auch, wenn Sie nicht sofort aussteigen. Raus jetzt!«

»Meinetwegen«, knurre ich wie ein bockiger Teenager.

Ich steige aus, und ein wunderschönes, schwer verliebtes Pärchen nimmt meinen Platz im Taxi ein. Das Festival versinkt allmählich im Chaos, es kommt zu ersten Tumulten. Es geht zu wie auf dem Notting Hill Carnival. Berittene Polizisten werden herbeigerufen, um der Situation Herr zu werden, doch es ist vergebens. Die Lage ist völlig außer Kontrolle geraten.

Dann kommt mir eine Idee. Es ist eine richtig beschissene Idee, und die Tatsache, dass ich sie für gut befinde, sagt viel über meinen prekären Geisteszustand aus. Die Idee ist bestenfalls dumm, schlimmstenfalls eine Einladung zu Entführung, Vergewaltigung und Mord. Entschlossen marschiere ich zurück ins Flughafenterminal, wo ich die Dame am Infotresen um ein Blatt Papier und einen Stift bitte. In großen schwarzen Buchstaben schreibe ich »VAIL« auf das Blatt, dann gebe ich der Frau den Stift zurück. Sie macht ein beunruhigtes Gesicht. Wahrscheinlich kommen ihr Zweifel, ob sie mit ihrer Hilfsbereitschaft wirklich etwas Gutes getan hat, da ich augenscheinlich eine Irre auf einem Selbstzerstörungstrip bin. Ich suche mir eine Stelle, wo viele Autos vorbeikommen, und lasse mich mit meinem improvisierten Schild dort nieder. Ich bin wild entschlossen, per Anhalter nach Vail zu kommen, und nichts und niemand wird mich davon abhalten.

Nur, dass ich wenig später feststellen muss, dass keine Sau für mich anhält, wie flehentlich ich auch dreinschaue. Die Zeit vergeht. Stunden, wie mir scheint. Das hier ist Zurückweisung auf einem ganz neuen Level – dagegen ist Online-Dating der reinste Kindergeburtstag. Ich komme mir vor wie Kohlenmonoxid: fürs bloße Auge unsichtbar. Bis irgendwann die raue, kratzige Stimme eines Engels an mein Ohr dringt. Es ist ein Engel in ungewöhnlicher Gestalt, der sich mir später als Marty vorstellen wird.

Tage bis zum Dreißigsten: 12
Date Nr. 18
Name: ein Cowboy und sein alter Kumpel
Ort: Lookout Mountain
Ursprung: der einzige Autofahrer, der für mich angehalten hat

Liebe Esther,
»Wo soll's denn hingehen, junge Dame?«

Als wäre mein Schild mit der Aufschrift »VAIL« nicht eindeutig, dachte ich irritiert. Zu dem Zeitpunkt wusste ich noch nicht, dass dies mein Date Nummer 18 werden würde.

»Wollen Sie einsteigen?«

Schlagartig verließ mich der Mut. Ich hob nervös den Kopf und schaute in die Augen des Menschen, bei dem es sich möglicherweise um meinen zukünftigen Mörder handelte. Doch der Mann, der meinen Blick erwiderte, sah eher aus wie Kenny Rogers, deshalb beschloss ich, ihm zu vertrauen. Sein weißer Zuckerwatte-Bart verdeckte die untere Hälfte seines Gesichts, aber die Haut, die man sehen konnte, war sonnengebräunt und wettergegerbt. Er sah gesund und anständig aus. Er trug verwaschene, leicht angeschmutzte Levi's und abgewetzte, oft getragene Cowboystiefel mit Silberbeschlägen an den Spitzen. Auf seiner Gürtelschnalle prangte eine amerikanische Flagge aus Metall. Sein rot-braun kariertes Hemd, vom vielen Tragen und der Witterung verblichen, war bis zum Kragen zugeknöpft, und er trug ein adrett gebundenes Halstuch. Das Outfit wurde durch eine alte, speckige Lederweste komplettiert, deren Fransen bei jeder Bewegung hin und her schwangen. Und natürlich hatte er auch einen Cowboyhut.

»Ja, das wäre super«, sagte ich dankbar und stand vom Boden auf.

»Alles klärchen.« Seine Stimme klang wie ein Brummen, das aus den dunklen Tiefen einer Höhle kam. »Dann warten Sie mal hier, während ich die Karre hole.«

Er verschwand und kehrte kurze Zeit später mit besagter Karre zurück – ein lautes, verrostetes Monstrum, wie man es vermutlich verlassen auf irgendeiner Schotterpiste in den Bergen finden konnte.

Anfangs schwiegen wir. Wie die meisten Cowboys war auch meiner nicht von der redseligen Sorte. Er hielt nichts von bedeutungslosem Geplänkel und sprach nur, wenn er wirklich etwas zu sagen hatte. Ihm schien die Stille nichts auszumachen – ganz im Gegensatz zu mir, wie wir ja wissen. Zum Glück sorgte das Röhren und Jaulen seines alten Trucks für eine melodische Hintergrundmusik, die meine Gedanken ebenso effektiv beruhigte wie das ewige Zittern und Rütteln meinen Körper. Aus dem Autoradio drangen knisternd die Gitarrenklänge von Country-Songs, die von Herzschmerz und Verrat erzählten. Das kam mir überaus passend vor.

»Kauen Sie Tabak?«, brummte Marty.

Ich schüttelte unschuldig den Kopf.

»Wollen Sie's mal ausprobieren?«

»Danke, das ist sehr nett«, antwortete ich, als hätte man mir ein Glas Bowle angeboten.

Wie sich herausstellte, ist Tabakkauen absolut nicht nett. Es ist ekelhaft. Es ist der Gipfel der Widerlichkeit. Es macht die Zähne schwarz, und man speichelt wie ein Alpaka. Marty musste mir einen leeren Slurpee-Becher als Spucknapf zur Verfügung stellen. Aber wenn man das alles ausklammert, war es eine großartige Erfahrung. Bevor einem schlecht wird, versetzt einen das Zeug in einen spektakulären Rauschzustand. Ich war richtig high. Ich glaube, das war auch der Punkt, an dem es mit der Stille vorbei war und ich anfing, ohne Punkt und Komma zu reden. Die Worte sprudelten nur so aus mir hervor – meine Gedanken, meine Gefühle. Natürlich drehte sich alles um Luke und ein bisschen auch um MJ. Marty sagte kein Wort und hatte den Blick die ganze Zeit auf die Straße gerichtet. Das einzige Anzeichen dafür, dass er mir überhaupt zuhörte, war ein sporadisches Nicken oder Kopfschütteln.

Erst als wir etwa eine Stunde lang gefahren waren, trug Marty etwas zu der Unterhaltung bei.

»Wie viele solche Dates hatten Sie denn schon, junge Dame?«, fragte er in seiner tiefen Reibeisenstimme.

»Siebzehn.«

Statt einer Erwiderung nickte er lediglich unbeeindruckt. Dann schwieg er. Es verging so viel Zeit, dass ich schon glaubte, er sei mit seiner Aufmerksamkeit ganz woanders.

»Hätten Sie Lust, Ihr Date Nummer achtzehn mit zwei alten Hasen am schönsten Flecken von ganz Colorado zu verbringen?«

Die unbefestigte Straße, auf der wir uns hinauf in die Berge geschlängelt hatten, war einem spektakulären Panorama gewichen. Wir befanden uns am Gipfel des Lookout Mountain. Marty hielt den Truck an, und das Brummen des Motors verstummte. Wir saßen einen Augenblick lang da und schauten durch die Windschutzscheibe, versunken in der endlosen Weite, die sich vor unseren Augen auftat.

»Na, kommen Sie«, grummelte Marty und stieg aus. »Ich möchte, dass Sie jemanden kennenlernen.«

Ich folgte ihm über den felsigen Boden, bis er irgendwann stehen blieb. Ich richtete den Blick nach unten. Vor uns befand sich ein kleiner Gedenkstein.

»Genau hier«, sagte Marty, nahm seinen Hut ab und drückte ihn sich an die Brust, »liegt mein guter alter Freund Buffalo Bill.«

»Ist nicht wahr!«, quietschte ich begeistert. Vielleicht fiel meine Reaktion wegen meines Nikotinrauschs ein bisschen übertrieben aus. In Wahrheit wusste ich nicht einmal genau, wer Buffalo Bill eigentlich war – außer, dass er einen klangvollen Namen hatte und sich zahlreiche Geschichten um ihn rankten. Eine Art Robin Hood des amerikanischen Westens. Na ja, nicht ganz. Aber mir genügte es, am Grab einer großen Wildwest-Legende zu stehen. Dies war das beste Date, das ich je gehabt hatte.

»Hier komme ich her, wenn ich Ruhe brauche«, sagte Marty. »Wenn ich meinen Kopf von dem ganzen Müll frei machen will. Und der alte Bill hier, na ja, der ist eher der schweigsame Typ.«

Ich sagte Marty, wie wunderschön ich es hier fände und dass ich gerne einen ähnlichen Ort hätte, an den ich mich zurückziehen konnte.

»Deswegen bin ich ja mit Ihnen hergefahren, junge Dame. Sie können ihn von mir ausborgen. Wie mir scheint, haben Sie mehr Müll als die meisten.«

»Und Sie meinen, Bill hat nichts dagegen?«

»Nee«, meinte Marty mit einem Kopfschütteln. »Der alte Bill freut sich über ein bisschen Gesellschaft.«

Ich kann nicht sagen, wie viele Stunden ich dort oben auf dem Felsen saß, Marty neben mir, Buffalo Bill zu meinen Füßen, vor mir der endlose Himmel von Colorado. Aber was ich sagen kann, ist, dass wir während dieser Stunden jede Menge Gras rauchten.

»Marty, warum ist mit Männern immer alles so kompliziert?«, fragte ich und starrte in die Ferne. Ich war extrem bekifft.

»Ist es doch gar nicht«, meinte Marty schlicht. »Das bedeutet nur, dass Sie den Richtigen noch nicht gefunden haben.«

»So einfach ist das?«

»So einfach ist das.«

Martys Worte kamen mir unvorstellbar weise vor. Ich fragte mich, ob er womöglich ein Pferdeflüsterer war.

»Weißt du, was komisch ist, Marty? Ich dachte, ich wäre diejenige, die die Macht hat. Dass es an mir liegt, ob wir zusammenbleiben oder nicht. Dass das allein meine Entscheidung ist. Ich dachte, ich bin die Eine für ihn und deshalb habe ich die freie Wahl. Und weißt du, warum ich das gedacht habe?«

Marty zuckte mit den Schultern.

»Weil ich immer der Auffassung war, dass Luke mich ein bisschen mehr liebt als ich ihn und ich deswegen Oberwasser habe.«

Apropos Oberwasser: Irgendwie hatte ich Durst.

»Niemand sollte in einer Beziehung mehr oder weniger Macht haben, Mädchen, und niemand sollte mehr lieben als der andere. Deine Freundin hat dir da einen Haufen Bockmist erzählt.«

Laura hatte mir am Abend zuvor nämlich gesagt: »Du musst dafür sorgen, dass er dich mehr liebt als du ihn, Bella. Wenigstens ein bisschen.« Das war ihrer Meinung nach eine notwendige Bedingung für die ewige Liebe.

Marty hatte mir also doch zugehört. Er war so klug und erfahren. Vielleicht lag es auch an seiner wunderschönen Haarpracht. Er sah aus wie ein Zauberer. Ein Zauberer der Liebe.

»Und niemand sollte sich mit irgendwas zufriedengeben, das steht mal fest.« So leidenschaftlich hatte er an diesem Nachmittag noch nie geklungen. »Für mich hört sich das so an, als würde deine Freundin das alles bloß sagen, um sich ihre eigene Situation schönzureden. Und nach sieben Jahren Ehe ist das auch völlig in

Ordnung. Man sagt sich, was nötig ist, damit es irgendwie weitergeht. Aber jemandem wie dir sollte man so was nicht raten.«

Ich fand es lustig, dass sich »raten« auf »Braten« reimte.

»Erlaube mir die folgende Frage«, fuhr Marty fort. »Wenn du tief drinnen weißt, dass dieser Luke nicht der Richtige für dich ist und dein Herz eigentlich dem Mann aus dem Flieger gehört, warum bist du dann so traurig, dass es mit euch beiden nicht geklappt hat? Und warum versuchst du nicht den, den du wirklich liebst, für dich zu gewinnen?«

Ja, ich liebe den Mann aus dem Flieger wirklich, dachte ich glücklich.

»Aber Marty, der Mann aus dem Flieger will keine feste Beziehung. Das habe ich dir doch schon erklärt.«

»Na ja, aber irgendwas will er offenbar – er lässt dich ja nicht mehr in Ruhe.«

Sofort keimte Hoffnung in mir auf – bis mir die Nachricht wieder einfiel, die ich MJ am Abend zuvor geschickt hatte.

»Vielleicht hast du gar kein gebrochenes Herz, sondern bloß ein angekratztes Ego.«

»*Ja!*«, rief ich laut und sprang auf, was Marty zusammenzucken ließ. »Mein Ego ist wie ein Pfirsich, Marty«, sagte ich. Auf einmal kam ich mir auch sehr weise vor. »Ein Pfirsich mit Dellen.«

Jetzt wollte ich natürlich sofort einen Pfirsich essen.

»Ich bin einfach nur ein alter Cowboy, aber ich sehe es so: Du steckst eine Menge Zeit und Kraft in die Suche nach einem Mann. Jesus Christus, du bist extra aus England hergeflogen und reist jetzt kreuz und quer durch mein schönes Heimatland, um den Richtigen zu finden. Da sollte er schon was ganz Besonderes sein. Du machst das alles doch nicht, um dich am Ende mit der zweiten Wahl zufriedenzugeben, nur weil du Angst hast, vielleicht allein zu bleiben. Stimmt's oder habe ich recht, Bill?«

Marty redete weiter, doch ich hörte gar nicht mehr richtig zu. Ich hatte einen possierlichen Waldbewohner erspäht, der einer mir gänzlich unbekannten Spezies anzugehören schien – irgendein Abkömmling der Familie der Streifenhörnchen. Das Tierchen grinste mich mit seinen glänzenden weißen Zähnen an, dann huschte es auf einen Baum.

Irgendwann war die Zeit zum Aufbruch gekommen. Die Sonne stand tief am Himmel, und die Temperatur war merklich gesunken. Als perfekter Gentleman hatte Marty mir seine Jacke gegeben. Bill war nach wie vor schweigsam.

»Dann sag dem alten Buffalo mal auf Wiedersehen«, sagte Marty.

»Marty!«, rief ich dramatisch und packte ihn am Arm. »Mir ist gerade ein Gedanke gekommen.«

»Ach ja?«, sagte Marty schmunzelnd. »Welcher denn, Kindchen?«

»Kennst du Mozzarella di Buffalo?«

Marty zog die Brauen zusammen.

»Wenn Bill ein Käse wäre, wären die beiden vielleicht miteinander verwandt.«

»Darüber habe ich noch nie nachgedacht, aber du könntest recht haben«, sagte Marty, während er mir in den Truck half. »Du rauchst nicht oft Gras, was, Kindchen?«

Das war so ziemlich das Komischste, was jemals ein Mensch zu mir gesagt hatte.

Hab dich lieb.

Kuss, Bx

Ich stehe auf der hölzernen Veranda des uramerikanischen Eigenheims meiner Schwester und drücke auf die Klingel.

Ich trage den Cowboyhut, den Marty mir als Andenken an unsere gemeinsame Zeit geschenkt hat, und einen ledernen wadenlangen Trenchcoat über Johans türkisfarbene Skijacke, was zugegebenermaßen ein bisschen eng und unbequem ist. Mein Augen-Make-up ist überall, nur nicht in der Nähe meiner Augen, und meine Schuhe sind voller Erde von Buffalo Bills Grabstätte.

Und was dem Ganzen die Krone aufsetzt: Ich bin breit wie ein Biberschwanz!

Die Tür geht auf, und meine Schwester Frannie erscheint. Sie sieht aus wie eine ältere Kopie von mir – jedenfalls wenn man mein derzeitiges Erscheinungsbild außer Acht lässt. Sie mustert ihre zerrupfte kleine Schwester, die auf ihrer Schwelle steht, oder vielmehr: auf ihrer Schwelle wankt.

»Du lieber Himmel, Bella!«

»Ich wusste ja, dass es schlimm ist«, sagt sie, nachdem sie mich ins Haus gebeten hat. »Aber ich hatte keine Ahnung, dass es *so* schlimm ist. Du siehst aus wie eine Obdachlose. Was hast du da überhaupt an?«

Wir beide nehmen uns kurz Zeit, um meine Klamotten in Augenschein zu nehmen – Frannie voller Entsetzen, ich in fehlgeleiteter Bewunderung.

»Sieht so dein neues Leben aus? Bist du jetzt drogenabhängig?!«

»Ich weiß, es macht auf den ersten Blick keinen besonders guten Eindruck ...«, sage ich und beuge mich zu ihr, als wolle ich ihr ein großes Geheimnis anvertrauen. »Aber hast du Kekse?«

Dann beginne ich ihre Schränke zu durchwühlen und sammle alles, was auch nur im Entferntesten essbar aussieht, in meinem Cowboyhut, der eine sehr gute Schüssel abgibt.

»Du kannst was erleben, Bella Edwards«, sagt Frannie, ehe sie mich nimmt und mitsamt Hut vom Kühlschrank zum Sofa schiebt. »Setz dich.« Sie drückt mich in die Polster. »Ich mache dir jetzt ein anständiges Abendessen, das du von einem Teller und nicht aus einem Hut essen wirst, und dann gehst du in die Badewanne, weil du, offen gestanden, nicht besonders gut riechst. Danach legst du dich schlafen, und morgen früh, wenn du aufgewacht bist, erzählst du mir, was zum Teufel mit dir los ist, oder ich schwöre bei Gott, Bella, ich lasse dich in eine Entzugsklinik einweisen.«

Während ich an diesem Abend im Bett liege, nüchtern zwar, aber völlig gerädert, kommt mir die Idee, auf mein Handy zu schauen. Das habe ich den ganzen Tag noch nicht gemacht. Insgeheim hoffe ich auf verpasste Anrufe oder Textnachrichten von Luke, der sich bei mir entschuldigen oder sich wenigstens nach meinem Befinden erkundigen will. Aber es gibt keine neuen Nachrichten und auch keine verpassten Anrufe. Ich bin Sekunden davon entfernt, das bösartige Ding quer durchs Zimmer zu schleudern und nie wieder anzurühren, doch im nächsten Moment geht eine Meldung von WhatsApp bei mir ein, dass angeblich eine Nachricht von mir nicht gesendet wurde.

»Ich kann dich nicht mehr wiedersehen. Ich bin jetzt mit jemand anderem zusammen. Es ist was Ernstes. Alles Gute für dich, Bella.«

O mein Gott, die Nachricht wurde nie abgeschickt. MJ hat sie nie gelesen.

Frannie ist zwei Jahre älter als ich. Zur selben Zeit, als ich zurück nach London zog, ist sie in die Staaten gegangen. Ursprünglich wollte sie nur einen Sommer lang dort bleiben, um ein bisschen Zeit mit Mum zu verbringen, aber dann lernte sie Joel kennen. Joel ist in Colorado geboren und aufgewachsen. Damals jobbte er übergangsweise in San Francisco in einer Bar, ehe er richtig ins

Arbeitsleben einsteigen wollte – etwas, das er bis heute nicht geschafft hat. Zwei Wochen vor seinem geplanten Heimflug begegnete er meiner Schwester, die besagte Bar regelmäßig frequentierte. Es folgte eine stürmische Romanze, und als es Zeit wurde, nach Colorado zurückzukehren, ging Frannie kurzerhand mit. Seitdem lebt sie dort, und auch nach sieben gemeinsamen Jahren hält ihre stürmische Romanze immer noch an. Ich glaube, die beiden sind das glücklichste Paar, das ich kenne. Wahrscheinlich ist das mit ein Grund, weshalb Frannie unbedingt möchte, dass ich einen Mann finde. Als sie damals Joel kennenlernte, war das für sie, als hätte sie endlich zu sich selbst gefunden. Das sagt sie mir jedenfalls immer wieder. »Er vervollständigt mich, Bella«, wird sie nicht müde zu betonen – eine Formulierung, bei der es mich jedes Mal schüttelt. Angesichts der tiefgreifenden Veränderungen, die Joel in ihrem Leben bewirkt hat, ist es nur verständlich, dass sie sich für ihre Schwester das Gleiche wünscht. Sie möchte, dass auch ich mein »wahres Selbst« kennenlerne und endlich »vollständig« werde. Die unausgesprochene Unterstellung dabei ist natürlich, dass ich mich derzeit *nicht* kenne und dass ich *nicht* vollständig bin. Dies scheint der allgemeine Konsens in meiner Familie zu sein. Bestimmt setzen sie mich deshalb so unter Druck und liegen mir ständig damit in den Ohren, ich solle mir doch bitte schön endlich einen Mann nehmen und sesshaft werden. Klar doch, nichts leichter als das.

»Guten Morgen«, sagt meine Schwester und steckt den Kopf hinter der geöffneten Kühlschranktür hervor. Sie mustert mich von oben bis unten, dann teilt sie mir mit, dass ich schon viel besser aussähe als gestern Abend.

»Ja, was das angeht …«, murmle ich beschämt. »Es tut mir echt leid.«

»Du hast mir einen ganz schönen Schrecken eingejagt, Bella.«

»Es tut mir leid«, sage ich noch einmal und nehme sie in die Arme. »Ich freue mich so, dich zu sehen, Frannie.«

»Ich freue mich auch«, sagt sie und erwidert die Umarmung. »Aber was ist nur los mit dir, Bella? Was ist in London passiert, und wieso machst du jetzt einen Roadtrip durch die USA? Hast du dir ein Sabbatjahr genommen?«

»Nichts ist passiert, Frannie«, antworte ich, löse mich aus ihren Armen und gehe zum Wasserkocher, um mir eine Tasse Tee zu machen. Das Letzte, worauf ich jetzt Lust habe, ist ein Gespräch über die Vorfälle in London. Sie erscheinen mir inzwischen so weit weg und vollkommen unwichtig. Ich habe gar nicht mehr das Gefühl, noch dieselbe Person zu sein, die völlig aufgelöst bei der Hellseherin gesessen hat. Das Einzige, was meine Familie über jenen Tag weiß, ist das, was die Dame aus der Personalabteilung meinem Vater gesagt hat – eine mehr als fragwürdige Quelle. Insofern ist es verständlich, dass alle darauf brennen, endlich meine Version der Geschichte zu hören. »Das war keine große Sache«, wiegle ich ab.

»Du hast deinen Job hingeschmissen, Bella«, entgegnet Frannie.

»Ich wollte ihn nicht mehr.«

»Und dein Leben in London? Wolltest du das auch nicht mehr?«

»Ich brauchte eine Pause.« Meine Stimme klingt gemessen und ruhig.

»Warum?«

»Frannie!«, fahre ich sie an. Ich bin jetzt schon frustriert, weil ich mich vor ihr verteidigen muss. »Ich brauche eine Auszeit. Ich muss einfach mal wieder zu mir kommen. Hast du was dagegen?«

Natürlich hat sie etwas dagegen. Sie will alle Einzelheiten wissen. Sie will Antworten. Sie will etwas Substanzielleres als »Ich brauche eine Auszeit«.

»Wie meinst du das, du musst zu dir kommen?«

Das hat doch alles keinen Sinn. Wenn ich meine Ruhe haben will, muss ich ihr etwas Handfestes liefern, selbst wenn es nur eine zensierte Version der tatsächlichen Ereignisse ist.

»Ich war einfach ausgebrannt.«

»Weiter ...«

Wenn ich will, dass sie mich versteht, muss ich ihr alles Schritt für Schritt erläutern. Unsere Lebensentwürfe sind vollkommen unterschiedlich. Frannie wohnt in einer Kleinstadt in Amerika, ich in einer der größten, vollsten, lautesten Metropolen der Welt. Sie ist schon fast ihr ganzes Erwachsenenleben lang glücklich verheiratet, ich bin Single. Für sie stand von Anfang an fest, dass sie keine Kinder möchte, während ich noch nie wusste, was ich will. Sie hat kein Interesse an einer Karriere, ich dagegen habe mich die letzten sieben Jahre komplett von meiner Karriere vereinnahmen lassen. Ich habe mich oft gefragt, ob diese grundlegenden Unterschiede zwischen uns vielleicht zu dem enormen Druck beigetragen haben, der auf mir lastet. Es ist, als hätte ich die Verantwortung dafür übernommen, all das zu werden, was Frannie nicht werden will. Keine Ahnung, ob das den Tatsachen entspricht oder lediglich meiner Einbildung entspringt und es sich in Wahrheit um einen Fall schwesterlichen Aufbegehrens handelt, aber eins steht fest: Wenn ich ihr meine Situation erklären will, muss ich ans Eingemachte gehen.

»Stell dir vor, du befindest dich in einem permanenten Wettlauf, Frannie. So fühlt sich mein Leben an.«

Ich schaue sie an, um mich zu vergewissern, ob sie mir folgen kann. Ihr begieriger Blick stimmt mich positiv.

»Und weil es ein Wettlauf ist, nehmen außer einem selbst natürlich auch noch viele andere Leute daran teil. Und es ist eine sehr breite Rennbahn, Frannie, da passen sehr, sehr viele Läufer drauf. Man tritt also nicht nur gegen sich selbst und den eigenen Anspruch an, sondern auch noch gegen jede Menge Mitbewerber.«

Wieder werfe ich einen Blick zu meiner Schwester. Kann sie mit meiner Sport-Metapher etwas anfangen? Mir fällt auf, dass sie ein Stückchen näher an mich herangerückt ist.

»Jeder läuft gegen jeden: Kollegen, Freunde, Freunde von Freunden, die Mutter mit dem Kinderwagen, die man noch nie gesehen hat, die Frau, die einem in der U-Bahn gegenübersitzt und einen riesigen Verlobungsring am Finger trägt, deine Assistentin, dein Boss, der hübsche junge Praktikant, der seinen Job so beängstigend gut macht – alle kämpfen gegeneinander. Aber in letzter Zeit ist mir aufgegangen, dass keiner von uns wirklich zu wissen scheint, *warum* wir eigentlich rennen – oder wohin. Ich weiß es jedenfalls nicht. Ehrlich gesagt, Frannie, kann ich mich nicht mal mehr daran erinnern, mich für dieses Wettrennen angemeldet zu haben. Es ist, als wäre ich eines Morgens auf der Rennbahn aufgewacht, und da habe ich mir gedacht: *Na, wenn ich schon mal hier stehe, kann ich ja auch gleich loslaufen.*"

»Ist die Rennbahn eine Metapher für dein Leben oder für deine Karriere?«, will Frannie wissen.

»Vielleicht für beides.«

»Okay, dann verstehe ich dich«, sagt sie eifrig. »Weiter.«

»Also renne ich los. Ich renne und schnaufe, immer auf die Ziellinie zu. Und weil das Ganze so wahnsinnig anstrengend ist, sagt man sich: Sobald ich das hier geschafft habe, sobald ich endlich diese verdammte Ziellinie überquert habe, mache ich Pause. Dann habe ich bewiesen, dass ich es draufhabe, und kann es etwas ruhiger angehen lassen. Wer weiß, vielleicht setze ich die nächste Runde sogar aus. Aber irgendwann ist mir bewusst geworden, dass man *nie* ins Ziel kommt. Es gibt gar keine Ziellinie, weil sie immer weiter nach hinten verschoben wird. Wir selbst verschieben sie nach hinten. Dieser absurde Wettbewerb gegen uns selbst und alle anderen – der hört einfach nie auf. Und weißt du, was an dem Dienstagnachmittag passiert ist, Frannie …?«

»Was ist passiert?«, haucht sie aufgeregt, als wäre dies die spannendste Geschichte, die sie jemals gehört hat.

»Ich bin gestolpert«, sage ich tonlos. »Ich habe mich so richtig auf die Fresse gelegt. Und während ich am Boden lag, ist mir eine Erkenntnis gekommen.«

»Welche denn?«, fragt sie wie in Trance.

»Dass ich eigentlich gar nicht wieder aufstehen wollte. Ich wollte nicht weiterlaufen. Ich wollte einfach nur runter von der Bahn.«

»Und deshalb bist du aus London weg?«

»Genau. Ich habe mich aus dem Wettbewerb zurückgezogen.«

Wir beide sitzen da und versuchen das Gesagte zu verdauen. Es ist bemerkenswert, wie glasklar mir auf einmal alles erscheint. Noch vor ein paar Wochen habe ich nichts von dem begriffen, was ich Frannie soeben erklärt habe.

»Liegt es daran, dass es keinen Mann in deinem Leben gibt, Bella?«

»Mein Gott, Frannie!«

Meine Schwester ist echt unglaublich. Ich habe ihr gerade *Krieg und Frieden* erzählt, habe versucht, ihr die Kämpfe und Mühsal einer Karrierefrau im urbanen Dschungel des frühen einundzwanzigsten Jahrhunderts nahezubringen – etwas, wovon sie absolut keine Ahnung hat –, und ihr fällt nichts Besseres ein, als diese komplexe Problemlage auf die triviale Frage zu reduzieren, ob ich einen Mann habe oder nicht. Natürlich hat sie vollkommen recht:

Die Jagd nach einem Mann ist möglicherweise der wichtigste Teil dieses dämlichen Wettrennens.

»Frannie, über das Thema will ich nicht reden. Alles, was ich dazu sage, ist, dass ich keine Lust mehr auf Männer habe«, lüge ich. »Menschen mit Penis interessieren mich momentan überhaupt nicht.«

Ich benutze absichtlich das Wort »Penis«, weil ich weiß, dass ihr das unangenehm ist. »Ich habe mich viel zu lange damit verrückt gemacht, einen Mann zu finden. Jetzt will ich mich ausnahmsweise mal auf was anderes konzentrieren.«

Das ist die dreisteste Lüge von allen. Mein Leben war noch nie so sehr auf die Suche nach einem Mann fixiert wie jetzt. Hoffentlich ist es mir trotzdem gelungen, meine Schwester von ihrer Fährte abzubringen.

Frannie sagt eine Zeit lang nichts. Wahrscheinlich hat sie noch an meiner Penis-Bemerkung zu knabbern.

»Tja, wenn das so ist, dann freue ich mich natürlich für dich, Bella.«

»Danke, Frannie«, sage ich, ehrlich gerührt von ihren Worten. »Ich weiß deine Unterstützung wirklich zu schätzen.«

»Natürlich unterstütze ich dich, Bella. Ich bin froh, dass es dir gut geht – obwohl du gestern Abend so neben der Spur warst.«

Die Aussage verblüfft mich – aber ja, es geht mir wirklich gut. Besser als gut sogar. Sicher, die letzten vierundzwanzig Stunden waren nicht ohne, aber Luke hatte recht, wir waren einfach nicht füreinander bestimmt. Und Marty hatte auch recht: Es war nur mein Ego, das in Mitleidenschaft gezogen wurde, nicht mein Herz. Ich sollte mich nicht mit zweiter Wahl zufriedengeben, sondern den wählen, nach dem mein Herz sich sehnt. Und das trifft auf Luke nicht zu, das weiß ich jetzt. Vielleicht auf MJ, aber vielleicht auch nicht. Vielleicht wird es einer der Männer von den zwölf Dates, die noch vor mir liegen, oder vielleicht wird es auch jemand ganz anderes, mit dem ich im Moment noch gar nicht rechne. Keine Ahnung. Alles, was ich weiß, ist, dass ich sehr weit weg bin von der Wahnsinnigen auf der Rennbahn, die um jeden Preis schneller sein wollte als alle anderen.

Tage bis zum Dreißigsten: 10
Date Nr. 19
Name: Coleen
Ort: Thermalquellen in Glenwood, Colorado
Ursprung: Frannies Freundin

Liebe Esther,
als ich heute Morgen die Tür öffnete, stand eine Frau auf der Schwelle.

»Du musst Bella sein«, sagte sie.

»Bin ich auch«, antwortete ich. Ich trug nichts als ein Oversized-T-Shirt und ein Paar Skisocken am Leib.

»Ich bin Coleen«, sagte sie, als hätte ich mit ihrem Erscheinen rechnen müssen. »Dein Date.«

»Mein was?«

»Frannie hat mich gestern angerufen. Sie hat mir alles erklärt und dachte, wir zwei würden uns bestimmt gut ›verstehen‹«, meinte Coleen, während sie mich gleichzeitig so unverhohlen taxierte, dass ich es bereute, in T-Shirt und Socken an die Tür gekommen zu sein. Oder überhaupt an die Tür gekommen zu sein.

»Ach, hat sie das?«

»Pass auf, ich weiß, wie schwer es ist, sich zu outen, vor allem in der eigenen Familie, aber das Schlimmste hast du überstanden, Bella – ab jetzt beginnt der Spaß.«

Was genau lief hier? Ich bin nicht lesbisch!

»Coleen, hör zu, ich glaube, da liegt ein Missverständnis ...«

»Bella, du hast dich geoutet! Du musst dich nicht mehr verstellen, schon gar nicht mir gegenüber. Ich bin genauso queer wie du.«

Aber ich *bin* nicht queer!

Coleen erzählte mir, sie habe einen wundervollen Tag für uns geplant, ich müsse mich nur anziehen und sie draußen bei ihrem Truck treffen, der, wie ich sehen konnte, mit laufendem Motor auf der anderen Straßenseite parkte. Ehe ich auch nur ein Wort dazwischenbekam, hatte sie sich bereits wieder umgedreht und war zu besagtem Truck zurückgekehrt, um dort auf mich zu warten.

»Aber ich bin nicht lesbisch«, murmelte ich, während ich verdattert die Tür schloss. Erst in dem Moment sah ich den Zettel, der daran klebte.

> Ich stehe hundertprozentig hinter dir, Bella! Ich wünsche dir einen tollen Tag. Alles Liebe von Frannie x

Meine Schwester denkt, ich bin lesbisch.

Wie konnte das passieren? Offenbar hat unser Gespräch gestern sie so sehr verwirrt, dass sie eine komplette geistige Kernschmelze erlitten hat. Nur weil ich gesagt habe, dass ich genug von männlichen Genitalien habe, muss das doch nicht automatisch heißen, dass ich jetzt auf weibliche Genitalien stehe.

Natürlich spielte ich mit dem Gedanken, zu Coleen zu gehen und ihr zu erklären, dass ich nicht lesbisch sei und deshalb auch nicht mit ihr auf ein Date gehen wolle. Andererseits hatte ich für den Tag noch nichts geplant. Warum sollte ich nicht mal ein Date mit einer Frau haben? In gewisser Hinsicht wäre mir die Erkenntnis, dass ich homosexuell bin, gar nicht so unwillkommen. Vielleicht ist es leichter, eine Freundin zu finden als einen Freund.

Weißt du, was, Coleen?, dachte ich. *Lass es uns tun. Zeig mir, was du draufhast, ich bin bereit!*

So kam es, dass ich ein Date mit einer Lesbe hatte.

Coleen entpuppte sich als überaus nette und intelligente Frau. Sie war freundlich, redselig und aufrichtig an dem interessiert, was ich zu sagen hatte. Ich fand sie auf Anhieb sympathisch und hoffte, dass dies auf Gegenseitigkeit beruhte. Kaum hatte sich dieser Gedanke in meinem Kopf geformt, fragte ich mich, ob das möglicherweise bedeutete, dass ich tatsächlich lesbische Tendenzen hatte.

Wir erreichten die Glenwood Springs – wunderschöne natürliche Thermalquellen mitten in den Rocky Mountains. Wie sich herausstellte, ging es hier in der Tat extrem natürlich zu. Coleen war mit mir in ein Nackt-Spa gefahren!

»Badebekleidung nicht gestattet«, stand deutlich lesbar auf einem Schild.

Ziemlich gewagt für ein erstes Date. Ein paar Minuten später stellte ich erleichtert fest, dass immerhin reines Frauenbaden angesagt war. Doch gleich darauf stieg meine Nervosität wieder an, denn wie es schien, war heute nicht nur Frauen-, sondern Lesbenbadetag.

Coleen lockte mich wirklich aus meiner Komfortzone, zumal ich – meines Wissens – nicht lesbisch und auch nicht besonders FKK-affin war. Aber dann dachte ich mir zum zweiten Mal innerhalb ebenso vieler Stunden: *Was soll's?*, und zog mich aus – leider etwas verfrüht, sodass ich ziemlich lange darauf warten musste, bis Coleen sich ebenfalls ihrer Kleider entledigt hatte. Ich stand sehr nackt, sehr verlegen und mit überkreuzten Beinen mitten in einer Umkleide voller halbnackter Frauen und fragte mich, was ich mit meinen Händen anfangen sollte. Während alle anderen noch damit beschäftigt waren, ihre Slips ordentlich zu falten, bemühte ich mich nach Kräften, nicht irgendwohin zu schauen, wo meine Augen nichts zu suchen hatten – also praktisch überall.

Endlich war auch Coleen so weit, und wir machten uns auf den Weg zu den heißen Quellen.

»Du hast einen tollen Körper, Bella«, sagte sie bewundernd. »Ich mag die Form deines Arschs.«

»Danke, Coleen«, entgegnete ich mit einem gewissen Argwohn, unsicher, wie ich darauf reagieren sollte. »Und ich mag deine ... Knie.«

Was soll ich sagen? Ich hatte eben das Gefühl gehabt, das Kompliment erwidern zu müssen.

Wir traten hinaus in die bitterkalte Bergluft. Ich freute mich schon sehr darauf, meinen nackten Körper im dampfend heißen Wasser zu versenken, doch davor galt es noch eine weitere Herausforderung zu bestehen. Die nächstgelegene Quelle lag etwa einhundert Meter von den Umkleiden entfernt.

»Das ist doch wohl ein Witz«, rutschte es mir heraus.

»Was hast du gesagt, Bella?«, fragte Coleen.

»Ein herrlicher Tag, um nackt zu sein.«

»Ja, nicht wahr?«, gab Coleen gut gelaunt zurück. Sie war einfach ein durch und durch positiver Mensch.

Ehe wir uns auf den Weg machten, nahm Coleen voller Stolz meine Hand, und so stolzierten wir splitterfasernackt wie zwei lesbische Lover den hundert Meter langen Laufsteg entlang bis zum Becken. Es war wie meine persönliche Coming-out-Parade. Grauenhaft. Wenigstens die ersten fünfzig Meter waren grauenhaft. Eine richtige Qual. Doch mit der Zeit gewöhnte ich mich an meine Nacktheit, und mit jedem Meter fühlte ich mich wohler in meiner Haut. Irgendwann kam ich mir sogar richtig sexy vor. Es kümmerte mich nicht, dass ich mich seit London nicht mehr gewachst hatte. Es kümmerte mich auch nicht, dass meine Oberschenkel beim Gehen aneinanderrieben oder dass mein Bauch nicht ganz flach war. Ich sah einige Frauen, die mich anerkennend musterten, und wenn ich ehrlich bin, überraschte mich das kein bisschen – ich ging voll in meiner Rolle auf. Fast hätte ich sogar vergessen, dass ich Coleens Hand hielt. Fast, aber nicht ganz.

Wir aalten uns in den heißen Quellen. Stunde um Stunde verging. Es war himmlisch und ungemein entspannend – all die anderen waren sehr freundlich. In der *Grotte* allerdings gerieten die Dinge ein bisschen außer Kontrolle. Ich hätte wissen müssen, dass man der kecken Coleen nicht trauen durfte, und war selbst schuld, dass ich ihr allein in eine dampfende, abgeschiedene Grotte folgte. Zu meiner Verteidigung muss ich vorbringen, dass ich dachte, es handle sich um einen Tunnel und wir würden auf der anderen Seite wieder herauskommen. Coleen allerdings hatte andere Pläne. Es begann mit einer Hand auf meinem nackten Hintern. In dem Moment kam ich zu dem Schluss, dass ich ihr unverzüglich gestehen musste, dass ich in Wahrheit hetero war. Ich drehte mich also in meiner ganzen nackten Pracht zu ihr um, was sie jedoch als Einladung missverstand. Sie schob mich gegen die Wand der Grotte und küsste mich. Seltsamerweise musste ich in dem Moment an etwas denken, was meine Mum einmal zu Frannie und mir gesagt hatte, als wir noch Kinder waren und sie uns davon überzeugen wollte, ihren Shepherd's Pie zu essen.

»Mädels, woher wisst ihr, dass ihr etwas nicht mögt, wenn ihr es noch nie probiert habt?«

Dieselbe Logik, fand ich, ließ sich auch auf einen lesbischen Kuss anwenden. Ich dachte also an Mums Shepherd's Pie und sagte mir zum nunmehr dritten Mal: *Was soll's?* Dann erwiderte ich den Kuss.

Es war sehr sexy und sehr intensiv, in erster Linie weil es mir so ungezogen vorkam. Coleen war eine ausgezeichnete Küsserin, und zwischendurch war ich kurz davor, zu vergessen, dass sie eine Frau war, nur dass sich Frauenlippen anders anfühlen als Männerlippen – weicher, sinnlicher. Coleen hatte sichtlich Spaß und wurde danach noch forscher. Damit stießen wir – abgesehen von der generellen Frage unserer sexuellen Orientierung – auf unser erstes größeres Hindernis, das auch gleich den Anfang vom Ende unserer Beziehung einläutete. Während des Kusses wusste ich nicht recht, wohin mit meinen Händen. Da ich inzwischen wusste, dass man bei Coleen nicht vorsichtig genug sein konnte, ließ ich die Arme sicherheitshalber einfach herunterhängen und bedeckte mit den Händen mein Geschlechtsteil. Dabei hatte ich allerdings nicht bedacht, dass Coleen ja auch Hände hatte. Als sie begann, meinen Körper, meine Brüste und mein Gesicht zu streicheln, machte ich eine unangenehme Entdeckung. Obwohl die Haut an ihren Handflächen schrumpelig war vom Wasser, fühlten sich ihre Berührungen ganz weich und zart an. Das jagte mir einen Schauer über den Rücken. Es gefiel mir überhaupt nicht. Ich wollte große, starke, männliche Hände mit rauer Haut und Schwielen, nicht Coleens zarte Liebkosungen. In meiner Not tauchte ich hastig unter, schwamm zwischen ihren Beinen hindurch – was vermutlich ein wenig unhöflich war – und entfloh. Um weiteren Annäherungsversuchen zuvorzukommen, teilte ich ihr mit, dass ich noch ein bisschen schwimmen wolle, ehe wir uns auf den Rückweg machten, und war deshalb gezwungen, den Rest des Nachmittags in Wasser, das heißer war als eine Badewanne, meine Bahnen zu ziehen.

Als Coleen mich später bei meiner Schwester absetzte, beschloss ich, endlich reinen Tisch zu machen.

»Coleen«, begann ich nervös, »ich muss dir wirklich sagen, dass ich nicht lesbisch bin.«

»Ach, Bella«, säuselte sie mitfühlend. »Natürlich bist du das.«

Weil ich nicht wusste, wie ich darauf antworten oder mich für meine mittlerweile annähernd dreißig Jahre währende Heterosexualität rechtfertigen sollte, entschied ich mich für ein einfaches: »Auf Wiedersehen, Coleen.«

Dann tätschelte ich ihr – rein freundschaftlich – das Knie, für das ich ihr zu Anfang unseres Dates ein Kompliment gemacht hatte.

»Auf Wiedersehen, Bella«, sagte sie wissend, als kenne sie mich besser als ich mich selbst. Ich musste schmunzeln.

Ich ging ins Haus, und alles, woran ich denken konnte, war, ob MJ vielleicht Zeit für ein Gespräch auf FaceTime hätte.

Hab dich lieb.

Kuss, Bx

»Frannie, ich bin nicht lesbisch!«, rufe ich laut, als sie am Abend zur Tür reinkommt.

»Bist du dir sicher?«

»Ja, ich bin mir sicher. Wie kommst du darauf, für mich ein Date mit einer Frau einzufädeln?«

»Ich dachte, das gefällt dir vielleicht.«

»Was?«, sage ich fassungslos.

»Ich dachte, das war es, was du mir gestern sagen wolltest. Mal ehrlich, Bella: Was Männer angeht, hattest du bisher ja kein so gutes Händchen, da macht es doch Sinn, zu Frauen zu wechseln. Du wärst ja nicht die Erste, die da ihre Einstellung ändert.«

Ich starre sie ungläubig an.

»Es wäre immerhin möglich. Man weiß doch, dass so was gelegentlich vorkommt«, verkündet Frannie, schwer beeindruckt von ihrer abstrusen Erkenntnis.

»Frannie, nur weil ich noch keinen Mann fürs Leben gefunden habe, heißt das nicht, dass ich eine Frau will. Ich glaube, es wäre besser für uns alle, wenn du weniger denkst und dich in Zukunft aus meinem Liebesleben raushältst.«

»Du bist ganz schön undankbar, Bella. Ich dachte, du würdest das zu schätzen wissen.«

»Nein, Frannie, da irrst du dich.«

»Ich hoffe nur, du hast Coleen nicht gesagt, dass du hetero bist«, meint sie aus Sorge, ich könnte ihre Freundin vor den Kopf gestoßen haben. »Das wäre nämlich sehr unhöflich von dir gewesen, vor allem wenn man bedenkt, dass sie so nett war, überhaupt mit dir auszugehen.«

»Ach, leck mich doch, Frannie.«

Den Rest des Abends behandeln wir einander wie Luft.

Tage bis zum Dreißigsten: 9
Date Nr. 20
Name: Kieran
Ort: Beaver Creek, Colorado
Ursprung: ein Bekannter von Esther

Liebe Esther,
wenn man jemanden zum ersten Mal sieht, kann man angeblich innerhalb der ersten fünf Minuten sagen, ob man die betreffende Person attraktiv findet oder nicht. Bei Date Nummer zwanzig, deinem Bekannten Kieran, dauerte es immerhin sechs Minuten. Vielleicht benötigte er die zusätzliche Minute wegen der Brille und der Skimaske, die mein Gesicht verdeckten, oder er wollte einfach nur die Fahrt mit dem Sessellift optimal ausnutzen, die ebenfalls sechs Minuten dauerte.

Kieran hatte mir vorgeschlagen, dass wir uns vormittags in Beaver Creek zum Skifahren trafen – eine ganz ausgezeichnete Idee für ein erstes Date, wie ich fand. Allerdings hatte er einen Pistenteil ausgesucht, der den Namen *Bachelor Gulch* trug. Von all den vielen Pisten mit all den vielen Namen war mir die »Junggesellenschlucht« ein wenig zu bedeutungsschwanger.

»Wir können uns im Skilift unterhalten«, waren Kierans erste Worte an mich.

Wenig später wurden wir vom Bügel des Sessellifts in die Lüfte gehoben und bewegten uns den Hang hinauf. Es war ziemlich kuschlig – nicht wegen der Außentemperatur, denn es war abartig kalt, sondern weil Kieran und ich so eng aneinandergequetscht saßen, dass wir beide zusammen praktisch nur einen Platz brauchten, obwohl der Sessellift auf vier Personen ausgelegt war und außer Kieran und mir niemand darin saß. Der besseren Balance wegen und um nicht unhöflich zu erscheinen, hatten wir uns beide in die Mitte gesetzt. Das ist normalerweise das Standardverfahren bei Sesselliften, aber wenn man ihn als Ort für ein erstes Date ausgesucht hat, bekommt die Enge eine ganz andere Bedeutung.

Da Kieran weder seine Skimaske noch seinen Schal abnahm, konnte ich nicht einmal sehen, wie er aussah. Na ja, wahrscheinlich traf dasselbe auf mich zu.

»Bella, ich habe ein paar Fragen an dich«, rief er, kurz nachdem wir losgefahren waren. Die Hälfte seiner Worte wurde vom Wind den Berg hinabgeweht, deshalb hatte ich Mühe, ihn zu verstehen. »Aber du hast nur zehn Sekunden Zeit, um zu antworten!«

»Klingt lustig!«, rief ich zurück. Meine Aussprache war etwas unsauber, weil meine Lippen halb erfroren waren. Außerdem fand ich nicht wirklich, dass seine Idee lustig klang. Sie klang nach einem Bewerbungsgespräch in luftiger Höhe.

»Was ist dein Lieblingsfilm?«, brüllte er – mehrmals hintereinander, weil ich ihn zunächst nicht richtig hörte.

Wie unoriginell, dachte ich. Natürlich war mein Kopf trotzdem wie leergefegt. Da es sich um eine so unglaublich triviale Frage handelte, beschloss ich, ihr nicht allzu viel Bedeutung beizumessen, und sagte das Erste, was mir in den Sinn kam. Leider war das …

»*Scott & Huutsch.*«

Als wäre diese Antwort nicht schon schlimm genug gewesen, war ich auch noch gezwungen, sie dreimal zu wiederholen, bis Kieran sie endlich verstanden hatte. Obwohl – vielleicht hatte er sie auch gleich zu Anfang verstanden und seinen Ohren nicht getraut.

»Mit Tom Hanks und diesem sabbernden Hund?«, rief er. Seine Stimme troff nur so vor Missbilligung.

Ich nickte mit Nachdruck. Ich stand voll hinter meiner Antwort.

»Ich finde, das verrät einem alles, was man über einen Menschen wissen muss«, meinte Kieran, woraufhin ich mir die Frage stellte, ob es sich nicht vielleicht doch gelohnt hätte, etwas mehr Hirnschmalz in meine Antwort zu investieren. Ich kann mir nicht vorstellen, dass ein sabbernder Hund, der Mordfälle löst, besonders ansprechende Einblicke in meinen Charakter gibt.

»Wer war die einflussreichste Person in deinem Leben?«, lautete Kierans nächste Frage. »Zehn Sekunden, Bella.«

Kieran war ziemlich herrisch.

»Delia, die Bulldogge!«, brüllte ich. Wieder staunte ich über meine Antwort. Aber sie war ehrlich. Wäre Delia nicht gewesen, hätte ich dieses ganze Abenteuer niemals begonnen. Dann hätte ich in diesem Moment nicht im Sessellift neben einem gesichtslosen Mann gesessen, der einen Dating-Ratgeber verschluckt zu haben schien. Einen miserablen Dating-Ratgeber.

»Die einflussreichste Person in deinem Leben war ein Hund?«, brüllte Kieran zurück. Auch diesmal machte er aus seiner Geringschätzung keinen Hehl.

»Unter anderem, ja«, verteidigte ich meine Antwort. Ich habe diesem Hund viel zu verdanken.

»Welche Frage sollte ich dir stellen, um etwas Interessantes über dich zu erfahren?«, rief er, ehe er hinzufügte: »In deiner Antwort dürfen keine Hunde vorkommen.«

Irgendwie mochte ich Kieran nicht besonders.

»Wie ist es mit der hier: ›Bella, was wäre für dich die schlimmste Art, ein Date zu beginnen?‹« Dann bestand ich darauf, dass er mir die Frage tatsächlich stellte – schließlich hatte er mit dieser dämlichen Quizrunde angefangen.

»So wie du!«, rief ich, voller Stolz, mich gegen ihn behauptet zu haben.

Wenig später war unsere sechsminütige Fahrt zu Ende. Wir stiegen aus dem Sessellift und verbrachten die nächsten Minuten damit, die verschiedenen Pisten zu studieren. Kieran zeigte mit seinem Skistock auf eine Piste mit dem Namen *Cabin Fever* – Hüttenkoller, auch wieder eine sehr interessante Wahl, wenn du mich fragst – und sauste ohne ein weiteres Wort los. Er bretterte mit halsbrecherischer Geschwindigkeit den Hang hinab, trotzdem gelang es mir zunächst, ihm auf den Fersen zu bleiben. Erst als wir etwa die Hälfte der Strecke hinter uns gebracht hatten – Kieran hatte zu diesem Zeitpunkt bereits einen deutlichen Vorsprung herausgearbeitet –, dämmerte mir, dass er nicht einfach bloß vorausfuhr. Er versuchte mir zu entkommen! Und ich war unbewusst zu einer Verrückten geworden, die ihn den Berg hinabjagte. Er hatte mir auf einer Skipiste im wahrsten Sinne des Wortes den Laufpass gegeben. So etwas war mir noch nie passiert.

Hab dich lieb.

Kuss, Bx

Tage bis zum Dreißigsten: 9

Date Nr. 21

Name: MJ

Ort: Beaver Creek, Colorado

Zusatzinfo: Date Nr. 21 fand zwanzig Minuten nach Date Nr. 20 statt

Liebe Esther,

auch der Beginn dieses Dates war von einer gewissen Unsicherheit geprägt …

»Sitzt du gerade in einem Sessellift, Bella?«

»Ja, MJ, das tue ich.«

»Bist du beim Skifahren?«, fragte er ungläubig.

»Ja, MJ, das bin ich.«

»Wo bist du denn?« Er versuchte fieberhaft, sich einen Reim auf die Situation zu machen.

»Bachelor Gulch, Beaver Creek, Colorado«, sagte ich. Damit gab ich ihm weit mehr Informationen, als nötig gewesen wäre.

MJ lachte. »Hört sich an wie ein Dating-Brettspiel«, meinte er.

Nein, dieses Brettspiel ist mein Leben, hätte ich um ein Haar entgegnet. Stattdessen entschied ich mich für …

»Ich wollte dich fragen, ob du vielleicht Lust hast, ein bisschen mit mir Ski zu fahren?«

»So ein interessantes Angebot für die Mittagspause habe ich schon lange nicht mehr bekommen.«

»Dann haben wir ein Date?«

»Wir haben definitiv ein Date«, sagte MJ hocherfreut, als würde er wirklich gleich Ski fahren.

So fing mein Date Nummer einundzwanzig an.

Ich schaltete die Kamera an meinem Handy ein, damit er das spektakuläre Panorama genießen konnte. Diesmal war der Sessellift voll, deshalb schwenkte ich die Kamera herum, sodass er meine drei Mitpassagiere sehen konnte.

»Sagt Hallo zu MJ.«

»Hallo, MJ!«, riefen die drei und winkten fröhlich.

»Hallo zurück.« MJ winkte ebenfalls.

»MJ, mir hat eben jemand drei Fragen gestellt. Sie sind ein bisschen albern, aber irgendwie möchte ich gerne wissen, wie du darauf antworten würdest, also stelle ich sie dir jetzt, ist das in Ordnung?«

Mir war natürlich bewusst, dass ich genau das tat, wovon ich Kieran gesagt hatte, dass man es niemals bei einem Date tun solle.

»Klar«, sagte MJ gelassen. »Solange ich dir die gleichen Fragen stellen darf?«

»Abgemacht. Ach so, und du hast jeweils nur zehn Sekunden Zeit für deine Antwort.«

Ich redete schnell weiter. Die Verbindung konnte jeden Augenblick abbrechen. Bislang war MJ seltsamerweise besser zu verstehen als Kieran.

»Was ist dein Lieblingsfilm?«

»*Lost Boys*«, antwortete er, ohne zu zögern.

»Toller Film.«

»Ein Favorit aus meiner Kindheit«, gestand er wehmütig. »Und deiner?«

Ich hatte beschlossen, MJ im Rahmen eines Experiments die gleichen fragwürdigen Antworten zu geben wie kurz zuvor meinem Date Nummer zwanzig. Ich war neugierig, wie er reagieren würde. Ich wollte ausloten, wie ehrlich ich zu ihm sein konnte und wie er meine Antworten aufnahm. Sofort musste ich an mein Date mit Brian und unsere Unterhaltung über Ehrlichkeit denken – darüber, dass wir zu alt für Bullshit waren. Vielleicht wurde es Zeit, einige Aspekte dieser Theorie auf mein eigenes Leben anzuwenden. Wenn MJ der Eine für mich war, musste ich mich ihm gegenüber so zeigen können, wie ich wirklich war. Es war gewissermaßen eine Art Kompatibilitätstest: Mochte MJ mich so sehr, dass er mich nicht für meine peinlichen Antworten verurteilte? Und hatte ich überhaupt den Mumm, vollkommen ehrlich zu ihm zu sein?

»*Scott & Huutsch*«, sagte ich stolz.

»Ein Klassiker«, meinte MJ. »Tom Hanks in Bestform.«

So weit, so gut.

»Okay, Frage Nummer zwei. Wer war die einflussreichste Person in deinem Leben?«

»Ah«, sagte MJ, »das ist nicht so leicht zu beantworten. Ich denke, das ist mein Geschäftspartner Darren. Wenn er nicht gewesen wäre, würde ich jetzt wahrscheinlich etwas ganz anderes machen. Und bei dir?«

Ich wappnete mich. Ich wusste, dass dies der kritische Punkt war, ab dem alles bergab gehen konnte.

»Delia«, sagte ich mit fester Stimme. »Sie ist ein echtes Biest, aber sie hat mir in einer schweren Zeit geholfen, etwas Wichtiges zu begreifen.«

Was sollte ich machen? Ich mochte den Mann sehr – ich wollte nicht, dass er mich für völlig verstrahlt hielt.

»Was denn?« MJ klang aufrichtig interessiert.

»Dass man manchmal einfach die Beine in die Hand nehmen und loslaufen muss.«

»Wie wahr, wie wahr«, stimmte er mir zu.

»Hier kommt Frage Nummer drei: Welche Frage sollte ich dir stellen, um was Interessantes über dich zu erfahren?«

»Die ist gut.« Er überlegte nicht lange. »Wie wäre es mit: ›MJ, welche interessanten Gerichte kannst du kochen und weshalb?‹«

Artig gab ich die Frage an ihn zurück. Ich war sehr gespannt.

Kochen stand seit jeher auf der Liste der Fähigkeiten, die ich mir bei meinem zukünftigen Partner wünschte.

»Gut, dass du fragst, Bella«, sagte MJ verspielt. »Äthiopisches Essen. Ich habe mal einen Monat in Äthiopien verbracht, um dort einen Dokumentarfilm zu drehen. Ich habe bei einem Einheimischen gewohnt, und wir haben jeden Abend zusammen gekocht.«

»Klingt romantisch.«

»War es auch.«

»Kochst du mir auch mal ein äthiopisches Essen?«

Ich flirtete mit ihm. Ich hätte nie gedacht, dass ich mal so etwas zu einem Mann sagen würde.

»Jederzeit, Bella«, sagte er und brachte damit mein Herz zum Schmelzen. »Und was ist mit dir? Welche Frage sollte ich dir stellen?«

Ich musste kurz überlegen, doch dann kam mir die zündende Idee.

»Also gut.« Auf einmal war ich sehr nervös. »Du solltest mich fragen, wonach ich im Moment in meinem Leben suche.«

»Alles klar«, sagte MJ in neutralem Ton. »Bella, wonach suchst du im Moment in deinem Leben?«

Ich holte tief Luft und nahm meinen ganzen Mut zusammen.

»Nach dem Einen.«

Ich kann immer noch nicht glauben, dass ich das wirklich gesagt habe. In dem Moment wusste ich nur, dass ich das sagen *musste*. Es war der ultimative Test – wie aufrichtig konnte ich MJ gegenüber sein? Und was vielleicht noch wichtiger war: Wie aufrichtig konnte ich mir selbst gegenüber sein?

»Hm, ist das so?« MJ gab nichts preis. »Tja, dagegen scheint mir äthiopisches Essen eine ziemlich lausige Antwort zu sein.« Wir beide schmunzelten. »Fast so lausig wie *Scott & Huutsch*«, fügte er bissig hinzu.

»Und jetzt meine letzte Frage, MJ«, sagte ich in bewusst leichtem Ton trotz der Antwort, die ich ihm kurz zuvor gegeben hatte. Oder vielleicht gerade deswegen. »Bist du bereit für die Piste?«

Dann befestigte ich das Telefon an meiner Brust, sodass die Kamera und MJ – zu seiner großen Enttäuschung – nach vorne blickten. Ich rückte das Mikro zurecht, zog mir die Mütze über die Ohren, damit die Ohrstöpsel nicht rausfielen, und dann ging sie ab, die wilde Fahrt.

Hab dich lieb.

Kuss, Bx

Der Skilift schließt erst in zwanzig Minuten, und da Frannie und Joel noch die letzte Abfahrt des Tages mitnehmen wollen, habe ich bis zum Abendessen noch etwas Zeit. Also beschließe ich, mir eine Runde Après-Ski zu gönnen. Außerdem rufe ich meine Mutter an, um zu erfragen, wie die Vorbereitungen für ihren großen Tag laufen. Frannie und Joel fliegen übermorgen nach San Francisco, um ihr zu helfen, deshalb nehme ich an, dass die Arbeiten bereits in vollem Gange sind.

»Bella, mein Liebes«, sprudelt meine Mum hervor, und ich habe sofort ein schlechtes Gewissen, weil ich mich nicht schon früher gemeldet habe. »Wie geht es dir?«

»Gut. Ich bin bei Frannie in Colorado.«

»Wie geht es ihr?«

»Ihr geht es auch gut. Wir freuen uns schon auf dich.«

»Ich hoffe, ihr zwei streitet euch nicht«, sagt sie halb wissend, halb sorgenvoll.

»Wir sind nicht mehr fünf, Mutter, warum sollten wir uns streiten?«

Faustdicke Lüge. Streiten ist so ziemlich alles, was wir machen.

»Wir freuen uns schon riesig auf die Hochzeit.« Noch eine Lüge. Ich bin glücklich, weil sie glücklich ist, aber »riesig freuen« ist deutlich übertrieben.

»Wir uns auch, Liebling. Die ganze Familie endlich mal wieder versammelt, das wird wunderschön!« Und dann kommt ihr eine großartige Idee.

»Bella, warum kommst du nicht mit deiner Schwester und Joel her? Dann hätten wir noch ein bisschen Zeit zusammen, bevor der ganze Rummel losgeht.«

»Ich kann nicht, Mum«, lüge ich erneut. »Ich habe versprochen, auf dem Weg nach Kalifornien noch Freunde zu besuchen.«

Weil ich die Vorstellung eines »Familiengipfels« nicht ertragen konnte, habe ich meinen Trip bewusst so geplant, dass ich während der größten Hektik ankomme und auch wieder abreise. Frannie soll lange vor meiner Ankunft die frohe Botschaft überbringen, dass es mir gut geht (das hat sie schließlich selbst festgestellt), damit mir eine Sitzung in der Gruppentherapie erspart bleibt.

»Du bist jederzeit willkommen, Schätzchen, das weißt du«, sagt meine Mum. Zur gleichen Zeit erscheint vor mir eine Hand mit einem Telefon. Auf dem Display stehen die Worte: *»Kann ich dir einen Drink spendieren?«*

Als ich den Kopf hebe, sehe ich einen attraktiven Mann, der mich anlächelt. Oder sagen wir lieber: Er *könnte* attraktiv sein, wäre da nicht diese haarsträubende weiße Stelle in seinem sonnengebräunten Gesicht dort, wo sonst seine Skibrille sitzt. Er sieht aus wie ein Panda, was die Wirkung seines sexy Handymanövers ein klein wenig schmälert.

»Mum, ich ruf dich zurück.«

Tage bis zum Dreißigsten: 9
Date Nr. 22
Name: der perverse Tony
Ort: *Chophouse*, Beaver Creek
Ursprung: coole Anmache mit Handy

Liebe Esther,
wenn ich für Tony, mein Date Nummer zweiundzwanzig, ein Onlineprofil verfassen müsste, würde es folgendermaßen aussehen:

Name: Tony, Kurzform von Anthony

Beruf: Investmentbanker

Geburtsdatum: schätzungsweise Anfang der Siebziger; die alten Piercinglöcher in seinen Ohrläppchen ließen erahnen, dass es definitiv ein Leben vor der Bankkarriere gab

Größe: knapp eins neunzig

Statur: ausgezeichnet. Gebaut wie ein Superheld – schmale Taille, breite Schultern. Die klassische Dreiecksform. Aufgrund der dicken Skihose konnte ich nicht erkennen, wie es unterhalb der Hüfte aussah.

Besondere Eigenschaften: charmant, charismatisch und selbstbewusst. Sehr selbstbewusst. Das zeigte sich allein schon daran, wie er das Date eingefädelt hatte. Selbstbewusst, ja. Aber nicht selbstverliebt.

Etwa eine halbe Stunde nach Beginn unseres Dates, das bemerkenswert gut lief, rief meine Schwester an, um mir mitzuteilen, dass sie und Joel mit dem Skifahren fertig seien und im *Coyote Café* auf mich warteten, damit wir gemeinsam Margaritas trinken und Mexikanisch essen konnten. Ich wurde angewiesen, sofort zu kommen, da sie am Verhungern seien und so schnell wie möglich bestellen wollten.

Anfangs spielte ich mit dem Gedanken, meiner Schwester zu

sagen, dass ich es nicht schaffen würde, aber dann entschied ich mich um. Ich war nicht bereit, meine Pläne zugunsten eines großen, selbstbewussten Investmentbankers aufzugeben, den ich eben erst kennengelernt hatte. Und vor allem war ich nicht bereit, ihn über einen Margarita und einen Burrito zu stellen. Stattdessen fragte ich ihn kurzerhand, ob er mitkommen wolle. Auch mein Selbstvertrauen kannte neuerdings keine Grenzen.

»Das würde ich sehr gern, Bella«, sagte Tony freundlich, »aber leider kann ich nicht, da ich heute Abend noch ein Date habe.«

Offenbar war ich lediglich die Vorspeise für Tonys Hauptgericht.

»Aber gib mir doch deine Nummer, dann können wir uns morgen noch mal treffen – vielleicht auf der Piste?«

Sag ich doch: selbstbewusst.

»Okay, sicher«, stimmte ich lässig zu.

Während des Abendessens mit Frannie und Joel ließ ich mein Handy vor mir auf dem Tisch liegen – nicht weil ich auf Nachricht von Tony wartete, sondern weil MJ und ich inzwischen in regelmäßigem WhatsApp-Kontakt standen und ich einfach nicht genug von ihm bekommen konnte. Leider dauerte es nicht lange, bis die beiden mein Handy konfiszierten, als wären sie meine Eltern.

»Du hast überhaupt keine Tischmanieren, Bella – das ist total unhöflich«, rügte mich Frannie.

Erst als wir das *Coyote Café* verließen, bat ich meine Schwester, mir mein Telefon zurückzugeben.

»Du bist ja regelrecht besessen von deinem Telefon.«

Ich fand diese Bemerkung ziemlich unfair. Ich war noch nie weniger von meinem Telefon besessen als jetzt. Es ist, als hätten mein Telefon und ich eine Auszeit voneinander genommen, damit ich über unsere Beziehung reflektieren und herausfinden kann, ob ich womöglich zu bedürftig, zu verzweifelt oder zu abhängig geworden bin und ein Neustart daher vielleicht keinen Sinn macht.

»Wem schreibst du da eigentlich die ganze Zeit?«, wollte Frannie wissen.

Was folgte, war eine Runde Schweinchen in der Mitte. Ich war das Schweinchen und versuchte verzweifelt, mein Handy zu fangen, das Frannie und Joel sich gegenseitig zuwarfen.

»Hört auf, ihr zwei!«, rief ich. »Sonst fällt es noch in den Schnee!«

»Da ist aber jemand schwer begehrt«, meinte Joel, als er auf das Display schaute. »Sieben neue Nachrichten.«

»Ooh, lass mal sehen«, rief Frannie und befahl Joel, ihr das Handy zuzuwerfen. Er tat es. Sie fing es auf. Und dann ...

»*O mein Gott* – Bella Edwards, du kleine Schlampe!« Joel schnappte sich das Handy von Frannie, warf abermals einen Blick auf das Display und riss die Augen auf.

»Bella, du *kleine Sau*«, sagte er mit gespielter Abscheu.

In dem Moment sah ich rot. Ich schmetterte Frannie einen gigantischen Schneeball mitten ins Gesicht, ehe ich mich mit lautem Gebrüll und meinem ganzen Körpergewicht, das sich infolge des Konsums von Burritos und Guacamole verdreifacht hatte, auf Joel stürzte. Ich warf ihn um, und wir landeten in einer riesigen Schneewehe, wo wir von der puderigen Masse verschluckt wurden. Während ich ihn zu ersticken versuchte, gelang es mir, ihm das Handy zu entreißen. Dann sah ich es mit eigenen Augen.

»O mein Gott!«, schrie ich entsetzt.

Es war eine Nachricht von Tony, ein Selfie, das er im Bad aufgenommen hatte. Er stand mit heruntergelassener Hose vor einem mannshohen Spiegel und hatte ein Foto von seinem halb erigierten Penis gemacht, während er mir gleichzeitig eine Kusshand zuwarf. Die dazugehörige Nachricht lautete:

Freu mich auf morgen. Hier hast du schon mal
was für heute Nacht.

Sagte ich bereits, dass Tony sehr selbstbewusst war?
Hab dich lieb.
Kuss, Bx

»Esther, bist du das?«

Ich strecke einen Arm in Richtung Nachttisch aus und schalte ungeschickt das Licht am Wecker ein. Es ist halb zwei Uhr morgens. Das bedeutet, dass es in New York halb vier ist.

»Esther? Es ist mitten in der Nacht, was ist los?«, frage ich verschlafen, als ich das Schluchzen am anderen Ende höre. »Esther, was hast du denn? Warum weinst du?«

Schlagartig hellwach, setze ich mich auf, lehne mich mit dem Rücken an das Kopfteil des Betts und knipse die Nachttischlampe an, damit ich mich besser konzentrieren kann. Das hemmungslose Weinen am anderen Ende geht weiter, nur hin und wieder muss Esther kurz Pause machen, um nach Luft zu schnappen.

»Esther, jetzt atme erst mal tief durch, und dann sagst du mir, was passiert ist.«

»Es ist wegen Matt«, sagt sie so leise und kläglich, dass ich ihre Stimme kaum wiedererkenne.

»Was ist mit Matt?«, frage ich nervös. Gleich wird sie mir sagen, dass er gestorben ist. Ich weiß es genau.

Doch sie kommt nicht dazu, mir zu antworten, weil sie schon wieder anfängt zu schluchzen.

»Esther, was ist mit Matt?«, frage ich in immer größerer Sorge. Vielleicht hat sie ihn umgebracht.

»B, er will sie nicht verlassen.«

»Wen?«, frage ich im verzweifelten Bemühen, Schritt zu halten. Der Gedanke, dass Matt tot ist, hat sich in meinem Kopf festgesetzt, was mir nicht gerade dabei hilft, die Situation zu begreifen.

»Seine Frau. Er will seine Frau nicht verlassen.« Dann bricht sie erneut in verzweifelte Tränen aus.

In all den Jahren, die ich Esther nun schon kenne, kam von ihr noch nie ein mitternächtlicher Liebeskummer-Notruf, was ungewöhnlich ist, denn ab einem gewissen Alter haben die meisten von uns wenigstens einmal einen solchen Anruf bekommen oder getätigt. Ich erinnere mich an eine besonders heftige Phase mit Mitte zwanzig, als das fast jeden Freitag und Samstag passierte. Allerdings nie von Esther – sie war stets die Herzensbrecherin, nie die mit dem gebrochenen Herzen. Das widersprach ihrem Verhaltenskodex, was diesen Anruf umso beunruhigender macht.

»Sie ist im siebten Monat schwanger.«

»Was zum …«

»Dabei hat er mir gesagt, dass sie schon längst nicht mehr miteinander schlafen, Bella. Wir sind seit fast einem Jahr zusammen!«, heult sie wie ein angeschossenes Tier. »Ich dachte, sie wäre eine schreckliche Person, B. Unausstehlich, hat er immer gesagt. Jemand, den er nicht mehr ausstehen, geschweige denn lieben kann. Das war alles gelogen, Bella«, sagt sie und schluckt mühsam ihre Tränen hinunter.

Jetzt ist sie gezwungen, sein Gerede als das anzuerkennen, was es ist: keine tröstende Wahrheit, an die sie sich klammern kann, um ihre Gefühle zu schützen und ihre Affäre zu rechtfertigen, sondern eine frei erfundene Geschichte, die ihr Herz in Stücke reißt.

»Okay, ich fliege gleich morgen zurück nach New York«, verkünde ich.

»Nein!«, ruft Esther. »Das darfst du nicht.«

»Was soll das heißen, das darf ich nicht? Natürlich darf ich das, und ich werde es auch tun. Ich will nicht, dass du jetzt allein bist.«

»Das macht doch gar keinen Sinn.«

»Muss es auch nicht. Ich will einfach nur für dich da sein.«

»Bella, du musst mit deinen Dates weitermachen. Du kannst jetzt auf keinen Fall aufhören.«

»Esther, sei nicht albern. Die Männer sind mir doch überhaupt nicht wichtig. *Du* bist mir wichtig.«

Außerdem würde es mich nicht notwendigerweise davon abhalten, mich mit Männern zu treffen – schließlich wohnt MJ in New York.

»Bella, er will nichts Festes, vergiss das nicht«, sagt Esther tonlos, als hätte sie in meinen Kopf geschaut. »Mach nicht denselben Fehler wie ich. Steck deine Energie in jemanden, der dasselbe will wie du, statt deine Zeit mit einem Typen zu verschwenden, der ganz offensichtlich andere Prioritäten hat.«

Ihre Worte landen mit einem dumpfen Aufprall direkt in meinem Herzen. Es ist bedrückend, aber wahr: Wenn MJ aufrichtiges Interesse an mir hat, muss er den nächsten Schritt machen, nicht ich.

»Aber weißt du, was du für mich tun kannst?«, fährt sie fort. »Mach diese verrückte Challenge zu Ende, die wir angefangen haben, und schreib mir weiterhin Mails. Wir sind alle so gespannt, wie die Sache ausgeht. Es kann nicht sein, dass du nach New York zurückkommst, um mir in meinem Liebeskummer beizustehen, weil mir meine Affäre mit einem verheirateten Mann um die Ohren geflogen ist. Das darf dir auf keinen Fall dazwischenkommen.«

»Wer ist denn ›wir alle‹?«

»Du und ich, Babe. Hör mir zu: Du musst weiter nach deinem

Happy End suchen, oder was auch immer es ist. Dann wird alles gut.«

»Versprochen?«

»Versprochen«, sagt sie tapfer, ehe sie das Thema wechselt. »Also, was hältst du von einem Date in Nashville?«

Elf

Und schwupps bin ich in Nashville.

Noch nie zuvor in meinem Leben war ich so spontan. Ich bin einfach ins Flugzeug gestiegen und für ein Blind Date über tausend Meilen weit nach Nashville, Tennessee, geflogen. Das ist eine total übertriebene, maßlose, möglicherweise leichtsinnige und definitiv verrückte Aktion, aber sie ist auch unsagbar befreiend. So etwas ist nur möglich, wenn man alleinstehend ist. Deshalb habe ich, nachdem Esther mir das Treffen vorgeschlagen hat, auch nur fünf Minuten gebraucht, um darüber nachzudenken, ehe ich ja sagte. Nach langer Zeit lerne ich endlich, die Freiheit meines Singledaseins voll auszukosten.

Bei meiner Ankunft am Flughafen in Nashville stelle ich zu meinem Leidwesen fest, dass ich ohne eigenen fahrbaren Untersatz aufgeschmissen bin. Also miete ich mir notgedrungen – und ein wenig nervös – ein Auto und mache mich auf die Suche nach meinem Hotel. Leider entpuppt sich dies als komplette Absteige. Eigentlich ist es gar kein richtiges Hotel, eher ein Motel, und mich beschleicht das ungute Gefühl, dass man die Zimmer auch stundenweise mieten kann. Ich habe es über booking.com gebucht und dabei so richtig danebengegriffen. Wahrscheinlich war das nach meiner zweistündigen nächtlichen Lagebesprechung mit Esther auch nicht anders zu erwarten. Fliegen war die einzige Option, auch wenn ich lieber den Bus genommen hätte. Aber das hätte viel zu lange gedauert, und schließlich werde ich übermorgen in San Francisco erwartet.

Ich stehe vor meinem Zimmer und versuche die Tür aufzuschließen. Das Leuchtschild des Motels, das unheilvoll im Hintergrund aufragt, flackert. Der Buchstabe T in MOTEL fehlt, sodass jetzt nur noch MO EL dort steht, was mich an NOEL erinnert. Der missglückte Versuch eines Weihnachtsgrußes. Und wenn die großen Buchstaben, die das Wi-Fi als »BESONDEREN SERVICE« des Hauses anpreisen, noch nicht ausreichen, um meine Erwartungen herunterzuschrauben, dann tut es der an alle Vorbeifahrenden gerichtete verzweifelte Appell »ALLE HAUSTIERE WILLKOMMEN«. Ich rufe mir ins Gedächtnis, dass dies nur eine kurze Stippvisite wird, außerdem bin ich ja hier, um mir Nashville anzusehen, nicht um in meinem Motelzimmer herumzulungern. Sobald ich es betreten habe, sehe ich, dass es genauso schlimm aussieht wie befürchtet, deshalb richte ich meine ganze Aufmerksamkeit auf den bevorstehenden Abend und fange an, mich fertig zu machen. Anderthalb Stunden später sitze ich wieder im Auto und bin auf dem Weg zu meinem Date Nummer dreiundzwanzig, während ich im Stillen ein Stoßgebet ins Universum schicke, Esther möge diesem Mann nicht gesagt haben, dass ich extra von Denver hergeflogen bin, um mich mit ihm zu treffen. Selbst ich, die Frau, die halb Amerika durchkämmt, um einen Kerl zu finden, begreife, dass das keinen besonders guten Eindruck machen würde.

Tage bis zum Dreißigsten: 8
Date Nr. 23
Name: Darrell
Ort: Dunkin' Donuts und ein Late Night Rodeo
Ursprung: von Esther eingefädelt

Liebe Esther,
als ich auf der klebrigen Plastikbank im Dunkin' Donuts saß – oder vielmehr: daran festklebte – und auf Darrell, mein Date Nummer dreiundzwanzig, wartete, kam mir eine Art Erleuchtung. Dies hier musste das mit Abstand Leichtsinnigste sein, was ich jemals getan hatte. Genau deshalb verschwinden Menschen spurlos und werden nie wieder gesehen – weil sie sich mit Wildfremden in irgendwelchen Cafés am Highway treffen. Mein Gesicht würde landesweit auf »VERMISST«-Plakaten an Bushaltestellen hängen und traurige Berühmtheit erlangen. Und ich hatte mich noch an meinem Freiheitsgefühl berauscht. An meinem glorreichen Abenteuer. Ich stellte mir vor, dass ich kreuz und quer durch Tennessee fuhr wie in meiner eigenen Version von *Thelma und Louise*, nur dass meine Version den Titel *Bella* tragen und vermutlich nicht die gleichen cineastischen Qualitäten aufweisen würde wie der ursprüngliche Film. Aber das wäre egal, denn genau wie Thelma und Louise würde auch ich meine Eskapaden am Ende mit dem Leben bezahlen. Nicht weil ich mich dazu entschloss, mit meinem Auto über eine Klippe zu fahren, sondern weil ein namenloser, Donut liebender Fremder mich verschleppte.

Das hier war die dümmste Idee, in die ich jemals eingewilligt hatte.

»Was mache ich hier eigentlich?«, sagte ich laut. In meiner Stimme schwang ein Hauch von Panik mit. In meinem Kopf spukten Gedanken über eine Entführung herum, meine Handflächen waren schweißnass, und mein Herz klopfte wie wild. »Ich muss hier weg.«

Ich löste mich von dem klebrigen Plastikpolster und wollte schleunigst das Weite suchen, was allerdings lediglich dazu führte, dass ich beim Aufstehen mit dem Kopf gegen Darrells in verblichenen Jeansstoff gehüllten Schritt stieß.

»Howdy, hübsche Lady. Sie müssen Bella sein?«

»Argh!«, kreischte ich in Todesangst. »Bitte töten Sie mich nicht.«

So lernte ich Darrell kennen.

Sobald meine anfängliche Hysterie abgeflaut war, aßen Darrell und ich ein paar Donuts, und als er schließlich mit mir zum Late Night Rodeo weiterfuhr, waren alle meine Ängste, er könnte mich verschleppen, verflogen. Ich war dermaßen berauscht vom Zucker, dass die Vorstellung eines Rodeos mich ganz kribbelig machte, genau wie Darrell selbst: ein waschechter Cowboy inklusive Gürtelschnalle und Stiefeln. Er zog sogar seinen Hut. Ehrlich gesagt, *wollte* ich zu diesem Zeitpunkt von ihm verschleppt werden.

»Ein Late Night Rodeo?«, quiekte ich vor Vergnügen.

»Jawohl, Ma'am.«

»O Mann!«

Ich lernte, dass ein Rodeo eine zutiefst patriotische Veranstaltung ist. Eine Zurschaustellung heroischer Reitkünste und aller Dinge, die irgendwie mit Country zu tun haben. Je mehr Country, desto besser, lautet die Devise. Es war ein Wildwest-Spektakel der Superlative: Flaggenschwenken, Bullenreiten, Nationalhymne-Singen, jubelnde Massen auf den Tribünen, Lassowerfen, Peitschenknallen, Cheerleader, Countrymusik ... das volle Programm!

Wir redeten nur wenig. Zum Teil lag das daran, dass Darrell ein Cowboy ist und Cowboys meiner Erfahrung nach nicht besonders redselig sind (außer wenn sie gekifft haben). Aber ich hatte auch meinen Anteil daran. Ich war völlig überwältigt vor Begeisterung. Mit großen Augen schlenderte ich durchs Stadion wie ein kleines Kind, das zum ersten Mal nach Disneyland kommt. Gespräche waren gar nicht nötig. Ich war viel zu sehr damit beschäftigt, meinen Lebensentwurf zu überdenken. Vielleicht war es meine wahre Bestimmung, aufs Land zu ziehen, Pferde zu züchten und das Wort

»Yeehaw« in meinen täglichen Wortschatz aufzunehmen. Darrell sei Dank entdeckte ich eine ganz neue, wilde Welt. Irgendwann war meine Begeisterung nicht mehr zu bändigen, und ich fragte ihn, ob man die Pferde auch streicheln dürfe.

»Klar«, sagte Darrell bereitwillig. »Ich denke, das lässt sich machen.«

Auf einem professionellen Rodeo war eine solche Bitte eher ungewöhnlich, aber Darrell war ein echter Ehrenmann, und mit Hilfe einiger seiner lederne Beinkleider tragender Freunde gelang es ihm, mich nach unten zu den Pferdetransportern mitzunehmen, wo ich nicht bloß irgendein x-beliebiges Pferd, sondern einen echten Hengst streicheln durfte. Das ist eine ziemlich große Sache! Ungefähr so, als dürfte man auf einem U2-Konzert hinter die Bühne kommen und Bono streicheln. Später versuchten Darrell und ich uns am Line Dancing, was sich jedoch als absolutes Desaster herausstellte. Es ist eine sehr komplexe Tanzform, die ich anfangs sträflich unterschätzte und die mir alles andere als leicht fiel. Nachdem ich auf unzählige Cowboystiefel getreten und während eines waghalsigen Dip-and-Dive-Manövers mit den Haaren am hufeisenförmigen Manschettenknopf eines Mittänzers hängen geblieben war, schlug Darrell vernünftigerweise vor, die Tanzfläche zu verlassen. Zum Glück gelang es mir, mich mit einem Ritt auf dem mechanischen Bullen zu rehabilitieren. Ich hielt mich rekordverdächtige achtundzwanzig Sekunden auf dem Plastikbiest. Nach zehn Sekunden hatte sich bereits eine kleine Schar von Zuschauern um mich herum versammelt, und als ich schließlich abgeworfen wurde und auf die Matte plumpste, war mein Publikum auf etwa sechzig Personen angewachsen, die mir alle zujubelten. Das war sehr bewegend. Als es vorbei war, rappelte ich mich auf und verbeugte mich. Der Moderator nannte mich »die Königin der Bullen« und teilte der Menge mit, ich sei eine »geborene Reiterin«

und es sähe so aus, als hätte ich gerade »den besten Ritt meines Lebens« hinter mir. Ich errötete, und meine bewundernden Fans jubelten noch lauter, was mich wiederum zu einer zweiten Verbeugung veranlasste. Es war ein hochemotionaler Moment.

»Ist alles eine Frage der Oberschenkel«, sagte ich einige Zeit später zu Darrell. Plötzlich war ich Expertin im Bullenreiten.

»Ha, ist das so, Bella?«

Ich lächelte ihn spitzbübisch an und nickte. Als Preis kaufte Darrell mir ein kleines Geschenk – einen getrockneten Bullenhoden als Schlüsselanhänger. Er erklärte mir, der Hoden sei ein Symbol der Tapferkeit, allerdings erschloss sich mir der Zusammenhang nicht ganz – es sei denn, der betroffene Bulle hatte außerordentliche Tapferkeit bewiesen, als irgendein findiger Bauer ihm die Eier abgeschnitten hatte, um beim lokalen Rodeo einen schnellen Dollar zu verdienen. Ich nahm das Geschenk mit Würde entgegen und befestigte den verschrumpelten Testikel pflichtschuldig an meinem Autoschlüssel.

»Ein Andenken an unsere gemeinsame Zeit«, sagte Darrell in seinem breiten Südstaaten-Dialekt.

Gerade als ich anfing, mich der Rodeo-Community so richtig zugehörig zu fühlen, wurde es Zeit zu gehen. Darrell fuhr mich zurück zu meinem Wagen, der immer noch vor dem Dunkin' Donuts stand. Als er anhielt und den Motor seines Trucks ausschaltete, tat ich etwas, was uns beide überraschte.

Ich stürzte mich auf ihn. Was soll ich sagen? Ich hatte den übermächtigen Drang, einen Cowboy zu küssen, und eine Frau muss tun, was eine Frau tun muss.

Aus der Nähe roch Darrell nach Heuballen und Melasse. Er war ein außergewöhnlich guter Küsser. Und nicht nur das, er hatte diese Hände ... O mein Gott, seine Hände! Als er mich berührte, was bei genauerem Nachdenken vielleicht nicht geschah, um mich heiß zu machen, sondern weil er mich abwehren wollte –, spürte ich das tief in meiner Seele. Es war eine geradezu spirituelle Erfahrung. Während ich glücklich davon fantasierte, mein Leben umzukrempeln und aufs Land zu ziehen, dachte er vermutlich nur darüber nach, wie er mich loswerden konnte. Bestimmt war er nervös, schließlich hatte er beim Bullenreiten gesehen, wie gut ich mich festklammern konnte. Zu Darrells Glück hatte ich zu diesem Zeitpunkt meine Schenkel noch nicht zum Einsatz gebracht.

Nach einem kurzen, aber zutiefst erfüllenden Moment der Intimität ließ ich von ihm ab – auch weil ich spürte, dass Darrell nicht dasselbe empfand wie ich. Er stieg aus, ging zur anderen Seite, öffnete die Beifahrertür und nahm meine Hand, um mir beim Aussteigen behilflich zu sein. Wir standen noch einen Moment lang auf dem Parkplatz. Wir wussten beide, dass wir uns nie wiedersehen würden. Ich spürte, dass Darrell sich eine Zukunft mit einem echten Cowgirl erträumte, nicht mit einer eingefleischten Städterin wie mir, deren Erfahrung mit Pferden sich darauf beschränkte, dass sie einmal während eines Late Night Rodeos »backstage« eins gestreichelt hatte. Darrell tippte sich an den Hut, was mich bizarrerweise zu einem kleinen Knicks veranlasste.

»Gute Nacht, Bella. War mir ein Vergnügen.«

»Gute Nacht, Darrell«, erwiderte ich und probierte meine eigene Interpretation eines Südstaaten-Akzents aus. Sie war so schlecht, dass wir beide so taten, als hätten wir nichts gehört.

Dann schlenderte Darrell lässig zur Fahrerseite seines Trucks zurück.

»Darrell!«, rief ich ihm nach. »Woher kennst du Esther eigentlich?«

»Esther?«, gab Darrell zurück. »Die kenne ich gar nicht!« Mit diesen Worten erklomm er den Fahrersitz, als würde er sich auf ein Pferd schwingen, und fuhr hinaus in die Nacht. Ich blieb allein auf dem Parkplatz zurück und streichelte mein verschrumpeltes Bullenei.

Hab dich lieb.

Kuss, Bx

PS: Also, Esther: Wer genau ist Darrell?

Da ich den ganzen Tag vor mir habe und es in Nashville so viel zu besichtigen gibt, tue ich etwas, was absolut untypisch für mich ist. Ich mache den Plan, heute keine Pläne zu machen. Das ist ein kühnes, völlig neues Konzept für mich. Ich beschließe, mich einfach treiben zu lassen und abzuwarten, wo mich der Tag hinführt und welche Abenteuer vielleicht auf mich warten.

Und so überlasse ich meiner Neugierde das Kommando. Ich hänge mit Johnny Cash und Elvis Presley ab, und ich schlendere durch das Grand Ole Opry House. Ich mache eine »Nash Trash Tour« in einem knallpinken Bus und lasse dabei schamlos meine innere Touristin raushängen. Ich besuche die Music Row, die Country Music Hall of Fame und verkehre mit den ganz Großen der Musikszene. Ich esse Fried Pickles und trinke den berüchtigten »Nash Trash Pink Drink«. Ich kann nicht sagen, woraus dieser Drink besteht, aber was auch immer es ist, er schmeckt köstlich. Danach führt mich mein Weg ins Hollsboro Village, das Hipsterviertel der Stadt, wo ich während eines Bummels durch diverse Vintage-Boutiquen spontan ein Paar Cowboystiefel erstehe, das ich für den Rest des Nachmittags trage, im Wissen, dass ich es danach vermutlich nie wieder anziehen werde. Irgendwann stoße ich auf eine Bar namens *Saint Anejo's*. Die Musik, die aus dem Innern dringt, ist eine Einladung. Sie breitet die Arme aus und heißt mich wie eine alte Freundin willkommen. Also breite ich logischerweise ebenfalls die Arme aus und trete ein.

Ich trinke ein paar Schnäpse, spiele Pool und träume davon, wie es wäre, Gitarre spielen zu können, während ich den Musikern auf der Bühne lausche. Daran schließt sich ganz natürlich der Gedanke an, wie es wäre, einen Musiker zu daten – einen Musiker, der sich so unsterblich in mich verliebt, dass mit der Zeit sein gesamtes musikalisches Repertoire nur noch von mir bestimmt wird. Wie sagenhaft wäre es, die Muse eines Künstlers zu sein?

Als ich das *Anejo's* irgendwann verlasse und mich auf den Weg zurück zu meinem Motel mache, bin ich in ziemlich angeheitertem Zustand. Ich schlendere durch die Straßen, und ein fortwährender Strom süßer Klänge ergießt sich aus jeder Tür und jeder Gasse. Während dieses Spaziergangs fasse ich den ersten echten Plan des Tages, genauer: einen Plan für mein nächstes Date. Statt passiv abzuwarten, wen mir das Universum vorsetzt, werde ich es mit einem anderen Ansatz versuchen: Planung statt Zufall. Ich habe es bei anderen gesehen und diesen kalkulierten Opportunismus gleichermaßen bewundert wie verachtet. Heute Abend will ich es einmal selbst ausprobieren. Ich will ein Date mit einem Musiker haben. Ich will seine Muse sein. Vielleicht ist das ein ehrgeiziger Plan, aber er begeistert mich dennoch.

Tage bis zum Dreißigsten: 7
Date Nr. 24
Name: habe ich nie erfahren
Ort: *Bluebird Café* (wo sonst?)
Ursprung: Überfall aus dem Hinterhalt

Liebe Esther,
Date Nummer vierundzwanzig kam infolge eines wohlkalkulierten Überfalls während einer Open Mic Night zustande. Ich setzte mich an die Bar, wo, das hatte ich schnell in Erfahrung gebracht,

die Musiker abhingen, während sie auf ihren Auftritt warteten. Es war der perfekte Platz, umgeben von lauter Talenten.

Großartigen Talenten.

Ich war bereit, mir für den Abend ein Date an Land zu ziehen. Es dauerte eine Weile, bis die richtige Gelegenheit kam, aber ich war geduldig – hauptsächlich weil einer der Barkeeper der mit Abstand schönste Mann war, den ich jemals gesehen hatte. Er war ein wahres Kunstwerk, die zeitgenössische Antwort auf Michelangelos David. Seine Gesichtszüge waren wie gemeißelt. Leider wurde nicht er mein Date Nummer vierundzwanzig. Eine Welt, in der so etwas möglich gewesen wäre, existiert nicht, jedenfalls nicht außerhalb meines Kopfes. Immerhin bot er mir eine wunderbare Ablenkung, bis der ahnungslose Mann auf der Bildfläche erschien und sich neben mich setzte, den ich mir angeln wollte. Er war etwas weniger schön, ganz in Jeans gekleidet und hatte eine Gitarre über der Schulter.

»Spielst du heute Abend?«, fragte ich ihn beiläufig.

»Ja, in ungefähr zwanzig Minuten, glaube ich«, sagte er mit einem Blick auf seine Armbanduhr.

»Kann ich dir einen Drink ausgeben, während du wartest?«, fragte ich selbstbewusst und mit vollendeter Lässigkeit.

So kam ich an ein Date mit einem Musiker. Es war ein vielversprechender Anfang.

Wir redeten, wir lachten und erzählten einander Geschichten. Ich flirtete nach Kräften mit ihm und nutzte jeden sich bietenden Anlass, um seine verwaschene Jeans anzufassen. Leider erwies sich die Gitarre dabei als ziemlich hinderlich. Also nutzte ich vor allem Worte, um ihn zu verführen, und lenkte das Gespräch auf ein Thema, von dem ich hoffte, dass es seine künstlerische Ader ansprechen würde – und das mir gleichzeitig dabei helfen sollte, seine Muse zu werden. Ein sehr ambitionierter Plan für einen einzigen Abend. Vermutlich zu ambitioniert.

»Was inspiriert dich zu deinen Texten?«, fragte ich halb neugierig, halb bewundernd.

»Die Liebe hauptsächlich«, gestand er. »Es ist ein Klischee, aber so schreibe ich die besten Songs.«

»Tja, die Liebe ist ein universeller Zustand«, sinnierte ich und bemühte mich, weise und welterfahren zu klingen.

»Das ist so wahr, Bella.« Er hing eine Weile seinen Gedanken nach, ehe er fragte, was mich nach Nashville geführt hatte.

»Die Liebe hauptsächlich«, lautete auch meine Antwort, die ihm direkt in die Hände spielte. Außerdem war sie – zumindest teilweise – wahr, und sie klang gut. Erst recht in den Ohren eines sensiblen Künstlers.

»Darauf trinke ich«, sagte er und stieß mit seiner Bierflasche gegen meine.

»Auf die Liebe.« Wir lächelten.

Wenig später wurde er auf die Bühne gerufen. Ich hatte gehofft, dass wir unsere Unterhaltung nach seinem Set vielleicht fortsetzen könnten, doch als er mir für den Drink dankte, mir sagte, er habe sich gefreut, mich kennenzulernen, und mir noch einen schönen Aufenthalt in Nashville wünschte, musste ich erkennen, dass er kein Interesse daran hatte. Ich würde weder seine Freundin noch seine Muse werden.

Mist!

»Guten Abend, alle zusammen«, hörte ich ihn sagen, was mich dazu veranlasste, mich zur Bühne umzudrehen.

»Meinen ersten Song möchte ich gerne einer neuen Bekannten widmen.« Erst als er sagte: »Bella, ich hoffe, du findest, was du suchst – der hier ist für dich, Babe«, wurde mir klar, dass er mich meinte. Zugegeben, eine Widmung ist nicht dasselbe wie die Position einer Muse, aber was soll's? Ein echter Musiker hatte mich auf der Bühne vom *Bluebird Café* gegrüßt, das war allemal gut genug für mich. Nur schade, dass der Song, den er sang, von einer herzlosen Frau handelte, die ihrem Mann erst das Herz bricht und sich dann mit seinem Geld aus dem Staub macht. Das verringerte meine Chancen, mir in derselben Bar ein zweites Date zu angeln, deutlich.

Dachte ich wenigstens.

Hab dich lieb.

Kuss, Bx

Tage bis zum Dreißigsten: 7

Date Nr. 25

Name: MJ

Ort: Motel

Liebe Esther,

Date Nummer fünfundzwanzig kam unerwartet. Als ich ins Motelzimmer zurückkehrte, wartete MJ in meinem Laptop auf mich. Natürlich ist die virtuelle Welt aus dem Dating nicht mehr wegzudenken, und auch MJ und ich hatten die meisten unserer Verabredungen am Computer verbracht, trotzdem war dieses Date irgendwie anders. Das spürte ich gleich zu Beginn. Wir kamen beide von unserem Abend zurück, waren leicht beschwipst, entspannt und ein wenig frustriert, weil wir immer nur online zusammen sein konnten. Kurios, wenn man bedenkt, dass ich dem Online-Dating abgeschworen hatte.

Andererseits ist es eine interessante Erfahrung, einem Menschen online so nahezukommen und so viele intime Momente mit ihm zu erleben, ohne dass die physische Dimension dabei eine Rolle spielt. Schweißte uns das zusammen, oder war eher das Gegenteil der Fall? Ich konnte mich nämlich des Gedankens nicht erwehren, dass MJ und ich, hätten alle unsere Dates im echten Leben stattgefunden, uns längt auch körperlich nähergekommen wären. Aber so war ein Kuss alles, was wir vorzuweisen hatten. Ein sehr guter Kuss, aber trotzdem. Emotional befanden wir uns in einem ganz anderen Stadium als körperlich. Körperlich befanden wir uns eigentlich in gar keinem Stadium. Unsere Online-Beziehung mutierte Stück für Stück zu einem altmodischen Liebeswerben. Wir kaschierten unser Verlangen hinter ausgiebigen Gesprächen, verliebten Blicken und unseren MacBooks, während sich die sexuelle Spannung immer weiter aufbaute. Inzwischen standen wir kurz vor der Explosion, und an diesem Abend, begünstigt vom Alkohol und der Nähe, die durch dieses endlos lange virtuelle Vorspiel zwischen uns entstanden war, hätten MJ und ich einander am liebsten die Kleider vom Leib gerissen und wilden, leidenschaftlichen Sex miteinander gehabt. An diesem Abend würde das Pulverfass endlich in die Luft fliegen. Nur dass wir den wilden, leidenschaftlichen Sex nicht gemeinsam erleben konnten, sondern jeder für sich allein, vor den Augen des anderen. Sex à la Skype. So viel zu altmodischem Liebeswerben. Dies hier war das einundzwanzigste Jahrhundert, da liefen solche Dinge digital ab.

Das hier war absolutes Neuland für mich. Es machte mir Riesenangst und katapultierte mich so weit aus meiner Komfortzone, dass ich mich kaum noch wiedererkannte. Doch weil ich etwas Neues ausprobieren und diesen Weg der Selbstfindung von ganzem Herzen gehen wollte, würde ich es wagen!

Ich würde Sex à la Skype haben.

»Woran denkst du gerade, MJ?« Ich würde die Dinge in die Hand nehmen. Es war eine Einladung an MJ, und er war sich dessen wohl bewusst.

»Ich habe gerade daran gedacht, wie du wohl nackt aussiehst, Bella.«

Er hatte die Einladung angenommen.

Danach änderte sich unsere bis dahin eher harmlose, wenngleich in Untertönen erotische Unterhaltung und wurde ziemlich heiß. Ohne ein weiteres Wort und mit einem tiefen Blick in MJs Richtung, trat ich langsam vom Laptop zurück. Der ließ mich keinen Moment lang aus den Augen. Irgendwann stand ich weit genug von der Webcam entfernt, dass er meinen ganzen Körper sehen konnte. Mein Herz klopfte wie verrückt, doch ich war fest entschlossen, auch wenn ich kaum glauben konnte, was ich im Begriff war zu tun. Ich, Bella Edwards, begann mich auszuziehen.

Aufreizend langsam knöpfte ich mir die Bluse auf, bis darunter mein BH zum Vorschein kam. Meine harten Brustwarzen zeichneten sich unter der schwarzen Spitze ab. Als ich ein heiseres »Oh, Mann« aus der Richtung meines Laptops hörte, wusste ich, dass MJ es auch gesehen hatte. Ich wandte mich kokett ab und ließ mir die Bluse von den Schultern gleiten. Sie rutschte verführerisch meinen Rücken hinab und landete schließlich auf dem Boden. MJ stöhnte. Es war ein Stöhnen, das mich meine letzten Hemmungen vergessen ließ. Genau wie meine Bluse ließ ich sie einfach fallen.

Ich warf einen Blick über die Schulter, um mich zu vergewissern, dass ich MJs volle Aufmerksamkeit hatte. Wie gebannt folgte er jeder meiner Bewegungen. Mir fiel auf, dass er das Kinn in die Hand gestützt hatte und sich hin und wieder in den Finger biss – eine Art Ersatzbefriedigung, weil er es nicht mehr aushielt? Es sah nicht so aus, als würde es helfen, was mich mit großer Genugtuung erfüllte.

Ich nahm das als Aufforderung, fortzufahren. Ich hakte den

Verschluss meines BHs auf und streifte mir die Träger über die Schultern nach unten, bis auch er zu Boden fiel.

»Dreh dich wieder um«, hörte ich MJ sagen. Seine Stimme klang anders als sonst, aufgeladen mit sexueller Energie. Ich tat wie geheißen und drehte mich ganz langsam zu ihm herum, wobei ich meine nackten Brüste mit den Händen bedeckte.

»Bella, nimm die Hände weg«, flüsterte er heiser.

Auch diesmal gehorchte ich.

»Fuck«, hörte ich MJ keuchen. Er klang, als litte er körperliche Schmerzen.

»Und jetzt zieh die Jeans aus.«

Meine Finger glitten über den Bund meiner Hose und strichen verführerisch unterhalb des Stoffs entlang, bis ich den Knopf erreichte. Ich öffnete ihn und begann den Reißverschluss herunterzuziehen.

MJ atmete schwer. Als er sich erneut auf die Finger biss, stellte ich mir vor, er würde mich beißen. Ich zog mir die Jeans über die Hüften und strich mit den Händen meine Kurven entlang, während ich sie meine Schenkel hinunterschob, immer tiefer und tiefer, bis ich sie ausgezogen hatte. Jetzt stand ich fast nackt vor ihm.

Ich fühlte mich befreit und mächtig und ehrlich gesagt wahnsinnig sexy.

Leider nutzte MJ diesen Moment, um zu sagen ...

»Tut mir leid, Baby, wir müssen es langsamer angehen lassen.«

Ich kam mir wie ein Trottel vor. Wie ein fast nackter Trottel.

Hab dich lieb.

Kuss, Bx

Tage bis zum Dreißigsten: 6
Date Nr. 26
Name: irrelevant
Ort: *Pancake Pantry*, Nashville
Ursprung: ich selbst

Liebe Esther,
nach der Demütigung vom Abend zuvor war ich eigentlich nicht in der Stimmung für ein Date. Aber Date Nummer sechsundzwanzig war ohnehin eher unaufregend. Ganz nett, könnte man sagen.

Alles war nett – angefangen von der Unterhaltung über den Mann bis hin zu dem Frühstück, das wir im *Pancake Pantry* aßen. Nicht mehr und nicht weniger. Einfach nur nett.

Im Grunde ist es gar nicht erwähnenswert genug, um darüber zu schreiben. Was allerdings sehr wohl erwähnenswert ist, war die Art, wie dieses Date zustande kam. Das ist nicht nur erwähnenswert, sondern geradezu denkwürdig.

Erinnerst du dich noch an den wunderschönen Barkeeper? Den, der aussah wie ein lebendiges Kunstwerk? Den ich aus der Ferne bewundert, aber aus zwei Gründen als Date ausgeschlossen hatte: erstens weil ich einen Musiker wollte, um seine Muse zu werden, und zweitens weil er in einer ganz anderen Liga spielte als ich? Ihn von der anderen Seite des Tresens aus anzuhimmeln war so, wie wenn Fans ihren Hollywoodstars von der Absperrung jenseits des roten Teppichs zujubeln. Zwei Welten, die einander beinahe berühren, und das Gefühl, dass in diesem einen Moment alles möglich scheint. Aber in Wahrheit ist *nicht* alles möglich. Es würde nie im Leben funktionieren, und überhaupt ist der Gedanke vollkommen absurd. Er ist ein wunderschöner Star und man selbst nur ein glühender Fan.

Hätte ich länger darüber nachgedacht, wäre ich vermutlich zu diesem Schluss gekommen. Aber gestern Abend auf dem Barhocker im *Bluebird Café* hatte ich keinen Nerv, darüber nachzudenken.

»Entschuldigung!«, versuchte ich seine Aufmerksamkeit zu erregen. »Ja, genau du da, du wunderschöner Mann dort drüben.« Ich hatte ihn am Haken. »Hast du schon Pläne fürs Frühstück morgen?«

Kaum hatte ich diese Worte ausgesprochen, wurde mir bewusst, dass sie nach etwas ganz anderem klangen als nach einer Einladung zum Frühstück. Der wunderschöne Barkeeper dachte Ähnliches.

»Fragst du mich, ob ich nachher mit dir nach Hause komme?«, sagte er mit einem verdutzten Lächeln, leicht irritiert über meine forsche Art.

»Nein«, antwortete ich ehrlich. »Auf keinen Fall.« Dann erklärte ich ihm, dass ich, da ich für nicht mal achtundvierzig Stunden in Nashville sei, gerne in einem netten Café frühstücken würde und mich gefragt hätte, ob er wohl ein solches Café kenne und mir eventuell Gesellschaft leisten wolle.

»Eine Verabredung zum Frühstück? Das ist alles, was du willst?«

»Das ist alles, was ich will«, bekräftigte ich lächelnd. Offenbar fiel es ihm schwer zu glauben, dass ich nicht mehr von ihm wollte.

»Bist du sicher, dass du mich nicht mit nach Hause nehmen willst?«, fragte er spitzbübisch – und stellte unmissverständlich klar, dass er einer gemeinsamen Nacht nicht abgeneigt wäre.

»Ganz sicher, danke.«

Er überlegte eine Weile und ging los, um einen anderen Gast zu bedienen. Er zierte sich. Ich ließ ihn gewähren, widmete mich meinem eigenen Drink und unterhielt mich mit der Frau neben mir, bis er endlich mit einer Antwort zurückkehrte.

»In Ordnung, warum nicht? Solange du versprichst, nicht mit meinem Geld abzuhauen und mir das Herz zu brechen. Ich habe den Song gehört.«

»Zu diesem frühen Zeitpunkt kann ich keine Zusicherungen machen«, gab ich kühl zurück, lächelte dann aber. Nicht nur, weil ich ein weiteres Date an Land gezogen hatte, sondern weil ich diesem wunderschönen Mann bereits aufgefallen war.

Wie sich später herausstellte, war die Entstehungsgeschichte unseres Dates so ziemlich das Beste daran, aber das spielte keine Rolle. Es war mir gelungen, ein Date mit einem wunderschönen Star zu ergattern und ihm im Zuge dessen sogar einen Korb zu geben. Seit dem Mann mit dem lachsrosa Hemd in Manhattan war viel Zeit vergangen.

Wie gesagt: nicht erwähnenswert, sondern denkwürdig.

Hab dich lieb.

Kuss, Bx

Den Rest des Tages verbringe ich in einem Buchladen, über den ich zufällig gestolpert bin. Er preist sich als »Unabhängiger Buchladen für unabhängige Köpfe« an, was mir sofort gefällt. Außerdem wird er von einem halben Dutzend aus dem Tierheim geretteter Hunde bevölkert, die frei darin herumstreunen, sodass er eher den Eindruck einer Privatbibliothek als den eines öffentlichen Geschäfts erweckt. Das wirkt urgemütlich, vor allem für ein Stadtgewächs wie mich, das in einem Apartment im ersten Stock wohnt und statt eines Haustiers allenfalls eine Chilipflanze hält. Hier zu sein ist wie Landleben auf Zeit, also beschließe ich, mich häuslich niederzulassen. Wenigstens für einen Nachmittag lang.

Genau das habe ich gebraucht: eine Ablenkung von meinen Gedanken an MJ und unser peinliches Date gestern. Am liebsten möchte ich vor Scham im Erdboden versinken. Ich habe – zum allerersten Mal – fast nackt vor ihm gestanden, und dann sagt er mir allen Ernstes, dass es ihm zu schnell geht. Ist das nicht normalerweise die Rolle der Frau? Nur, dass ich so etwas niemals sagen würde, weil das mit uns alles andere als schnell geht. Im Gegenteil: Es bewegt sich praktisch gar nicht von der Stelle. Vielleicht hätte ich doch nach New York zurückkehren sollen, statt nach Nashville zu fliegen. Oder ich hätte von vornherein in New York bleiben und einen ernsthaften Beziehungsversuch mit MJ starten sollen, statt kreuz und quer durchs Land zu gondeln, um auf all diese albernen und vollkommen sinnlosen Dates zu gehen. Er ist doch der Einzige, den ich will.

Hat meine selbst gemachte Dreißig-Tage-Dating-Challenge meine Chancen bei dem einen Mann, den ich wirklich mag, zunichtegemacht?

Es kommt mir so vor, als ginge es bei den Dates mittlerweile nur noch darum, diese dämliche Challenge zu gewinnen, die ich mir auferlegt habe – oder vielmehr: die dämliche Challenge, die Esther mir auferlegt hat. Dabei sollte der eigentliche Zweck des Ganzen doch sein, den Einen zu finden. Was, wenn MJ der Eine ist? Warum bin ich dann hier und nicht in New York? Wenn ich bei ihm wäre, würde er mir garantiert nicht sagen, dass es ihm zu schnell geht, denn wir hätten schon viel mehr Zeit miteinander verbracht und wären längst an dem Punkt, von dem MJ befürchtet, dass wir noch nicht dort sind. Und warum bin ich, nachdem er mich gestern Abend erst zum Striptease animiert und dann gedemütigt hat, wütender auf mich selbst als auf ihn?

»Arghhhh!«, schreie ich meinen Frust heraus. Damit erschrecke ich zwei der Hunde, die bisher treu zu meinen Füßen gesessen haben, und eine Dame, die sich in der Nähe bei den Kochbüchern umsieht.

»Tut mir leid«, flüstere ich. Das ist kein adäquates Verhalten für einen Buchladen. Doch je länger ich darüber nachdenke, desto weniger Sinn ergibt meine Situation. Wenn mir so viel an MJ liegt, wieso renne ich dann buchstäblich vor ihm weg? Er ist in New York, während ich mich auf dem Weg ans andere Ende des Landes befinde und mich mit allem verabrede, was mir in die Quere kommt. Das ist doch ein zutiefst absonderliches Verhalten. Im nächsten Moment kommt mir ein sehr beunruhigender Gedanke in den Kopf, vielleicht ist es sogar eine Art Erweckungserlebnis: Bin *ich* etwa der Grund, weshalb ich allein bin? Liegt es in Wahrheit gar nicht daran, dass ich den Richtigen noch nicht gefunden habe, sondern daran, dass ich alles, was auch nur im Entferntesten nach einer Beziehung aussieht, sabotiere?

Das sind genau die Überlegungen, vor denen ich eigentlich fliehen wollte. Im verzweifelten Versuch, mich irgendwie abzulenken, fange ich an, die Bücher, die ich mir für meinen Schmökernachmittag ausgesucht habe, zu rezensieren. Meine Gedanken sind wie ein wild gewordenes Pendel, sie schwingen von einem Thema zum anderen. Jetzt denke ich darüber nach, wann ich zum letzten Mal ein Buch in die Hand genommen oder einen Buchladen betreten habe. Ich kann mich nicht mehr erinnern. Ganz schön traurig, wenn man bedenkt, dass das Lesen früher eine meiner absoluten Lieblingsbeschäftigungen war. Während ich zwischen den Regalreihen umherschlendere, habe ich das Gefühl, sehr weit von dem Menschen entfernt zu sein, der ich einmal war. Und diese Entfernung hat nichts Heilsames. Ich frage mich, wann genau es dazu gekommen ist. Wann habe ich angefangen, aus Unachtsamkeit einzelne Teile von mir am Wegesrand fallen zu lassen? In der einen Minute stand das Mädchen, das Bücher liebte und unbedingt schreiben wollte, noch neben mir, in der nächsten hat sie still und leise meine Hand losgelassen und sich aus meinem Leben verabschiedet, ohne dass ich etwas davon gemerkt hätte. Das wiederum führt mich zu der Frage, was ich auf meiner Reise in die Gegenwart noch alles achtlos weggeworfen habe.

Ich schaue auf meine Cowboystiefel.

Wer zum Geier bin ich eigentlich?

Ich dachte, ich wäre endlich auf dem richtigen Weg. Stattdessen muss ich erkennen, dass ich mich vielleicht noch nie so hoffnungslos verirrt habe wie jetzt.

Das war's – keine Dates mehr! Ich bin fertig mit dem ganzen Scheiß. Und ich bin fertig mit Grübeln. Punkt.

Einige Stunden später ist in meinem Kopf halbwegs Ruhe eingekehrt. Ich sitze in einem gigantischen Ohrensessel, in der einen Hand eine Tasse mit dampfendem Zitronengrastee, in der anderen ein Buch. Der Hund Spartacus liegt zusammengerollt auf meinem Fuß, und ich habe soeben eine ungeheuerliche Entdeckung gemacht.

Das Buch, in dem ich gerade lese und das ich nur in die Hand genommen habe, weil das neonpinke Cover meine Aufmerksamkeit erregt hat, beginnt zu mir zu sprechen. Aus den Seiten dringt eine alte, vertraute Stimme an mein Ohr. Ihr Klang ist so unverwechselbar, dass ich sie auf Anhieb wiedererkenne, noch ehe ich das Buch zuklappe, um einen Blick auf den Titel zu werfen. Tatsächlich: Dort prangt, elegant geprägt in goldenen Lettern, der Name des Autors. Sanford Baxter. Mein ehemaliger Professor. Endlich hat er sein Buch geschrieben. Ich drehe es um. Von der Rückseite des Einbands lächelt mir sein Foto entgegen. Sandy Baxter, mein Lieblingsdozent, Mentor und nach vier Jahren Studium auch mein Freund. Nur dass er jetzt nicht mehr mein Freund ist, sondern zu den verlorenen Teilen meiner Vergangenheit gehört, die irgendwo am Wegesrand liegen geblieben sind. Allerdings ist die Sache bei ihm ein wenig anders gelagert. Ich weiß noch genau, wie und wann ich ihn verloren habe. Bei ihm war es kein Versehen. Es passierte zur gleichen Zeit, als ich durch die glänzende Drehtür in die Welt der Werbung eintrat, meinen ersten Job als Account Executive annahm und damit alle Ambitionen, jemals Schriftstellerin zu werden, begrub. Genau zu der Zeit habe ich ihn fallen lassen; ich habe Sandy Baxter einfach mitten im Nirgendwo am Straßenrand abgeladen.

Diesem Gedanken folgt ein anderer auf dem Fuße: Vielleicht habe ich doch noch Lust auf ein weiteres Date.

Zwölf

Tage bis zum Dreißigsten: 4
Date Nr. 27
Name: Sandy Baxter
Ort: University of San Francisco

Liebe Esther,
ich klopfte zaghaft an die Tür. Obwohl er wusste, dass ich kam, war ich nervös. Es war lange her, seit ich zuletzt auf diesem Flur gestanden und darauf gewartet hatte, von ihm in sein Büro gerufen zu werden.

»Kommen Sie rein, Bella.« Seine Stimme hat immer noch dieselbe Autorität wie früher.

Ich holte tief Luft und drehte am Türknauf.

»Schau mal einer an, wer da kommt.« Er saß hinter seinem Schreibtisch, doch die Wärme in seinem Tonfall schwebte quer durch den Raum bis zum Türeingang, wo ich stehen geblieben war.

»Und immer noch genauso hübsch wie früher, Miss Edwards«, sagte er warmherzig, während er mich aus der Ferne musterte. »Oder vielleicht sind Sie gar keine Miss mehr?«

»Ich bin definitiv noch eine Miss«, versicherte ich ihm und

spürte, wie ich in seiner Gegenwart über das ganze Gesicht zu strahlen begann.

»Na, Gott sei Dank.« Er atmete erleichtert auf. »Mrs passt nicht zu Ihnen, damit klingen Sie viel zu alt. Und ich fühle mich dadurch auch älter, was mir genauso wenig passt, meine Liebe«, schloss er mit Nachdruck. »Um Himmels willen, Bella, jetzt stehen Sie doch nicht einfach da herum.« Er winkte mich begeistert zu sich. »Kommen Sie.«

Er erhob sich von seinem Platz am Schreibtisch, wo er hinter riesigen Stapeln von Seminararbeiten und Fachbüchern gesessen hatte, und hieß mich wieder in seiner Welt willkommen.

Sandy ist ein großer Mann mit breiten, leicht nach hinten gebogenen Schultern, die aussehen, als hätte man ihm die Schulterblätter im Rücken zusammengenäht. Er steht immer kerzengerade, was seine Körpergröße noch zusätzlich betont. Früher habe ich mir manchmal vorgestellt, dass seine Mutter in einem Mädchenpensionat unterrichtet hat und er als Kind auch ständig ermahnt wurde, gerade zu sitzen, weil eine krumme Haltung für einen jungen Mann unziemlich sei. Falls das stimmt, so leisten ihm diese mütterlichen Ermahnungen auch als Erwachsener noch gute Dienste. Sandy kam auf mich zu, während ich einige Schritte in den Raum hinein machte, und wir trafen uns in der Mitte. Er nahm meine Hand, hob sie an seine Lippen und gab mir einen kleinen Kuss darauf, ehe er sie herzlich drückte. Es war eine Geste so voller Wärme und Zuneigung, dass ich sie unwillkürlich erwiderte.

»Nun, setzen Sie sich doch, meine Liebe«, sagte er und deutete mit der Hand auf die zwei zerschlissenen Ledersessel in einer Ecke des Raumes. Ich lächelte und stellte mir all die Gespräche vor, die im Laufe der Jahre in diesen Sesseln stattgefunden hatten, einschließlich unserer. Sein Büro hatte sich kein bisschen verändert;

es roch immer noch nach altem Leder und Holz mit einer Note von abgestandenem Kaffee – eine berauschende Mischung. Auch Sandy schien noch derselbe zu sein. Trotz seines Alters war er immer noch ausnehmend attraktiv, und die kleinen Falten, die sich in sein Gesicht gegraben hatten, erzählten von einem ereignisreichen Leben: Geschichten von großen Abenteuern, stürmischen Romanzen und eleganter Ausschweifung. Genau wie bei den Sesseln mit ihrem abgesessenen, von zahllosen Unterhaltungen gesättigten Leder, dienten sie nur dazu, ihn noch interessanter zu machen.

»Ich mache Ihnen einen Drink«, sagte er und schenkte uns jeweils ein Glas Bourbon ein. Ich warf einen Blick auf die Uhr über seinem Schreibtisch: Es war halb elf am Vormittag.

Wir hatten keinerlei Mühe, ein Gespräch zu beginnen. Die Unterhaltung bewegte sich leichtfüßig zwischen den verschiedensten Themen hin und her, mit gelegentlichen Abschweifungen oder kleineren Pausen, wann immer wir uns Zeit nahmen, das gerade Gesagte zu reflektieren. Auf diese Weise holten wir all die Jahre nach, die wir uns nicht gesehen hatten, sodass es am Ende schien, als wäre gar keine Zeit vergangen. Es war wie Magie. Wir sprachen über das Leben, über die Uni, über mich und über ihn. Ich hatte es ursprünglich nicht vorgehabt, doch am Ende erzählte ich ihm sogar von der Hellseherin und den Ereignissen, die mich nach Amerika und schließlich in sein Büro geführt hatten. Er hörte aufmerksam zu, ohne mich zu unterbrechen. Dann erzählte er mir aus den zurückliegenden drei Jahren seines Lebens, in denen er endlich sein Buchprojekt vollendet hatte. Seine Geschichte rührte mich so tief, dass mir die Tränen kamen, woraufhin er mich augenblicklich zurechtwies, ich solle mich zusammennehmen. Wir sprachen über meine Karriere in der Werbung und seine in Lehre und Forschung und über all die Türen, die wir auf dem Weg bis zu diesem Moment durchschritten hatten. Wir redeten über Dinge, die wir bereuten, und wir redeten über unsere Erfolge. Ich gestand ihm, dass ich, als ich meine erste Stelle in einer Werbeagentur angenommen hätte, naiverweise davon ausgegangen sei, ich würde irgendwann Texterin werden und von dort aus in einem noch nie dagewesenen Karrieresprung die Welt der Literatur erobern.

»Aber so ist es nicht gekommen?«

»Nein«, sagte ich und schämte mich. »So ist es nicht gekommen.«

»Es ist doch gut, dass Sie über den Tellerrand schauen«, lautete sein Kommentar. Das war sehr freundlich.

Danach sprachen wir über Karriereleitern im Allgemeinen und darüber, wie schwer es mitunter sein kann, die passende Leiter zu finden, geschweige denn den Fuß auf die unterste Sprosse zu setzen und das verdammte Ding hochzuklettern. Ich fragte ihn, was man tun solle, wenn man plötzlich feststellte, dass die Leiter, auf der man bereits ein paar Sprossen in die Höhe gestiegen war, an der falschen Wand lehnte.

»Tja, dann suchen Sie sich eben eine neue Wand, Bella«, antwortete er schlicht. »Und wenn es sein muss, auch eine neue Leiter.«

Wir redeten und redeten, und mit jeder Minute, die verging, wurde ich mehr daran erinnert, warum Sanford der beste Dozent war, den ich je gehabt hatte. Unser Gespräch kam mir vor wie eine Dosis Vitamine, die meine Seele mit dringend benötigtem Optimismus und Lebensenergie versorgten. Jedenfalls bis ich mich nach Clive, Sandys großer Liebe, erkundigte und die Unterhaltung eine unerwartete Wendung nahm.

»Wir sind getrennt.«

So viel dazu.

»Warum?«, fragte ich, wie vor den Kopf geschlagen. »Sie waren doch so glücklich zusammen.«

Diese Neuigkeit war ein absoluter Schock für mich. Es war, als hätte ich erfahren, dass Aschenputtel und der Prinz die Scheidung eingereicht hatten. So was ist einfach nicht vorgesehen.

»Sie waren so verliebt ineinander.«

»Ja, das waren wir. Bis wir es irgendwann nicht mehr waren. Also haben wir uns getrennt«, sagte Sandy, wie immer ganz der Philosoph. Ich hingegen war am Boden zerstört. Mein Traum von einem Paar, das sich ewig liebte, das dem nagenden Zahn der Zeit widerstand und gemeinsam alt wurde, war ganz beiläufig zerstört worden.

»Das ist so traurig.«

»Nicht wirklich, Bella«, sagte Sandy. »Clive ist sehr glücklich. Er lebt jetzt in Indien, lernt Yoga – ausgerechnet Yoga. Und ich ...«

»Ja?«, fragte ich, verzweifelt darauf hoffend, dass er wenigstens einen Funken meiner Hoffnung wiederherstellen würde.

»Na ja, ich habe Godfrey kennengelernt, einen Broadway-Darsteller, halb so alt wie ich. Ich vergöttere ihn, ich kann nicht anders.«

Der Prinz hatte sich also nicht nur von Aschenputtel getrennt, er hatte sich auch noch mit einer Fee eingelassen. Das half nicht gerade dabei, meinen erschütterten Glauben wiederherzustellen.

»Was ist der wahre Grund für Ihren Besuch, Bella?«, fragte Sandy plötzlich aus heiterem Himmel. Sein strenger Ton überraschte mich. »Sagen Sie es mir, Bella. Warum sind Sie wirklich hier?«

»Ich wollte Sie besuchen.«

»Sie sind eine Lügnerin«, rief er hitzig. »Sie wollen von mir die Bestätigung, dass Ihr Leben richtig ist, stimmt's? Deshalb wollten Sie mich sehen.«

»Nein, das stimmt nicht«, sagte ich indigniert und völlig überfordert von seinem plötzlichen Stimmungswechsel. Ich fühlte mich angegriffen. »Das ist doch absurd.«

»O nein, genauso verhält es sich. Sie wollen, dass ich Ihnen sage, dass es okay ist, in der Werbung zu arbeiten, und dass es die richtige Entscheidung war, mit dem Schreiben aufzuhören. Sie wollen, dass ich Ihnen sage, dass es nicht an Ihnen liegt, wenn Sie noch Single sind, und dass Sie selbstverständlich irgendwann jemanden kennenlernen werden. Sie wollen von mir hören, dass ich nach wie vor an Sie glaube, so wie früher. Sie wollen von mir hören, dass alles gut wird. Wahrscheinlich wollen Sie sogar von mir hören, dass diese alte Hellseherin eine Betrügerin war. Das, meine Liebe, ist es, was Sie wollen. Das ist der Grund Ihres Besuchs, und das, so möchte ich hinzufügen, ist auch der Grund für Ihr dreißigtägiges Abenteuer: Sie sind auf der Suche nach jemandem oder nach etwas, das Ihrem Leben Wert verleiht.«

Schweigen.

»Und? Habe ich recht?«

Ich war sprachlos und verletzt, und ich schämte mich. Falls er recht hatte und dies tatsächlich der eigentliche Grund meines Kommens war, so war ich mir dessen nicht bewusst gewesen. Ich hatte gedacht, wir hätten ein gutes, ehrliches Gespräch auf Augenhöhe geführt, wie zwei Erwachsene. Doch in Wahrheit musste ich auf ihn gewirkt haben wie ein kleines Kind, das nach Lob und Anerkennung lechzt.

»Nun, das können Sie sich abschminken, Bella. Ich weigere mich«, sagte er störrisch.

»Ich habe Sie doch auch gar nicht darum gebeten. Das ist *nicht* der Grund, weshalb ich hier bin«, gab ich genauso störrisch zurück. »Und das ist auch nicht der Grund, weshalb ich nach dem Einen suche.«

»Doch, meine Liebe, und das wissen wir beide.« Er nippte an seinem Bourbon, während er zusah, wie ich mich in Reaktion auf seine harten Worte tiefer in meinem Sessel verkroch.

»Sandy, es ist mir egal, was Sie denken oder wovon Sie glauben, dass ich es angeblich weiß. Ich habe keine Ahnung, weshalb ich hergekommen bin. Mir ist einfach zufällig Ihr Buch in die Hände gefallen, und da wollte ich Sie wiedersehen. Aber eins weiß ich: Niemand, auch nicht Sie, muss mein Leben oder meine Entscheidungen billigen oder mir sagen, dass alles gut wird.«

»Das stimmt. So was haben Sie nicht nötig«, sagte Sandy energisch. »Das schaffen Sie auch ganz allein. Nicht wahr?«

Er sah mich erwartungsvoll an.

»Ja«, sagte ich leise. »Klar schaffe ich das allein.«

»Na, dann«, sagte er und trank noch einen Schluck, während er mich weiterhin forschend musterte. »Bella, Sie haben ein absolut großartiges Leben. Genießen Sie es. Und wenn es Ihnen nicht gefällt, dann ändern sie es. Ihre Entscheidungen gehören nur Ihnen. Das, meine Liebe, ist ja gerade das Schöne daran. Und wenn Sie einige der Entscheidungen, die Sie früher getroffen haben, nicht mehr gutheißen, dann treffen Sie in Zukunft andere. Sie müssen dem Menschen, der Sie früher waren, oder dem, was Sie früher wollten, nicht um jeden Preis die Treue halten. Ihre Verantwortung liegt darin, dem Menschen, der Sie *jetzt* sind, treu zu sein, und das bedeutet, dass Sie Ihre Entscheidungen daran ausrichten, was Sie heute vom Leben wollen, nicht damals. Und wenn Sie noch nicht wissen, was das ist, dann gehen Sie und finden Sie es heraus. Aber was auch immer Sie tun, Bella, glauben Sie niemals, dass Ihr Glück von einem Mann abhängt oder hinter einer der vielen Türen liegt, durch die Sie noch nicht gegangen sind, denn so ist es nicht. Es liegt in Ihnen, nirgendwo sonst.«

Er machte eine kurze Pause, ehe er noch einen letzten Satz hinterherschob.

»Aber was diese alte Hellseherin betrifft, neige ich dazu, Ihnen zuzustimmen – sie war höchstwahrscheinlich eine Betrügerin.«

Das war's. Das war Sandys letzte Lektion für mich, um die ich ihn nicht einmal gebeten hatte – jedenfalls nicht bewusst. Aber es war eine wichtige Lektion und eine Standpauke, die sich gewaschen hatte.

Hab dich lieb.

Kuss, Bx

»Bella, das zählt doch nicht als Date«, blafft Esther mich am Telefon an, nachdem ich ihr meine letzte Mail geschickt habe.

»Natürlich zählt das als Date!«, blaffe ich zurück.

Ich habe überhaupt keine Lust auf diese Unterhaltung. Ich bin immer noch ziemlich mitgenommen von meinem »Date« mit Sandy, dazu kommt mein angeknackstes Ego nach den Ereignissen in Nashville. Ich will nicht, dass Esther mir einen Vortrag über die Regularien meiner Dating-Challenge hält. Dafür ist jetzt wirklich nicht der richtige Zeitpunkt. Außerdem heiratet morgen meine Mum – ein finaler Akt der Folter für meine ohnehin schon geschundene Seele.

»Bella, er hat kein Partnerpotenzial. Er ist dein ehemaliger Professor, er ist doppelt so alt wie du, und er ist schwul«, gibt sie hitzig zurück. »Er zählt *nicht* als Date.«

»Esther, kapierst du es nicht? *Keiner* der Männer hat irgendwelches Partnerpotenzial. Das Ganze ist nur noch ein Test, ob ich es schaffe, in dreißig Tagen dreißig Dates zu landen. Darum, ob ich einen Mann fürs Leben finde, geht es doch schon lange nicht mehr, auch wenn das ursprünglich der Zweck des Ganzen war. Es hat sich zu einer totalen Farce entwickelt.«

»Wie meinst du das?«, fragt sie beunruhigt.

»Ich meine, dass ich die Nase voll habe, Esther. Ich will keine Dates mehr.«

»Aber B, du hast es doch fast geschafft«, sagt sie hastig und mit sanfter Stimme, um mich zu beschwichtigen.

»Was habe ich fast geschafft, Esther? Was genau habe ich fast geschafft, außer dreißig zu werden?«

»Deine Challenge.«

»Aber was ist der Sinn dieser Challenge, wenn ich am Ende wieder genau da stehe, wo ich angefangen habe, nur mit dreißig Dates mehr auf dem Buckel?«, frage ich, am Ende meiner Geduld. »Dann habe ich doch rein gar nichts erreicht, Esther. Dann gibt es kein verficktes Happy End.«

»Ist es wegen MJ und der Sache in Nashville?«

»Vielleicht«, sage ich tonlos. »MJ und ich leben einfach in total verschiedenen Welten – und ich meine das nicht geografisch, sondern emotional. Ich hetze wie eine Bekloppte quer durchs Land und versuche, alles zu daten, was auch nur entfernte Ähnlichkeiten mit einem Mann hat, statt mich auf den einen Mann zu konzentrieren, mit dem es tatsächlich etwas werden könnte. Wer macht denn so was? Das ergibt doch alles überhaupt keinen Sinn mehr.«

»Es ist ja noch nicht zu spät«, meint sie aufmunternd. »Er hat gesagt, dass es ihm zu schnell geht, nicht dass er dich nie wiedersehen will. Ruf ihn an.«

»Ich schäme mich zu sehr«, antworte ich ehrlich.

»Das ist doch albern.«

Ich erzähle ihr, dass MJ zwischenzeitlich mehrfach versucht hätte, mich anzurufen, aber dass ich es nicht über mich gebracht hätte ranzugehen. Stattdessen haben wir uns mehrmals auf

WhatsApp geschrieben, wobei jede seiner Nachrichten im Wesentlichen eine Entschuldigung war.

»Weiß er, wo du gerade bist?«

»Ja«, sage ich. »Er weiß, dass ich wegen der Hochzeit nach San Francisco wollte.«

Ich verschweige ihr, dass ich MJ um eine Pause gebeten habe. Im Grunde will ich das gar nicht, aber nach dem empfindlichen Schlag, den er meiner Würde versetzt hat, blieb mir keine andere Wahl. Ich habe schließlich auch meinen Stolz.

»Ich habe beschlossen, gleich nach der Hochzeit zurück nach London zu fliegen.«

»Einfach so?«, fragt Esther enttäuscht. »Bei Date Nummer siebenundzwanzig gibst du auf?«

»Esther«, sage ich und will ihr irgendeine Ausrede auftischen, um das Telefonat zu beenden.

Doch sie kommt mir zuvor. »B, du kannst nicht die ganze Zeit vor deinem Leben weglaufen. Wenn MJ derjenige ist, den du willst, dann komm zurück nach New York, geh mit ihm auf die drei restlichen Dates und schau, wie sich die Sache entwickelt. Gib nicht einfach so auf.«

»Ich muss jetzt Schluss machen«, sage ich und beende die Verbindung.

Einige Minuten später bekomme ich eine Nachricht von ihr. Sie besteht aus einem Foto, einer Telefonnummer und einem kurzen Text.

> Oder vergiss MJ einfach und geh morgen mit meinem Kumpel Mike aus. Du kannst auf der Hochzeit deiner Mum ja schlecht allein aufkreuzen. Aber was immer du tust, WIRF JETZT BLOSS NICHT DIE FLINTE INS KORN.

Später am Nachmittag gehe ich joggen, um den Kopf freizubekommen. Das Wetter ist hässlich und verregnet, was perfekt zu meiner Laune passt. Das Laufen hilft mir dabei, ein bisschen Ordnung in das Gewirr meiner Gedanken zu bringen. Sandys Worte gehen mir nicht aus dem Sinn. Meine Scham wird zunächst zu Wut, die rasch zu Zorn anschwillt, ehe es mir bei der drei-Meilen-Marke zu anstrengend wird, ihn aufrechtzuerhalten, und er langsam der Nachdenklichkeit weicht, die dann wiederum in Akzeptanz und – wage ich es zu sagen? – schließlich in totale Zustimmung umschlägt. Ich habe wirklich ein »großartiges Leben«.

Nach zehn Meilen – deutlich weiter, als ich eigentlich laufen wollte, aber die Unordnung in meinem Kopf war eben sehr groß – humple ich zurück zu dem Hotel, in dem ich mir für eine Nacht ein Zimmer genommen habe, ehe ich morgen früh zu meiner Mutter fahre. Ich aale mich ausgiebig in der Badewanne, was meinen müden Muskeln guttut, und lege mich danach für einen kleinen Powernap aufs Bett. Als ich drei Stunden später erwache, fühle ich mich wie neugeboren, und da ich den ganzen Abend Zeit habe, mir der Magen knurrt und ich inzwischen einen etwas anderen Blick auf die Dinge habe, kommt mir eine wundervolle Idee: Ich werde essen gehen – nur ich allein.

Ich kenne mich in San Francisco nicht mehr so gut aus wie früher, und da ich keine Lust habe, einen Trip in die Vergangenheit zu machen und eins meiner alten Lokale aufzusuchen, beschließe ich, die Rezeption anzurufen, damit man mir dort ein Restaurant empfiehlt.

»Sehr gern, Miss Edwards, es ist uns ein Vergnügen. An was für eine Art Restaurant hätten Sie gedacht?«

»Irgendeins, das passend ist für ein erstes Date.« Ich kann mir ein Schmunzeln nicht verkneifen. »Oh – und wo man ein richtig gutes Steak bekommt«, füge ich noch hinzu, was mich selbst überrascht.

»Da weiß ich genau das Richtige für Sie. Ich nehme gerne die Reservierung für Sie vor. Wäre das dann ein Tisch für zwei Personen?«

»Nein«, sage ich munter und ein wenig verschmitzt. »Nur für eine.«

»Guten Abend«, begrüßt mich ein gut aussehender junger Mann, als ich das Restaurant betrete.

Er ist wirklich sehr gut aussehend und sehr jung – praktisch noch ein Teenager. Das sollte ich tunlichst nicht vergessen.

»Guten Abend«, antworte ich. »Ich habe reserviert. Bella Edwards.«

Er konsultiert sein iPad.

»Ein Tisch für eine Person, stimmt das so, Miss Edwards?«, fragt er mit einem kecken kleinen Lächeln. Mag sein, dass er erst zwölf ist, aber im Flirten ist er ein Profi.

»Ja«, sage ich kurz angebunden. Nicht, dass dieser notgeile Teenie noch auf falsche Gedanken kommt.

»Gerne, Ma'am. Bitte folgen Sie mir.«

Er bringt mich zu meinem Tisch.

»Die schönste Aussicht im ganzen Restaurant.« Er lächelt immer noch, und er flirtet auch immer noch wie ein Wilder. »Mein Name ist Brody, ich bin heute Abend Ihr Kellner.«

Ich bin froh, das zu hören; es ist wichtig, Grenzen zu setzen.

»Danke, Brody«, sage ich, ehe ich ein Glas Champagner und eine Portion Brot »für den Tisch« bestelle – also für mich, da ich die einzige Person am Tisch bin.

»Haben Sie etwas zu feiern, Miss Edwards?«, erkundigt Brody

sich neugierig und übertritt damit die erst kürzlich gezogene Grenze.

Ich spiele mit dem Gedanken, seine Frage zu bejahen. Ich feiere es, ganz allein zu Abend zu essen, und ich feiere auch, dass ich mich dabei fantastisch fühle. Noch vor ein paar Wochen wäre so etwas undenkbar gewesen, erst recht in einem feinen, romantischen Restaurant wie diesem. Meine negativen Emotionen hätten es niemals zugelassen. Sie hätten alle darauf bestanden, mitzukommen, ein jämmerliches Gefolge aus unerwünschten, schlecht gelaunten Gästen, die nur auf die Gelegenheit warten, mir den Abend zu vermiesen: Unsicherheit wäre auf jeden Fall mit von der Partie gewesen; Selbstmitleid zweifellos auch – er hätte das Ganze organisiert und die Einladungen rausgeschickt. Scham wäre vielleicht nicht bis zum Abendessen geblieben, aber definitiv lange genug, um zu sehen, wie ich mich betrinke. Bitterkeit hätte es sich nicht nehmen lassen zu kommen, pampig und unangenehm wie immer. Sie hätte den ganzen Abend damit verbracht, Groll die Füße zu küssen; und Elend wäre mit Sicherheit am Ende auch noch aufgetaucht, um die Rechnung zu bezahlen und mich nach Hause zu bringen.

Aber heute Abend ist von meinem Haufen emotionaler Krawallmacher weit und breit nichts zu sehen. Insofern: Ja, Brody, ich habe in der Tat etwas zu feiern.

»Nicht unbedingt«, sage ich.

Brody geht mit jugendlich beschwingtem Schritt davon, und ich mache mich mit meiner Umgebung vertraut. Das Restaurant ist wunderschön. Als ich dem Concierge gesagt habe, ich suche etwas Passendes »für ein erstes Date«, muss er gedacht haben, ich wolle Eindruck schinden, denn es ist wirklich sehr romantisch hier. Ich staune. Das Restaurant scheint außerdem eine Art Dating-Hotspot zu sein; an der eleganten runden Bar im Zentrum wie auch an den Tischen darum herum sitzen, in den warmen Schein von Kupferlampen gehüllt, lauter Pärchen. Flackernde Kerzen verbreiten eine magische Atmosphäre, und etwas Verheißungsvolles liegt in der Luft. Man fragt sich, was der Abend noch so alles bringen wird. Den Status der einzelnen Paare zu analysieren – langjährige Beziehung, frische Beziehung, erstes Date, letztes Date, Blind Date, lausiges Date – ist für mich die ultimative Übung im Beobachten. Mittlerweile bin ich eine Expertin darin. Ich spüre sofort, dass ich mich hier sehr wohlfühlen werde. Brody kommt kurze Zeit später mit meinem Champagner und dem Brot zurück, dazu bringt er mir noch Olivenöl und Balsamico zum Dippen. Aromatische Düfte aus der Küche wehen zu mir herüber. Himmlisch. Ich lasse meine Gedanken treiben. Warum auch nicht? Das ist der Vorteil, wenn man ein Date mit sich selbst hat: Man kann das Gespräch so gestalten, wie man möchte, ohne sich Sorgen machen zu müssen, ob der andere einen für uninteressant, ungebildet oder sogar für wahnsinnig halten könnte. Brody taucht erneut auf, diesmal um mein Wasserglas aufzufüllen, obwohl ich seit seinem letzten Besuch an meinem Tisch nur einen winzigen Schluck daraus getrunken habe. Er lauert die ganze Zeit in der Nähe, um auf jeden meiner Wünsche sofort reagieren zu können. Mein größter Wunsch ist, dass er zehn Jahre älter wäre.

»Noch Brot?«, fragt er, und dann, keine zwei Minuten später: »Noch Balsamico?«

Langsam keimt in mir der Verdacht auf, dass der junge Brody nach Ausreden sucht, um an meinen Tisch zu kommen, weil er sich ein bisschen in mich verguckt hat. Aber da er ganz unterhaltsam ist, genieße ich seine komplett unnötigen Besuche. Während ich auf meine Vorspeise warte, kommt er schon wieder, und diesmal wirkt er sehr verlegen. Er legt ein sauber gefaltetes Stück Papier neben mein Gedeck.

Ach, Brody, denke ich enttäuscht. *Wieso?!*

Er hat sich in eine ältere Frau verliebt – eine geheimnisvolle, betörende Frau, die allein zu Abend isst. Statt vernünftig zu sein und zu warten, bis ich aufgegessen habe, ehe er mir seine Gefühle offenbart, überstürzt er die Dinge. Das ist nie gut. Typischer Anfängerfehler, Brody. Jetzt muss ich seine Avancen höflich zurückweisen, weil alles andere eine Straftat wäre, und er wird den Rest des Abends unbeholfen und gehemmt sein, was die Qualität seiner Bedienung und folglich den Genuss meines Abendessens negativ beeinflussen wird. Das wiederum wird sich ungünstig auf die gesamte Erfahrung auswirken und mein perfektes Date mit mir selbst ruinieren – danke, Brody.

Ich muss mit Fingerspitzengefühl vorgehen.

»Brody, ich finde Sie sehr attraktiv, und Sie besitzen mehr Ausstrahlung als viele Männer, die doppelt so alt sind wie Sie, aber trotz all dieser Qualitäten, die Ihnen, wenn Sie erwachsen sind, bestimmt gute Dienste leisten werden, sind Sie ein bisschen zu jung für mich.«

Um sich vor einer Peinlichkeit zu bewahren, versucht der arme Brody natürlich sofort, mich zu unterbrechen und mir zu sagen, dass ich alles falsch verstanden hätte. Aber mir ist es enorm wichtig, meine Zurückweisung zwar deutlich, aber zugleich auch positiv zu formulieren, damit sein Selbstbewusstsein keinen nachhaltigen Schaden nimmt.

»Deshalb bedanke ich mich für das Kompliment«, fahre ich unbeirrt fort. »Sie schmeicheln mir wirklich. Aber ich denke nicht, dass aus uns beiden was werden kann.«

»Was? Nein, natürlich nicht«, sagt Brody mit hochroten Wangen. »Auf keinen Fall. Sie sind viel zu alt für mich.«

Okay, Brody, es besteht kein Grund, so ausfallend zu werden.

Jetzt erröte ich ebenfalls. Dann werfe ich einen Blick auf den gefalteten Zettel.

»Von wem ist er denn dann?«

»Von dem Typen an der Bar«, sagt Brody mit einem Hauch Panik in der Stimme. Er deutet vage in den Raum hinein, auf alle Leute, die nicht er sind. »Er hat mich gebeten, Ihnen das zu geben.« Dann flieht er. Armer Kerl. Das war's jetzt wohl mit dem Herumscharwenzeln.

Ich falte den Zettel auseinander.

»Hallo, schöne Frau. Dürfte ich Ihnen vielleicht Gesellschaft leisten?«

Ich schaue in Richtung Bar. Dort steht eine kleine Gruppe von Gästen, die aber hauptsächlich aus Paaren besteht. Nur ein Mann scheint allein zu sein. Er hat mir den Rücken zugekehrt und ist mir bisher noch gar nicht aufgefallen. Aber jetzt sehe ich ihn.

Er dreht sich um, zwinkert, steht auf und kommt zu mir. Es verschlägt mir den Atem.

»Hallo, A-Bell.«

»Hallo, MJ.«

Tage bis zum Dreißigsten: 3
Date Nr. 28
Name: MJ
Ort: die Hochzeit meiner Mutter

Liebe Esther,
es läuft wieder rund. Ich habe meine Meinung über die Challenge geändert. Hauptsächlich deshalb, weil es der Morgen nach meinem Date Nummer achtundzwanzig ist und ich gerade aufgewacht bin. Obwohl, streng genommen ist mein Date Nummer achtundzwanzig noch gar nicht zu Ende. Er liegt nämlich neben mir und schläft. Esther – MJ liegt neben mir und schläft!

»MJ. Was machst du denn hier?«, flüsterte ich hocherfreut, als ich ihn vor mir stehen sah. Ich konnte es noch gar nicht richtig fassen. Er war einfach so aufgetaucht, wie von Zauberhand.

»Ich dachte mir, du brauchst vielleicht noch einen Begleiter für die Hochzeit deiner Mum«, gab er lässig zurück. »Und ich habe gehofft, dass ich vielleicht dieser Begleiter sein könnte?«

Ich sagte kein Wort, sondern schlang einfach nur meine Arme um seinen Hals, während er seine Arme um meine Taille legte. Unsere Körper wurden voneinander angezogen wie zwei Magneten, ohne dass wir etwas dagegen tun konnten. Kurz darauf geschah dasselbe mit unseren Mündern, und wir versanken in einem leidenschaftlichen Kuss. Es war einer »dieser Küsse«. Du weißt schon, was ich meine: ein Kuss, der von einem spektakulären Feuerwerk begleitet wird – nur dass es diesmal noch großartiger war und noch unglaublicher, weil wir uns inzwischen viel besser kannten. Unsere Lippen wie auch unsere Seelen waren miteinander vertraut, und so war es ein Kuss, der die Aufregung des Neuen und zugleich die Intimität von etwas sehr Vertrautem in sich barg. Frisch und alt zugleich. Es war ein Kuss wie kein zweiter, und das Date, so hoffte ich, würde auch werden wie kein zweites. Nach meinem Online-Striptease, dem unmittelbar eine Online-Zurückweisung gefolgt war, hatte MJ sich mehrmals bei mir entschuldigt. Er fühle sich schrecklich und habe Angst, zwischen uns alles kaputt gemacht zu haben. Das war einer der Gründe, weshalb er mir quer durchs Land hinterhergeflogen war. Er wollte, dass ich die Wahrheit erfuhr. Und die Wahrheit war, dass er meinen Striptease gewollt hatte.

»Mehr, als du dir überhaupt vorstellen kannst, Bella«, sagte er.

Er hatte nur nicht die richtigen Worte gefunden, um mir das zu sagen. Es war ihm gar nicht darum gegangen, dass ich die Dinge überstürzte. Er wollte einfach nicht, dass wir Intimitäten austauschten, ohne dabei wirklich zusammen zu sein.

»Ich bin ein altmodischer Typ«, meinte er trocken. »Im Nachhinein ist mir klar, dass es vermutlich besser gewesen wäre, dir das zu sagen, bevor du anfängst, dich auszuziehen und mir den Verstand zu rauben«, fügte er hinzu, woraufhin wir beide lachen mussten.

Wild knutschend stolperten wir in mein Hotelzimmer. Wir konnten gar nicht genug voneinander bekommen, prallten gegen Wände, Türen, Spiegel und rissen einander in fiebernder Hast die Kleider vom Leib, als würden wir lichterloh brennen. Als wäre es eine Frage von Leben und Tod, sie jetzt sofort loszuwerden. Jacken, Pullover und Hemden wurden quer durchs Zimmer geschleudert, und während der ganzen Zeit wollten unsere magnetisierten Körper und Lippen sich keine Sekunde lang voneinander trennen, und so wanden und verrenkten wir uns, wir schwankten und taumelten immer näher auf das Gelobte Land zu – das Bett. Unsere Hände suchten verzweifelt nach nackter Haut. Wir hatten es so eilig, als wären all die zurückliegenden Wochen der Sehnsucht, des Vermissens und der Fantasien zu einem einzigen Augenblick zusammengepresst worden, dessen ganze Energie sich nun entlud. Irgendwann trugen wir nur noch unsere Unterwäsche, und unsere warmen, weichen, halbnackten Körper waren eng aneinandergeschmiegt, während unsere Hände ungeduldig jeden Zentimeter des anderen erkundeten. Als ich MJs Erektion spürte, die sich an mich drängte, ging eine Woge der Erregung durch meinen Körper. Ich hatte das Gefühl, mich zu verflüssigen, und presste mich noch enger an ihn. Er warf mich aufs Bett. Endlich. Da lag ich nun und bot mich ihm dar, während er vor mir stand und mich betrachtete. Die Begierde, die ich in seinen Augen – und in seiner Hose – sah, machte den Moment unfassbar erotisch!

»Bella, du bringst mich um den Verstand.« Er klang wie ein Besessener.

Ich wollte ihm sagen, dass er mich haben könne, dass ich einfach von ihm genommen werden wollte, und zwar *jetzt!* … aber dann kam stattdessen etwas ganz anderes aus meinem Mund.

»MJ, ich finde, wir sollten noch warten.«

Zu meinem eigenen Erstaunen meinte ich es ernst. Ich wollte warten, bis MJ meine Familie kennengelernt hatte. Ich wollte warten, bis sich unsere Beziehung ein wenig gefestigt hatte. Ich wollte warten, bis wir absolut nicht länger warten *konnten*. Aber der Hauptgrund, weshalb ich warten wollte, war der, dass es jetzt keinen Grund mehr zur Eile gab. MJ war gekommen, um zu bleiben.

Die Trauung war für den späten Nachmittag angesetzt, aber wir hatten beschlossen, schon früher zu kommen, bevor die anderen Gäste eintrafen und der Trubel so richtig losging. Vorerst blühte uns also nur der typische Wahnsinn des anberaumten Familiengipfels, der zweifellos dadurch noch wahnsinniger werden würde, dass ich, Bella Edwards, endlich einen Mann mit nach Hause brachte! Die Begeisterung würde keine Grenzen kennen.

Meine ganze Familie war zusammengekommen: mein Dad und Kirsten mit meinem kleinen Bruder, meine Schwester und Joel, meine Mum, Ronnie, MJ und ich.

»Alle mal herhören – das hier ist MJ«, stellte ich ihn dem Familienkollektiv vor, als wäre er ein Preis, den ich auf dem Rummel gewonnen hatte. Ein Goldfisch oder so. »MJ ist mein … neuer …« Die Situation war dermaßen ungewohnt für mich, dass ich keine Ahnung hatte, als was ich ihn überhaupt bezeichnen sollte.

»Ich bin ihr Freund«, kam MJ mir zu Hilfe und schüttelte allen der Reihe nach die Hand.

Mein Freund? War er das? Ich hätte vermutlich »ein Freund von mir« gesagt. »Mein Freund« klang definitiv besser – aber einfach so? Meinte er das ernst? Vielleicht hatte er das nur mir zuliebe gesagt, weil er erkannt hatte, dass das Wort »Freund« am besten taugte, um meine aufgeregte und neugierige Verwandtschaft zu beschwichtigen.

»Dein Freund?«, sagte erst Frannie, dann Kirsten. Beide schauten ungefähr so erstaunt wie ich selbst. Ich bestätigte MJs Behauptung lediglich mit einem leicht belämmerten Nicken.

Mum und Ronnie hatten ein üppiges Frühstück zubereitet, und nachdem sich die anfängliche Erregung über den neuen Mann in meinem Leben gelegt hatte, nahmen wir alle am Tisch Platz.

»Ronnie ist eine Frau?«, flüsterte MJ mir zu, als wir uns setzten.

»M-hm«, sagte ich. »Veronica.« Dann lächelte ich ihn an. »Willkommen in meiner Familie.«

In diesem Augenblick durchzuckte mich der Gedanke, dass es vielleicht besser gewesen wäre, MJ ein wenig vorzubereiten, statt ihn vollkommen ahnungslos ins kalte Wasser zu werfen. Wahrscheinlich hätte ich auch meiner Familie Bescheid geben sollen, dass ich jemanden mitbrachte – noch dazu »meinen Freund«. Ich hätte ihnen einschärfen müssen, sich ja anständig zu benehmen. Aus irgendeinem Grund hatte ich nicht das Bedürfnis dazu gehabt. Stattdessen hatte ich mich für eine etwas gelassenere und spontanere Herangehensweise entschieden. Es gab keinen Grund zur Besorgnis, es sei denn, jemand kam auf die Idee, den folgenschweren Dienstagnachmittag in London zu erwähnen. Dann würde ich eingreifen und als Ablenkungsmanöver einen Wasserkrug umwerfen müssen.

»Wer möchte einen Buck's Fizz?«, fragte meine Mum in die Runde. Offenbar war sie schon jetzt in Feierlaune. Vielleicht lag es daran, dass heute ihr Hochzeitstag war. Oder – was ich für wahrscheinlicher hielt – es war wegen MJ. Der Korken knallte, und

Champagner spritzte quer über den Frühstückstisch, was mit Jubelschreien und Applaus begrüßt wurde.

»Jetzt ist es eine Party!«, rief Ronnie.

»Erzählen Sie mal, MJ, wie haben Bella und Sie sich denn kennengelernt?«, fragte mein Vater herzlich. Er wollte nicht, dass MJ sich ausgeschlossen fühlte.

»Ja, das müssen Sie uns unbedingt erzählen, MJ. Wir sind so gespannt«, bekräftigte Kirsten. Sie speichelte fast vor lauter Neugierde – obwohl das auch an dem schaumigen Champagner liegen konnte.

»Bella hat was von einem Flugzeug erwähnt«, warf meine Schwester ein.

»O Gott, sagen Sie mir nicht, Sie mussten im Flieger neben ihr sitzen«, übertönte die Stimme meiner Mutter die anderen.

So ging es hin und her. Alle gaben sich große Mühe, MJ mit einzubeziehen, was komischerweise dazu führte, dass er fast gar nicht zu Wort kam. Das war ihre Art, ihn in ihrem Kreis willkommen zu heißen: Sie erstickten ihn mit Aufmerksamkeit. Und MJ machte seine Sache großartig. Er war charmant und witzig, und ich konnte sehen, wie einer nach dem anderen sich in ihn verliebte. Hin und wieder suchte er meinen Blick und zwinkerte mir zu oder hob in Andeutung eines Lächelns den Mundwinkel. Manchmal war das als eine Art Rückversicherung gemeint, als wolle er sich vergewissern, dass es mir gutging, dann wieder tat er es, um zu sagen: *Keine Angst, wir stehen das gemeinsam durch.* Aber meistens war es einfach nur lässig und selbstbewusst, als wolle er mir mitteilen: *Alles gut, Bells, ich habe die Lage im Griff.* Und das hatte er tatsächlich. Außerdem suchte er ständig Körperkontakt mit mir; er hielt meine Hand, legte seine Hand in meinen Schoß oder schmiegte sein Bein an meines. Wir waren die ganze Zeit miteinander verbunden. *Vielleicht ist er ja wirklich mein*

Freund, dachte ich. Das hier war eine ganz neue Form von Intimität, die ein gewöhnliches Date bei Weitem überstieg.

Obwohl meine Familie geschlagene sieben Jahre darauf gewartet hatte, dass ich endlich einen Mann mit nach Hause brachte, hielt der Reiz des Neuen nicht allzu lange an. Als mein Dad alle Anwesenden mit Namen aufrief, wie es bei unseren Familiengipfeln Tradition war, war MJ längst in den Schoß der Gemeinschaft aufgenommen.

»Auf meine wundervolle Ex-Frau und ihre wundervolle zukünftige Gattin«, sagte mein Vater stolz und erhob sein Glas.

»Cheers!«, fielen alle mit ein.

»Und auf Bella, auf MJ und darauf, dass ihr euch bei Virgin begegnet seid.«

»Auf Bella und MJ und darauf, dass sie sich bei Virgin begegnet sind!«, echoten die anderen und stießen an. Gläser klirrten. Frannie und Kirsten, die beide über denselben pubertären Humor verfügten, machten einen Witz über Jungfrauen, den die anderen aus unerfindlichen Gründen zum Totlachen fanden.

»Bella, nach deiner langen Durststrecke muss es sich doch wirklich fast so anfühlen, als wärst du noch jungfräulich, oder?«

»Halt den Mund, Frannie.«

Aber es war bereits zu spät. Beschwipst vom Buck's Fizz, stimmte meine ganze Familie lautstark Madonnas »Like A Virgin« an, obwohl die Verbindung zum Trinkspruch meines Vaters wirklich kaum noch nachzuvollziehen war. Trotzdem: Die Stimmung war ausgelassen, und alle amüsierten sich köstlich, einschließlich MJ, der mit den Fingern schnippte und sich im Takt zum Gesang wiegte wie Stevie Wonder.

Das war der Moment, in dem ich wusste, dass meine Familie MJ nicht nur akzeptiert hatte, sondern dass er ein fester Bestandteil von ihr war. Es war auch der Moment, in dem wie durch Zufall ein großer Wasserkrug umfiel.

Die Trauung war wunderschön. Unfassbar romantisch und voller kreativer Einfälle, in denen das künstlerische Wirken von meiner Mutter und Ronnie zum Ausdruck kam. Trotz der großen Hochzeitsgesellschaft war es eine sehr intime Zeremonie. Ronnie und Mum schritten einen improvisierten, von Blumenarrangements gesäumten Gang entlang gemeinsam zum Altar. Sie waren übereingekommen, dass sie in ihrem Alter nicht mehr zum Altar geführt werden mussten, also gingen sie allein, Hand in Hand, während ein kleines Orchester ihren Einmarsch mit lieblichen Klängen untermalte. Sie hatten sich gegen die üblichen Hochzeitsrituale entschieden, die darauf ausgelegt waren, dass eine Person die Braut war und die andere der Bräutigam. Sie waren weder das eine noch das andere, sondern einfach Theresa und Ronnie, die in einer humanistischen Zeremonie von einer ihrer Kunstschülerinnen vermählt wurden. Sie hatten sich gewünscht, dass der Tag wie eins ihrer Gemälde wurde, das ihre beiden Stile harmonisch und ausgewogen miteinander vereinte – ein lebendiger, farbenfroher Ausdruck ihrer Persönlichkeiten, mit Liebe und Hingabe erdacht und ausgeführt. Ihr bisher größtes Meisterwerk. Genau so wollten sie auch ihr künftiges Leben gestalten …

»Wie ein wunderschönes, sich ständig veränderndes Kunstwerk«, formulierte Ronnie es in ihrem selbst verfassten Ehegelöbnis. Diese Vorstellung fand ich so schön, dass mir vor lauter Rührung die Tränen kamen.

»Ist das schwer für dich, A-Bell?«, raunte MJ mir sanft ins Ohr.

Ich schüttelte den Kopf und reichte ihm meine Hand, damit er seine Finger um meine schließen konnte. »Es macht mich nur so glücklich.« Und zu meinem eigenen Erstaunen stimmte das wirklich.

An diesem Abend war es endlich so weit. Der ganze Tag war erfüllt gewesen von Liebe, und in der Nacht setzten MJ und ich diese Liebe fort. Alles, was ich dazu sagen möchte, ist, dass sich das lange Warten gelohnt hatte. Es war kein wilder, animalischer Sex, wie er sich am Abend zuvor angebahnt hatte, sondern innig und unglaublich emotional. Eine tiefe, epische Vereinigung zweier Körper und Seelen, die Stellen in meinem Innern berührte, von denen ich vorher gar nicht gewusst hatte, dass es sie gab. Unsere Körper passten perfekt zusammen, als wären sie als zwei Teile eines Ganzen entworfen worden. Wo MJ mir entgegenkam, zog ich mich zurück. Wo ich konvex war, war er konkav. Unsere Konturen verschmolzen nahtlos miteinander, und unsere Gliedmaßen waren so fest, so innig ineinander verschlungen, dass es unmöglich war zu erkennen, wo ich aufhörte und MJ begann. Genau wie das Gemälde, von dem Ronnie gesprochen hatte, schufen auch wir in dieser Nacht unser eigenes Kunstwerk, das mir vor Augen führte, wie sehr ich mich in MJ verliebt hatte.
Hab dich lieb.
Kuss, Bx

Dreizehn

»Irgendwie finde ich es schade, wieder in New York zu sein«, sagt MJ, der mir am Tisch gegenübersitzt, und nimmt meine Hand. Wir haben beschlossen, am Flughafen noch etwas trinken zu gehen, um das unweigerliche Lebwohl ein wenig hinauszuzögern.

»Ich auch«, sage ich todtraurig – eine leichte Überreaktion, schließlich geht es nur um ein paar Stunden. Schon heute Abend werden wir uns wiedersehen. Bis dahin muss MJ noch etwas in seiner Firma in Brooklyn erledigen, und ich habe Esther versprochen, vom Flughafen sofort zu ihr zu kommen; sie meinte, sie hätte mir etwas sehr Wichtiges mitzuteilen. Hoffentlich will sie mir nicht sagen, dass sie und Matt wieder zusammen sind.

Nach sechsunddreißig magischen Stunden ist nun die Zeit des Abschieds gekommen. Dieser Gedanke allein reicht aus, um uns in Bewegung zu setzen – zeitgleich beugen wir uns über den Tisch und küssen uns. So läuft fast jede unserer Unterhaltungen ab: Wir sprechen ungefähr zwei Minuten lang miteinander, manchmal sogar noch weniger, und dann kommt es unweigerlich zum Kuss. Zu einem langen, himmlischen Kuss. Den Leuten, die uns sehen, wird garantiert schlecht davon, aber das ist mir egal. Ich bin zu einem dieser selbstbezogenen verliebten Menschen geworden, die ich früher nie ausstehen konnte. Aber ich nehme alles zurück, was ich über sie gesagt habe. Ich bin bekehrt. Wenn man so glücklich ist, sollte man es ruhig zeigen.

»Bella«, sagt MJ, als sich unsere Lippen endlich voneinander lösen.

»Ja, MJ?«, wispere ich, als wäre alles zwischen uns ein Geheimnis.

»Ich bin verrückt nach dir, weißt du das?«

Das hat natürlich einen weiteren langen Kuss zur Folge.

»Danke, dass du nach San Francisco gekommen bist und mein Date warst. Und danke, dass du auf dem ganzen Rückflug nach New York meine Hand gehalten hast«, sage ich dicht an seinem Mund.

»Es war ein langer Flug. Ich wollte nicht, dass du mit irgendeinem Fremden Händchen hältst, nur weil er zufällig neben dir sitzt«, erwidert er. »Es ist schon vorgekommen, dass sich Leute in solchen Situationen verliebt haben, weißt du?«

Ein bedeutungsvolles Schweigen tritt ein. Heilige Scheiße. Hat MJ gerade gesagt, dass er sich in mich verliebt hat?

»Dann magst du mich also ganz gern?«

»Ja, Bella ...«, antwortet er, legt die Hände an meine Wangen und zieht mich zu sich hin. »Ich mag dich ganz gern.«

»Ich mag dich auch ganz gern, MJ.« Abermals treffen sich unsere Lippen, noch ehe ich den Satz zu Ende gesprochen habe. Ich kann mir nicht vorstellen, dass irgendwelche anderen Lippen besser schmecken als MJs oder dass irgendwelche Küsse vollkommener sein könnten als seine.

»Entschuldigung?«, dringt plötzlich eine Frauenstimme an unser Ohr. MJ und ich blicken auf.

»O mein Gott, Sie sind es wirklich«, sagt die Besitzerin der Stimme und starrt uns an, als wären wir Hollywoodstars.

»Entschuldigung, kenne ich Sie?« Die Unterbrechung ist mir

peinlich, vor allem weil ich das Gefühl habe, diese Frau kennen zu müssen.

»Ich habe Sie von Ihrem Foto wiedererkannt«, sagt sie eifrig.

»Mein Foto?«

»Und Sie sind dann wohl MJ? Mein Gott, ist das irre! Sie sind genau so, wie ich Sie mir vorgestellt habe.«

»Wie Sie sich mir ... Wer sind Sie denn überhaupt?«, fragt MJ in wachsender Beunruhigung.

»Sind Sie echt gerade von der Hochzeit in San Francisco zurückgekommen?« Sie sieht so aus, als würde sie gleich vor Aufregung platzen.

Was genau läuft hier eigentlich? MJ und ich wechseln einen ratlosen Blick, dann schauen wir wieder die Wahnsinnige an.

»Wer sind Sie?«, sagt MJ noch einmal. »Und woher wissen Sie, wo wir gerade herkommen?«

»Ich wusste von Anfang an, dass Sie zusammenkommen.«

»Wie bitte?«, stammeln wir beide in vollendeter Verwirrung.

»Okay. Wer sind Sie, und woher kennen Sie uns?«, frage ich, um Fassung bemüht.

»Ich wusste, dass Sie der Eine sind, MJ«. Sie ist so aufgeregt, dass sie mich völlig ignoriert.

MJ versteift sich, als er hört, wie diese unbekannte Frau ganz selbstverständlich seinen Spitznamen benutzt, als wären sie gute Freunde.

»Okay, Lady, Sie sagen uns jetzt sofort, wer zum Teufel Sie sind«, knurrt er. Er klingt aufgebracht, wie ein Mann, den man verärgert hat und der nicht bereit ist, diesen Unsinn auch nur eine Sekunde länger mitzumachen. »Und woher Sie uns kennen.«

»Na, ich lese Bellas Blog *Dreißig bis zum Dreißigsten*. Ich bin richtig süchtig danach.«

»Meinen was ...?«

Die aufgekratzte Frau steht einfach nur da, grinst und nickt.

»Meinen Blog …«, murmle ich verständnislos. »Aber ich habe doch gar keinen …« Dann kommt mir die Erkenntnis mit der Wucht eines sich mit hundert Meilen pro Stunde nähernden Güterzugs. Eine Sequenz verschiedener Momente aus den letzten achtundzwanzig Tagen läuft in meinem Kopf ab, ehe mich der Zug, vollbeladen mit bitterer Wahrheit, erfasst und ich überrollt werde. Ich will es nicht glauben, auch wenn ich mit absoluter Sicherheit weiß, dass es wahr ist.

»O mein Gott«, hauche ich, schlage mir die Hand vor den offenen Mund und schüttle ungläubig den Kopf. Jetzt, da ich es weiß, kann ich nicht glauben, wie unfassbar offensichtlich es die ganze Zeit war.

»Bella?«, sagt MJ, der begriffen hat, dass bei mir der Groschen gefallen ist und ich weiß, war hier vor sich geht.

»Bella«, wiederholt er streng. Er will endlich eine Erklärung.

»Wie konnte sie nur?«, wispere ich benommen vor Schock, als mir das ganze Ausmaß der Katastrophe dämmert.

»Und wenn ich das auch noch sagen darf …«, fährt die Frau unbekümmert fort. Sie scheint keine Ahnung zu haben, was sie ausgelöst hat. »Ich freue mich riesig, dass Sie so tollen Sex hatten – nach der langen Warterei war das eine enorme Erleichterung, das kann ich Ihnen sagen.«

MJ und ich setzen uns kerzengerade auf und starren einander mit großen Augen an.

»Ich hatte schon befürchtet, dass es anders kommt – Sie wissen schon: dass Sie die Liebe Ihres Lebens treffen, und dann hat er einen winzigen …« Die Frau macht ein *Ding-Dong*-Geräusch und zeigt mit einem Finger in MJs Schritt.

»Was zum Henker ist hier los?«, ruft MJ wutentbrannt und schiebt seinen Stuhl zurück, als wäre gerade etwas Unangenehmes in seinem Schoß gelandet. In gewisser Weise stimmt das ja auch: der Finger der Frau. »Und wieso zeigt diese Frau mir zwischen die Beine?«

Mittlerweile starren wir alle drei dorthin, denn der Finger der Unbekannten schwebt immer noch in der Luft. Irgendwann hebt MJ den Kopf, um mich anzusehen und in meinem Gesicht nach Antworten zu suchen. Ich halte seinem Blick stand und warte ab. Früher oder später wird er es schon von selbst begreifen.

Es dauert nur wenige Sekunden, dann hat er verstanden. Seine Miene, sein ganzer Körper ist auf einmal in Alarmzustand versetzt. So habe ich ihn noch nie erlebt. Wütend und voller Scham schüttelt er den Kopf. Mir wird ganz beklommen zumute.

»Wie viele Leute lesen diesen Blog?«, fragt er leise.

Ich habe nicht die geringste Ahnung, wie viele Leute diesen Blog lesen. Ich habe gerade zum ersten Mal von ihm gehört.

»Ziemlich viele, glaube ich«, antwortet die Frau fröhlich.

»Und wie oft komme ich darin vor?« MJs Stimme ist gefasst, aber voll unterdrücktem Zorn.

»Na ja, Sie sind gewissermaßen der männliche Hauptdarsteller.« Sie verstummt nervös. Endlich hat sie gespürt, dass die Situation für uns nicht ganz so wunderbar ist wie für sie. »Insofern: ziemlich oft!«

Ich vergrabe den Kopf in den Händen. Es ist entsetzlich.

»Das ist eine verfickte Katastrophe«, stößt MJ hervor und steht vom Tisch auf. »Wie konntest du das tun, Bella? Ist dir klar, was du damit angerichtet hast?« Er speit mir die Worte förmlich ins Gesicht, sie sind voller Gift und Hass. »Hast du auch nur den Schimmer einer Ahnung?«

»MJ, ich schwöre dir, ich habe damit nichts zu tun.«

Doch es ist zu spät. Er schwingt sich den Rucksack über die Schulter und geht.

»MJ!«, rufe ich ihm nach.

»Dann wusste er wohl nichts von Ihrem Blog«, meint die Frau betroffen.

Ich schaue flüchtig zu ihr hoch, ehe ich den Kopf auf die Tischplatte sinken lasse.

»Lassen Sie sich nicht unterkriegen«, sagt sie im Versuch, mich zu trösten. »Sie haben ja noch knapp zwei Tage Zeit. Noch ist es nicht vorbei.«

Da irrt sie sich gewaltig. MJ hasst mich. Vorbeier geht es gar nicht.

»Sag mal, tickst du nicht mehr ganz richtig?!«, schreie ich, sowie ich in Esthers Apartment gestürmt komme. »Was hast du dir nur dabei gedacht?«

»Du hast es also rausgefunden«, sagt Esther betreten.

»Nachdem eine Wildfremde mich quasi um ein Autogramm gebeten hat!«, brülle ich. Noch nie in meinem Leben war ich so wütend. »So musste ich davon erfahren!«

»Okay, Bella. Beruhig dich erst mal und lass mich alles erklären.«

»Du hast nicht mal meinen Namen geändert!«, schreie ich entrüstet. »Wie konntest du das tun, Esther? Wie konntest du mich so hintergehen? Du hast alles kaputt gemacht!«

»Also, jetzt werd mal nicht hysterisch.«

»Esther, du hast jede einzelne der E-Mails, die ich dir in den letzten achtundzwanzig Tagen geschickt habe, im Internet veröffentlicht, wo die ganze Welt sie lesen kann – entschuldige bitte, wenn ich da ein bisschen ›hysterisch‹ werde!«

»Ich wollte dir nur helfen.«

»Mir helfen? Wie denn? Wie soll mir das denn helfen?«

Ich gebe ihr keine Gelegenheit zu antworten. Ich will ihre Ausreden und ihre Rechtfertigungsversuche für diesen unverzeihlichen Vertrauensbruch gar nicht hören. Ihre erbärmlichen Begründungen kann sie für sich behalten. Soweit ich es sehe, kann es gar keine Entschuldigung dafür geben. Was sie getan hat, ist absolut unverzeihlich.

»Du hast mich total bloßgestellt, Esther, und deinetwegen habe ich MJ hintergangen. Wenn ich daran denke, was ich alles geschrieben habe … dazu hattest du kein Recht, Esther. Überhaupt kein Recht.«

»Ich weiß, dass es dir im Moment so vorkommt, aber wenn ich nur kurz …«

»So hast du auch all die Männer für meine Dates aufgetrieben, stimmt's?«, falle ich ihr ins Wort. »Du kanntest diese Typen gar nicht, gib's zu. Du hast sie aus dem Internet – du bist vollkommen irre!«

»Das stimmt so nicht ganz …«, antwortet sie zögerlich. »Die Männer gehören zu deiner Blogging-Community. Kann sein, dass *ich* sie nicht persönlich kenne, aber deine Fans kennen sie. Du kannst sie gewissermaßen als Freunde deiner Freunde betrachten.«

»Meine Blogging-Community?!« Ich kann nicht ausschließen, dass ich ihr gleich eine runterhaue. »Meine Fans? Meine Freunde!? Ich kenne diese Leute nicht, Esther. Und dich kenne ich anscheinend auch nicht mehr!«

Das muss gesessen haben. Esther macht ein Gesicht, als hätte ich sie geschlagen. Nein. Kein Mitleid. Ich darf nicht vergessen, dass sie als Erste die Faust gehoben hat. Das ist alles ihre Schuld.

»Das Absurdeste daran ist, dass ich dem Internet ganz bewusst abgeschworen habe. Und du machst mich zu einer Berühmtheit des Online-Datings! Wie viele Leute lesen diesen Blog?«

»Einige«, antwortet sie ruhig.

»Wie viele?«

»Tausend«, sagt sie zaghaft.

»Tausend Leute?«, wiederhole ich. Mir fällt die Kinnlade herunter.

»Ein paar Tausend«, korrigiert sie.

Mein Gehirn braucht einen Moment, um zu verarbeiten, was das bedeutet.

»Ein paar Tausend?«, wiederhole ich geschockt. »Wie viele denn genau?«

»Sechzehn.«

»Sechzehntausend Leute«, hauche ich ungläubig. »In achtundzwanzig Tagen?«

»Das war gestern. Heute sind es mehr.«

»Wie?«, frage ich. »Wie kann das überhaupt sein?«

»B, ich arbeite in der PR-Branche«, sagt sie ernst. »So eine Zahl ist Kinderkram. Ich hätte mit mehr gerechnet.«

Ich tigere in ihrer Wohnung auf und ab und versuche das alles zu begreifen. Esther steht regungslos da und beobachtet mich. Ich halte an, um etwas zu sagen, Esther beugt sich erwartungsvoll nach vorn, aber dann überlege ich es mir anders und tigere weiter. Die Stimmung ist bis zum Zerreißen gespannt.

»Ich brauche was zu trinken«, verkünde ich schließlich.

»Geht klar«, sagt Esther eifrig. Sie hat ein schlechtes Gewissen und will unbedingt, dass ich ihr verzeihe.

Wenige Sekunden später kommt sie mit zwei Gläsern Wodka zurück, die wir beide auf ex trinken, ohne ein Wort zu wechseln.

»Du bist total durchgeknallt. Ich hoffe, das ist dir bewusst«, sage ich, ehe ich mich auf ihre Couch fallen lasse. Ich bin völlig fertig. Das Ganze ist einfach zu grotesk. Ich schaffe es nicht einmal mehr, wütend zu sein. Mein Herz ist zu schwer, weil ich MJ verloren habe.

»Ich wollte es dir sagen, Bella, ehrlich.«

»Warum hast du es dann nicht gemacht?«, frage ich. Mein Ton ist jetzt nicht mehr anklagend. Ich möchte es einfach nur verstehen.

»Weil ich wusste, dass du so reagieren würdest. Außerdem hättest du dann nicht weitergeschrieben.«

Das stimmt natürlich. Genau das wäre passiert. Aber sie hat sich davon nicht abhalten lassen und ihren bescheuerten Plan eiskalt durchgezogen. Das macht es in gewisser Weise noch schlimmer. *Sechzehntausend*, denke ich. Ich kann mir diese Zahl gar nicht vorstellen. MJ wird durchdrehen, wenn er das erfährt.

»Dir ging es so schlecht, als du vor vier Wochen hier ankamst. Du warst total von der Rolle und orientierungslos, das konnte ich einfach nicht ertragen. Du warst ein Häufchen Elend, B! Ich wollte einfach irgendwas tun, damit es dir besser geht. Dann habe ich über deine Geschichte nachgedacht – dass du deinen Job hingeschmissen hast, bei dieser verrückten Hellseherin warst, dass du einfach nach New York fliegst und dann quer durchs Land reist, um den Mann fürs Leben zu finden ... Und ich musste die ganze Zeit daran denken, wie ...«

»Erbärmlich das war«, sagte ich.

»Nein, B – wie *inspirierend*.«

Zum ersten Mal an diesem Nachmittag lächeln wir.

»Bitte, sei mir nicht böse, B. Es tut mir wirklich unfassbar leid.«

»MJ ist mir aber böse. Bestimmt hasst er mich jetzt. Ich glaube, ich habe ihn verloren, Esther. Er ist so wütend auf mich.«

»Er hasst dich auf keinen Fall – das sieht doch ein Blinder«, sagt sie, um mich aufzumuntern.

»Ich glaube doch. Und sobald er den Blog gelesen hat und erfährt, dass ich mich quer durch Amerika gedatet habe, wird er mich noch mehr hassen.« Bei dem bloßen Gedanken daran schießen mir die Tränen in die Augen.

Esther springt auf.

»Dann lass uns zu ihm fahren, bevor er ihn liest«, sagt sie. »Und wenn er ihn schon gelesen hat, nehme ich alles auf meine Kappe. Ich sage ihm, dass du nichts davon wusstest und er dir nicht die Schuld geben darf.«

»Aber ich habe es geschrieben!«

»Doch nicht für die Öffentlichkeit, B.«

Einen Versuch ist es wert. Zu diesem Zeitpunkt ist alles einen Versuch wert. Ich darf MJ nicht verlieren. Nicht so. Wir haben uns gerade erst gefunden, verdammt noch mal. Ich habe nicht ein Leben lang gewartet, um ihm zu begegnen, damit ich ihn fünf Minuten nachdem er mir seine Liebe gestanden hat wieder verliere. So darf unsere Geschichte nicht enden.

»Also gut, los geht's.«

»Okay«, sagt Esther entschlossen. »Und B, vielleicht ist das Ganze ja sogar ein Segen. Was immer auch passiert, die Geschichte bekommt in jedem Fall ein richtig starkes Ende.«

»Weißt du was, Esther? Du hast absolut recht. Daran hatte ich noch gar nicht gedacht. Zur Hölle mit meinem Lebensglück – was wäre das für ein enttäuschendes Ende für deinen dämlichen Blog.«

»Deinen Blog, B«, verbessert Esther mich. »*Deinen* Blog.«

Die darauffolgenden Ereignisse geschehen in einem irren Strudel aus Panik, Verzweiflung und – in Esthers Fall – akuten Schuldgefühlen.

Wir nehmen ein Taxi von Manhattan nach Brooklyn. Ursprünglich geht unser Plan nur so weit, doch dann fängt Esther unterwegs an, mich zu grillen. »Gib mir irgendwelche Infos, Bella. Du bist angeblich in den Kerl verliebt – da musst du doch *irgendwas* über sein Leben wissen.«

»Stimmt!«, schreie ich aufgeregt. »Seine Firma! Ich kenne den Namen seiner Firma!«

»Und? Wie lautet der?«, schreit Esther zurück. Inzwischen sind wie beide vollkommen hysterisch. Ich weiß selbst nicht genau, warum.

»Black Squid!«, rufe ich wie eine Wahnsinnige. »Black Squid of Brooklyn.«

»Wirklich? Bist du dir sicher?«, fragt Esther ungläubig.

»Ja, ich bin mir sicher, ich bin mir ganz sicher. Schau auf deinem Handy nach und find raus, wie wir da hinkommen«, befehle ich ihr.

Genau das tut Esther, und schon bald haben wir die Adresse ermittelt. Wir geben sie an den Fahrer weiter, und fünfundvierzig adrenalingeschwängerte Minuten später kommt unser Taxi mit quietschenden Reifen zum Stehen. Es hat kaum angehalten, da schubst Esther mich zur Tür hinaus, reicht dem Fahrer einen Stapel Geldscheine, und wir stehen auf den Straßen Brooklyns.

»Hier lang!«, ruft Esther.

Wir hetzen die Stufen zu einem Backsteingebäude hinauf. An der Eingangstür bleiben wir stehen, weil Esther sich die Haare richtet und mir fest in die Wangen kneift.

»Aua!«, jaule ich. »Das tut weh!«

»Du brauchst ein bisschen Farbe im Gesicht. Du bist zu blass«, sagt sie schlicht. »Na, worauf wartest du noch, Bella? Los!«

Wir stürzen durch die gläsernen Eingangstüren ins Foyer. Es sieht ein bisschen heruntergekommen und schmuddelig aus – mit anderen Worten: stylish, lässig, cool. An der Wand hängt eine Tafel aus Acrylglas, auf der deutlich lesbar *Black Squid of Brooklyn* geschrieben steht.

»Fünfter Stock!«, brüllen wir beide im Chor. Das Ganze ist zu einer rasenden Hetzjagd geworden, als hätte uns jemand gesagt, dass wir fünfundzwanzig Minuten Zeit haben, um MJ zu finden, ansonsten sind die Erde und die gesamte Menschheit dem Untergang geweiht.

»Los! Los! Los!«, schreit Esther, ehe wir beide in entgegengesetzte Richtungen davonstürzen. Wir müssen ein ziemlich lächerliches Bild abgeben. Endlich finden wir einen Fahrstuhl, drücken auf einen Knopf und erreichen wenig später die fünfte Etage. Auf einmal bin ich furchtbar nervös. Das Herz schlägt mir bis zum Hals, und ich habe Schwierigkeiten, meine Atmung zu regulieren. Meine Handflächen sind schweißfeucht.

»Viel Glück«, haucht Esther und gibt mir einen Klaps auf den Hintern, um mir zu verstehen zu geben, dass ich aus dem Fahrstuhl aussteigen soll.

»Das klappt niemals«, murmle ich leise.

»Kann ich den Damen behilflich sein?«, fragt die junge Frau hinter dem Empfangstresen. Sie ist das menschliche Pendant zum Gebäude: stylish, lässig, cool.

»Wir sind auf der Suche nach MJ«, sagt Esther selbstbewusst.

Eine große Wand aus Milchglas trennt den Empfangsbereich vom eigentlichen Büro, was bedeutet, dass ich trotz aller Bemühungen nicht sehen kann, wer oder was sich dahinter verbirgt.

»Ich weiß nicht genau, ob er heute noch reinkommt«, sagt die kleine Miss Cool. »Aber warten Sie kurz, ich erkundige mich.«

Sie tippt eine Nummer ins Telefon.

»Er war nämlich ein paar Tage auswärts unterwegs«, erklärt sie uns, während sie darauf wartet, dass am anderen Ende abgenommen wird.

Ich komme mir vor wie in der Lobby von Facebook, so cool ist dieser Laden. In der Mitte des Raums steht ein Vintage-Tischkicker, daneben befindet sich eine kleine Espressobar, an der man sich einen Kaffee machen kann; die rote Backsteinwand ist mit übergroßen Filmplakaten aus den Fünfzigern zugepflastert, und der Wartebereich besteht aus mehreren ledernen Chesterfield-Sesseln und Sofas. Sieht sexy aus. So langsam kommt mir der Verdacht, dass MJ in Bezug auf Größe und Erfolg seines kleinen »Start-ups« ziemlich tiefgestapelt hat. »Wir kommen über die Runden«, hat er in vornehmer Bescheidenheit gesagt.

»Leider ist MJ nicht im Haus«, teilt uns die Empfangsdame mit. »Aber wenn Sie sich kurz setzen möchten, kommt Darren, sein Geschäftspartner, gleich zu Ihnen.«

»Was jetzt?«, zische ich Esther zu.

Die zuckt mit den Achseln und verzieht das Gesicht, um mir zu signalisieren, dass sie genauso ratlos ist wie ich.

»Bluffen?«, schlägt sie vor und heuchelt ein Selbstvertrauen, das ich ihr nicht ganz abkaufe.

Wir schaffen es gar nicht bis zu den Sofas, denn schon taucht Darren auf. MJ hat mir viel über ihn erzählt, trotzdem sieht er ganz anders aus, als ich ihn mir vorgestellt habe – ein bisschen älter, ein bisschen konventioneller. Mit ernster Miene nimmt er Kurs auf uns. Es ist eine seltsame Situation – ich weiß so viel über den Mann, der da auf mich zukommt, während er vermutlich keinen blassen Schimmer hat, wer ich bin. Genau wie die Frau am Empfang weiß auch er nicht, dass ich der Grund bin, weshalb MJ »auswärts unterwegs« war. Das verschafft mir einen gewissen Vorteil, und ich spüre, wie mich ein Gefühl der Macht durchströmt. Leider währt dieser Zustand nur kurz.

»Darren, nehme ich an?«, sagt Esther energisch, streckt ihm katzengleich die Hand hin und drückt ihre Brust raus.

»Ganz genau«, antwortet Darren und schüttelt ihr in der Luft hängendes Pfötchen.

Esthers Definition von »bluffen« bedeutet offenbar »verführen«.

»Wir sind hier, weil wir zu MJ wollen«, schnurrt sie. »Leider wurde uns soeben mitgeteilt, dass er heute gar nicht im Haus ist.«

Das ist gut. Sie klingt professionell. Sexy, aber professionell.

»Haben Sie einen Termin?«, erkundigt sich Darren ebenso professionell. Er interessiert sich nicht im Geringsten für Esthers Verführungskünste. Das ist ungewöhnlich und bringt sie völlig aus dem Konzept. »MJ kommt heute nicht mehr«, sagt Darren kühl und mit unbewegter Miene.

»Tja, dann stehen wir aber vor einem Riesenproblem«, sagt Esther, jetzt eher bockig als verführerisch.

Bleib cool, Esther, flehe ich im Stillen, während ich die Ernsthaftigkeit des Problems mit einem gestrengen Nicken unterstreiche.

»Von wo kommen Sie denn?«, fragt Darren.

»Aus England«, platze ich stolz heraus, in der naiven Hoffnung, ihn damit beeindrucken zu können.

»Ich meine Ihre Firma«, gibt Darren ungerührt zurück. »Von welcher Firma kommen Sie?«

»Mir ist nicht klar, inwiefern Sie das was angeht«, entgegnet Esther brüsk.

Esther!

»Nur damit ich es richtig verstehe ...«, sagt Darren, der gegen unseren Charme wirklich vollkommen immun zu sein scheint. »Sie stehen im Empfangsbereich *meiner* Firma und wollen mir sagen, dass mich *Ihre* Firma nichts angeht?«

»Ja, Darren, genauso ist es.« Was zur Hölle hat Esther vor? »Haben Sie denn die Privatadresse von MJ?«

»Ja, aber die werde ich Ihnen nicht geben.«

»Wieso nicht?«, fragt Esther, ehrlich verblüfft.

»Weil Sie das nichts angeht«, entgegnet Darren. »Und weil ich Ihnen, ehrlich gesagt, nicht traue. Wenn das dann alles wäre, entschuldigen Sie mich bitte. Ich habe zu tun.«

Mit diesen Worten macht er kehrt und steuert sein gefrostetes Selbst zurück in Richtung der gefrosteten Glastür, durch die er eben gekommen ist. Na, großartig! Ich sehe Esther an. In meinem Blick liegt die unausgesprochene Frage, was sie sich bei diesem Auftritt gedacht hat, während sie einfach nur dasteht und sich wundert, weshalb sie mit ihrer Nummer »abgebrühtes Miststück« bei Darren nicht landen konnte. Zum zweiten Mal an diesem Tag sehnt sich meine Faust nach ihrem Gesicht. Sie hat mir schon wieder meine Chancen bei MJ vermasselt!

»Wir sind Kissograms!«

Was zum ...

»Kissograms?«, wiederholt Darren und dreht sich wieder zu uns herum.

»Ja«, sagt Esther im Brustton der Überzeugung.

»Kissograms«, wiederhole ich wie ein nervöses Echo.

»Sie sehen aber nicht wie Kissograms aus«, gibt Darren zweifelnd zu bedenken.

Esther macht ein gekränktes Gesicht. Ich selbst habe nicht genügend Informationen, um gekränkt zu sein, da ich nicht weiß, wie ein Kissogram aussieht. Ich weiß nicht mal genau, was ein Kissogram macht – irgendwas mit Küssen, nehme ich mal an.

»Haben Sie denn zusätzlich zu Ihrem Kuss auch eine Nachricht zu überbringen?«, fragt Darren mit Blick auf unsere leeren Hände.

»Die ist privater Natur«, melde ich mich zu Wort.

»Ausschließlich für MJ bestimmt«, fügt Esther hinzu, was ich als unnötig erachte.

»Auf Wiedersehen, die Damen.« Darren wirft uns noch einen letzten missbilligenden Blick zu, als wären wir zwei dreiste Betrügerinnen. Genau das sind wir ja auch.

Ich spiele kurz mit dem Gedanken, mich vor ihm niederzuwerfen und ihn um MJs Adresse anzuflehen, aber wahrscheinlich fürchtet Darren ohnehin schon um MJs Sicherheit, weil zwei dubiose, völlig unberechenbare Frauen wie Esther und ich nach ihm suchen.

Mit so etwas will er garantiert nichts zu tun haben.

Niedergeschlagen lassen wir uns auf die Couch fallen.

»Ich liebe England«, sagt die junge Frau vom Empfang verschmitzt. Sie ist aus dem Nichts neben uns aufgetaucht und gibt uns einen kleinen Zettel. Darauf hat sie MJs Adresse gekritzelt.

Esther und ich schauen uns in ungläubigem Staunen an. Der ganze Zirkus war völlig umsonst – wir hätten einfach nur die Empfangsdame zu fragen brauchen!

Wir springen auf, umarmen die Frau derart stürmisch, dass sie fast umfällt, und überschütten sie mit ausufernden Dankesbezeugungen, ehe wir Hals über Kopf davonstürzen.

Unten auf der Straße winken wir uns erneut ein Taxi heran. Ich nenne dem Fahrer MJs Adresse und weise ihn an, »Gas zu geben«. Damit geht ein lebenslanger Traum in Erfüllung. Dann lassen wir uns in die Polster der Rückbank sinken und schmieden einen neuen, verbesserten Plan, da wir beide zu der Einsicht gelangt sind, dass der alte Plan beschissen war.

Als das Taxi vor einem Backsteinhaus hält, habe ich einen Knoten im Magen, mein Herzschlag dröhnt in meinen Ohren, und mein Mund ist so trocken, dass ich nicht mehr schlucken kann.

»Bereit?«, fragt Esther.

Ich nicke. »Bereit.«

Wir steigen aus. Er ist zu Hause, das spüre ich.

»Klopf du an«, sage ich. Esther verliert keine Zeit.

Ich habe das Gefühl, als würde die Welt stillstehen. Esther und ich warten regungslos, starren auf unsere Schuhe und wappnen uns innerlich für den Moment, in dem die Tür aufgeht. Ich habe nach wie vor keine Ahnung, was ich zu ihm sagen soll. Ich hoffe einfach, dass mir, wenn es drauf ankommt, schon die passenden Worte einfallen werden.

Langsam öffnet sich die Tür.

Jetzt wird es ernst.

Aber es ist nicht MJ, sondern eine Frau. Sie ist hübsch, mit dunkelbraunen Locken, die auf ihren Schultern tanzen, und einem hübschen Pony, der durch ein buntes Haarband betont wird. Sie trägt schwarze Leggings, dicke Wollsocken an den Füßen und ein Männerhemd über einem schwarzen Tanktop. Sie sieht leger und entspannt aus, und es ist unschwer zu erkennen, dass sie in diesem Haus wohnt, was natürlich bedeutet, dass MJ *nicht* hier wohnen kann, und das wiederum bedeutet, dass man uns die falsche Adresse gegeben hat. Wir wurden von der coolen Empfangsdame aufs Kreuz gelegt. Was für ein Miststück.

»Was kann ich für Sie tun?«, fragt die Frau freundlich.

Ich will mich gerade für die Störung entschuldigen und ihr erklären, dass wir uns in der Adresse geirrt haben, da kommt Esther mir zuvor.

»Wir sind Mormonen.«

Was zum Teufel?

Das war *nicht* die raffinierte Eröffnungsstrategie, die wir uns im Taxi zurechtgelegt haben. Esther kann wirklich nicht gut mit Druck umgehen.

»Oh«, sagt die Frau, in etwa so verwirrt wie ich.

»Wir sind auf der Suche nach neuen Mitgliedern«, fährt Esther fort. Ist sie komplett übergeschnappt? »Aber leider sehe ich Ihnen schon an, dass Sie nicht die Richtige dafür sind, deshalb gegen wir jetzt wieder. Komm, Bella«, sagt sie, macht auf dem Absatz kehrt und zieht an meinem Arm.

»Wer ist denn da, Liebling?«, kommt eine Stimme aus den Tiefen des Hauses. Esther starrt mich an, wie um zu sagen: *Kapierst du es jetzt?*

Die Stimme gehört MJ.

Was macht MJ bei dieser Frau? Oder was macht diese Frau bei MJ? Erst dann bequemt sich mein Gehirn dazu, die Schlüsse zu ziehen, die eigentlich auf der Hand liegen, und das Ergebnis zerreißt mir fast das Herz. Sie wohnen beide hier – *zusammen*. Allerletzte Zweifel werden ausgeräumt, als ich das Funkeln am linken Ringfinger der Frau sehe. Dort sitzt nämlich ein gigantischer Klunker.

Ich glaube, ich muss mich übergeben. Der Boden unter meinen Füßen hat sich in Treibsand verwandelt, der mich unerbittlich in die Tiefe zieht. Auf einmal habe ich Schmerzen in der Brust, als hätte man meine Seele auf einem stumpfen Pfahl aufgespießt.

»Komm schon, B, lass uns gehen«, wispert Esther und zieht noch einmal sanft an meinem Arm. Doch es ist bereits zu spät. MJ kommt um die Ecke gebogen und erscheint nichtsahnend im Türrahmen. Er sieht schrecklich aus. Anfangs erkennt er mich nicht, und wieso sollte er auch? Ich bin sicher die letzte Person, die er auf der Schwelle seines ehelichen Heims erwartet. Instinktiv legt er den Arm um die Taille seiner Frau – eine Bewegung, die so vertraut ist, dass sie ihm in Fleisch und Blut übergegangen ist. Er hat das schon Tausende Male gemacht. Im nächsten Moment wird ihm bewusst, wer da vor ihm steht: ich. Der Treibsand bewegt sich schneller und droht uns beide zu verschlingen. Die Situation ist unerträglich, ich habe keine Ahnung, was ich tun soll. MJ ist vollkommen geschockt. Auch er macht ein Gesicht, als ob er sich gleich übergeben müsse. Es dauert eine Weile, bis er die Sprache wiedergefunden hat. Seine Stimme klingt rau und kratzig und fremd.

»Geh wieder rein, Baby«, sagt er sanft zu seiner Frau. Er will sie vor dem Gemetzel beschützen, von dem er fürchtet, dass es gleich kommen wird. *Natürlich* beschützt er sie – ich bin der Eindringling, sie ist das unschuldige Opfer. MJs Loyalität gilt seiner Ehefrau, nicht mir und meinem zerknitterten, durch den Schredder gejagten Herzen.

»Bella, Süße«, sagt Esther. Diesmal nimmt sie ganz fest meine Hand und zieht mich mit sich fort. Ich leiste keinen Widerstand. In einem Nebel aus Schmerz und Fassungslosigkeit folge ich ihr.

»Geh einfach weiter«, beschwört sie mich sanft, aber bestimmt. »Wir suchen uns ein Taxi. Ich bringe dich nach Hause.«

Es ist seltsam. Ihre Worte sind für mich nicht viel mehr als weißes Rauschen. Ich höre sie, aber sie sind undeutlich und verzerrt, als kämen sie von einer alten Kassette mit Bandsalat. So sieht meine Welt jetzt aus.

»Bella!«

Meinen Namen hingegen höre ich sofort.

»Bella, bitte warte.«

Ich höre seine Schritte hinter mir. Ich will, dass er verschwindet. Ich will ihn nicht sehen. Nie wieder. Esther, die immer noch meine Hand hält, muss meine Gedanken gelesen haben, denn sie beschleunigt ihre Schritte.

»Bella!«, ruft er wieder.

Er ist direkt hinter uns. Ich kann es hören.

»Bella, um Gottes willen, jetzt bleib doch stehen und lass mich erklären!« Er streckt den Arm nach mir aus, legt mir die Hand auf die Schulter und dreht mich zu sich herum, sodass Esther gezwungen ist, meine Hand loszulassen. Er muss mich an beiden Schultern festhalten, damit ich nicht das Gleichgewicht verliere.

Auge in Auge stehen wir uns gegenüber. Er hält mich immer noch an den Schultern fest, und ich stehe da wie eine schlaffe Stoffpuppe.

»Bitte, lass es mich dir erklären«, fleht MJ verzweifelt.

Da ertönt plötzlich ein wilder, animalischer Schrei. »Arghhhh ...!«

Was ist das?

Es ist Esther. Die Wahnsinnige hat Anlauf genommen und MJ von hinten angesprungen. Sie klammert sich an seinem Rücken fest wie eine menschliche Seepocke.

»Lass sie los!«, brüllt sie.

Es ist hochdramatisch. MJ und ich sind völlig überrumpelt. Er versucht Esther abzuschütteln, doch sie klammert sich mit schier übermenschlicher Kraft an ihn, während er sich wiederum an mich klammert und ich versuche, mich aus seinem Griff zu winden. Es ist furchtbar – aber was will man erwarten, wenn man herausfindet, dass der Mann, in den man sich verliebt hat, verheiratet ist? Also machen wir munter weiter. Irgendwann gelingt es MJ, Esther mit einer heftigen Bewegung seiner Schultern abzuschütteln. Ihr Griff lockert sich, sie rutscht ab und landet mit dem Hintern auf dem Gehsteig. MJ nutzt seinen Vorteil und richtet das Wort an mich.

»Bitte, Bells, lass es mich erklären«, bettelt er. Er klingt beinahe so verzweifelt, wie ich mich fühle.

»Erklär *das*, du Arschloch!«

Ohne Vorwarnung hebt Esther ihre geballte Faust und drischt sie mitten MJ ins Gesicht.

»Ach du Scheiße!«, kreische ich. »Esther!«

»Verdammter Mist!«, stößt MJ hervor, krümmt sich vornüber und hält sich das Gesicht. »Ich glaube, du hast mir die Nase gebrochen!«

Ich fürchte, das war nicht Esthers erstes Mal – sie hätte ihn beinahe auf die Matte geschickt. Außerdem hege ich den Verdacht, dass sie es nicht nur mir zuliebe getan hat. Wahrscheinlich war der Schlag insgeheim für Matt gedacht, weil sie bei ihm nie die Gelegenheit bekommen hat. Ihr Herz ist genauso gebrochen wie meins, MJ ist am heutigen Nachmittag nicht nur vom Hauptdarsteller zum Hauptarschloch abgestiegen, sondern hat auch noch einen Schlag stellvertretend für alle Arschlöcher auf dieser Welt eingesteckt. Eine blutende Nase scheint mir eine treffende Art, Lebwohl zu sagen.

Zurück in Esthers Wohnung, fühle ich mich wie betäubt und innerlich wie tot. Ich sehe die ganze Zeit den Pony seiner Frau vor mir. Es ist wirklich komisch: Alles andere ist verschwommen, nur der Pony sticht klar heraus.

»Bist du dir sicher, B?«, fragt Esther ernst. »Glaubst du wirklich, dass du die Dinge nicht überstürzt?«

»Ja«, sage ich nachdrücklich. »Ich bin mir sicher.« Dann klicke ich, ohne zu zögern, auf den Button mit der Aufschrift »Flug bestätigen«. Es ist vollbracht.

Dies ist mein letzter Abend in New York. Mir fehlen noch zwei Dates und ein Tag bis zu meinem dreißigsten Geburtstag, aber ich habe einen Schlussstrich unter mein Abenteuer gezogen. Morgen fliege ich heim. Das ist so ziemlich das Einzige, womit ich halbwegs im Reinen bin. Mehr Gefühle sind im Augenblick einfach nicht drin.

Tage bis zum Dreißigsten: 2
Date Nr. 29
Name: Esther
Ort: Central Park, NYC
Ursprung: San Francisco, vor langer Zeit

Liebe Esther,
mein neunundzwanzigstes Date hatte ich mit einem Menschen, den ich in meinem Leben nicht mehr missen möchte. Obwohl ich dem Date nur widerstrebend zustimmte, stellte es sich am Ende als nahezu perfekt heraus: Die betreffende Person ist bildhübsch, klug und humorvoll – es war das eine perfekte Date nach achtundzwanzig mehr oder weniger unperfekten Dates. Wenn man das Gefühl hat, so verletzt und enttäuscht worden zu sein, dass man nicht weiß, ob man sich jemals wieder davon erholen wird; wenn man dem Dating endgültig abgeschworen hat, weil es besser ist, allein zu bleiben, als sich solchem Leid auszusetzen; wenn man jemanden in sein Herz und in sein Leben gelassen hat, nur um gnadenlos fallen gelassen zu werden, dann braucht man solche Dates wie meine Nummer neunundzwanzig. Sie sind das Gute, das man aus dem ganzen Wahnsinn mitnimmt.

Also: Danke, Esther, für das perfekte Date mit dir.

Danke, dass du gestern Nachmittag darauf bestanden hast, die Wohnung zu verlassen. Danke, dass du mit mir in den Central Park gegangen und Kutsche gefahren bist. Danke, dass du Flachmänner mit Whisky dabeihattest, damit ich meinen Kummer ertränken konnte, und danke, dass du mich daran erinnert hast, wie viel Spaß es machen kann, Männerärschen in engen Lycrahosen hinterherzuschauen. Danke, dass du mir geholfen hast, meinen Liebeskummer wenigstens für kurze Zeit zu vergessen. Deinetwegen kann ich wieder daran glauben, dass die Wunden mit der

Zeit heilen werden und dass schon alles so kommen wird, wie es sein soll. Danke, dass du mir ins Gedächtnis gerufen hast, dass ich viel besser bin als die Summe meiner lausigen Dates und diesem Abenteuer eines Tages vielleicht sogar etwas Positives abgewinnen kann. Danke, dass du mir vor Augen geführt hast, dass ich immer noch lachen kann. Aber vor allem danke ich dir dafür, dass du mein letztes Date warst. Vielleicht habe ich die geplanten dreißig nicht geschafft, aber ich habe mir definitiv das Beste für den Schluss aufgehoben.

Hab dich lieb.

Kuss, Bx

Ich sitze am Flughafen JFK und warte darauf, dass der Schalter von Virgin Atlantic aufmacht. Ich drücke auf »Senden«. Ich weiß, dass Esther den Bericht von meinem letzten Date posten wird, weil sie sich so verzweifelt nach einem Abschluss der Saga sehnt. Selbst wenn dieses Ende gewiss nicht das ist, was sie sich erhofft hat. Es ist auch nicht das Ende, das ich mir erhofft habe, und vermutlich geht es all den Leuten, die meinen albernen Blog lesen, ähnlich. Aber es ist das einzige Ende, das ich zu bieten habe. Es sind nicht ganz dreißig Dates geworden, es gibt kein Happy End, und ich habe die dämliche Prophezeiung der Hellseherin nicht widerlegen können. Aber die Sache ist zu Ende. Was das angeht, bin ich mir hundertprozentig sicher.

Ich sitze schon seit zwei Stunden hier am Flughafen. Ich konnte nicht schlafen, weil ich ständig an MJ und seine Frau denken musste. Dazu kam noch die Aufregung vor dem Heimflug. Irgendwann habe ich es dann aufgegeben und mir stattdessen ein Uber bestellt. Zum Glück strömen inzwischen immer mehr Reisende durch die riesigen automatischen Drehtüren in die Abflughalle, und der Flughafen erwacht allmählich zum Leben. Deshalb will ich schauen, ob mein Check-in-Schalter schon geöffnet hat. Ich lege meine Jacke über den Wagen, auf dem sich mein Gepäck türmt, und schiebe ihn vor mir her durchs Terminal. Einige Augenblicke später, während ich auf die Anzeigentafel schaue und nach meiner Flugnummer suche, höre ich hinter mir eine Stimme.

»Bella«, flüstert sie.

Ich spüre das Wort wie eine Liebkosung im Nacken, und eine unbändige Freude ergreift von mir Besitz. Es ist MJ. Er ist meinetwegen hier. Doch das Gefühl verschwindet genauso schnell wieder, wie es gekommen ist, und mein Verstand nimmt seine Arbeit wieder auf. Trauer und Wut über seinen Verrat steigen in mir hoch, aber dann ist da auch dieses hinterhältige Ziehen unbändigen Glücks, das mir beim Hören seiner Stimme durch den Magen fährt. Sein Geruch hüllt mich ein. Obwohl er mich nicht berührt, spüre ich seine Präsenz ganz deutlich. Mein Körper wird augenblicklich in einen wohligen Zustand versetzt, und in meinem Gehirn kommt es zum Kurzschluss, sodass ich auf einmal gar nichts mehr weiß.

»Bells«, sagt er noch einmal. Seine Stimme klingt ruhig und fest und ganz sanft, als würde er mit einem kleinen Kind reden. Als hätte er Angst, mich zu verscheuchen, wenn er lauter spricht.

Ich rühre mich nicht vom Fleck. Ich weiß nicht mehr genau, ob das geht.

»Bitte, lass uns reden. Bitte. Ich möchte wenigstens versuchen, dir das ganze Chaos zu erklären.«

Eine Million Gedanken wirbeln mir durch den Kopf, hauptsächlich: *Er ist ein verlogener Fremdgeher* und: *Welche Erklärung könnte es dafür schon geben?* Doch ich sage nichts. Ich stehe einfach nur da.

»Bella, es gibt Dinge, die ich dir gerne sagen würde.« Er legt mir ganz leicht die Hand auf den Arm.

Mir stockt der Atem. Dies ist ein Test. Diese scheinbar harmlose Geste ist ein Test. Was ich als Nächstes tue, wird über alles Weitere entscheiden. Entweder ich schüttle ihn ab und entziehe ihm meinen Arm als unmissverständliche Botschaft, mich in Frieden zu lassen, oder ich tue gar nichts, was einer stillschweigenden Einwilligung gleichkäme, dass ich bereit bin, mir seine Rechtfertigung anzuhören. Wir wissen beide, dass es sich um einen Test handelt. Wir wissen beide, dass meine Reaktion von größter Bedeutung ist.

Ich tue nichts.

Also fängt MJ zaghaft an zu reden.

»Ich hätte dir sagen müssen, dass ich verheiratet bin, Bella. Dass ich eine Frau habe.«

Er nimmt sich einen Moment Zeit, um seine Gedanken zu ordnen. »Und ich wollte es auch, glaub mir. Ich wollte es dir wirklich sagen. Aber ich wusste, was das bedeuten würde ...«

Ja, MJ, denke ich aufgebracht. *Es hätte bedeutet, dass du nicht mit mir hättest ausgehen können, du frauenverachtender Bastard.* Ich spüre heißen Zorn durch meine Adern brodeln. Seine Entschuldigung klingt so jämmerlich und selbstbezogen. Jetzt bereue ich, ihm nicht doch meinen Arm entrissen zu haben.

»Woher wusstest du, wo ich bin, MJ?«, frage ich, als ich endlich die Sprache wiederfinde. Meine Stimme klingt fremd in meinen Ohren.

»Esther«, antwortet MJ nur.

Ein langes Schweigen tritt ein, während mein Gehirn hektisch zwischen den Hunderten von Fragen zu entscheiden versucht, die ich ihm stellen will. Schließlich bleibe ich bei der schmerzhaftesten hängen.

»Wie konntest du mich so belügen?«

»Das war nicht so gewollt, A-Bell«, antwortet MJ rasch. »Ich schwöre dir, ich habe das alles nicht geplant, und es war definitiv nicht meine Absicht, dich zu verletzen. Es ist nur ...«

Er gerät ins Stocken, als fände er nicht die richtigen Worte. Wahrscheinlich weil es keine Worte gibt, die sein unverzeihliches Handeln entschuldigen könnten. Zornig über seine Sprachlosigkeit und seine erbärmlichen Ausreden, hake ich nach.

»Es ist nur was?«

»Es ist nur ...«, stammelt er abermals.

»Was, MJ? Sag es doch!« Ich will etwas hören – irgendetwas.

»Es ist nur ...«

»*Was, MJ? Was – ist – es?*«, explodiere ich. Mein Geduldsfaden ist endgültig gerissen.

»*Es hat mich völlig überrumpelt, Bella!*«, ruft er verzweifelt. »*Du* hast mich völlig überrumpelt.«

Etwas an der Art, wie er meinen Namen sagt, und an der Aufrichtigkeit, die aus jedem seiner Worte spricht, zwingt mich dazu, ihn anzusehen. Sobald unsere Blicke sich treffen und ich in seine dunklen Augen schaue, kann ich mich nicht mehr losreißen, und MJ weigert sich, mich freizugeben.

»Als mir klar geworden ist, was passiert, war es schon zu spät.«

»Zu spät wofür?« Ich zwinge mich, nicht zusammenzuklappen, nicht nachzugeben.

»Zu spät, um dir die Wahrheit zu sagen. Um das Ganze noch abzubrechen. Um dich gehen zu lassen.«

»Du hast mir vorgegaukelt, dass das mit uns funktionieren könnte, MJ. Dass wir zusammen sein können. Ich habe dich meiner *Familie* vorgestellt, verdammt noch mal!« Mir versagt die Stimme, so überwältigt bin ich von der Grausamkeit seines Verhaltens. »Mein Gott, MJ, du hast dich ihnen als mein Freund vorgestellt. Warum machst du so was?« Ich suche in seinen Augen nach einer Antwort. Ich will es wirklich wissen. »Das wäre doch gar nicht nötig gewesen. Du hättest mir im Flugzeug nicht deine Nummer geben oder mir den Rücken streicheln müssen, als ich in die Kotztüte geatmet habe, und du hättest dir auch nicht irgendwelche Geschichten über deine Schwester, die Crackhure, ausdenken oder die ganze Zeit meine Hand halten müssen. Und du hättest wirklich, wirklich, *wirklich* nicht zulassen müssen, dass ich mich in einen Mann verliebe, der bereits eine Frau hat.« Mitten während dieser kleinen Ansprache fängt meine Stimme an zu zittern, und als ich beim Wort »Frau« ankomme, ist sie nichts weiter als ein klägliches Schluchzen.

MJ streicht mir eine tränennasse Haarsträhne aus dem Gesicht und steckt sie mir zärtlich hinters Ohr. »Ich habe das gemacht, weil ich es wollte, Bella«, sagt er leise und eindringlich. »Ich wollte das alles. Du bist dieser wunderschöne Wirbelwind, der Chaos und Verwirrung in mein Leben bringt. Wenn ich mit dir zusammen bin, habe ich keine Ahnung, was als Nächstes passiert. Was du gleich tun oder sagen wirst oder was ich tun oder sagen werde. Ich lasse mich einfach von dir treiben, Bella, und das ist so unglaublich schön. Bei dir fühle ich mich so lebendig. Du bringst mich dazu, Dinge zu tun, die ich normalerweise niemals tun würde. Dinge zu denken, die ich normalerweise nie denken würde. Mir Dinge vorzustellen, von denen ich nicht mal wusste, dass ich sie mir überhaupt vorstellen *kann*. Und du bringst mich dazu, auf einmal Dinge zu wollen, von denen ich nie wusste, dass ich sie will.«

»Was denn zum Beispiel?«

»Dich, A-Bell. Ich will dich – immer nur dich. Ich habe versucht, dich zu vergessen, das weißt du, aber es ist größer als ich. Dieses Gefühl, das ich habe, ist so stark, dass ich es nicht kontrollieren kann.«

Irgendwie haben sich unsere Gesichter aufeinander zubewegt. Unsere Blicke halten einander fest. MJs Augen flehen mich an, ihm zu glauben, und meine flehen ihn an, mich nicht noch einmal anzulügen.

»Wie hätte ich an dem Tag im Flieger, als ich mich neben dich gesetzt habe, wissen sollen, dass es mir am Ende so gehen würde? Dass ich deine Hand halten würde und sie nie wieder loslassen möchte? Das hätte ich doch nicht ahnen können. Ich habe das alles nicht geplant, es ist einfach passiert, aber jetzt würde ich es niemals rückgängig machen wollen. Du hast mich aufgeweckt, Bella. Und das Verrückteste ist, ich wusste nicht mal, dass ich die ganze Zeit geschlafen habe. Ich wusste nicht, dass ich bisher durch mein Leben geschlafwandelt bin – durch meine Arbeitstage, durch meine scheißverdammte Ehe. Ich dachte, ich bin glücklich – ich hätte niemals mit dem Gedanken gespielt, meine Frau zu betrügen. Aber dann habe ich dich getroffen, und auf einmal war nichts mehr wie vorher. Alles, woran ich geglaubt habe, alles, worauf ich vertraut habe, hat sich von einem Tag auf den anderen komplett verändert, Bella. *Ich* habe mich komplett verändert. Ich kenne dich kaum, und trotzdem habe ich das Gefühl, dass das mit uns beiden richtig und meine Ehe verkehrt ist. Was, wenn du die Eine für mich bist, nicht meine Frau? Was, wenn wir beide füreinander bestimmt sind? Was, wenn das Leben, das ich all die Jahre gelebt habe, eine Lüge war und das Leben, das jetzt auf einmal vor mir liegt und nach dem ich nicht gesucht habe, sondern das mir das Schicksal einfach vor die Füße geworfen hat, wie verrückt und falsch es auch immer sein mag – was, wenn ich in Wahrheit dieses Leben führen soll?«

Schweigen tritt ein. Es ist ein zartes, aber zugleich schweres Schweigen. Bedeutungsvoll.

»Was willst du, MJ?«, frage ich leise, erfüllt von einer Hoffnung, die ich nicht für möglich gehalten hätte. »Warum bist du hergekommen?«

»Weil ich verstanden habe, dass es besser ist, sich für die Wahrheit zu entscheiden.«

Er lächelt mich an. Es ist kein ausgewachsenes Lächeln, eher eine Andeutung – ein Lächeln, das sich nach Vergebung sehnt und zugleich voller Verheißung ist.

»Deshalb warst du auch so wütend wegen des Blogs – weil du dachtest, deine Frau könnte es gelesen haben?«, sage ich im Versuch, die letzten Teile des Puzzles an ihren Platz zu legen. Das Bild, das dabei entsteht, ist ein ganz anderes, als ich noch vor wenigen Minuten geglaubt habe.

MJ nickt betreten. Er schämt sich. »Ich bin in Panik geraten.«

Ich nicke. Das kann ich gut nachempfinden. Ich bin auch in Panik geraten. »Und, hat sie es gelesen?«

»Nein«, sagt er. »Aber ich.«

Mir bleibt das Herz stehen.

»Deshalb bin ich auch gekommen. Ich habe was für dich. Aber du musst die Augen zumachen und die Hand aufhalten.«

Um Gottes willen – er will mir einen Heiratsantrag machen!

»Bella, entspann dich«, unterbricht MJ meinen Gedankengang. »Das wird kein Antrag. Ich bin noch verheiratet, schon vergessen?«

Verdammt. Warum muss mein Gesicht mich immer verraten?

Wie geheißen, strecke ich die Hand aus und schließe ganz fest die Augen. Ich spüre, wie etwas Kleines in meine offene Handfläche gelegt wird. Es ist ungefähr so schwer wie ein Penny. MJ schließt meine Finger darum, als würde er ein Geschenk einpacken.

»Okay, jetzt kannst du die Augen wieder aufmachen«, sagt er und lässt meine Hand los. In meiner Handfläche liegt ein Love

Heart. Es sieht genauso aus wie das, das wir am Tag unserer ersten Begegnung ausgetauscht haben.

»Ich war dein erstes Date, Bella, und ich möchte gerne dein letztes sein.« MJ sieht mir tief in die Augen. »Ich möchte, dass du dein dreißigstes und letztes Date mit mir verbringst.«

Das ist alles, was ich hören wollte.

Ich starre auf das Love Heart in meiner Handfläche, und in dem Moment weiß ich es. Auf einmal ergibt alles einen Sinn – die letzten neunundzwanzig Tage, vielleicht sogar die letzten neunundzwanzig Jahre. Mein Herz wird ganz weit. Mein Kopf ist klar, als hätte sich der Nebel endlich gelichtet, und die Zukunft erscheint mir strahlender und großartiger als jemals zuvor. Die Welt ist noch dieselbe, aber mein Platz darin hat sich verändert. Ein tiefes Gefühl von Zugehörigkeit durchströmt mich und die Gewissheit, endlich nach Hause gekommen zu sein.

MJ fängt meinen Blick ein. Ich schmiege mich an seine Brust und küsse ihn. Ich lege all meine Emotionen in diesen Kuss und koste den Augenblick voll aus. Sobald unsere Münder sich voneinander gelöst haben, blicke ich erneut in meine Handfläche.

Du bist die Eine.

Dann drehe ich mich um und gehe. Denn ich weiß, dass er recht hat. MJ hat vollkommen recht. Ich habe bloß sehr lange gebraucht, um es zu begreifen. Ich bin die Eine. Ich habe die ganze Zeit nach *mir* gesucht.

Vierzehn

Es ist kalt in London. Es ist kalt, es ist nass, und alles sieht noch genauso aus wie vor meiner Abreise. London hat sich nicht verändert, aber ich mich schon. Zum einen bin ich ein Jahr älter. Heute ist mein Geburtstag – ich bin dreißig geworden, und zu meiner großen Überraschung war das absolut überfällig. Zu meiner noch größeren Überraschung fühlt es sich fabelhaft an.

Ich bin heute Morgen in London gelandet und konnte glücklicherweise sofort wieder in meine Wohnung. Mein Untermieter Malcom ist bereits letzte Woche ausgezogen. Er hat mir in einer E-Mail mitgeteilt, dass er und seine Frau es noch einmal miteinander versuchen wollen. Ich habe mich sehr für ihn gefreut. Er hat meine kleine Wohnung in tadellosem Zustand hinterlassen. Im Kühlschrank stand sogar eine Flasche Sekt mit einer handgeschriebenen Nachricht am Flaschenhals.

Willkommen zu Hause, Bella. Danke für alles, Malcolm

Ich lächelte, als ich das las, dann schenkte ich mir zur Feier des Tages ein Glas ein. Nicht nur die Rückkehr nach London nach meinem dreißigtägigen Abenteuer fühlt sich wie ein Nachhausekommen an, sondern seltsamerweise auch mein dreißigster Geburtstag.

Tage bis zum Dreißigsten: 0
Date Nr. 30
Name: die Eine
Ort: London, meine (sehr saubere) Wohnung
Ursprung: eine lange Geschichte ...

Liebe Leserinnen, liebe Leser,
vor weniger als vierundzwanzig Stunden hätte ich mir nicht träumen lassen, dass es für mich überhaupt noch ein Date Nummer dreißig geben würde – geschweige denn mit einer so großartigen Person! Aber hier sind wir nun. Vor dreißig Tagen hätte ich auch nicht geahnt, welche Abenteuer auf mich warten, und vor allem: wie sehr ich mich durch sie verändern würde. Wenn man fast ein Jahrzehnt damit verbracht hat, allen möglichen Dingen hinterherzujagen – Beruf, Wohnung, Gehalt, Erfolg, Statussymbolen, Followern auf Social Media, dem richtigen Mann –, als wären sie die Lösung für sämtliche Probleme, und wenn man dann irgendwann feststellt, dass das eigentlich Wichtige im Leben etwas ganz anderes, etwas viel Größeres ist ... dann hat man das Gefühl, gerettet worden zu sein.

So geht es mir wenigstens.

Als ihr mich »kennengelernt« habt, war das noch anders. Damals war ich eine wandelnde Katastrophe! Kurz bevor das alles hier begann – mit »das« meine ich die Dates, den Blog, euch, mich, uns –, hatte ich ein Gespräch mit einer guten Freundin und erfand im Vollrausch eine Metapher. Ich sagte ihr, dass ich mich fühlte, als würde ich in einem kleinen Zimmer hocken und die ganze Zeit sehnsüchtig aus dem Fenster starren, auf all die anderen Menschen in ihren scheinbar perfekten Welten da draußen. Ich habe mich permanent mit ihnen verglichen und kam mir irgendwann richtig minderwertig vor, so als würde mir ein fundamentaler Teil fehlen. Irrigerweise habe ich angenommen, dieser Teil wäre ein Mann. Der Eine. Ich war felsenfest davon überzeugt, dass ich ihn nur finden müsste, dann wäre mein Leben endlich vollständig. Dann wäre *ich* endlich vollständig, und alles würde gut werden. Jetzt, dreißig Tage später, bin ich am Ende meiner Challenge angelangt. Ich bin ein Jahr älter und ein klein wenig weiser geworden, deshalb kann ich euch, meinen lieben Leserinnen und Lesern, sagen, dass ich mich ganz gewaltig geirrt habe!

Und ich glaube, da bin ich nicht die Einzige!

Vielleicht ist uns allen ein wenig der Sinn für die Realität abhandengekommen. Jeder hat seine eigene Definition von dem Einen – für euch ist es vielleicht ein Mensch, so wie für mich, aber es kann auch etwas ganz anderes sein: ein besserer Job, eine beeindruckendere Karriere, ein größeres Haus, eine noblere Wohngegend, ein Baby, noch ein Baby, mehr Anerkennung, mehr Geld, mehr Selbstfindung ... mehr von irgendetwas, was man noch nicht hat. Man hofft, dass alles gut wird, sobald man es endlich gefunden hat. Es ist wie ein Zauberding, nach dem wir verzweifelt suchen, weil wir glauben, mit seiner Hilfe Zufriedenheit und Glück zu erlangen. Ich habe mich so fest an diese Hoffnung geklammert, dass ich alles andere ausgeblendet habe – auch die Frage, welchen Preis ich möglicherweise für mein langersehntes Happy End bezahlen muss. Aber dann habe ich in meine Handfläche geschaut und dort die Wahrheit gelesen. Ich habe begriffen, dass ich die Sache völlig falsch angegangen bin. Ich habe all meine Hoffnung, all meinen Glauben und meine Energie in eine Illusion gesteckt. Noch dazu für eine beunruhigend lange Zeit.

Du bist die Eine, stand auf dem Love Heart.

Seitdem habe ich oft darüber nachgedacht, wie perfekt diese vier kleinen Wörtchen die Sache auf den Punkt bringen. Wie tief sie mich berührt haben. Wie fatal und zugleich wundervoll ich ihre

Botschaft anfangs missverstanden habe. Als ich sie zum zweiten Mal las, wusste ich, dass meine Suche ein Ende hat und dass sie ein voller Erfolg gewesen ist. Ich wusste: Jetzt bin ich endlich vollständig, mehr noch: Ich bin die ganze Zeit vollständig *gewesen*. Anders als die Hellseherin mir prophezeit hat, war es kein Christ, der mir die rettende Hand reichte. Es war überhaupt kein Mann. Ich selbst habe mich gerettet. Oder vielleicht waren es auch die Challenge *Dreißig bis zum Dreißigsten* und dieser Blog. Jedenfalls ist mir endlich klar geworden, dass ich, Bella Edwards, gut bin, so wie ich bin – auch ohne Mann, den ich der verrückten Hellseherin zufolge ja vielleicht nicht mehr bekommen werde.

Während des Rückflugs ist mir auch noch ein anderer Gedanke gekommen. Vielleicht war er nicht ganz so tiefgründig wie der Aha-Moment mit dem Love Heart, aber im Rahmen meiner Selbstfindungsreise war er trotzdem nicht weniger elementar. Die zurückliegenden dreißig Tage haben meine alte, längst vergessene Liebe zum Schreiben wieder zum Leben erweckt. Sie haben mir vor Augen geführt, wie wichtig mir das Schreiben nach wie vor ist, wie viel Freude und Befriedigung es mir bereitet. Wenn ich diese Gefühle mit der Leere und Seelenlosigkeit meines alten Jobs in der Werbung vergleiche – ein Job, in den ich eher hineingestolpert bin, als dass ich ihn mir bewusst ausgesucht hätte –, dann ist völlig klar, dass sich etwas ändern muss. Sandy Baxter hatte recht: Wenn man feststellt, dass man die Leiter an die falsche Wand gelehnt hat, muss man sich eine neue Wand suchen. Und in meinem Fall auch gleich eine neue Leiter. Dank einer sehr guten Freundin scheine ich beides gefunden zu haben. Nicht nur hat mir diese Freundin den Impuls gegeben, den ich brauchte, um wieder mit dem Schreiben anzufangen, sie hat mir auch geholfen, euch zu finden – meine großartigen Leserinnen und Leser! Das ist doch ziemlich bemerkenswert.

Ich habe beschlossen, den Blog weiterzuführen. Und wer weiß, mit der Zeit gelingt es mir vielleicht sogar, das Schreiben zum Beruf zu machen. Jetzt, da meine dreißig Tage und meine dreißig Dates um sind und ich die Eine gefunden habe, stehe ich natürlich vor einer großen Herausforderung: Worüber um alles in der Welt soll ich schreiben?

Zum Glück weiß jede Frau, die lange genug Single war, dass man, selbst wenn man den Einen gefunden hat, nichts überstürzen darf. Ich muss einen kühlen Kopf bewahren, sonst besteht das Risiko, dass ich wieder alles vermassle! Ich muss es ruhig angehen lassen, mir die Zeit nehmen, den neuen Partner erst einmal genauer kennenzulernen und herauszufinden, wie wir unser Zusammenleben am besten gestalten, damit wir bis ans Ende unserer Tage glücklich sein können. Deshalb werde ich mein einunddreißigstes Lebensjahr und diesen wundervollen Blog einem ganz neuen Experiment widmen. Dies hier wird *Das Jahr, in dem ich mich selbst datete*. Das sollte mir mehr als genug Stoff liefern!

Ganz viel Liebe und auf bald

Bx

Ich schaue aus dem Busfenster. Meine rot geschminkten Lippen lächeln keck zurück. Ich bin auf dem Weg zu meinem Geburtstagsdinner, das Louisa ganz kurzfristig organisiert hat. Wie sich herausstellt, muss man seinen Gästen doch nicht Wochen im Voraus Bescheid geben – zumindest nicht, wenn man gerade von einem dreißigtägigen Dating-Abenteuer zurückkommt. Meine Freunde waren jedenfalls sofort verfügbar.

Endlich hält der Bus an. Meine Haltestelle liegt in einer Parkbucht etwas abseits der Hauptstraße und ist zugleich die Endstation. Ich war so in Gedanken versunken, dass mir gar nicht aufgefallen ist, dass ich die letzte Passagierin bin. Im Bus geht das Licht aus. Rasch nehme ich meine Tasche, knöpfe meinen Mantel zu, wickle mir den Schal fest um den Hals und gehe die Stufen hinunter.

»Danke schön!«, rufe ich dem Busfahrer zu, ehe ich ins Freie trete. Im Rückspiegel sehe ich, wie er zum Abschied die Hand hebt. Zur selben Zeit bemerke ich ganz hinten im Bus einen Schatten. Offenbar war ich doch nicht die Einzige. Der Schatten bewegt sich, kommt schwankend auf die Beine und steigt aus. Ich wende mich in Richtung Hauptstraße und gehe mit entschlossenen Schritten los – auf zu meiner Geburtstagsfeier.

Es ist stockfinster, dabei ist es noch nicht mal neunzehn Uhr. Die fehlenden Straßenlaternen machen es mir schwer, den zahlreichen Pfützen auf dem Gehsteig auszuweichen. Ich lasse mich von den Lichtern der Hauptstraße leiten.

Wenige Augenblicke später spüre ich jemanden hinter mir. Normalerweise würde mich das nicht weiter stören – schließlich sind wir in London, da ist immer irgendjemand hinter einem. Und vor einem und neben einem auch. Doch an diesem Abend kommt mir die Situation irgendwie bedrohlich vor, zumal die Gegend so dunkel und verlassen ist. Ich bin sofort in Alarmbereitschaft versetzt und schaue hinter mich, um zu sehen, ob dort wirklich jemand ist oder ich es mir nur eingebildet habe. Doch, da ist jemand. Es muss der Schatten aus dem Bus sein – der jetzt gewissermaßen *mein* Schatten ist. Nur dass er mehr ist als nur ein Schatten. Er ist erschreckend real, auch wenn er so aussieht, als wäre er schon seit drei Wochen tot. Seine Züge sind verschwommen, als würde sich die Haut in seinem Gesicht auflösen. Seine Augen sind glasig und wild – und direkt auf mich gerichtet.

Ach du Scheiße. Das ist gar nicht gut!

Ich beschleunige meine Schritte. Ich muss so schnell wie möglich die Hauptstraße erreichen. Ich sehe die Lichter schon vor mir.

Es ist nicht mehr weit, nur noch fünfundzwanzig Meter. Das Problem ist, dass mein Verfolger bereits bis auf drei Meter an mich herangekommen ist. Ich gehe noch schneller. Mein Herz rast. Direkt vor mir, auf der gegenüberliegenden Straßenseite, sehe ich einen Pub. Ich ziehe nochmals das Tempo an, habe aber das Gefühl, dass der Mann für jeden Schritt, den ich mache, zwei Schritte macht. Gleich hat er mich eingeholt. Er ist schon ganz dicht hinter mir. Ich zwinge mich, nicht in Panik zu geraten, sondern mich ganz auf den rettenden Pub zu konzentrieren. Vielleicht wäre es besser zu rennen? Mein Schicksal scheint unausweichlich. Gleich werde ich überfallen und ausgeraubt – wenn ich Glück habe. Ich renne los. Ich spüre, wie der Atem mir in der Kehle stecken bleibt. Und dann, gerade als die Angst meinen Körper durchbohrt wie Nadelstiche, greift der Mann nach mir. Ich spüre seine langen, knochigen Finger, die mich an der Schulter packen. Er versucht, mich an sich zu reißen. Instinktiv hole ich mit dem Arm nach hinten aus, und es gelingt mir, seinen Griff abzuschütteln. Ich renne schneller. Er auch. Der Pub ist nur noch wenige Meter entfernt.

»Lassen Sie mich in Ruhe!«, schreie ich mit schriller, vor Angst erstickter Stimme.

Gerade als er mich erneut packen will, sehe ich draußen vor dem Pub einen Mann. Er sammelt Gläser von den Tischen ein, an denen die Raucher der Kälte getrotzt haben, um sich ihre Dosis Nikotin zu gönnen. Ohne nachzudenken, schreie ich los.

»Hilfe!«, rufe ich in höchster Not. »Helfen Sie mir, ich werde verfolgt!«

Der Mann hört mich und dreht sich um. Als er mich aus der Dunkelheit stürzen sieht, kommt augenblicklich Leben in ihn. In wenigen Sätzen hat er die Straße überquert und rennt schnurstracks auf meinen Verfolger zu.

»Verpiss dich, du Arschloch, sonst mach ich dich fertig!«

Der Schattenmann, der mir Augenblicke zuvor noch so nahe war, dass ich praktisch seinen Atem im Nacken spüren konnte, vernimmt die Drohung, und da er weiß, dass er in einer Auseinandersetzung den Kürzeren ziehen würde, dreht er sich um und läuft davon. Nach kürzester Zeit ist er wieder in der Finsternis verschwunden, aus der er gekommen ist.

Mir ist ganz schlecht vor Angst. Mein Herz schlägt so schnell, dass ich es in meinen Ohren pochen höre.

»Alles in Ordnung mit Ihnen?«, erkundigt sich mein Retter.

»O mein Gott«, japse ich, während ich versuche, wieder zu Atem zu kommen. »Tausend Dank.« Meine Stimme zittert vor lauter Erleichterung. »Ich bin Ihnen wirklich so, so, so dankbar.«

»Sind Sie sicher, dass es Ihnen gut geht?«, fragt er mit einem starken irischen Akzent, der mir erst jetzt auffällt.

»Ja, mir geht es gut«, sage ich, ehe ich mich ein drittes Mal bei ihm bedanke.

»Kommen Sie«, sagt er, legt einen starken Arm um meine bebenden Schultern und lotst mich über die Straße in Richtung des Pubs. »Sie brauchen jetzt was Starkes zu trinken.«

Das kann man wohl sagen.

Drinnen schenkt ein junger Barkeeper mir einen doppelten Whisky ein, den ich gierig austrinke. Balsam für meine Nerven. Der Ire hat sich wie zum Schutz neben mich gesetzt und beäugt mich aufmerksam, um sicherzustellen, dass ich wirklich wohlauf bin. Er fragt mich, ob ich noch einen zweiten Whisky möchte, aber als ich auf die Uhr schaue und feststelle, dass ich in fünfzehn Minuten offiziell zu spät zu meiner eigenen Geburtstagsparty kommen werde, lehne ich ab.

»Aber vielen Dank noch mal«, sage ich und rutsche von meinem Barhocker. »Der Whisky hat echt geholfen.«

Der nette Ire hilft mir beim Aufstehen, was auch nötig ist, denn meine Knie sind immer noch weich wie Wackelpudding.

»Wie viel bin ich Ihnen schuldig?«, frage ich und will mein Portemonnaie zücken.

»Keine Sorge, mir gehört der Pub«, meint er lächelnd. »So. Sind Sie wirklich sicher, dass es Ihnen gut geht?«

»Ja, ehrlich, es ist alles in Ordnung. Danke, dass Sie mich gerettet haben.«

»Es war mir ein Vergnügen. Ich sollte mich bei Ihnen bedanken – ich kann mich jetzt wie ein Held fühlen.«

»Sie sind auch einer«, entgegne ich und gebe ihm einen Kuss auf die Wange, ehe ich mich verabschiede.

Draußen mache ich mich auf den Weg zum Restaurant, in dem ich mit meinen Freunden verabredet bin. Ich gehe schnell, um die verlorene Zeit wettzumachen, und bin schon ziemlich weit gekommen, als ich hinter mir jemanden rufen höre.

»He! Warten Sie noch mal kurz!«

Ich drehe mich um und sehe, dass der Ire auf mich zugelaufen kommt.

»Ich habe ganz vergessen, Sie nach Ihrem Namen zu fragen«, sagt er atemlos, als er mich endlich eingeholt hat.

»Bella«, antworte ich. Auf einmal fühle ich mich ganz schüchtern.

Ehe ich mich nach seinem Namen erkundigen kann, hat er mir ein zerknittertes Stück Papier in die Hand gedrückt.

»Für den Fall, dass Sie wieder mal gerettet werden müssen, Bella«, sagt er im Davongehen. Seine Stimme schwebt durch die Nacht zu mir herüber. Wenig später ist er verschwunden. Ich blicke auf den Zettel in meiner Hand. Darauf steht seine Telefonnummer und darüber, deutlich lesbar, sein Name.

Chris T.

Verdammt noch mal, sie hatte recht. Die alte Hellseherin hatte doch tatsächlich recht.

Und so kommt es, dass ich, Bella Edwards, schließlich doch noch zum Glauben finde.